Thirteen days of Christmas

-

Ky Berret

Foto: Ron Petraß

Ky Berret, Jahrgang 1996, wurde abseits großer Städte im Herzen Brandenburgs geboren. Trotz seiner Sehbehinderung entschied er sich nach seinem Abitur Film und Fernsehen zu studieren. Wobei er nicht nur in die Welt der TV- und Filmproduktion eintauchte, sondern auch seine Liebe zum Schreiben entdeckte.

Seine Leidenschaft für Musik und Theater führten ihn nach seinem Abschluss an ein Opernhaus, in dessen Tonabteilung er arbeitet.

Neben seinen Erlebnissen in der Theaterwelt fließen auch Erfahrungen aus seinem Studium regelmäßig in seine Geschichten ein.

Bibliografische Information der Deutschen Nationalbibliothek: Die Deutsche Nationalbibliothek verzeichnet diese Publikation in der Deutschen Nationalbibliografie; detaillierte bibliografische Daten sind im Internet über dnb.dnb.de abrufbar.

2. Auflage 2024

© 2024 Originalausgabe by Ky Berret

Verlag: BoD • Books on Demand GmbH, In de Tarpen 42, 22848
Norderstedt

Druck: Libri Plureos GmbH, Friedensallee 273, 22763 Hamburg

Lektorat: Michelle Kalz

Umschlaggestaltung: Zweite Reihe Mitte - Michelle Kalz

Satz: KB Audio&Design - Kenneth Böhmchen

Gesetzt aus der Big Caslon

ISBN: 978-3-7597-7698-3

Für L, damit du das versprochene Happy-End bekommst.

und

Für Dich

1

19. Dezember
1. Tag

Leo

Wahrscheinlich denkt ihr gleich, das passiert doch nicht wirklich. Tja, was soll ich sagen, das dachte ich auch. Bis zu diesem beschissenen Tag, dem 19. Dezember, keine vierundzwanzig Stunden, nachdem wir auf dem Standesamt, in diesem kleinen, mit dunklem Holz vertäfelten Raum, vor einer mit monotoner Stimme sprechenden Frau ›Ja, ich will‹ gesagt haben.

Dann wurde ich eines Besseren belehrt.

»Die Hochzeit war ein Fehler«, waren seine Worte. Heute morgen, als ich noch nicht mal richtig wach war. Wir lagen noch im Bett. Nein, *ich* lag noch im Bett. In dem Bett, in das er mich gestern nicht schnell genug bekommen konnte. Mein Hochzeitskleid, das er mir mit vor Verlangen glühenden Fingern vom Körper gezerrt hat, liegt daneben, als wolle es mich nun verhöhnen.

»Die Hochzeit war ein Fehler«, sind die einzigen Worte, an die ich mich noch erinnern kann. Sein übriges Geschwafel, mit dem er zu erklären versucht hat, was nicht zu erklären ist, habe ich nicht mehr mitbekommen. Immer wieder nur diese fucking fünf Worte, die jetzt in Endlosschleife durch meinen Kopf dröhnen. Ehrlich gesagt habe ich ihn auch ziemlich schnell aus der Wohnung geworfen. Ihn durch die Tür, seine Klamotten durch das Fenster. Für einen kurzen Moment hat es mir Genugtuung verschafft, wie er da auf dem Bürgersteig seine Hemden aus den Pfützen gesammelt hat. Bevor ich auf dem Bett - ja, dem Bett, in dem er mich gestern Abend noch zum

Höhepunkt gebracht hat – zusammengebrochen bin und angefangen habe zu heulen. Rotz und Wasser. Richtig würdelos mit allem Drum und Dran. Schluchzen. Schreien. Schnodder, der sich über das gesamte Gesicht verteilt. Wie tief bin ich nur gesunken?

Ich weiß nicht, wann ich das letzte Mal geweint habe. Das muss lange her sein... mit ziemlicher Sicherheit als meine Eltern ums Leben gekommen sind. Aber da war ich noch klein, schwach und hilflos. Da war das okay und es waren immerhin meine Eltern. Seither sollte mir nichts mehr weh tun.

Eines Typen wegen zu schluchzen, als gäbe es kein Halten mehr, dem am Morgen nach der Hochzeit einfällt, dass alles ein riesiger Fehler war, obwohl besagter Typ zuvor auf diese verdammte Ehe bestanden hat, ist beschämend. Und trotzdem kann ich grade nicht anders, als in das Kissen zu flennen, weil ich keinen Schimmer habe, wie es weitergehen soll. Die nächsten Tage waren durchgeplant. Erst Weihnachten, dann Flitterwochen und Silvester. Alles mit ihm. Mein ganzes Leben. Und jetzt? Tränen, Rotz und Schmerzen. Diese Art von Schmerzen, bei denen einem klar ist, dass keine Tabletten dagegen helfen werden. Schmerzen, die einen von innen heraus zerreißen, auf die qualvollste Art und Weise.

Keine Ahnung, wie lange ich jetzt schon hier liege inmitten der vom Sex zerwühlten Laken. Mein Kopf tut weh, meine Augen brennen und mein Mund ist staubtrocken. Habe ich heute überhaupt schon was getrunken? Ich glaube nicht. Egal. Mein Verstand rät mir dennoch, dass ich das ändern sollte. Mühevoll hebe ich meinen dröhnenden Kopf und weil diese beschissene Situation nicht schon schmerzvoll genug ist, fällt mein Blick als Erstes auf das Foto auf meinem Nachttisch. Das Foto, das den Mann zeigt, der mein Mann sein sollte, sein wollte, bis ihm heute Morgen plötzlich auffiel, dass die Hochzeit... Ihr wisst schon.

Sein Lächeln habe ich bis dato für charmant gehalten, für unwiderstehlich, für seine ganz besondere Geheimwaffe, die nicht nur mich um den Verstand gebracht hat, sondern auch jeden seiner Klienten, die er als Versicherungsvertreter betreut. Und jetzt? Jetzt vertreibt es meine Trauer und verwandelt sie in Wut. Wut ist gut, denn damit kann ich umgehen. Wut treibt mich an, führt mich zu Höchstleistungen. Jetzt bringt sie mich dazu, nach einem meiner High Heels zu greifen, der irgendwann während mein Mann mich nahm, von meinen Füßen gerutscht ist. Wütend schlage ich mit dem Absatz auf dieses verdammte Foto ein. Dresche darauf ein wie eine Besessene bis der Rahmen in Einzelteilen auf dem Boden liegt. Dann klettere ich aus dem Bett und ziehe durch den Rest meines Appartements und reiße alles von den Wänden, das mit ihm zu tun hat. Bilder, seine Auszeichnungen zum Mitarbeiter des Monats. Ich zerschneide seine Lieblingskrawatten und schiebe jedes einzelne seiner teuren Fachmagazine in den Aktenvernichter. Die Wohnung sieht aus wie ein Schlachtfeld und es befriedigt mich. Er ist so verdammt penibel und alles muss klinisch sauber und aufgeräumt sein. Sogar eine Putzfrau lässt er zweimal pro Woche kommen. Zu guter Letzt nehme ich diese bescheuerten Pärchentassen mit den ›King‹ und ›Queen‹ Aufdrucken und schleudere sie auf den Küchenboden, wo sie krachend zerschellen, wie meine Welt heute Morgen, als er mit diesem angestrengten Blick, als hätte er Verdauungsprobleme, auf der Bettkante saß und davon ausging, ich würde verstehen, warum er jetzt auf einmal alles rückgängig machen wollte, obwohl er mich doch liebte.

20. Dezember
2. Tag

Am nächsten Tag gehe ich in die Mall, um Weihnachtsgeschenke zu besorgen, schließlich würde ich in zwei Tagen der gesamten Familie begegnen. Nicht dass ich großen Wert darauf lege, die gute Tochter/Enkelin/Cousine/Nichte zu sein – das ist mir herzlich egal. Ich bin ohnehin nur das Findelkind, das das unheimliche Glück hatte, in einer überaus wohlhabenden Familie zu landen. Aber die Aussicht, für ein paar Stunden aus meiner Wohnung zu kommen, in der mich trotz meines gestrigen Tobsuchtsanfalls alles an ihn erinnert, ist es wert. Viel zu schnell war meine Wut verraucht und diese beschissene Traurigkeit wieder da, die mir auch jetzt wieder die Tränen in die Augen treibt. Wehe ihr erzählt jemandem, wie viel ich in den letzten Stunden geheult habe. Rasch schüttele ich den Kopf und streiche mir eine Strähne meiner blauen Haare hinters Ohr. Den Rest des Frisurenmassakers auf meinem Kopf habe ich unter meiner schwarzen Beanie versteckt, die er immer hässlich fand. Ich sähe damit aus, wie ein depressiver Teenie. Heute habe ich sie mit Trotz und reichlich Genugtuung aus dem Schrank genommen und bin in meine ausgelatschten, hohen, schwarzen Chucks geschlüpft, nachdem ich seit Langem mal wieder eine Ripped-Jeans aus den Tiefen meines Klamottenfachs gezerrt habe. Er würde fragen, ob ich wirklich so aus dem Haus gehen wollte. Selten wollte ich es so sehr wie jetzt.

Ich hetze von Laden zu Laden, um irgendwas zu finden, das als Geschenk durchgeht und nicht zu voluminös ist, schließlich muss es alles in den Koffer passen. In einer Buchhandlung suche ich etwas für meinen Opa – also nicht meinen richtigen, sondern meinen Stiefopa. Aber da ich zu faul bin, das jedes Mal aufs Neue zu betonen, könnt ihr einfach gedanklich vor jede familiäre Bezeichnung ein Stief hängen, okay? Prima. Opa liest einen Roman pro Woche und hatte bisher immer Freude an meiner Auswahl. Vor dem Regal mit den Brettspielen bleibe ich stehen und lasse meinen Blick über das Angebot schweifen. Gut zwei Drittel der Titel stammen aus dem Spieleverlag, der meinen Eltern – Stiefeltern... Ihr kennt das Spiel – gehört. Einige davon haben in den letzten Jahren diverse Preise abgeräumt, was den Umsatz ziemlich in die Höhe getrieben hat. Da ich mit unserem Sortiment vertraut bin, schaue ich, was sonst noch so im Regal steht. Irgendwann entwickelt man einen Blick dafür, wenn das ganze Elternhaus voller Spiele steckt und häufig schon am Frühstückstisch Prototypen getestet werden.

Kopfschüttelnd nehme ich einen Karton in die Hand, der ein Brettspiel enthält, das nur mit einem Smartphone gespielt werden kann. Ich könnte damit leben – schließlich muss man ja mit der Zeit gehen – aber nicht bei einem Spiel, dass sich an fünf- bis siebenjährige Kinder richtet! Es gibt so viele Ideen, Kinderspiele zu gestalten... dafür braucht es keine Bildschirme. Ich stelle den Karton wieder zurück, suche noch zwei Bücher für die Kinder meines Onkels und bezahle an der Kasse.

Und weil es kurz vor Weihnachten ist und mir das Universum – oder der Programmdirektor des Radios – noch einmal so richtig in die Fresse hauen will, beginnt dabei ausgerechnet Last Christmas aus dem Radio zu dudeln. Normalerweise schaffe ich es ganz gut, diesen fragwürdigen Klassiker gemeinsam mit dem restlichen Weihnachtskitsch zu ignorieren, doch meine Nerven sind strapaziert und die Situation so absurd zutreffend, dass ich am liebsten laut loslachen würde. Tja. Stattdessen beginne ich in aller Öffentlichkeit zu heulen. Verdammt!

2

21. Dezember
3. Tag

Ole

Leah hat mich geküsst. Sie hat mich wirklich geküsst und ich kann es immer noch nicht glauben. Gut, es war nur die Wange, aber das ist ein Anfang! Ihr Duft nach frischen Rosen hängt mir noch in der Nase, als ich mich abwende und mit dem breitesten Grinsen, zu dem meine Gesichtsmuskulatur im Stande ist, zu meinem Gate laufe. Am liebsten würde ich Freudensprünge machen, aber hier am Flughafen, von allerhand fremden Menschen umgeben... Ach was soll's, ein kleiner Freudenhüpfer ist drin.

Natürlich könnte ich mir die Laune von der Tatsache vermiesen lassen, dass ich jetzt nicht wie geplant neben Leah im Flieger nach Zürich, sondern allein nach Tromsø reise, aber warum sollte ich? Ja, klar wäre es wunderschön, mit ihr zu überlegen, welche Pisten wir uns morgen zuerst vornehmen würden oder für unser gemeinsames Uni-Projekt zu brainstormen. Und das werden wir ja auch, nur eben erst, wenn ich nach Weihnachten zu ihr und unseren Freunden stoße. Da bleiben uns immer noch genügend Tage, um St. Moritz zusammen unsicher zu machen. Und nur damit ihr jetzt keinen falschen Eindruck von mir bekommt: Ich schwimme nicht in Geld. Mein Kommilitone Jean-Peer hat uns in das Chalet seiner Familie eingeladen, die es vorzieht, Weihnachten in der Südsee zu verbringen. Wie auch immer. Jetzt geht es für mich erstmal nach Hause, um meiner Mom in ihrem Hotel zu helfen. Normalerweise ist es um die Feiertage immer etwas ruhiger.

Doch in diesem Jahr hat eine Unternehmerfamilie aus Deutschland alle Zimmer gebucht. Und da sich einer der Angestellten ein Bein gebrochen hat, Ersatz Nummer eins ein Baby bekommt und Ersatz Nummer zwei noch im Urlaub ist, muss ich einspringen.

Bin jetzt in Oslo, schreibe ich meiner Mom, als ich mir einen Platz suche, um die Wartezeit, bis der Anschlussflug geht, zu überbrücken. Ich setze mich und überlege, ob es noch zu früh ist, meinen Freunden – und mit *meine Freunde* meine ich eigentlich Leah – zu schreiben. Mein Grinsen ist seit unserer Verabschiedung nicht mehr aus meinem Gesicht gewichen. Leah ist einfach umwerfend.

Obwohl sie erst zum Beginn des Semesters an unsere Kunsthochschule gewechselt ist, wurde sie sofort Teil der Clique. Sie ist nicht nur wunderschön, mit ihren langen, blonden Haaren, die ihr in zarten Wellen über die Schultern fallen und den großen grauen Augen, sie ist auch klug und unglaublich witzig. Wo sie ist, wohnt das Lachen, da lebt die Freude und miese Laune hat keinen Zutritt. Gestern auf der Weihnachtsparty der Hochschule hat Leah dann das erste Mal mit mir getanzt. Ich habe das Gefühl, ich kann ihre zarten, langen Finger, an denen immer Farbreste kleben, in meinem Nacken spüren, wie sie weich über meine Haut streifen. Umhüllt von ihrem Rosenduft drehten wir uns langsam über die Tanzfläche, während im Hintergrund ein langsamer Song lief, an den ich mich nicht mehr erinnere. Wäre es nach mir gegangen, hätte dieser Moment niemals enden sollen. Ich hätte kein Problem damit, stünden wir noch immer auf der von unten beleuchteten Tanzfläche, meine Hände an ihrer Taille, mein Kopf leicht in den Nacken gelegt, um ihr trotz unseres Größenunterschieds in die Augen sehen zu können.

Um mich davon abzuhalten ihr zu schreiben, hole ich mein Skizzenbuch heraus und beginne meinen Reisebleistift über die Seiten tanzen zu lassen. Noch weiß ich nicht, was ich zeichnen soll, aber der Stift und meine Hand werden schon wissen, was auf diese Seite gehört. So ist es oft bei mir. Wenn meine Gedanken laut und wüst sind, dann brauche ich nur Stift und Papier und schon kehrt wie von selbst Ruhe und Ordnung ein. Das wirre Treiben um mich herum, all die Menschen die zu ihren Familien reisen, um mit ihnen die Feiertage zu verbringen, blende ich aus, genau so wie die Weihnachtsmusik, die aus einem Café auf der anderen Seite des Gangs schallt. Ich sitze hier in meiner Blase, in der nur mein Stift und dessen Kratzen auf dem Papier Bestand haben.

Drei Stunden später, als es Zeit wird wieder in ein Flugzeug zu steigen, erstreckt sich eine winterliche Schneelandschaft über die aufgeschlagene Seite. Schnell schieße ich ein Foto davon und sende es an Yana.

Das ist immer noch nicht das Bild, um das ich gebeten habe, antwortet sie prompt.

Ich will endlich das Gesicht der Schönheit sehen, an die du dein Herz verloren hast, beschwert sie sich in einer weiteren Nachricht.

Die Zeichnung zeigt eine Frau, die mit wehenden Haaren einen Berg hinabfährt. Ich hatte nicht vor, Leah zu zeichnen, und genau genommen habe ich das auch nicht. Dennoch erzeugen die verschiedenen Schraffuren auf dem Papier eindeutig eine Person, die Leah sein könnte. Mit einem Brummen, das so viel heißt wie schön, dass du endlich wieder da bist, begrüßt mich Krista, der als Frühstückskoch im Hotel arbeitet, als ich zu ihm in den SUV steige. »Ich war doch den ganzen Sommer hier«, antworte ich.

Wieder ein Brummen.

»Ich weiß. Ich vermisse es ja auch. Aber das Studium in Berlin ist nunmal genau das Richtige für mich.

Kurz sieht er zu mir. Ein wissender Ausdruck liegt in seinen von der Zeit gezeichneten Zügen.

»Wirklich gut. Bald wird es auch Zeit, dass ich mir ein Projekt für die Bachelorarbeit überlege. Aber erstmal müssen Leah und ich das Semester-Projekt in Angriff nehmen.«

Leah... Ob ich ihr jetzt schreiben sollte? Tomo hat vorhin in unsere WG-Gruppe geschrieben, dass sie die Fahrt von Zürich nach St. Moritz gut hinter sich gebracht haben, auch wenn er sich dabei über Neos Fahrkünste beschwert hat, was sofort in eine hitzige Diskussion ausgeartet ist. Ich tippe ein »Hej« in den Chat mit Leah, lösche es wieder, nur um es erneut zu schreiben und dann doch nicht abzuschicken. Nach beinahe drei Stunden biegen wir um eine Kurve. Und obwohl ich weiß, was mich erwartet, lässt mich der Anblick der weihnachtlich geschmückten *NordlysLodge* staunen. Überall funkeln Lichterketten, sodass unser kleines Hotel in der ständigen Dunkelheit erstrahlt. Die große Fichte, die schon die Vorbesitzer vor dem Eingang gepflanzt haben, ist geschmückt und das Herzstück der gesamten Dekoration. Nur, wenn die Chance besteht, dass Polarlichter über den Himmel ziehen, löschen wir die Beleuchtung, damit unsere Gäste das Naturschauspiel ohne Lichtverschmutzung genießen können.

»Danke, dass du mich abgeholt hast«, sage ich, bevor ich aussteige und meinen Koffer aus dem Wagen nehme. Krista schnaubt und beginnt die Einkäufe nach drinnen zu tragen. Offenbar hat er meine Ankunft genutzt und Besorgungen in der Stadt erledigt. »Hej«, begrüßt Mom mich. Sie wartet bereits in der Tür. Obwohl es mitten in der Nacht ist, strahlt sie über das ganze Gesicht. »Schön, dass du da bist. Ich weiß, du hast dir das anders gewünscht...« Sie schließt mich in ihre Arme.

»Keine Ursache. Du weißt doch, dass ich immer gern hier bin«, versichere ich. Ich trete in den Eingangsbereich und lasse meinen Blick schweifen. Mom hat das Dekorieren schon immer ernst genommen, doch dieses Jahr hat sie sich selbst übertroffen. Überall ist weihnachtlicher Schmuck verteilt. Mit Lichterketten umwickelte Tannenzweige säumen jede Oberfläche, die nicht von, herrlich duftenden Lebkuchenhäusern belegt ist. In den Ecken verstecken sich kleinere und größere Figuren vom Julenissen – dem norwegischen Weihnachtsmann. Und sofort fühle ich mich wieder wie ein kleiner Junge. Schon immer hat Mom es geliebt, die Figuren zu verstecken. Auch als wir noch in Deutschland gelebt haben. Ich muss gar nicht erst an die Decke schauen, um zu wissen, dass dort ein Mistelzweig hängt.

»Kann ich dir noch was helfen?«, frage ich, nachdem die üblichen wie-war-die-Reise- und wie-geht-es-dir-Themen besprochen sind.

»Quatsch. Jetzt ruh dich erstmal aus. Morgen setzten wir uns beim Frühstück mit Yana und Krista zusammen und überlegen uns, was wir noch alles erledigen müssen, bis Familie Grahl hier eintrifft.«

22. Dezember
4. Tag

»Dann los, an die Arbeit«, beendet Mom unser gemeinsames Frühstück, bei dem wir die restlichen Aufgaben unter uns aufgeteilt haben.

Gemeinsam mit Yana, die trotz zwei Tassen Kaffee kaum aus ihren müden Augen sehen kann, verlasse ich unsere Küche im Dachgeschoss. Wir bereiten die Zimmer für die neuen Gäste vor, während Mom und Krista sich um das Kaminzimmer beziehungsweise um die Vorbereitungen für das Abendessen kümmern.

Obwohl ich gerade dabei bin, das Bad zu putzen, und ihre Weihnachts-Playlist auf der kleinen Bluetooth-Box erklingt, höre ich, wie Yana herzhaft gähnt. Sie war noch nie ein Morgenmensch, doch so schlimm ist es eigentlich nur, wenn ihre Freundin hier ist. »Ich dachte zwischen Milla und dir herrscht gerade mal wieder Funkstille?«, wundere ich mich. Mit Lappen und Glasreiniger trete ich ins Zimmer und säubere den Spiegel.

»Das heißt nicht, dass es nicht noch andere Frauen auf diesem Planeten gibt.« Etwas heftiger als nötig, stopft sie das Laken unter die Matratze. Die On-Off-Geschichte zwischen den beiden geht schon so lange, dass ich aufgehört habe, mitzuzählen. »Außerdem bin ich so lange wach geblieben, weil ich auf dich gewartet habe, du Trottel.«

Schuldbewusst zucke ich mit den Schultern. »Das tut mir leid, ich dachte wirklich, du würdest schon schlafen«, sage ich, bevor ich im Bad weitermache und mich der Toilette widme. »Schon vergessen. Erzähl mir lieber von deinen Leah-Fortschritten. Ich brauche dringend eine positive Love-Story in meinem Umfeld.«

Also erzähle ich ihr in allen Einzelheiten von der Weihnachtsparty und der Verabschiedung am Flughafen. Unterdessen arbeiten wir uns von Zimmer zu Zimmer. Wir haben das schon so oft gemeinsam gemacht, dass wir kein einziges Wort mehr über die Handgriffe verlieren müssen. Stattdessen bringen wir uns auf den neusten Stand. Klar schreiben und telefonieren wir fast täglich, aber sich nach etlichen Monaten wieder persönlich zu sehen, ist doch was anderes.

Als es Nachmittag wird, treffen nach und nach die Gäste ein. Die Anreisetage mag ich hier am liebsten. Die staunenden Gesichter zu sehen, wenn sie das erste Mal aus dem Wagen steigen und den Blick erst über die Landschaft und dann durch die Räumlichkeiten schweifen lassen, ist wunderbar. Wenn man es gewohnt ist, vergisst man schnell, wie besonders dieser Ort ist. Im Sommer, wenn die Sonne niemals untergeht, scheint die Landschaft schier unendlich, man kann Wandern oder Mountainbike fahren oder – wenn man die Kälte nicht scheut – im Fjord schwimmen gehen. Im Winter gibt es einfach nichts Schöneres. Schnee, so weit das Auge reicht, Nordlichter am nächtlichen Himmel und dann einen warmen Tee im Kaminzimmer vor dem knisternden Feuer.

3

Leo

An den Bewegungen von Moms Lippen erkenne ich, dass sie redet. Offenbar mit mir, sonst würde sie mich wohl kaum so ansehen. Mit so meine ich: besorgt und mitleidig. Obwohl ich mir denken kann, was sie will, ziehe ich meine Bluetooth-Kopfhörer, aus denen in ungesunder Lautstärke *Go your own way* von *Fleetwood Mac* dröhnt, von meinen Ohren.

»Ist alles okay mit dir, Maus?«

»Ja, Mom«, antworte ich knapp und will meine Kopfhörer wieder aufsetzen. Seit wir uns gestern am Flughafen in München getroffen haben, sieht sie mich so an.

»Du siehst müde aus... Hast du nicht gut geschlafen?«

»Alles bestens.« Seufzend sperre ich die Welt wieder aus, indem ich mich wieder der Musik widme, dem Einzigen, das mich gerade davon abhält, schon wieder in Tränen auszubrechen. Das habe ich schon die ganze Nacht getan. Also nein, ich habe nicht gut geschlafen. Ich habe gar nicht geschlafen, um die Frage mal zu beantworten. Aber Mom das zu sagen, kommt nicht in Frage. Dann müsste ich schließlich alles erzählen und das ist ausgeschlossen. Sie schauen mich jetzt schon an, als wäre ich ein bemitleidenswertes Häufchen Elend. Ich will gar nicht wissen, wie das aussieht, wenn sie erfahren, was vorgefallen ist.

Draußen zieht die Landschaft im tiefblauen Tageslicht vorbei. Obwohl die Uhr auf meinem Telefon 12:20 Uhr anzeigt, ist es draußen beinahe dunkel. Herzlich willkommen über dem Polarkreis.

Noch zwei Stunden, dann sind wir da, und ich kann endlich die Hotelzimmertür hinter mir schließen und mich im Bett verkriechen und am besten nicht mehr rauskommen, bis es an der Zeit ist, abzureisen. Vermutlich werde ich die Tage bis dahin hauptsächlich mit heulen verbringen, mich fragen, warum es soweit gekommen ist, dass ich dem ganzen Mist überhaupt zugestimmt habe und wieso... Scheiße. Es tut so weh, verdammt. Und es sollte nicht weh tun. Er hat sich dazu entschieden, alles rückgängig zu machen. Er sollte leiden. Nicht ich. Aber was ist schon gerecht? Jetzt sitze ich hier, versuche meinen Eltern die heile Welt vorzuspielen, damit sie sich keine Sorgen machen müssen, versuche diese beschissenen Tränen mühsam zurückzuhalten, versuche durchzuhalten. Funktioniert übrigens wun-der-bar.

Und dann erwacht da wieder diese Wut in mir. Wut darauf, dass ich mich habe von ihm verletzen lassen, dass ich traurig bin, dabei hat er es nicht verdient, dass ich ihm hinterherweine. Ich dachte, ich hätte mein Leben im Griff, dachte, ich wäre erwachsen geworden. Pustekuchen. Wie ein Kleinkind sitze ich mit bebender Unterlippe auf dem Rücksitz des Mietwagens mit dem wir zu unserem Familientreffen zweieinhalb Stunden durch die norwegische Ödnis fahren.

Wie oft sich dieser Gedankenkreisel nun schon gedreht hat, weiß ich nicht, als mich etwas am Knie berührt. Erschrocken zucke ich zusammen.

»Verdammt«, fluche ich, »musste das sein!?«

»Wir sind da, Mäuschen. Tut mir leid, wenn ich dich erschreckt habe«, sagt mein Vater mit schuldbewusster Miene. »Schon gut«, erwidere ich und meine eigentlich entschuldige, dass ich dich so angefahren habe. Tatsächlich steht unser Auto vor einem großen lichterkettenbehangenen Holzhaus. Ich öffne die Tür und steige aus. Augenblicklich versinke ich im Neuschnee, der sofort in meine Schuhe rieselt. Es war nicht die klügste Entscheidung, meine Air Max 90 zu tragen. Aber da ich in drei Tagen ohnehin gen Dubai aufbreche und bis dahin mein Hotelzimmer hier nicht verlassen werde... Fuck... Dubai, das hätten unsere Flitterwochen sein sollen. Zwei Wochen nur er und ich. Wir hatten uns geschworen, unsere Smartphones auszuschalten. Vor allem er, damit nicht wie sonst immer die Arbeit unserer Zweisamkeit im Wege steht. Jetzt fliege ich allein. Hoffentlich bekommt mein Herz es bis dahin auf die Reihe, mich nicht ständig wie ein Schlosshund heulen zu lassen.

»Wir sind auch traurig, dass Roshan nicht hier sein kann.« Moms mitfühlender Ton raubt mir den letzten Nerv. Sie denken, er wäre beruflich eingespannt und könne deswegen nicht da sein. Ja, ja, ich weiß. Aber was hätte ich ihnen denn sonst sagen sollen? Dass ihr Lieblingsschwiegersohn mich für einen Fehler hält? Ganz. Sicher. Nicht.

»Er ist eben ein vielbeschäftigter Mann«, pflichtet Dad ihr bei, der gerade unsere Koffer aus dem Wagen hievt. »Wie du es bist. Und trotzdem findest du Zeit für deine Frau«, erwidert Mom. Auch nach zwanzig Jahren Ehe sehen sie sich immer noch verliebt in die Augen. Glaubt mir, ich freue mich wirklich für sie und irgendwie lässt es mich auch hoffen, dass es die wahre Liebe tatsächlich gibt. Aber gerade jetzt treibt es mir die Tränen nur noch mehr in die Augen. Irgendwas in mir hat wohl geglaubt, ich würde sowas auch erleben. Und jetzt stehe ich hier und bin... eifersüchtig auf meine Eltern? Verdammt. »Ich... kann meinen Koffer nehmen«, biete ich an, als mein Dad versucht, die vier großen Teile durch den weichen Schnee zu bewegen, hauptsächlich um der Situation schneller entfliehen zu können.

Sobald ich mein Gepäck in den Händen halte, beeile ich mich ins Warme zu kommen.

»Nun gib schon her, das kann sich ja niemand mit ansehen, wie du versuchst den Gentleman zu spielen«, höre ich Mom hinter mir.

»Ich spiele es nicht, ich bin es...«

Verdammt. Ich muss hier weg. Mein Sichtfeld wird verdächtig unscharf.

Mit etwas mehr Kraft als nötig stoße ich die hölzerne Eingangstür auf und betrete das Hotel, das unsere Familie komplett gebucht hat. Zeit, um das Etablissement genauer zu betrachten, nehme ich mir nicht. Zielstrebig trete ich auf die Rezeption zu, hinter der ein junger Mann steht, der nicht viel älter als ich selbst sein kann.

»Herzlich willkommen in der *NordlysLodge* ...«

»Leonie Grahl«, unterbreche ich seinen Begrüßungssermon. »Welches Zimmer wurde für mich reserviert?« Normalerweise bin ich nicht so. Aber mein emotionaler Zusammenbruch in der Mall hat mir gereicht, nochmal passiert mir das nicht! Und deshalb muss ich schleunigst in mein Zimmer.

»206«, sagt er, nachdem er in einer Liste nachgesehen hat. »Deine Begleitung ist noch draußen?«, fragt er und lächelt dabei so offen und herzlich, dass ich beinahe neidisch werde, zumindest bis ich realisiere, was er gerade gesagt hat. »Die kommt nicht«, würge ich mühevoll beherrscht hervor, damit er nicht bemerkt, dass der nächste Heulkrampf kurz bevorsteht. Meine Sicht verschwimmt. Verdammt. Die Zeit rinnt mir davon. Einzig mein Stolz, nicht vor einem Fremden loszuflennen, hält mich noch auf den Beinen.

»Oh. Na dann zeige ich dir mal dein Zimmer. Wenn du mir deinen Koffer...«

»Das schaffe ich schon alleine. Ist ja schließlich kein Labyrinth hier, oder?«

Ich lasse ihm keine Zeit zum Antworten, sondern rausche davon. Blindlings rase ich den Flur entlang, Treppe hoch, noch eine Treppe hoch, wieder ein Flur... 204, 205... da endlich... 206. Aufschließen... Koffer in die Ecke.

Ich mache mir nicht die Mühe, Mantel und Schuhe auszuziehen, sondern werfe mich einfach auf das Bett und schluchze drauflos. Ich zittere am ganzen Körper. Scheiße Leute, ich kann nicht mehr. Ich habe keine Ahnung, wie ich die Weihnachtstage überstehen soll, ohne mir anmerken zu lassen, was für einen dummen Fehler ich gemacht habe.

So ein Mist.

Erschöpft rolle ich mich auf den Rücken, wische mir über die Augen und bin froh darüber, kein Make-Up zu tragen. Ein Blick auf die Uhr verrät mir, dass ich schon über eine Stunde lang hier bin. Ich schließe die Augen, als könnte ich so die Realität ausblenden. Stattdessen sehe ich wieder seinen Blick vor mir. Sehe, wie er mir erklärt, dass er mich nicht verlassen will, aber die Hochzeit ein... Meine Zimmertür wird aufgestoßen. Klopfen wird offenbar vollkommen überbewertet. Hastig wische ich mir über die Augen, um die letzten Tränen zu verbannen.

»Leo, wo bleibst du denn?«, fragen meine kleinen, viel zu schnell in die Pubertät kommenden Cousinen Echo und Eden, die sich wie ein Ei dem anderen gleichen. »Wir warten schon eeeewig mit dem Spiel auf dich.«

»Später, okay?«, antworte ich und merke, wie rau meine Stimme dabei klingt.

»Oh ja... dann können wir dich endlich wieder richtig fertig machen«, freut sich Echo... oder Eden, so sicher bin ich mir da nie. Wenn ich die zwei länger als ein paar Wochen nicht gesehen habe, brauche ich immer eine Weile, bis ich sie auseinanderhalten kann. »Wo ist eigentlich dein Freund?«, möchte die andere wissen, ohne zu ahnen, dass sie damit nur Öl in die grade erloschenen Flammen gießt.

»Der muss arbeiten«, sage ich kurz angebunden. »Wollt ihr nicht schon mal runtergehen? Ich muss noch etwas erledigen.« Ich stehe auf und schiebe die kleinen Wirbelwinde aus dem Zimmer. Noch eine Weile höre ich das Gelächter leiser werden, während ich tief durchatme und überlege, was ich jetzt mit mir anfange. Ich will gerade meine noch immer nassen Sneakers ausziehen und auf die Heizung stellen, als sich die Tür erneut öffnet.

»Leonie, wie schön, dass du auch hier bist«, flötet Charlott, Dads jüngere Schwester. »Herrje, wie siehst du denn aus? Alles in Ordnung mit dir? Ich habe schon gehört, dass dein Herzblatt nicht abkömmlich war. Wie schade, dass ihr die schönsten Tage des Jahres nicht zusammen verbringen könnt. Ich erinnere mich noch genau an die ersten Weihnachtstage mit meinem Eberhard. Da waren wir ja auch noch so jung und alles war besonders und aufregend und...«

Wie versteinert lausche ich ihrem endlosen Redeschwall, in der Hoffnung, die Fassung zu wahren. Mitfühlend streicht sie mir über die Wange. Eine Geste, die ich nur mühsam ertrage. Mit jedem ihrer Worte ziehe ich mich mehr in mich zurück, damit ich meine Gefühle im Zaum halten kann. Versuche, meinen Körper zu einer leeren Hülle werden zu lassen. Doch mir gelingt es nicht. Charlotts Worte dringen immer noch zu mir. »Du wirst sehen, Weihnachten wird wie im Fluge vergehen und dann seid ihr wieder zusammen.«

Schön, wie sie mir Wort für Wort das Messer weiter in die Brust rammt, ohne es zu merken. In der Tasche meines Hoodies balle ich meine Hand zur Faust, bis meine Fingernägel unangenehm in die Handfläche schneiden. Irgendwas brauche ich, um nicht laut loszuschreien, dass sie einfach ihre verdammte Klappe halten soll. Diese beschissene gute Laune ertrage ich nicht. Klar, ich könnte ihr und allen anderen erzählen, was passiert ist. Aber Mitleid ertrage ich noch viel weniger. Und wer weiß, womöglich kommt dann auch noch die Häme dazu. Schließlich war er der Traumschwiegersohn. Alle haben ihn geliebt. Bis vorgestern konnte ich es ihnen ja nicht einmal verübeln.

»Ich bin müde«, presse ich hervor, als Charlott kurz Luft holt, »außerdem muss ich noch was für die Uni machen«, lüge ich, wissend, dass dieses Argument immer zieht.

»Ach Gottchen, dann will ich dich gar nicht weiter abhalten. Du siehst auch aus, als könntest du ein paar Stunden Schlaf gut gebrauchen. Die Anreise war ja auch wirklich kein Pappenstiel. Also dann...«

»Ja, also dann. Bis später«, unterbreche ich sie bemüht lächelnd.

Ich schließe die Tür hinter ihr. Seufzend sinke ich mit dem Rücken zur Tür auf den Boden, umschlinge meine Beine und lege meinen Kopf auf meine Knie. Zitternd atme ich ein und aus. So kann es nicht weitergehen. Ich muss irgendwas tun. Meine Muskeln schmerzen, als ich mich wieder erhebe, um meinen Koffer auszupacken. Eigentlich habe ich mich nach all den Jahren des Hockeyspielens für ziemlich fit gehalten. Wie es scheint, bereitet einen der Sport jedoch nicht auf einen derartigen Heulmarathon vor.

Zum ersten Mal nehme ich mir die Zeit, das Zimmer anzusehen. Es wirkt ziemlich gemütlich mit seinen Holzwänden. Wie aus einem dieser kitschigen Netflix-Weihnachtsfilme.

Ich schlüpfe gerade in meine Chucks, die ich zuletzt aus dem Koffer genommen habe, als es an der Tür klopft, bevor sie auffliegt.

»He, Roshan, alte Socke.«

»Könnt ihr nicht wenigstens warten, bis ich herein gesagt habe?«, fahre ich Conrad an. Conrad, mein älterer Cousin. Conrad, Liebling der ganzen Familie. Conrad, der später mal den Verlag von meinem Vater übernehmen wird. Conrad, der mit der hübschen Cassidy verlobt ist. Cassidy, die auch nach einem Zwölf-Stunden-Flug über den Atlantik aussieht, als käme sie gerade aus dem Beauty-Salon. »Oh. Ist er gar nicht da?«

»Doch«, antworte ich, »er testet nur gerade seinen Tarnumhang.«

Cassidy lacht, und natürlich lacht Cassidy auf eine niedliche, süße Art und Weise und klingt dabei nicht wie eine hustende Seekuh, wie ich. »Du bist echt witzig, Leo.« Ihr britischer Akzent ist deutlich wahrnehmbar. »Sagst du ihm, dass wir uns um zwanzig Uhr zu einer Herrenrunde Billard im Kaminzimmer treffen?«

»Nun, da wird er sich wohl etwas verspäten. Sonst noch was?«

»Nein. Das war's schon.«

4

Ole

»Ole...«, Yana winkt mich zu sich, »... wir haben die Handtücher für die 206 voll vergessen. Kannst du das noch schnell erledigen?«

Ich schnappe mir ein Set aus der Wäschekammer, bevor ich in den zweiten Stock gehe. Weich und flauschig liegen die Tücher in meinen Händen. Ich habe keine Ahnung, was die Wäscherei anstellt, damit es sich so anfühlt. Aber das ist etwas, dass ich in Berlin wirklich vermisse. Am Ende des Flurs klopfe ich an die Tür und warte kurz. Als keine Reaktion kommt, klopfe ich nochmal, Rufe das obligatorische Room Service und trete ein.

Im selben Moment schwingt die Tür zum Badezimmer auf.

»Ist denn heute Tag der offenen Tür, oder was? Roshan ist nicht da verdammt! Und er kommt auch...«

Kurz hält die junge Frau mit den blauen Haaren inne, als wäre ich nicht die Person, die sie erwartet hat, fährt dann jedoch unbeirrt fort.

»Kann man denn nicht mal fünf Minuten lang seine verdammte Ruhe haben? Ist es zu viel verlangt, einfach mal ins Bad zu gehen, ohne dass hier jemand reinplatzt? Da ist man schon am Arsch der Welt und dann geht es trotzdem zu wie im Taubenschlag.«

»Entschuldige. Ich wollte nur...«, vielsagend – zumindest hoffe ich das – halte ich die Handtücher hoch, doch das scheint sie gar nicht zu merken.

»Ich wollte auch so vieles. Aber soll ich dir was verraten? Man bekommt selten, was man will. Tja, Pech gehabt.«

»Ähm...« Ich habe absolut keine Ahnung, was hier vor sich geht. Wir haben eigentlich immer Glück mit unseren Gästen. Nur ganz, ganz selten echauffiert sich mal jemand, weil es keinen Spa-Bereich gibt, und wir auch sonst

kein Fünf-Sterne-Luxusresort sind – obwohl wir das auch nirgends versprechen. »Ähm... Was?« Wütend starrt sie mich aus ihren braunen Augen an,
ihre Arme hat sie vor der Brust verschränkt. »Hat es dir jetzt die Sprache verschlagen? Ist deine heile, rosafarbene Zuckerwattewelt jetzt kaputt? Tja, ge-
wöhn dich besser dran. Offenbar gehört das dazu, wenn man erwachsen ist.«

Während sie sich weiter in Rage redet, beginnt sie auf und ab zu laufen. Im
Zimmer ist es dunkel. Einzig die beiden Nachttischlampen spenden warmes
Licht, das in krassem Kontrast zu der eisigen Stimmung steht, die Leonie
verströmt.

Ich bleibe ruhig stehen, denn ich befürchte, jede Regung würde sie nur
noch mehr aufputschen. »Kann ich sonst noch etwas für dich tun?«, frage ich
mit ruhiger Stimme. Es nützt niemanden was, wenn ich mich von diesen Ag-
gressionen, die mit Sicherheit nicht mir gelten, anstecken lasse.

»Hmm... lass mich nachdenken«, in übertriebener Geste legt sie ihre Hand
ans Kinn. »Wie wäre es, wenn du einfach verschwindest? Ist es so unmöglich
in diesem Haus einfach mal schlechte Laune zu haben? Gibt es ein Verbots-
schild? Falls ja, muss ich das wohl übersehen haben. Tut. Mir. Leid.«

»In Ordnung. Dann wünsche ich dir noch einen schönen Abend und
eine...« Mit einem lauten Knall schließt sie die Tür. Erst jetzt merke ich, dass
ich gar nicht mehr im Zimmer stehe. Wie die Druckwelle einer Explosion
hat mich ihr Ausbruch nach draußen befördert. Was ist da gerade passiert?
Diese Energie, die aus ihr herausströmt, hinterlässt ihre Spuren bei mir. Der
Ausdruck auf ihrem wutverzerrten Gesicht, das Feuer, das in ihren braunen
Augen lodert, beides begleitet mich auf dem Weg zurück in die Wäschekammer.

Klar, mich geht das gar nichts an, dennoch frage ich mich, was sie so aufgewühlt hat. Hat sie Streit mit ihrer Familie, will sie gar nicht hier sein? Ich
weiß, ich sollte mich auf andere Dinge konzentrieren, aber mit solchen Span-
nungen kann ich nicht gut umgehen, seit die Ehe meiner Eltern den Bach
runterging. Ich versuche, für jeden Streit irgendwie eine Lösung zu finden,
einen Kompromiss, der für alle gut ist. Meistens gelingt mir das auch. Wenn
Tomo und Neo sich mal wieder in den Haaren liegen, weil der eine ein Ord-
nungsfanatiker ist und der andere das Chaos liebt, bin ich es, der zwischen

meinen Mitbewohnern vermittelt. Nachdem ich die verschmähten Handtücher zurück in die Wäschekammer gebracht habe, gehe ich in mein Zimmer und lege mich aufs Bett. Ich liebe es, dass ich von hier aus den Himmel beobachten kann, sehe, wie die grünen Schlieren der Nordlichter am Firmament entlang tanzen. Und obwohl ich weiß, dass es ein schlichter physikalischer Vorgang ist, hat es dennoch immer wieder etwas Magisches. Vielleicht sind es doch nicht die Handtücher, die ich am meisten vermisse, wenn ich in Berlin bin. Gerade bin ich mir zu hundert Prozent sicher, dass es die Nordlichter sind.

Wie schön wäre es, wenn Leah das sehen könnte, denke ich. Ich stelle mir vor, wie es wäre, wenn sie neben mir liegen würde, ihre mit Farbe bespritzten Finger mit meinen verflochten. Wie ihr lieblicher Rosenduft meine Nase kitzelt, wenn ihr Kopf auf meiner Schulter ruht. Ob sie ja gesagt hätte, wenn ich sie gefragt hätte, ob sie mich begleiten will? Ach Leah... Sie hat meine Nachricht inzwischen gelesen, geantwortet hat sie noch immer nicht. Der leicht panische Mitarbeiter im Großraumbüro meines Kopfes will schon wieder alles zerdenken und zum Telefon greifen, um eine Nachricht zu schreiben. Wie automatisch nehme ich stattdessen den Skizzenblock, der immer auf meinem Schreibtisch liegt. Ich knipse meine Leselampe an, nehme meinen viel zu schnell kleiner werdenden Lieblingsbleistift und beginne ihn über das Papier tanzen zu lassen. Nach und nach entstehen ganz verschiedene Darstellungen des Julenissen – irgendwie muss ich der Jahreszeit ja Rechnung tragen. Ich versuche mich an verschiedenen Zeichenstilen. Die Linien, die die erste Figur bilden, sind fein und sauber. Danach werde ich etwas experimentierfreudiger und übertreibe mit den Proportionen. Der Kopf ist übergroß und wird beinahe vollständig von einer Mütze verdeckt. Der Rest des Körpers ist winzig klein. Die Formen sind rundlich. Ein anderer Julenissen ist eher kantig angelegt. Je mehr ich zeichne, je länger ich den Stift über das Papier bewege, desto ruhiger werde ich. Mit jedem Strich, jeder Schraffur kommen meine Gedanken zur Ruhe, als würden sie sich von allein aufräumen. Jeder Gedanke in die Schublade, in die er gehört. Alles an Ort und Stelle, um zu rechter Zeit bearbeitet zu werden. In meinem Zimmer ist es ruhig, nur das Kratzen der Miene auf dem Papier ist zu hören. Ab und an dringt Yanas Lachen durch die Wand. Milla hat sich vorhin gemeldet. Ich kann nur hoffen, dass sie es diesmal ernst meint und meine beste Freundin nicht wieder verletzt wird. Jede Linie, jede Schraffur sorgt dafür, dass die Bilder, die sich in meinem Kopf befinden, auf dem Papier Gestalt annehmen. Etwas, das ich jedes Mal auf neue überwältigend finde, dass ich dank meiner Fähigkeiten die Möglichkeit habe, meine Gedankenbilder auf einem realen Medium für andere sichtbar zu machen.

Bei der zehnten Figur schrecke ich auf, als mir der Bleistift aus der Hand fällt. Wie müde ich auf einmal bin, habe ich bis dato gar nicht realisiert. Aber verwunderlich ist es auch nicht. Ich bin seit dem frühen Morgen auf den Beinen. Also beschließe ich es für heute gut sein zu lassen. Morgen wird es auch nochmal anstrengend. Schließlich steht dann, am Dreiundzwanzigsten, der kleine Weihnachtsabend ins Haus.

5

Leo

Ich weiß, dass ich einen Fehler gemacht habe, noch bevor die Tür richtig ins Schloss gefallen ist. Ich habe verbal um mich geschlagen, bin explodiert wie ein Ballon, der mit einer Nadel gepikt wurde, nur das Mr. Handtuch nicht einmal wusste, dass er eine Nadel in den Händen hielt. Er wollte nur nett sein. Keine Ahnung, wie er so ruhig bleiben konnte. Er stand einfach da, in seinem Holzfällerhemd, für das ihm eindeutig die muskulösen Oberarme und der Vollbart fehlten, hat mich angesehen mit einem Blick, der so offen und aufmerksam war, dass es mir Gänsehaut bereitet. Ich weiß nicht, wieso sich ausgerechnet das so sehr in meiner Erinnerung festgesetzt hat. Bestimmt hat er es wirklich nur gut gemeint. Das Schlimmste ist, dass er nicht mal mitleidig ausgehen hat. Einfach nur so, als würde er tatsächlich ernst meinen, als er fragte, ob er was für mich tun könne.

Er kam zur falschen Zeit. Wie hätte er auch wissen sollen, dass ich mich aktuell in einem verdammten Ausnahmezustand befinde. Dass mein ach so toller Mann es vorzieht, die Ehe rückgängig zu machen, noch bevor sie richtig begonnen hat. Ich kann euch echt nicht sagen, ob das so ohne weiteres möglich ist. Ehrlich gesagt, ist mir das auch egal. Wenn *er* das so will, dann soll *er* sich bitte darum kümmern. Mich interessiert nur, wie ich die nächsten Tage überstehe, ohne noch mehr verbale Explosionen zu erleiden. Wie ich die Weihnachtsessen durchhalten und auf dem Familienfoto lächeln soll. Wie ich das ständige Geturtel des ach so tollen Conrads und seiner liebenswürdigen Verlobten ertragen soll.

Als ich in dem kleinen Bad in den Spiegel sehe, zucke vor Schreck zusammen. Herrje, sehe ich beschissen aus. Ich habe kein Problem mit meinem

Körper. Ich mag meine leichten Kurven, wie sie sind, aber heilige Scheiße meine Augenringe geben meinen Mundwinkeln gerade einen High-Five. Von meinen Augen will ich gar nicht erst anfangen. Die sind so Blut unterlaufen, dass jeder Zombie panisch vor mir weglaufen würde. Meine Klamotten werfe ich achtlos auf den Boden, als ich in das alte, ausgeleierte Bandshirt von *Huey Lewis & The News* schlüpfe, das früher meinem Dad gehört hat... meinem richtigen.

Ich brauche dringend Schlaf. Leichter gesagt als getan. Stundenlang wälze ich mich von einer Seite auf die andere. Schiebe Gedanken hin und her und komme doch nicht wirklich voran. Ich hätte einfach niemals herkommen sollen. Aber das hätte ich meinen Eltern nicht antun können. Und irgendwie freue ich mich ja auch, die beiden zu sehen. Seit ich in der Schweiz auf dem Internat zur Schule gegangen bin, waren die Ferien immer Familienzeit. Ich habe so ein Glück, in ihrer Familie gelandet zu sein. Aber grade ist es einfach schwer, das alles zu ertragen. Ich weiß, dass sie mich lieben, dass ich für sie die Tochter bin, die sie sich immer gewünscht haben. Aber verdammt, trotzdem ist da das nagende Gefühl, dass ich sie enttäuscht habe, dass ich Schuld an allem bin.

Vielleicht hat er ja recht und ich habe wirklich überreagiert, verhalte mich kindisch und viel zu impulsiv. Vielleicht sollte ich Mom doch einfach alles erzählen, von der spontanen Hochzeit und allem, was sich danach zugetragen hat. Bestimmt wüsste sie, wie ich damit umgehen kann. Seufzend stehe ich auf. Die Holzdielen sind kalt unter meinen Füßen und lassen mich zittern. Schnell ziehe ich meine Chucks an und trete ans Fenster. Am Himmel ist ein unglaubliches Farbenspiel zu beobachten. Nordlichter. Das habe ich noch nie gesehen. Also in echt. Wie gebannt starre ich auf das Wabern am nächtlichen Himmel und fühle mich auf einmal so, so winzig und unbedeutend. Ich bin ein kleines Häufchen Kohlenstoff irgendwo im Universum und heule rum, weil ein anderes kleines Kohlenstoffhäufchen mir mein Herz aus der Brust gerissen hat. Ich betrachte mein Spiegelbild in der Fensterscheibe, folge der einzelnen Träne, die wie so viele vor ihr über meine Wange rinnt und irgendwann von meinem Kinn auf meine Brust tropft. Scheiße, warum lasse ich mich von diesem anderen Kohlenstoffhaufen so aus der Bahn werfen? Warum gebe ich ihm die Macht dazu? Ich bin stark. Ich habe schon Schlimmeres überstanden. Morgen ist ein neuer Tag. Ich werde mit Mom reden. Egal, wie sie reagieren wird, es muss raus aus mir, raus aus meinen Gedanken. Im Zweifel kann ich immer noch in den nächsten Flieger steigen und irgendwo hinfliegen. Ein weiterer Vorteil dieser Familie ist, dass die Kreditkarte kaum ein Limit kennt. Irgendwo auf diesem geschundenen Planeten wird es schon einen Platz für mich geben.

Mit etwas, das Zuversicht ziemlich nahekommt, lege ich mich wieder ins Bett, streife meine Schuhe ab und wickle mich in diese verboten gemütliche Decke. Es dauert nicht lange, bis ich in einen traumlosen Schlaf gleite.

23. Dezember
5. Tag

Das erste Mal, seit dem Ereignis - so werde ich es ab jetzt nennen - wache ich ausgeschlafen auf. Die Uhr meines Handys zeigt 7:30 Uhr. Perfekte Zeit zum Aufstehen. Nur leider ist das Bett so unfassbar bequem, dass ich mich am liebsten nochmal umdrehen würde. Doch ich kenne meinen Körper gut genug, um zu wissen, wenn ich jetzt einschlafe, bin ich den restlichen Tag unleidlich. Ja, Leute, ich weiß, ich habe bisher nicht wirklich den Eindruck vermittelt, es könnte jemals anders sein. Ich widerstehe dem Drang, einfach liegen zu bleiben, stehe auf, sammle meine Klamotten zusammen und husche ins Bad, wo mich eine angenehm warme Fußbodenheizung empfängt.

Heiß prasselt das Wasser über meine Schultern. Ich gehe nicht so weit und behaupte, dass es den kompletten Stress der letzten Tage von mir wäscht, aber zum ersten Mal habe ich das Gefühl, mich ein wenig entspannen zu können. Viel länger als nötig verharre ich unter der Dusche, male mit meinem Finger Strichmännchen an die beschlagene, gläserne Duschwand und halte inne, als ich seine Stimme in meinen Gedanken höre, die sich über meine kindische Seite lustig macht. Danke Gehirn, seufze ich innerlich, bis eben hatte ich einen guten Morgen. Ich stelle das Wasser ab und erstarre, als ich realisiere, dass es keine Handtücher gibt. Verdammt! Nach meiner Verbalohrfeige hat Mr. Handtuch die Dinger wieder mitgenommen. Scheiße, scheiße, SCHEIßE!

Wieso hatte ich nicht vorher daran gedacht? Als ich gestern Abend im Bad war, habe ich meine Hände einfach an meinem Schlafshirt abgewischt, wie ich es immer tue, wenn mich niemand beobachtet. Hätte ich bessere Manieren, wäre mir eher aufgefallen, dass es nichts zum Abtrocknen gibt.

Schicksalsergeben zerre ich also meine Schlafshorts über meine nassen Beine und meinen schwarzen Hoodie über den Kopf. Sofort beginnt der Stoff unangenehm an meiner Haut zu kleben. Wun-der-bar. Meine triefnassen Haare tropfen munter auf den dicken Stoff und färben das ausgeblichene Schwarz dunkler. Zum Schluss steige ich in meine Chucks und begebe mich auf meinen ganz eigenen Weg der Schande, um zu sehen, wo ich Handtücher auftreiben kann.

Auf dem Flur ist es ruhig. Meine Schritte werden von einem dicken Teppich geschluckt. Zum ersten Mal seit meiner Anreise sehe ich mich hier um. Überall ist es weihnachtlich dekoriert. Tannenzweige verströmen ihren typischen Geruch. Hunderte kleiner Lämpchen bringen den Flur zum Strahlen. Auf kleinen Tischen stehen Lebkuchenhäuser und Figuren, die an eine Mischung aus Weihnachtsmann und Kobold erinnern. Ich schaffe es unbemerkt bis zur Treppe, da höre ich Schritte die sich von oben nähern. Und weil das Schicksal es heute so gut mit mir meint, ist es ausgerechnet er, der mich mit großen Augen ansieht.

6

Ole

Am Fuß der Treppe, die unseren Wohnbereich vom Bereich der Gäste abtrennt, treffe ich auf Leonie, der wohl gerade aufgefallen ist, dass sie noch immer keine Handtücher hat. Ich muss schon sagen, dass ich mir ein Grinsen nur schwer verkneifen kann. »Vermisst da jemand seine Handtücher?«, frage ich, woraufhin sie ihr Kinn in die Höhe reckt. Ein herausfordernder Ausdruck tritt in ihre braunen Augen.

»Quatsch. Ich lasse meine Haare nur an der Luft trocknen, das ist ohnehin gesünder.«

Nur mit Mühe kann ich ein belustigtes Schnauben unterdrücken. Aber gut, wenn sie ein Spiel spielen will, gern.

»Na dann ist ja alles bestens. Hab noch einen angenehmen Tag«, ich wende mich zum Gehen, als mir noch etwas einfällt. »Ich habe nochmal alles überprüft, ich konnte tatsächlich kein Hinweisschild finden, dass schlechte Laune verbietet.«

Etwas blitzt in ihren Augen auf. Was genau es ist, weiß ich nicht. Ich bin bereits eine halbe Etage weiter unten, da höre ich, wie sie mir mit schnellen Schritten folgt.

»Warte... Nur mal angenommen, es müsste mal schnell gehen... Also mit den Haaren. Wo fände ich dann Handtücher?«, will sie wissen und sieht dabei aus, als würde es ihr einiges abverlangen, diese Frage zu stellen. Ich komme nicht umhin mich zu wundern, warum sie sich lieber eine Erkältung einfangen würde, als um Hilfe zu bitten.

»Hmm. Ich bin mir nicht sicher, ob ich einem Gast, dieses Betriebsgeheimnis einfach so verraten darf«, antworte ich, gespielt nachdenklich. Sofort verdreht sie ihre Augen, auf eine Weise, dass ich befürchte, sie könnten nicht mehr in ihre ursprüngliche Position zurückfinden. »Wieso? Bewahrt ihr etwa neben den Handtüchern auch euer Bargeld auf?«, abwartend verschränkt sie ihre Arme vor der Brust.

»Nein. Aber vielleicht möchten die Trolle, die sie nachts reinigen, nicht gestört werden. Vor allem nicht von Menschen, die heile, rosafarbene Zuckerwattewelten zerstören.« Wenn Blicke töten könnten, wäre mein Leben jetzt zu Ende. Würde ich Leonie in Comicform zeichnen, kämen Blitze aus ihren Augen und alles, um sie herum läge in Schutt und Asche.

Inzwischen sind wir im Erdgeschoss angekommen. »Dir macht das echt Spaß, oder?«, will sie wissen und klingt zunehmend genervt, was mein Grinsen nur verstärkt. »Wenn ich ehrlich sein soll, schon ziemlich…«, herrje, diese Frau ist einen Kopf kleiner als ich, aber trotzdem nicht weniger furchteinflößend. Keine Ahnung, ob sie eine Ausbildung macht, noch studiert oder schon arbeitet. Egal, ich bin mir sicher, mit diesem Gesichtsausdruck, bekommt sie gewöhnlicherweise, was sie will und das sofort. Ich dachte nicht, dass ich lebensmüde bin, aber irgendwie bereitet es mir ziemlich Freude, sie auf die Palme zu bringen. Ich trete noch einen Schritt auf sie zu, sodass sie ihren Kopf in den Nacken legen muss. Wassertropfen kleben an ihren Wimpern. Mit einer Stimme, als wäre ich von purer Freude erfüllt, fahre ich fort »… Aber man soll ja aufhören, wenn's am schönsten ist. Ich muss mich auch langsam an die Arbeit machen. Die Trolle unterstützen uns nämlich nur nachts, weißt du…«

»Herrje. Es tut mir leid, okay? Du hast mich gestern… ist ja auch egal. Kannst du mir bitte verraten, wo die verdammten Handtücher sind?«

Ich will gerade zu einer Antwort ansetzen, als ein Kichern aus dem Kaminzimmer ertönt. Auch wenn ich weiterhin Leonies Blick standhalte, erkenne ich, dass die beiden Zwillinge in unsere Richtung flitzen.

»Ihr müsst euch küssen«, beginnt eine der beiden. Bevor sie wieder kichern müssen.

»Oh ja. Aber nur auf die Wange. Alles andere wäre voll eklig«, fügt das andere Mädchen hinzu, bevor sie sich die Augen zu halten, als könnten sie den Anblick nicht ertragen.

Leonies Augen werden schmal. Herausfordernd ziehe ich eine Augenbraue hoch. Keine Ahnung, woher das gerade kommt. Aber ich kann nicht anders.

»Denk nicht mal dran«, zischt sie mit zusammengebissen Zähnen. »Auf diese kindische Scheiße habe ich echt keinen Bock!« Damit rauscht sie davon.

»Was für ein Sonnenschein«, murmle ich gerade so laut, dass sie es auch sicher versteht.

7

Leo

Das lief ja wirklich super. Wenigstens habe ich Ole eine schöne Show geboten, in meinen alten Schlafshorts und dem feuchten Hoodie. Frustriert reiße ich mir den nun von den Schultern und versuche damit, so viel Wasser aus meinen Haaren zu quietschen, wie möglich. Ole sah natürlich aus, wie das blühende Leben. Perfekt unperfekt sitzende Haare, etwas zu lang, aber irgendwie auch genau richtig. Heute mit rot kariertem Flanellhemd und einem eng sitzenden weißen Shirt darunter. Das dämliche Grinsen, als er mich erkannt hat, mit einem noch dämlicheren Grübchen in seiner rechten Wange.

Inzwischen sind meine Haare so trocken, dass ich sie mit dem Föhn bearbeiten kann. Dann sehe ich zwar aus, als hätte man mir ein Vogelnest auf den Kopf gesetzt, aber was solls. Zum Glück habe ich ja meine alte Lieblingsmütze dabei, die wird das Unheil schon verstecken.

Ich greife nach meiner schwarzen Jeans, in deren Löchern ich wie immer hängen bleibe. Mit dem linken Fuß reiße ich den Stoff ein kleines bisschen weiter auf. Danach streife ich mir ein dunkelgraues Shirt über, dessen unsymmetrischer Ausschnitt meine Schulter freilässt. Nachdem ich meine Haare unter die Beanie gestopft habe, befördere ich das Ersatzhandtuch auf die Heizung.

Draußen schneit es heftig. Von dem Ausblick, der mich in der Nacht irgendwie aus meinem Gedankenstrudel gerettet hat, ist nicht mehr viel zu sehen. Es ist bereits nach acht Uhr und trotzdem ist es noch stockdunkel. Nur die vielen Lichterketten erleuchten das Schneegestöber.

Ich schlüpfe in die noch heizungswarmen weißblauen Nikes und nachdem ich noch etwas dunklen Eyeliner aufgetragen habe, bin ich bereit, wieder unter Menschen zu treten. Als Erstes sollte ich Mom oder Dad suchen, ehe ich meinen Entschluss ihnen reinen Wein einzuschenken doch noch über den Haufen werfe. Meine Hand liegt auf der Türklinke, aber ich kann mich einfach nicht überwinden, sie zu drücken, mein Zimmer zu verlassen.

Ich atme tief durch, einmal, dann noch einmal. Das Ergebnis bleibt dasselbe. Ich stehe unbeweglich da. Verdammt.

Keine Ahnung, wie lange ich brauche, bis es mir gelingt, mit vor Anspannung zitternder Hand die Tür zu öffnen. Ich weiß, dass meine Eltern mich lieben, aber reicht das? Ist diese Liebe stark genug, um Verständnis für die Geschehnisse aufzubringen? Verdammt, Leo, jetzt reiß dich gefälligst am Riemen! Du bist erwachsen, was soll schon passieren? Etwas entschlossener mache ich einen Schritt nach vorn und stolpere über etwas, dass auf dem Boden liegt.

»Was zum...«, entfährt es mir. Überrascht entdecke ich einen weißen Stapel zu meinen Füßen. Na, geht doch, denke ich, kann mir aber ein kleines – und es wirklich nur ein kleines – Grinsen nicht verkneifen. Ich mache kehrt und deponiere die Handtücher, die unglaublich weich in meinen Händen liegen, im Badezimmer.

Als hätte Mom gespürt, dass ich mit ihr Reden will, steht sie plötzlich hinter mir. Und nicht nur sie, auch Dad ist mit ihr gekommen.

»Guten Morgen, Schätzchen«, begrüßt Mom mich und streicht mir dabei über die Schulter. Ohne drüber nachzudenken lehne ich mich in die Berührung. Irgendwie brauche ich das grade. »Du siehst erholt aus«, freut sie sich, auch wenn da immer noch etwas Wachsames in ihren Augen ist, als wüsste sie, dass ich etwas verberge. Ich nicke, weil sich meine Kehle plötzlich ziemlich eng anfühlt. Wie sagt man seinen Eltern, dass man den Traumschwiegersohn nach einer heimlichen Hochzeit, einfach abgesägt hat? Vermutlich genau so, trotzdem fehlen mir gerade die Worte.

»Mom...«, beginne ich, als Dad »Wir müssen mit dir reden« sagt.

»Oh, Okay?«, beunruhigt deute ich auf das Bett und den Stuhl vor dem kleinen Schreibtisch am Fenster. Was wollen sie von mir. Ihre Gesichter sind ernst. Und auf einmal wirken sie mindestens so angespannt, wie ich mich fühle. Hat er sie angerufen und ihnen erzählt, was passiert ist, damit sie mir nun ins Gewissen reden können? Ganz ehrlich, wenn dem so ist, muss ich ihn leider umbringen. Wirklich jetzt. Die ganze Situation ist schon beschissen genug. Auch wenn ich Bedenken, wegen ihrer Reaktion habe, will ich es ihnen doch selbst sagen. Ich will erneut ansetzen, als Dad das Wort ergreift.

»Hör zu Kleines, Leonie...«

Verdammt. *Leonie* sagt er nur, wenn ich wirklich Mist gebaut habe.

»Deine Mom und ich... Wir sind beide nicht mehr die jüngsten...«

Fuck! Fuck! Fuck! Wenn etwas so beginnt, dann kann es nicht gut enden. Meistens geht es doch so los, wenn jemand sagt, dass ihn Krankheiten plagen. Was ist es? Krebs? Demenz? Scheiße verdammt. Ich kann nicht schon wieder meine Eltern verlieren. Das darf nicht...

»Schätzchen?«, fragt Mom und reißt mich aus meiner Gedankenspirale. »Ist alles in Ordnung?«

N-E-I-N! »Ja«, krächze ich und merke erst jetzt, dass ich den Atem angehalten habe. »Erzählt schon«, versuche ich sie dazu zu bringen, endlich mit der Horrorbotschaft herauszurücken. Ich knete meine Hände, weil ich sonst nichts habe, an dem ich mich festhalten könnte.

»Jedenfalls wird es Zeit, dass wir uns um unsere Nachfolge für den Verlag kümmern. Für uns besteht überhaupt kein Zweifel daran, dass du unsere erste Wahl bist.«

»Ich?«, das kann nicht sein. Ich bin doch kein Teil dieser Familie. Nicht so jedenfalls. Natürlich habe ich damit gerechnet, nach meinem Master im Sommer im Verlag anzufangen. In der Spieleredaktion oder in der Herstellung. Egal. Hauptsache ich kann daran mitwirken, neue, spannende Spiele entstehen zu lassen. Aber doch nicht in der Geschäftsführung. Das ist doch den echten Grahls vorbehalten. Nicht mir, dem Findelkind.

»Ja, du, Leo. Du bist unsere Tochter und hast die gleiche Leidenschaft für Brett- und Geschicklichkeitsspiele wie wir.«

»Naja, letztere bringen mich eher zur Weißglut«, erwidere ich mit einem trockenen Lachen, das allmählich zu einem echten Grinsen wird. Ich meine... Geschäftsführung. Ich werde über die komplette Ausrichtung der Firma entscheiden können, werde die größtmögliche Verantwortung für all die Mitarbeitenden tragen...

»Das Stimmt«, findet Mom mit einem Leuchten in den Augen. Wahrscheinlich muss sie gerade auch gerade daran denken, wie ich einmal einen Prototyp durch die Küche geschleudert habe. Den einzigen wohlgemerkt. Aber bevor ihr mich verurteilt... da war ich sechs.

»Jedenfalls wollen wir dich sehr gerne nach dem Studium einarbeiten. In jeder Abteilung, egal ob Buchhaltung, Marketing, Grafik und so weiter, bis du alles gelernt hast, was es braucht, um unser Geschäft durch die nächsten Jahrzehnte zu führen«, Mom wirkt so stolz, dass es mich beinahe erdrückt. Ich meine, ich bin auch stolz auf mich. Verdammt stolz, dass sie mir das zutrauen, obwohl ich noch gar keine echte Berufserfahrung habe. Sie müssen mich verwechseln. Ich könnte das doch niemals. Ich würde alles gegen die Wand fahren. Ich bekomme es ja nicht einmal hin, mir verdammte Handtücher geben zu lassen.

»Das kommt wirklich überraschend«, presse ich hervor. Das... Leute, das muss ich erstmal verarbeiten. Wie ginge es euch, wenn man euch einfach so erzählt, dass man dich als Geschäftsführer einen der größten europäischen Spieleverlage in Betracht zieht, bevor ihr überhaupt euer Studium in der Tasche habt? Schon klar, da werden noch mindestens zehn Jahre vergehen... aber wow.

»Ich muss zugeben, dass wir ein wenig gezögert haben. Du warst immer so impulsiv...«

»Aber...«, unterbricht Mom meinen Dad, »Seit du und Roshan euch gefunden habt, bist du viel ruhiger und ausgeglichener geworden.«

Peng.

Knall.

Boom.

Wie ein Luftballon zerplatzt meine Freude, nur falls ihr euch fragen solltet, was das war.

Scheiße. Gerade hatte ich das erste Mal seit Tagen wieder das Gefühl etwas Licht zu sehen und dann das. Natürlich ist es nur ihm zu verdanken, dass ich eine Chance hatte, den Verlag zu übernehmen.

✳✳✳

Der Rest des Tages zieht im Nebel an mir vorbei. Zum Mittag esse ich nur ein Sandwich. Für mehr reicht mein Appetit nicht. Ich sitze mit angezogenen Beinen auf einem der riesigen Sofas im Kaminzimmer und Blicke grübelnd in die Flammen. Die großen Kopfhörer aus denen die sphärischen, polyrhythmischen Klänge von Radiohead schallen, halten jeden, der mit mir reden will erfolgreich davon ab, mich anzusprechen. Jeden, abgesehen von meinen kleinen Cousinen, die soeben in den Raum stürmen.

»Leo, komm schon, du schuldest uns noch mindestens eine Runde *Mensch ärgere dich nicht!*«, fordert Echo.

Ich verstehe es wirklich nicht. Da haben sie alle Möglichkeiten, sich etwas auszusuchen, jedes Jahr erscheinen bei uns zig neue Spiele, aber nein, ausgerechnet *das* ist ihr Lieblingsspiel. Und es ist noch nicht mal bei uns erschienen. Ich fasse es einfach nicht.

Schicksalsergeben lasse ich mich trotzdem von ihnen in die Bibliothek ziehen.

Unser Opa sitzt in einem Schaukelstuhl und liest in einer alten Ausgabe von *Lems Sterntagebüchern des Ijon Tichy*, die er mir früher immer vorgelesen hat.

»Noch eine Runde *Mensch ärgere dich nicht!*?«, fragt er und schaut dabei auf. Trotz seiner knapp neunzig Jahre ist er immer noch jung geblieben. Auch wenn ihm das in unserer Familie kaum jemand zutraut.

»Wir hätten vorher Bescheid sagen sollen, damit sie das aus der Bibliothek entfernen«, grummle ich, während die Zwillinge die Figuren aufstellen.

Nicht, dass man bei diesem Spiel viel durch Strategie entscheiden könnte... aber heute bin ich so in Gedanken, dass ich unzählige Möglichkeiten verpasse, Echo und Edens Figuren wieder auf Start zurückzuschicken, was die Kleinen natürlich diebisch freut.

Und wieder erwischt es mich. Meine grüne Figur, die Einzige, die es ins Spiel geschafft hat, wird zurückgeworfen.

Und genau fühle so ich mich. Zurückgeworfen, klein, schwach und unzurechnungsfähig. Ich hätte meinen Eltern einfach gleich sagen sollen, dass sie sich keine Hoffnungen mehr machen müssen. Ich werde einfach eine unbedeutende Position bekleiden und dabei alt werden. Bei dem Gedanken krampft sich etwas in mir zusammen, keine Ahnung wieso. Bis vorhin habe ich auch nicht damit gerechnet, dass ich überhaupt in Betracht gezogen werde, die Leitung zu übernehmen, warum fühlt es sich dann wie ein Verlust an, wenn es doch nichts wird?

Ja, ja, ich kenne die Antwort selbst. *Ich will* die Geschäftsführung übernehmen. Ich will dem Verlag meine Handschrift verleihen. Ich habe Ideen, will der immer stärker zunehmenden Digitalisierung etwas entgegensetzen, ohne den Anschluss zu verlieren. Das Beste aus beiden Welten. Tja, bye, bye, Hoffnungen und Träume. Wahrscheinlich hat mein perfekter, ausgeglichener Cousin schon jede Menge Pläne in der Hinterhand.

Plötzlich berührt mich jemand an der Schulter und ich zucke zusammen.

8

Ole

Ich bin wirklich gern hier. Im Hotel, bei Yana und Mom, aber gerade fällt es mir wirklich schwer, das zu genießen. Wieso musste sich Frieda ausgerechnet jetzt ihr Bein brechen. Immer und immer wieder wabert das Telefonat durch meine Gedanken. Wie schön wäre es, jetzt Hand in Hand mit Leah über die Pisten zu fliegen.

Trotz allem versuche ich mich von den Gedanken nicht runterziehen zu lassen. Es ist Nachmittag und Zeit für Tee und Weihnachtsplätzchen. Ich schiebe den kleinen, quietschenden Wagen vor mir her und mache zuerst im Kaminzimmer Halt, wo die meisten Gäste zusammensitzen und aussehen, als wären sie zufrieden. Der Gedanke, dass sie eine schöne Zeit bei uns haben, erleichtert es mir, ihnen entgegen zu lächeln.

»Na, Cass, ist da was für deinen verwöhnten britischen Teegaumen dabei?«, will der Gast aus Zimmer 104 wissen, dessen Haare nach hinten gegelt sind. Er schiebt seine runde Brille ein Stück auf seiner markanten Nase nach oben, um die Auswahl der Teesorten zu begutachten.

Seine Frau oder Verlobte wählt einen Earl Grey, schnuppert mit geschlossenen Augen dran, bevor sie ihr Urteil fällt. »Wunderbar. Das ist ein fantastisches Aroma«, findet sie, während ich ihr heißes Wasser in die Tasse gieße und ein Schälchen für den Teebeutel daneben stelle.

»Und für dich nichts, Darling?« Er schüttelt nur den Kopf.

Das andere Paar, wenn ich das richtig mitbekommen habe Leonies Eltern, wählen ohne lange nachzudenken eine Kräuter- und einen Früchtetee ohne Zucker, außerdem scheinen sie sich über die Kekse zu freuen, die ebenfalls auf dem Servierwagen Platz gefunden hatten.

Nachdem hier alle versorgt sind, setze ich meine Tour in Richtung Bibliothek fort.

Sobald ich den Raum betrete, entdecke ich Leonie, die mit den Zwillingen an einem Tisch sitzt, und *Mensch ärgere dich nicht!* spielt. Die Mädchen scheinen sich sehr darüber zu freuen, dass Leonie hoffnungslos zurückliegt. Sie scheint auch nur halb bei der Sache zu sein. Wie sie da sitzt, das Kinn auf ihre Hand gestützt, wirkt sie nachdenklich und auf eine seltsame Art und Weise verloren.

Hör auf dir darüber den Kopf zu zerbrechen, schelte ich mich. Viel zu oft, versuche ich jemandem meine Hilfe anzubieten. Dass Leonie dafür absolut nicht zu haben ist, durfte ich ja bereits erfahren. Trotzdem kann ich die Gedanken nicht abhalten. Vielleicht gebe ich mir dabei auch einfach keine Mühe, weil es mich von dem ständigen Leah-Thema ablenkt.

»Tee, wie immer?«, frage ich Cornelius, der als Stammgast schon einige Male bei uns war, nur noch nie in Begleitung der ganzen Familie.

»Sehr gern«, nickt er mit kratziger Stimme.

»Was darf es sein.«

»Such etwas aus. Ich vertraue deinem Urteil«, mit einer Handbewegung bedeutet er mir, näher zu kommen. »Ist es möglich dafür ein… sagen wir kleines hochprozentiges Upgrade zu bekommen? Ich muss heute noch ein Familienessen überstehen.«

Überrascht sehe ich ihn an. Aus seinen Augen blitzt plötzlich ein jugendlicher Schalk, den man in diesem Alter nur selten zu sehen bekommt.

»Offiziell dürfen wir keinen Alkohol mehr ausschenken«, dann senke ich wieder die Stimme, »Aber ich werde mal sehen, ob unser Koch noch etwas auf Lager hat. Es handelt sich ja schließlich um einen Notfall oder nicht?«

Tatsächlich hat Krista noch etwas von seinem Selbstgebrannten, von dem er großzügig in die Tasse gießt, die ich wenig später wieder in die Bibliothek bringe.

Wollt ihr auch etwas Tee, frage ich die Kinder.

»Wir sind doch nicht krank«, entgegnet eine der beiden mit einem Augenrollen. Das liegt wohl in der Familie. Bei den Keksen greift sie aber sofort zu.

»Man kann Tee auch trinken, wenn man nicht krank ist«, wende ich ein.

»Jaa, nee«, antwortet die andere, nachdem sie stumm Blicke ausgetauscht haben.

»Leonie? Möchtest du Tee oder Kekse?« Unbeweglich starrt sie ins Leere.

»Sie ist schon den ganzen Tag komisch«, sagt eines der Mädchen, würfelt eine vier und kickt prompt die Figur ihrer Schwester aus dem Rennen. Sofort sind die beiden in heftige Diskussionen vertieft, ob die Figur wirklich dort gestanden hat.

»Leonie?«, wiederhole ich nochmal. Ohne Reaktion. Vorsichtig berühre ich sie an der Schulter.

»Herrje, bist du irre! Musst du mich so erschrecken!«, poltert sie los.

»Ich habe dich mehrfach angesprochen und du hast nicht reagiert«, verteidige ich mich.

»Dann hatte ich wohl Besseres zu tun«, genervt verdreht sie ihre Augen, deren warmer Braunton so gar nicht zu ihrer restlichen Erscheinung passen mag. Wobei, wenn sie nicht ständig so mürrisch schauen würde, könnte man ihr Gesicht fast als hübsch bezeichnen.

»Offenbar. Dann lass dich nicht weiter stören«, ohne sie nochmal anzusehen, sammle ich die Tasse ein, die ich schon vor ihr abgestellt hatte, nehme den Keksteller, der etwas heftiger als nötig auf dem Wagen landet.

»Wie großzügig«, murmelt sie, während ich mir erneut ins Gedächtnis rufen muss, dass sie nicht mich meint. Keine Ahnung, was vorgefallen ist, aber ich habe ihr nichts getan. Trotzdem kratzt es an mir, dass ich es immer abbekomme.

Im Esszimmer stellen Yana und ich gerade die einzelnen Tische zusammen und dekorieren sie besonders weihnachtlich. Der kleine Weihnachtsabend ist der Beginn der Weihnachtsfeierlichkeiten. Die ganze Familie sitzt zusammen, isst Sahnepudding und der Baum wird geschmückt. Familie Grahl wünscht sich daran angelehnt ein Essen mit der ganzen Familie.

Mom kommt mit noch mehr Deko dazu.

»Der Sturm wird immer heftiger«, sagt sie und verteilt Weihnachtssterne aus Baumrinde und Kerzen, »So schlimm war es seit Jahren nicht mehr.«

»Wenn es so weitergeht, müssen wir morgen früh erstmal die Tür freischippen«, stimme ich zu.

»Gab es schon eine Warnung vom Wetterdienst?«, will Yana wissen. Mom schüttelt den Kopf. »Wir sollten unseren Gästen nur mitteilen, dass sie keinesfalls mehr die Türen oder Fenster öffnen, nicht, dass der Sturm sie aus den Angeln reißt.«

9

Leo

Grummelnd beschwert sich mein Bauch, dass ich Ole vorhin vertrieben habe und es daher keine Plätzchen gab. Ich weiß wirklich nicht, warum ich so dünnhäutig bin, wenn er in der Nähe ist. Er wollte nur wissen, ob ich Tee möchte, und trotzdem habe ich das Gefühl, wann immer er mich ansieht, sieht er mehr als alle anderen. Als könnten seine aufmerksamen, grüngrauen Augen direkt in mein Innerstes sehen. Tief, tiefer als irgendwer sonst und würden dort Antworten entdecken, auf die ich nicht mal eine Frage habe.

Das macht mir Angst. Anders kann ich es mir nicht erklären. Klar, irgendwie ist gerade alles durcheinander. Und nach der Bombe, die meine Eltern heute morgen haben platzen lassen, noch viel mehr und das zehrt an meinen Nerven. Ich bin impulsiv, das war schon immer eine meiner weniger angenehmen Eigenschaften, aber so leicht wie Ole schafft es sonst niemand, mich auf die Palme zu bringen.

∗∗∗

Bisher habe ich mich im Esszimmer immer ganz in die Ecke verkrochen. Jetzt steht hier in der Mitte nur eine einzige Tafel, an der bereits die ganze Familie sitzt. Mit Mühe kann ich meine Beine dazu bewegen, mich zu meinem Platz zu tragen.

»Setz dich doch zu uns.« Mein Großvater winkt mir von der Stirnseite des Tisches aus zu. Neben ihm sitzen bereits Echo und Eden, die sich unterhalten und sich gegenseitig Dinge auf ihren Smartphones zeigen. »Herzlich willkommen an der Spaßseite der Tafel«, flüstert Opa, nachdem ich platzgenommen habe, was mir zumindest ein kleines Lächeln entlockt. Wenn ich in siebzig Jahren auch noch so fit bin und Freude am Leben habe, kann ich mich wirklich glücklich schätzen. Tja, mal sehen, ob mir das gelingt. Momentan sieht es irgendwie nicht danach s. Sorry, falls ich hier gerade etwas zu sehr im Selbstmitleid ertrinke, aber nach dem Gespräch mit meinen Eltern heute Morgen, und dem *Ereignis* ist es viel zu einfach geworden, darin zu baden. Ich gelobe Besserung. Ernsthaft, Leute, aber das neben mir ein Stuhl frei ist, macht es auch nicht gerade besser.

»Schön, dass du es auch endlich einrichten konntest«, meldet sich der natürlich immer pünktliche Conrad, der mit Cassidy und Mom ebenfalls auf meiner Seite des Tisches sitzt. Dad sitzt Großvater gegenüber.

»Noch ist das Essen doch gar nicht serviert«, verteidigt mich Charlott, bevor sie sich wieder ihrer Tochter zuwendet.

Wie aufs Kommando betreten Ole, seine Mutter und der Koch das Esszimmer und platzieren verschiedene Schüsseln und Platten mit Essen auf den freien Flächen zwischen der Weihnachtsdeko.

»Hier haben wir geräucherten Lachs in Paprika-Rahmsauce, ...«, beginnt sie mit der Aufzählung, die ich nicht wirklich mitbekomme. Aus unerfindlichen Gründen starrt Ole mich an und schon wieder hat er dabei diesen Blick drauf, der mir eine Gänsehaut bereitet, als würde er etwas sehen, das nicht da ist. *Was willst du?*, denke ich und werfe ihm einen Blick zu, der hoffentlich genau das vermittelt. Anstatt der Blickkontakt zu unterbrechen, schüttelt er nur den Kopf, hält meinem Blick noch einen Moment stand, ehe er den anderen aus dem Raum folgt.

Nachdem die drei verschwunden sind, erhebt sich mein Dad. »Ihr Lieben, schön, dass wir alle hier zusammengefunden haben. Hier, an diesem für uns so bedeutsamen Ort. Was die *NordlysLodge* unserem Verlag bedeutet, muss ich euch nicht erzählen...« Nope. Jeder in unserer Familie und im Unternehmen kennt diese Story. Für euch kurz zusammengefasst: Vor sechzig Jahren steckte der Verlag in einer großen Krise. Alles schien den Bach runterzugehen. Also haben sich mein Großvater und sein damaliger Geschäftspartner an Weihnachten hier eingeschlossen und überlegt, wie sie den Verlag retten können. Im Kaminzimmer kam ihnen die Idee für das Spiel, das wenige Monate später die ganze Welt eroberte und dem Unternehmen zu seiner heutigen

Größe verholfen hat. »...hier wurde Geschichte geschrieben. Aber ich will jetzt keinen Blick in die Vergangenheit werfen, sondern meine Aufmerksamkeit auf die Zukunft richten. Jetzt wünsche ich uns erstmal einen guten Appetit.«

»Sah das hier vor sechzig Jahren auch schon so aus?«, will Eden von Großvater wissen.

»Absolut nicht, damals war das Haus noch viel kleiner. Irgendwann wurde es neu gebaut. Dennoch komme ich seitdem immer wieder gern hierher.«

Während er meinen kleinen Cousinen die alten Geschichten erzählt, als wären es spannende Abenteuer, und sie gebannt an ihren Lippen hängen, unterhalten sich die Anderen über den Verlag. *Was auch sonst.* In unserer Familie gibt es kein anderes Thema.

»Die Quartalszahlen sind rückläufig«, beschwert sich mein Onkel mit halb vollem Mund. »Was gedenkst du zu unternehmen, außer tatenlos dabei zuzusehen?«

Dad seufzt und tupft sich seinen Mund mit einer Serviette ab. »Dass die Zahlen zurückgehen, war nach dem sprunghaften Anstieg während der ersten Corona-Welle ja zu erwarten. Die Menschen sind wieder öfter unterwegs, gehen anderen Freizeitbeschäftigungen nach. Nicht für jeden besteht das Leben nur aus Brettspielen, Constantin. Auch wenn ich mir das nur schwer vorstellen kann, so ist es nun mal«, lacht Dad.

»Also ich an deiner Stelle würde das nicht so leicht hinnehmen. Conrad hat da einige hervorragende Ideen, wie ich finde. Mit seinem Game-Research-Programm hat er aufschlussreiche Projekte entwickelt.«

»Glaub mir Constantin, ich kenne die Projekte. Ich bin schließlich bei den wöchentlichen Meetings ebenso anwesend.«

»Warum...«, schaltet sich nun mein Cousin ein, »setzen wir dann nicht viel mehr auf die Digitalisierung des Spielemarktes? Wir müssen deutlich mehr ins App development investieren, um an der täglichen Screentime unserer Zielgruppe zu partizipieren.«

»Damit am Ende beim Spieleabend alle im Kreis sitzen und jeder nur noch auf seinem Smartphone herumtippt?«, entfährt es mir. »Sorry, aber dann können wir auch gleich dicht machen, denn *dafür* braucht es uns nicht.«

Augenblicklich wird es stumm am Tisch. Nur das Tosen des Schneesturms ist noch zu hören. Selbst Echo und Eden halten inne, als spürten auch sie, dass etwas vor sich geht. Conrad und Constantin schauen mich an, als wüssten sie nicht, wie sie damit umgehen sollen, dass ich mich nicht nur am Gespräch beteilige, sondern auch noch Widerworte gebe.

»Leo hat recht«, unterbricht nun sogar Großvater seine Erzählung.

»Mit Verlaub, aber du solltest beim Thema Digitalisierung lieber auf meine Generation hören«, brüskiert sich Conrad.

»Solange du keinen TikTok-Account hast und die *Elevatorboys* für Hotelangestellte hältst, lasse ich mir nicht verbieten, mich zum Thema Digitalisierung zu äußern.«

Jetzt horchen die Zwillinge wirklich auf. »Hast du mitbekommen, dass sie jetzt auch ein eigenes Album rausgebracht haben?«, will Echo von Großvater wissen, der sie verschwörerisch angrinst.

Oh Mann, ich liebe meinen Großvater wirklich. Zwar ist er schuld daran, dass ich mich eben fast verschluckt hätte, aber diese Antwort war es durchaus wert. Ganz abgesehen davon, verschafft es mir Selbstvertrauen, dass jemand, der so viel Erfahrung in der Branche hat, meine Ansichten bestätigt.

Constantin schnaubt verächtlich und Conrad scheint immer noch nicht verdaut zu haben, wie Großvater ihn eben vorgeführt hat, während die Zwillinge offenbar die entsprechenden TikToks Suchen und sie ihrer Mutter zeigen.

»Könnt ihr nicht wenigstens beim Essen mal die Dinger weglegen?«, schimpft meine Tante, verfolgt aber dennoch aufmerksam, was geschieht.

»Wir sollten wirklich darüber nachdenken, diese Plattform in unsere Marketingstrategie zu integrieren. Vermutlich hinken wir da ohnehin schon hinterher«, überlegt sie.

»Sowas von«. Stimmt Echo zu und tippt etwas in das Suchfeld. »Schaut mal hier...«

Ich bin wirklich stolz, dass auch meine Cousinen sich beteiligen. Hoffentlich überlebt diese Leidenschaft die einsetzende Pubertät.

Am anderen Ende des Tisches ist die Stimmung deutlich in den Keller gerutscht. Ein Blick auf meine Uhr verrät mir, dass es dafür nur eine halbe Stunde gebraucht hat, was beinahe rekordverdächtig ist. Keine Ahnung, warum wir uns das andauernd antun. Offenbar bemerkt auch Tante Charlott, dass die Raumtemperatur um etliche Grad gesunken ist, als sie versucht das Thema zu wechseln, ohne zu wissen, dass sie damit genau in die falsche Richtung steuert.

»Ach Leo, gibt es denn inzwischen einen neuen Hochzeitstermin. Das ist ja wirklich schade, dass es durch die Pandemie verschoben werden musste.«

Das. Darf. Nicht. Wahr. Sein. Meine Hand verkrampft sich um das Weinglas, das ich in den Händen halte, sodass meine Knöchel weiß hervortreten. Wie komme ich aus dieser Nummer jetzt bloß heraus, ohne komplett die Fassung zu verlieren. Verdammt! Zum ersten Mal in meinem Leben erscheinen mir barocke Kleider mit Korsett eine echt praktische Erfindung. Dann könnte ich jetzt einfach in Ohnmacht fallen und das Thema wäre vom Tisch.

»Es scheint ja so, als wären wir doch noch vor dir dran«, grinst Cassidy und fährt dabei über ihren protzigen Verlobungsring. »Obwohl das ganze natürlich kein Wettrennen ist.«

»Bleibt es denn bei der Location in den Bergen?«, fragt Charlott weiter. »Die Fotos, die ich gesehen habe, sind ja wirklich traumhaft. Dieser weite Blick über die Alpen mit den schneebedeckten Gletschern im Hintergrund, das werden so entzückende Fotos. Weiße Gletscher, weiße Frühlingsblumen auf den Wiesen und dazu ein weißes Kleid... Einfach traum-haft. Dein Kleid wird doch weiß, oder?«

»Ähm...«, ich räuspere mich.

»Oh nein. Du wirst doch nicht etwa ein schwarzes Kleid tragen? Kindchen, das kannst du deinen Eltern wirklich nicht antun. Wenn du im Alltag so rumläufst, ist das ja in Ordnung, aber nicht auf deiner Hochzeit. Kindchen, nein.«

»Die Farbe ist doch völlig unwesentlich...«, unterbricht Cassidy den Redeschwall, wofür ich ihr echt dankbar bin. »Viel wichtiger ist doch die Frage, ob man nach so langer Zeit überhaupt noch in sein Kleid passt.« Und schwupps, ist sie dahin, die Dankbarkeit.

»Als müsstest du dir darum Sorgen machen, Sweetheart«, säuselt Conrad, bevor er seine Angebetete küsst und sich mir beinahe der Magen umdreht.

»Mach dir nichts draus, Cousinchen«, setzt er noch einen drauf, als er seine Zunge wieder aus Cassidys Mund gezogen hat, »du kommst auch noch dran. Kann ja nicht jeder so ein Glück mit dem Timing haben wie wir.«

»Ach Kinder, könnt ja so froh sein«, seufzt Charlott und wirft ihrem Mann Eberhart einen verträumten Blick zu, »was würde ich darum geben, nochmal in eurem Alter zu sein und all diese Dinge noch einmal erleben zu können. Noch einmal einen Antrag bekommen, nochmal meinen Liebsten Heiraten. Glaubt mir, dass werdet ihr nicht vergessen.«

Oh ja, das befürchte ich auch.

»Conrads Antrag werde ich wirklich nicht vergessen«, erzählt Cassidy. »Conrad hat mich mit nach Paris genommen. Nachdem wir auf dem Eiffelturm waren, sind wir mit einem Ausflugsboot über die Seine gefahren, wir waren allein, das ganze Schiff nur für uns. Und als die Sonne gerade untergegangen war und die Lichter der Stadt aufleuchteten, ist er auf die Knie gegangen und hat mich gefragt.«

Himmel, wenn gleich Ballons von der Decke fallen, dann weil diese Story zum tausendsten Mal erzählt wurde, verdammt. Ich komme mir vor wie in einer Mozart Oper, wo alles drei Mal gesungen wird, bis es auch der letzte Depp verstanden hat. Am Ende will sich wer umbringen, bis – oh, Wunder – die Angebetete doch noch erscheint. Ernsthaft Leute, schaut euch mal die Zauberflöte an. Gerade will sich Papageno noch erhängen, da kreuzt seine Papagena auf, alles ist vergessen und sie planen, wie viele Kinder sie sich zusammenvögeln wollen.

Cassidy redet immer noch von ihrem wundervollen Trip. Schön für dich, wenn dein Leben so perfekt ist, denke ich und verdrehe dabei meine Augen, reib es uns doch noch mehr unter die Nase, mit deinen wundervoll manikürten Nägeln. Und wenn sie nur noch ein weiteres Mal das Menü runterbetet, das sie in diesem schicken, überteuerten Restaurant gegessen haben, vergesse ich mich.

»Und danach waren wir noch«, fährt Cassidy fort. Härter als nötig stelle ich mein Weinglas ab und versuche, meine Aufmerksamkeit auf die anderen Gespräche am Tisch zu lenken.

Dad, Constantin und Eberhart sind schon vor langer Zeit wieder in ihr Gespräch über Wachstumsprognosen des Spielemarktes zurückgefallen, während Opa, Echo und Eden mit alten Geschichten zum Lachen bringt. Ich will mich gerade mit einklinken, als Charlott mich davon abhält.

»Erzähl mal Leo, wie war es bei dir?« Ich brauche eine Sekunde, bis ich begreife, dass sie nach dem Antrag fragt.

»Gut.«

»Nur gut? Das ist doch wahrlich ein lebensverändernder Moment, wenn man von dem Mann seines Lebens gefragt wird, ob man für immer an seiner Seite bleiben will«, findet Charlotte. Manchmal kann eine Ewigkeit ziemlich kurz sein. Ich kann mich gerade noch davon abhalten, das laut auszusprechen.

Meine Güte, was wollen sie denn hören? Muss ich ihnen erst eine Hollywood-Story auftischen, bis sie endlich mal Ruhe geben?

»Nun erzähl schon, lass uns teilhaben am zweit romantischsten Tag deines Lebens.«

Himmelherrgott nochmal! Ich leere das Weinglas, das ich schon die ganze Zeit fest umklammert halte, als könnte es mich davor bewahren, vollends die Fassung zu verlieren, in einem tiefen Zug.

Der zweitromantischste Tag, wie Charlott ihn nennt, sah wie folgt aus: Wir saßen abends auf unserer Couch, im Fernsehen lief irgendeine Sendung über Aktienkurse, die von einem glatzköpfigen Mann moderiert wurde. Ich war in die Unterlagen meines Masterstudiengangs vertieft, als er aus dem Nichts zu mir herübersah und meinte – ich zitiere wörtlich – ›weißt du was, ich denke, wir sollten heiraten‹. Ernsthaft Leute, ich habe da nichts weggelassen.

Cassidy und Charlott sehen mich immer noch erwartungsvoll an, als sich Mom zu Wort meldet.

»Nun lasst sie mal. Ihr wisst doch, dass sie über solche Dinge nicht gerne spricht. Außerdem kennen wir Roshan alle und können uns denken, dass er sich intensiv darüber Gedanken gemacht hat.«

Sehr intensiv hat er danach über die Vorteile gesprochen, die es mit sich bringt, wenn man sich als Ehepaar gemeinsam versichern lässt. Auch die steuerlichen Vorteile seien nicht zu unterschätzen.

»Ach ja, dein Roshan ist wirklich ein ganz besonderer Mann. Halt ihn gut fest, so einen findet man nicht an jeder Ecke. Gute Männer sind rar geworden dieser Tage. Was für ein Glück du doch hast.

Was für ein Glück Charlott doch hat, dass ich meinen Wein gerade ausgetrunken habe, anderenfalls hätte er sich jetzt sicherlich auf ihrem beigefarbenen Kostüm wiedergefunden. Tief durchatmen, Leo, tief durchatmen.

Der Klang einer Gabel, die gegen ein Glas klopft, sorgt glücklicherweise für Ablenkung. Dad hat sich erhoben.

»Ihr Lieben, dieses besondere Jubiläum möchte ich auch nutzen, um euch über eine weitreichende Entscheidung in Kenntnis zu setzen. Es sind zwar noch ein paar Jahre, bis Barbara und ich uns zur Ruhe setzen werden, dennoch finden wir, dass man sich nicht zu früh mit seiner Nachfolge beschäftigen kann.«

Gebannte Stille hat sich über den Raum gelegt. Nur das Tosen des Sturms ist zu hören, während sich meine Hoffnung verabschiedet, nicht noch länger im Mittelpunkt der Aufmerksamkeit stehen zu müssen. Ich will nur noch weg aus diesem Albtraum. Bisher wären es nur meine Eltern und ich es gewesen, die von dem Plan wissen, wenn sie sich nach meinem Geständnis umentscheiden, aber wenn sie es jetzt allen mitteilen, dann wissen es alle. Ich bete, dass er spontan doch noch etwas anderes verkünden möchte, die aktuellen Lottozahlen oder den Pegelstand der Isar zum Beispiel, doch ich werde nicht erhört.

»Umso glücklicher sind wir, dass unser Wunsch eintreten wird. Mit großer Freude und nicht weniger Stolz können wir euch mitteilen, dass Leo nach meinem Ausscheiden die Geschäftsführung übernehmen wird.«

Und so kommt es dazu, dass ich eine neue Eigenschaft meines Dads kennenlerne. Die des perfekten Stimmungskillers. Er hat Talent, dass muss man ihm lassen. Die Raumtemperatur sinkt binnen Sekunden auf Außenniveau. Conrad hustet, als hätte er sich gerade an seinem Bier verschluckt, seinem Vater entgleiten die Gesichtszüge.

»Das kam überraschend«, sagt er mit eisiger Stimme. »Haltet ihr das wirklich für eine kluge Entscheidung? Es braucht Weitsicht und eine gefestigte Persönlichkeit um einen Konzern...«

»Constantin«, fällt Mom ihm ins Wort, »uns ist bewusst, dass Leo in ihrer Jugend eine schwere Phase durchlebt hat – wer könnte es ihr auch verübeln – aber das hat sie hinter sich gelassen. Nicht zuletzt, seit sie Roshan kenngelernt hat, ist sie wesentlich besonnener und ruhiger geworden.«

Roshan hier, Roshan da. Wie toll der heilige Roshan doch ist, dass er es schafft aus mir eine vernünftige Person zu machen! Ich bin gespannt, wie sie reagieren, wenn sie herausfinden, dass es aus ist. Wisst ihr was? Finden wir es heraus. Ist doch schließlich der perfekte Moment. Alle sind hier, alle hören zu. Dann muss ich den Kram wenigstens nur einmal erzählen.

»Ja, der junge Mann ist wirklich nicht zu verachten. Wenn man bedenkt, dass aus dir eine verantwortungsbewusste Erwachsene geworden ist, da kann man ihm nur gratulieren.«

»Perfekt«, entfährt es mir. »Dann könnt ihr ihm auch gleich zu seiner Hochzeit mit mir gratulieren, der Hochzeit, von der er keine vierundzwanzig Stunden später meinte, es sei ein Fehler gewesen! Tut mir leid, dass ihr von nun an auf diesem Traummann verzichten müsst. Nein, eigentlich tut es mir nicht leid. Wisst ihr was? Ladet ihn doch einfach beim nächsten Mal ein. Dann habt ihr bestimmt mehr Freude, als mit einer unausgeglichenen, so unvernünftigen und kindischen Person, wie mir, die garantiert nicht in der Lage ist, den Laden zu schmeißen. Auf Wiedersehen!«

Irgendwann bin ich aufgesprungen, wobei mein Stuhl umgefallen sein muss. Er liegt jetzt jedenfalls hinter mir. Erhobenen Hauptes verlasse ich den Raum. Tränen gestatte ich mir erst auf der Treppe nach oben, wo mich keiner mehr zu sehen bekommt.

10

Ole

Da Familie Grahl unbedingt die norwegischen Weihnachtstraditionen kennenlernen will, trage ich ein Tablett mit kleinen Schälchen voller Griespudding aus der Küche. Im Flur rempelt mich eine aufgebrachte Leo an. Nur mit Mühe kann ich verhindern, dass mir das Tablett aus den Händen rutscht. Stolpernd erreiche ich das Esszimmer.

»Liebe Gäste...«, sage ich, während ich darum kämpfe, mein Gleichgewicht vollständig wiederzuerlangen. Ich weiß nicht, welche Laus Leo diesmal über die Leber gelaufen ist, verbiete mir aber auch jeden weiteren Gedanken daran. »...wie es in Norwegen Brauch ist«, fahre ich fort, halte aber sofort inne. Die Stimmung im Raum ist mehr als angespannt. Barbara entschuldigt sich und verlässt hastig den Raum. Keine Ahnung, in was ich hier gerade reingeplatzt bin, aber es ist so unangenehm, dass ich am liebsten sofort kehrt machen würde. Ich versuche, mir nichts anmerken zu lassen und einfach schnell die Schälchen zu verteilen. »Jeder erhält am kleinen Weihnachtsabend etwas vom Griespudding«, erkläre ich, auch wenn ich das Gefühl habe, dass mir niemand zu hört. »Wer die Mandel findet, bekommt ein Marzipanschwein.«

»Echo, Eden, es wird Zeit fürs Bett.« Charlott erhebt sich, von ihrem Platz und scheucht ihre Töchter aus dem Raum, ohne von mir Notiz genommen zu haben.

»Familie ist doch was wunderbares«, murmelt Cornelius und leert sein Weinglas in einem Zug.

Beinahe fluchtartig folge ich ihnen, um der Situation so schnell wie es nur geht zu entkommen. Irgendwas muss hier gerade mächtig schiefgelaufen sein.

»Ich müsste lügen, wenn ich sage, dass mich das überrascht. Von Leo war ja zu erwarten, dass sie das vermasselt«, raunt Conrad seiner Partnerin zu.

Was Leos Vater daraufhin erwidert, bekomme ich nicht mehr mit.

✳✳✳

Es ist inzwischen halb eins in der Nacht. Ich sitze mit meinem Zeichenblock auf dem Bett und probiere etwas aufs Papier zu bringen, als sich Leah wieder und wieder in meine Gedanken schiebt. Eigentlich müsste ich an unserem Gemeinschaftsprojekt arbeiten, aber dann würde ich an sie denken und das will ich vermeiden. Daher versuche ich mich an etwas anderem. Einige Rentiere blicken mich vom Papier aus an, aber ihnen fehlt jegliches Leben. Die Augen sind leer und ausdruckslos. *Das kannst du besser*, höre ich die Stimme meiner Dozentin, mit diesem aufmunternden Ton, den sie so oft anschlägt, wenn sie glaubt, zu wissen, wozu jeder von uns fähig ist. Ehrlicherweise muss ich gestehen, dass sie damit oft richtig liegt und auch heute stimmt es. Ich kann das besser. Normalerweise zeichne ich die Gesichtsausdrücke meiner Figuren am liebsten. Die Körperhaltung, die ganze Szenerie kann noch so gut ausgearbeitet sein, am Ende entscheidet die Mimik darüber, ob ein Bild wirkt oder nicht, vor allem, wenn die Illustrationen so von den Figuren leben, wie es bei mir oft der Fall ist.

Eigentlich kann ich beim Zeichnen super abschalten, aber heute will es mir überhaupt nicht gelingen. Ständig taucht Leah in meinen Gedanken auf, und wenn ich sie von mir schiebe, frage ich mich wieder, was heute Abend bei Familie Grahl vorgefallen ist.

Frustriert lege ich den Block zur Seite. Offenbar klappt das mit dem Abschalten heute nicht. Kurz überlege ich, ob ich mir eine Leinwand vornehmen sollte, um mal wieder etwas großformatiger zu malen, etwas expressiver mit Farben umzugehen. Einfach drauflos und den Emotionen freien Lauf lassen. Aber wenn ich jetzt damit anfange, ist die Gefahr groß, dass ich in dieser Nacht gar keinen Schlaf mehr bekomme.

Warum meldet sich Leah nicht? Habe ich mir das zwischen uns vielleicht doch nur eingebildet? Eigentlich dachte ich, das könne nicht sein. Doch nachdem Tomo und Neo heute Vormittag so merkwürdig reagiert haben, lässt es mir keine Ruhe mehr. Könnte ich doch nur endlich ins Flugzeug steigen und zu ihnen fliegen, Leah sehen und dort anknüpfen, wo wir aufgehört haben. Aber das dauert noch viel zu lange.

Seufzend setze ich mich auf, ziehe mir Hose und Schuhe an und beschließe, noch eine Runde durch das Haus zu drehen.

Der Sturm ist über die letzten Stunden noch heftiger geworden. Ich weiß nicht, ob ich es in den zehn Jahren, seit wir hergezogen sind, schon einmal so heftig erlebt habe. Mit jeder Böe zittert das Haus und die Balken knarzen. Auch wenn ich mir keine Sorgen um die Bausubstanz mache, kann es nicht schaden, einmal nach dem Rechten zu sehen. Außerdem hoffe ich, dass mich das auf andere Gedanken bringt, und ich danach besser einschlafen kann. Durch den Sturm ist es zwar ziemlich laut in meinem Zimmer unter dem Dach, aber ich liebe es, die Naturgewalten so zu spüren.

Leise, um die anderen nicht zu wecken, durchquere ich unseren Wohnbereich und steige die Treppe hinab. Am Ende des Flurs im zweiten Obergeschoss ist ein Fenster, das genau die Richtung zeigt, aus der der Sturm kommt. Auf den ersten Blick sieht alles gut aus. Es zieht etwas, aber das ist nichts, worüber man sich Gedanken machen müsste. Diesen orkanartigen Böen ist selbst die beste Dichtung unterlegen. Eine dicke Schneeschicht hat sich auf dem Sims gebildet. Wenn es so weitergeht, dann müssen wir uns morgen wirklich erstmal freischippen, bevor wir aus der Haustür treten können. Auch das Dach sollten wir dann unbedingt räumen.

Auf dem Weg zurück zur Treppe glaube ich, ein dumpfes Rumpeln wahrzunehmen, das aus Leonies Zimmer zu kommen scheint. Ich halte inne und will es schon als Einbildung abtun, da höre ich es nochmal.

Wahrscheinlich hat es nichts zu bedeuten, dennoch klopfe ich vorsichtig an. Keine Reaktion. Ich sollte meinen Weg fortsetzen, doch irgendwas hält mich davon ab. Es wäre total übergriffig, einfach nachzusehen. Und mit Sicherheit ist die Tür verschlossen. Ich werde garantiert nicht einbrechen, nur weil ich glaube, etwas gehört zu haben. Es wäre kein Einbruch, sollte die Tür nicht abgeschlossen sein, oder?

Haltet mich ruhig für verrückt, doch ich lege meine Hand auf die Klinke. Zu meiner Überraschung hat Leonie tatsächlich nicht abgeschlossen und...

Scheiße.

Bis eben wusste ich nicht, wie Angst aussieht. Aber das, was ich trotz des schwachen Scheins der Nachttischlampe, die auf dem Boden liegt, sehe, lässt mir das Blut in den Adern gefrieren.

Ehrlich, Leute, ich habe bisher noch keine Panikattacke miterlebt, keine bei der man allein vom Zusehen glaubt, einem bliebe das Herz stehen.

Leonie kauert auf dem Boden, den Kopf zwischen den Knien, ihre Arme darum geschlungen. Ihr Atmen geht so schnell und flach, dass sie eigentlich nicht wirklich Luft bekommen kann.

Ich weiß absolut nicht, was ich tun soll, nur dass ich irgendetwas tun MUSS. Schnell überwinde ich den Abstand zwischen uns und hocke mich vor sie hin. Ob sie mich bemerkt hat? Ich will sie keinesfalls noch mehr erschrecken, falls das überhaupt geht.

»Leonie«, sage ich ruhig aber bestimmt, doch sie reagiert nicht. »Leonie. Egal, was dir gerade Angst macht, du bist nicht allein, hörst du?«

Sie schüttelt den Kopf, immer wieder und wieder, als würde... ich weiß nicht. Mir fehlen die Worte. Ich würde gerne behaupten, ich wüsste, was zu tun ist, aber das stimmt absolut nicht. Bisher habe ich von sowas nur in Büchern gelesen – und das waren keine Fachbücher. Woher soll ich wissen, ob das, was da drin beschrieben ist, in einer solchen Situation wirklich hilft?

»Leonie. Ich weiß, dir wäre jeder andere vermutlich lieber, aber du wirst jetzt mit mir Vorlieb nehmen müssen«, wahrscheinlich überschreite ich gerade alle möglichen Grenzen und mache alles falsch, aber ich greife behutsam nach ihren Händen. Ihre Finger sind so kalt und starr, dass ich mich kurz frage, ob sie überhaupt noch durchblutet werden. »Du bist eine starke und unabhängige Frau, glaub mir, das habe ich schon begriffen, aber jetzt musst einmal tun, was ich dir sage, okay?«, fahre ich fort. »Ich habe auch Schiss, wenn ich dich so sehe, aber wir versuchen jetzt beide, die Ruhe zu bewahren und atmen zusammen.«

Ich weiß nicht, ob meine Stimme etwas bei ihr auslöst, oder ob es meine Berührung ist, aber sie hebt ihren Blick.

»Wir atmen jetzt gemeinsam ein, durch die Nase, okay?« Langsam atme ich ein, halte die Luft eine Weile, bevor ich sie noch langsamer wieder ausstoße.

»Hey, du musst schon mitmachen. Falls ich mich hier gerade zum Deppen mache, dann will ich das nicht alleine tun. Also los, nochmal.« Wieder atme ich ein und diesmal macht sie mit. Nur kurz aber immerhin.

Ich wiederhole das Prozedere, bis ich das Gefühl habe, dass sich Leonies Atem wenigstens etwas beruhigt hat. Inzwischen fühlen sich ihre Finger, die in meinen Händen liegen weniger verkrampft an, als noch vor einigen Minuten.

Nach zwei weiteren Atemzügen entzieht sie mir ihre Hände, was ich zum Anlass nehme, mich neben ihr niederzulassen. Sie fängt an mit Daumen und Zeigefinger ihrer rechten Hand gegen die Innenseite ihrer linken Hand zu schnipsen.

Den Kopf hält sie gesenkt, die Haare fallen so, dass ich ihr Gesicht nicht erkennen kann.

»Wenn du ein Wellensittich wärst, wie würden dich deine Freunde nennen?«, frage ich in die Stille des Raums.

Ein Krächzen entfährt ihr und sie sieht mich an.

»Was ist das für eine Frage?«, will sie mit rauer Stimme wissen?

»Eine, die verhindern soll, dass deine Gedanken wieder in eine Richtung abdriften, die dafür sorgt, dass du panisch wirst.«

»Willst du gar nicht wissen, wieso so durchdrehe?«

»Nein« eigentlich will ich das schon, aber es geht mich erstens nichts an und zweitens ist es bestimmt besser, wenn sie an etwas anderes denkt. »Aber wenn du darüber reden willst, höre ich dir zu.«

»Okay«, flüstert sie.

Für eine Weile ist nur der tosende Wind zu hören. Als ein besonders starker Windstoß das Haus zittern lässt, schnappt Leonie nach Luft, ihre Hand umschließt meine, wobei sich ihre Fingernägel in meine Haut graben.

»Das ist es, oder? Der Sturm?«

Stumm nickt sie, wobei weitere Tränen aus ihren Augen fließen.

»Meine Eltern. Also meine leiblichen sind bei einem Hurrikan in den USA ums Leben gekommen«, beginnt sie zitternd zu erzählen. Ich erwidere den Druck ihre Hand, um ihr etwas zu geben, an dem sie sich festhalten kann.

»Ich war noch klein, als wir gemeinsam dort waren. Es fing auch ganz harmlos an, doch dann... Es wurde schlimmer und schlimmer... erst haben die Wände gewackelt, dann brach alles über uns zusammen und... « Weiter kommt sie nicht, bevor ihre Stimme den Geist aufgibt und sie sich Halt suchend an mich klammernd.

»Das tut mir leid.« Scheiße, das ist... heftig. Anders kann ich es nicht ausdrücken. Mein Alter Herr spielt in meinem Leben keine Rolle – weil ich es so will. Ich könnte aber jederzeit ins nächste Dorf fahren und ihn treffen. Sie kann das nicht. Allein die Vorstellung bricht mir das Herz. »Wenn ich etwas für dich tun kann, außer dir zu versichern, dass sich das hier nicht wiederholen wird...«

»Schon gut, ich komme klar«, entgegnet sie, auch wenn der Klang ihrer Stimme dem widerspricht.

»Wenn ich dich in Ruhe lassen soll, dann...«

»N-Nein. Ich... wäre ungern allein...« Der Schmerz in ihren Augen, gemeinsam mit der Angst, die immer noch in ihnen wohnt, lassen mich innehalten.

So greife ich nur nach ihrer Bettdecke und lege sie ihr über die Schultern. Nachts wird es immer ziemlich frisch und bei der Menge an Energie, die ihr Körper gerade verbraucht hat, kann sie das sicher gebrauchen.

»Millie«, sagt sie irgendwann. Verständnislos sehe ich sie an.

»Der Wellensittichname. Ich glaube, sie würden mich Millie nennen.« Ihre Mundwinkel wandern unsicher nach oben, was ich als gutes Zeichen werte. Zumal es das erste Mal ist, dass in ihrem Gesicht überhaupt so etwas ähnliches, wie ein Lächeln entdecke und das, obwohl in der Tiefe ihrer Augen noch immer der Nachhall der Panik zu erkennen ist.

11

Leo

Eigentlich würde ich am liebsten vor Scham im Boden versinken. Er hat gesehen, wie ich schwach wie ein Baby auf dem Fußboden gehockt habe. Aber dafür fehlt mir die Kraft. Ich bin erschöpft, ausgelaugt, als wäre ich mehrere Stunden gegen die Strömung gerudert und hätte danach noch eine Partie Hockey in brütender Sommerhitze hinter mich gebracht. Alles tut weh, jeder noch so kleine Muskel in meinem Körper schmerzt. Meine Augen sind geschwollen, mein Hals fühlt sich rau an, als hätte ich Sandpapier gegessen.

Ich müsste schlafen, doch dazu ist mein Körper zu sehr in Alarmbereitschaft. Angespannt, als wäre er jeden Moment zur Flucht bereit. Ich kann zwar wieder Atmen und das habe ich ausgerechnet Ole zu verdanken, der wohl von allem am wenigsten Grund hatte, mir zu helfen... Allerdings habe ich auch keine Ahnung, wie meine Familie reagiert hätte. Nach dem Abendessen habe ich es wohl endgültig verkackt. Zwar hat Mom versucht, mit mir zu reden, aber ich habe sie weggeschickt. Ich war nicht bereit mit er Enttäuschung in ihren Augen konfrontiert zu werden. Und dann war ich allein. Und zusammen mit dem Ächzen der Holzbalken wurden auch meine Gedanken immer lauter, bis sich darunter die schrecklichen Erinnerungen gemischt haben, die ich schon lange nicht mehr so deutlich gesehen habe, dass sie mir komplett die Luft zum Atmen genommen haben. Als säße ein Nashorn auf meiner Brust und zöge dabei eine Schlinge um meinen Hals, so hat es sich angefühlt.

Ich weiß nicht, was passiert ist, bis ich auf einmal Ole vor mir gesehen habe, der meine Hände gehalten und mir damit einen Anker verschafft hat, der mich zurück in die Realität, raus aus der düsteren Gedankenwelt geholt hat. Trotzdem zucke ich noch bei jedem Geräusch zusammen.

»Sorry«, murmle ich, als er leise aufstöhnt.

»Alles okay«, versichert er mit dieser ruhigen Stimme, die so warm und zuversichtlich klingt, dass ich versucht bin, ihm zu glauben. »Das Schlimmste sollten wir bald hinter uns haben.«

»Okay.« Ich ziehe die Decke, die er um meine Schultern gelegt hat, fester um mich. Die Wärme ist angenehm und hilft wenigstens ein bisschen, mich zu entspannen.

Alarmiert erstarre ich. Ein Geräusch, dass ich nicht zuordnen kann, lässt mich schneller Atmen.

»Das war eine Tür«, erklärt Ole und rückt dabei näher an mich heran. Unsere Schultern berühren sich. »Bestimmt kann noch jemand anderes nicht schlafen.«

»Tut... Tut mir leid, dass ich so ein Fass aufmache. Ich dachte, das hätte ich inzwischen hinter mir gelassen. Stattdessen...«

»Stopp. Niemand muss sich für seine Ängste rechtfertigen.« Wie gerne würde ich ihm glauben. »Ich habe Angst vor Spinnen. Ist das nicht viel lächerlicher? Ich meine, was soll mir so ein kleines Tierchen schon tun?«

»Die japanische Seespinne hat so lange Beine, dass sie damit die Beine eines Flusspferdes Umfassen kann«, antworte ich nach einer Weile. »Obwohl das, um genau zu sein, keine Spinne ist, sondern eher eine Krabbe.«

»Oha«, ich weiß nicht, ob es das besser macht. »Ich stehe allem skeptisch gegenüber, das mehr als sechs Beine hat, vor allem dann, wenn die länger sind, als der Körper.«

»Also sind Käfer in Ordnung?«, will ich wissen.

»Natürlich, was sollte da angsteinflößend sein?«

»Hast du dir die Mundwerkzeuge mal vergrößert angesehen? Falls nein, lass es, eine Person mit Panikattacke ist ausreichend, finde ich.«

»Dann höre ich mal besser auf deinen Rat.«

Wir verfallen eine Weile in Schweigen. Immer, wenn das Haus vibriert, versuche ich mich auf Ole zu konzentrieren, dem es nichts auszumachen scheint, dass ich seine Hand zerquetsche. Ich würde ihn gerne loslassen und beweisen, dass ich alleine klarkomme, aber wenn ich ehrlich sein soll, habe ich Angst, dass dann alles von vorn losgeht.

»Also Millie, wie sähe dein Gefieder aus?«

Wie macht er das nur? Wie kann er wissen, dass meine Gedanken schon wieder in die falsche Richtung driften?

»Ist das nicht offensichtlich?« Ich deute mit meiner freien Hand auf meine Haare, die in wirren Strähnen um meinen Kopf hängen.

»Und wieso blau?«

Kurz überlege ich, bevor ich antworte. Ich färbe meine Haare schon so lange, dass es ein Wunder ist, dass sie mir nicht schon komplett ausgefallen sind. Es fing an, als ich auf dem Internat war und ich einen Weg gesucht habe, zu rebellieren. Totales Klischee, ich weiß. Und in der Drogerie im Ort gab es nur wenig Auswahl. Aber je länger ich drüber nachdenke, desto stärker kommt auch etwas anderes hinzu. »Es ist das einzige, das Sinn ergibt.«, sage ich. Ich sehe ihn an und begegne wieder diesem offenen Blick, der mich zum ersten Mal nicht auf die Palme bringt, vermutlich, weil meinem Körper einfach die Kraft fehlt oder weil ich seit langem mal wieder das Gefühl habe, nicht verurteilt zu werden, wenn ich etwas sage. »Ich meine rot ist so aggressiv, grün sieht entweder aus, als wäre ich zu lange im Schwimmbad gewesen oder wie eine Außerirdische.«

»Also das sind ja jetzt die ganz billigen Klischees über diese Spezies. Wer sagt, dass sie nicht alle blondhaarig sind?«

»Ey!«, ich stupse ihm in die Rippen. »Hast du schonmal jemanden gesehen, dem grüne Haare wirklich gut gestanden haben?« Ich warte seine Antwort gar nicht erst ab, sondern fahre fort: »Außerdem ist grün so furchtbar optimistisch, von orange will ich gar nicht erst anfangen und dann blieb nur noch blau. Und ich mag blau. Es ist so wunderbar unaufgeregt.«

»Wow«, entgegnet er mit einem Grinsen, seinem Grübchengrinsen, »meine Professorin wäre stolz auf deine Farbanalyse.«

»Was studierst du?«

»Illustration. Ich will unbedingt Kinderbücher gestalten. Vielleicht auch mal eine Graphic-Novel. Mal sehen, wo es mich hin verschlägt.«

»Ein Künstler also?«

»Du sagst das, als wäre das etwas Schlechtes.«

»Nein überhaupt nicht. Es ist nur...« Ich überlege, bevor ich weiterspreche. Ich will ihn mit meinen Worten nicht verletzten. »Im BWL-Studium geht es um nichts anderes als harte Zahlen. Es gibt eigentlich immer ein richtig oder falsch. Und in meiner Familie ist das oft ähnlich, vor allem wenn es um das Geschäftliche geht. Und von meinem Freund/Mann/Ex-Mann will ich gar nicht erst anfangen.« Viel zu spät realisiere ich, dass ich viel zu viel gesagt habe. Doch er übergeht es einfach. So aufmerksam wie Ole mir zuhört, glaube ich nämlich nicht, dass er es überhört hat. Wie kann jemand nur so... empathisch sein? Ich meine, das ist nichts Schlechtes, nur, ach ich weiß doch auch nicht.

»Kunst ist sehr frei. Es geht um Gefühle und Emotionen. Nicht jeder kann damit gut umgehen. Es gehört viel dazu, sie zu erschaffen, vor allem Mut. Man öffnet sich, kehrt sein Innerstes nach außen. Mit jedem Werk, das man ausstellt, macht man sich verletzlich.«

»Du bist also ein wahrlich heroischer Held?«, necke ich, weil ich mir ziemlich sicher bin, dass er versteht, was ich meine, dass ich ihn damit nicht angreifen will. Im Gegenteil, ich habe Respekt vor jedem, der zeigt, was tief im Inneren steckt. Egal ob auf einer Leinwand oder auf einer Bühne.

Lachend schüttelt er den Kopf. »Absolut nicht. Ich sehe mich innerhalb der Kunst eher als Dienstleister. Ich will die Ideen anderer umsetzen, die nicht so gut darin sind. So kann ich mich hinter der Geschichte verstecken.«

»Hast du überhaupt nicht das Bedürfnis, deine eigenen Gefühle zu verarbeiten?«, frage ich und kann nur mühevoll ein Gähnen unterdrücken. Langsam überkommt mich die Müdigkeit. Ole sollte Hörbücher einsprechen. Seine Stimme ist so ungemein beruhigend, dass es mir immer schwerer fällt, mich auf den Inhalt seiner Worte zu konzentrieren.

»Doch, deswegen ist der Keller voller Leinwände, auf denen ich mich ausgetobt habe. Auch wenn ich nicht vorhabe, sie jemals jemandem zu zeigen, bringe ich es nicht übers Herz sie einfach wegzuschmeißen oder zu übermalen.«

»Schade«, murmle ich.

»Du hast noch kein einziges meiner Bilder gesehen...«

»Trotzdem...«

Ich muss eingeschlafen sein, denn als ich meine Augen das nächste Mal öffne, liege ich auf dem Bett. Ole deckt mich zu.

»Schlaf weiter«, raunt er mir zu, bevor er die Decke fest um mich legt. »Es ist alles gut, der Sturm hat abgeflaut.«

»Okay«, hauche ich.

Leise verlässt er das Zimmer. *Danke, Ole*, denke ich, denn meine Lippen wollen sich schon nicht mehr bewegen.

12

24. Dezember
6. Tag

Ole

Es ist fünf Uhr morgens als, ich Leonies Tür vorsichtig ins Schloss ziehe. In zwei Stunden klingelt bereits mein Wecker. Kurz überlege ich, ob es sich überhaupt lohnt, mich dafür nochmal ins Bett zu legen, schließlich habe ich nur etwas mehr als eine Stunde geschlafen – wenn man das überhaupt so nennen kann, wenn man dabei auf dem Dielenboden sitzt. Irgendwann nachdem Leonies Atmung ruhiger geworden ist und ihre Augen zugefallen sind, muss ich auch eingenickt sein, bis mich mein schmerzender Rücken geweckt hat.

»Ole, du bist schon wach?«, fragt Mom verwundert. Erschrocken fahre ich zusammen. Bevor ich eine Erklärung abgeben kann, spricht sie weiter. »Das trifft sich gut. Ich habe eben eine Mitteilung der Bergwacht erhalten. Es sind mehrere Lawinen abgegangen. Bis auf weiteres sind alle Zufahrtswege abgeschnitten. Wir müssen unsere Vorräte überprüfen und gegeben falls eine Meldung abgeben, um mittels Hubschrauber versorgt zu werden.«

Oh Mist. Das kann doch nicht wahr sein. Es dauert einen Moment, bis mir die Tragweite dieser Nachricht bewusst wird. Ich werde morgen nicht wie geplant abreisen können. Den Urlaub mit meinen Freunden – mit Leah – kann ich vergessen. Stattdessen sitze ich hier fest, während die anderen den Winterurlaub ihres Lebens verbringen.

»Kannst du zusammen mit Krista die Speisekammern überprüfen. Ich kümmere mich mit Yana derweil um das Frühstück. Im Anschluss können wir einen Plan schmieden.

»Klar«, sage ich und versuche mir meine Enttäuschung nicht zu sehr anmerken zu lassen. Meine persönlichen Probleme haben jetzt absolut keine Priorität, schließlich haben wir Gäste, für die wir verantwortlich sind. Und Mom soll sich nicht auch noch um mich Gedanken machen müssen.

»Ole...«, hält Mom mich zurück, als ich bereits auf dem Weg nach unten in den Keller bin. »Es tut mir leid, dass deine Pläne jetzt noch weiter durchkreuzt werden.«

»Du kannst ja nichts dafür«, erwidere ich und meine es auch so. Niemandem ist geholfen, wenn ich sie oder sonst wen jetzt zum Sündenbock mache. Der Natur sind wir nun mal machtlos ausgeliefert. Auch wenn wir Menschen das gerne mal vergessen.

Im Keller überprüfe ich zunächst den Füllstand der Heizöl-Tanks. Da sieht alles gut aus. Solange wir Strom haben, müssen wir uns zumindest um die Heizung keine Sorgen machen. So sehr ich versuche, mich darauf zu konzentrieren, ständig taucht Leonies verängstigt, panischer Gesichtsausdruck vor meinem Auge auf. Ehrlich, wer dachte, Munchs Schrei wäre angsteinflößend, der hat so was noch nicht in der Realität erlebt. Inzwischen stehe ich neben Krista in unserer Speisekammer und zähle die Mehlsäcke und Speiseölflaschen. Wenn ich nachher Zeit habe, muss ich unbedingt recherchieren, was man tun kann, wenn man jemanden in solch einer Situation vorfindet. Offenbar habe ich es nicht gänzlich falsch gemacht, aber es gibt sicher bessere Wege.

»Einhundertfünfzig«, murmelt Krista und meint damit, dass wir hundertfünfzig Kilogramm Kartoffeln haben. Ich notiere es auf meiner Liste, bevor ich auch noch die anderen Obst- und Gemüsesorten ergänze.

Grummelnd nimmt Krista mir die Liste ab und deutet zum Nebengebäude, weil er dort die restlichen Vorräte überprüfen will. Zuvor muss nur noch der Zugang freigeschippt werden.

Zusammen machen wir uns auf den Weg in die Küche, wo er Yana sofort die Pfanne mit den Rühreiern aus der Hand nimmt und irgendwas Unverständliches brummelt.

Ich kann mir ein Grinsen nur schwer verkneifen. Wenn Krista nicht auch irgendwann mal schlafen müsste, würde er uns niemals in sein Heiligtum lassen. Mit müden Augen wendet sich Yana der Backofen zu, um die Brötchen herauszuholen. Ich reiche ihr derweil einen starken Kaffee, um ihren Lebensgeistern ein wenig auf die Sprünge zu helfen.

Da gerade nichts weiter anliegt, setze ich mich an den Tisch und schreibe den Jungs in unserem WG-Chat.

Hey Leute, wir sind komplett eingeschneit. Ich komme hier vorerst nicht weg.

Danach öffne ich Google und tippe *Panikattacke was tun* in die Suchzeile. Das Erste, was mir auffällt, sind unzählige zwielichtig wirkende Seiten von Personen, die einem sofortige und lebensverändernde Heilungsmethoden versprechen. Ehrlich, ich habe absolut keine Ahnung davon, aber seriös wirkt das nicht. Weiter unten stoße ich auf die Seite der Malteser. Von einer 4-7-8-Atmung wird da geschrieben. Ich klicke darauf und stelle fest, dass das in etwa dem entspricht, was ich getan habe. Auf der Seite einer Krankenkasse lese ich etwas ähnliches. Dort wird auch von Schmerzreizen gesprochen. Auf einmal wird mir klar, wieso Leonie immer wieder mit dem Finger gegen ihr Handgelenk geschnippt hat. Auch Bewegung soll helfen, um die Energie, die der Körper anstaut, abzubauen. Auch wenn ich hoffe, nicht noch einmal in so eine Situation zu kommen, versuche ich mir alles einzuprägen, damit ich mich in Zukunft weniger hilflos fühle.

»Ach, das ist doch überhaupt kein Problem. Wir wollen ja ohnehin noch fast zwei Wochen bleiben. Und ich bin mir sicher, dass sie so lange gut auf uns aufpassen werden.« Bereits am Morgen ist Charlotte Grahl munter und fröhlich. Auch die Nachricht, dass sie bis auf weiteres das Tal nicht verlassen können, scheint sie nicht im Geringsten zu stören.

»Aber natürlich. Ich wollte euch nur darüber informieren, dass es zu einigen Unannehmlichkeiten kommen kann, die vor allem die frischen Lebensmittel betreffen«, erkläre ich, bevor ich zum nächsten Zimmer weitergehe.

»Guten Morgen«, sage ich, nachdem Cassidy im Morgenmantel die Tür öffnet. »Entschuldige die frühe Störung...« Aufmerksam folgt sie meiner Erklärung.

»Aber das kann uns nicht gefährlich werden?«, fragt sie, und sieht mich dabei beunruhigt an.

»Nein«, beschwichtige ich, »neuer Schneefall ist nicht vorausgesagt und außerdem sind die umliegenden Berge weit genug weg, dass etwaige Lawinen uns nicht erreichen.«

»Dann ist ja alles in Ordnung. Hast du gehört, Sweatheart?«, wendet sie sich an Conrad, der trotz der frühen Stunde bereits ein ordentlich gebügeltes Hemd trägt.

»Na hoffentlich ist das an Neujahr alles wieder gegessen«, entgegnet er angespannt. »Ich kann es mir nicht erlauben, den Kongress in Kapstadt zu verpassen, auch wenn ich mir die Mühe jetzt wohl sparen kann, nachdem Onkel Carsten diese Fehlentscheidung getroffen hat.«

»Das kannst du doch so nicht sagen«, beschwichtigend legt Cassidy ihrem Freund eine Hand auf die Schulter.

»Doch das kann ich und das wird dir jeder bestätigen, der auch nur einen Funken Menschenverstand besitzt.«

Ich weiß nicht, was hier plötzlich thematisiert wird. Da es offenbar nichts mehr mit dem Unwetter zu tun hat, trete ich den Rückzug an. Offenbar haben die beiden meine Existenz sowieso vergessen. Sie sind vertieft in die Diskussion, über was auch immer sein Onkel entschieden hat. Mit jedem Wortwechsel wird die Stimmung eisiger.

Dezent schließe ich die Tür. Sicherlich ist diese Unterhaltung nicht für alle gedacht und gerade in dieser Situation, in der wir hier förmlich eingesperrt sind, ist schlechte Stimmung das, was wir am wenigsten gebrauchen können. Nicht, dass das Abendessen gestern harmonischer verlaufen wäre.

Bestimmt haben sie sich das anders vorgestellt. Falls nicht, frage ich mich, wieso man sich das antut. Wer verbringt schon die gemütlichsten Tage des Jahres mit Menschen, die man nicht ausstehen kann?

Ich steige die Stufen nach oben, um auch den übrigen Familienmitgliedern die Situation zu schildern.

Oben angekommen verlässt Leonie gerade ihr Zimmer, zwei Koffer in den Händen.

»Darf ich fragen, was du vorhast?«

Augenverdrehend sieht sie mich an.

»Was glaubst du denn?«

In dieser Stimmung sind wir also jetzt.

»Hmm, lass mich nachdenken, du möchtest deinem Gepäck unsere einzigartig schöne Lodge zeigen.«

Wieder verdreht sie ihre Augen. Vermutlich würde ich versuchen, sie ein bisschen weiter zu provozieren. Aber ich habe die Nacht noch nicht vergessen. Und Leonie offenbar auch nicht. Ihr Blick, der in solchen Situationen vor Zorn sprüht, ist einfach nur leer und erschöpft. »Hör zu, Leonie«, sage ich stattdessen, »was immer dein Plan war, wird nicht aufgehen. Gestern und in der Nacht sind einige Meter Schnee gefallen, die Zufahrtsstraßen sind blockiert...«

Für einen kurzen Moment glaube ich, Fassungslosigkeit und Entsetzen in ihrem Gesicht zu erkennen, bevor sie wieder versucht, ihre Gefühle zu verstecken.

»Wann wird das behoben sein?«, will sie wissen. »Heute Nachmittag? Abend?«

So dringend, wie sie hier weg möchte, frage ich mich, ob es an ihrer Panikattacke liegt oder ob es noch andere Gründe gibt. Ob es etwas mit dem Familienessen zu tun hat, das sie so fluchtartig verlassen hat? Ich mache mir eine Notiz, dass Mom sich unbedingt Gedanken darüber machen muss, wie wir diese Familie beschäftigen, und zwar möglichst getrennt voneinander. Eine Eskalation können wir absolut nicht gebrauchen.

»Leonie...«

»Herrje, ich kenne meinen Namen!«, faucht sie. »Sag mir einfach ob ich heute oder morgen hier wegkomme! Und schieb dir deinen mitleidigen Blick sonst wo hin.«

Tief durchatmen, sage ich mir, bevor ich zu einer Antwort ansetze. Deeskalieren, wo immer es geht.

»Ich denke, dass es drei... vier Tage dauern wird.«

»Das kann doch verdammt nochmal nicht wahr sein!« Und plötzlich bekommt ihre Stimme diesen rauen Unterton, den ich auch schon in der Nacht wahrgenommen habe und ein verdächtiger Schimmer legt sich über ihre Augen.

Fahrig wendet sie sich ab und geht zurück in ihr Zimmer. Mit je einem harten Stoß werden die Koffer in die Ecke des kleinen Raums geschoben, bevor Leonie auf das Bett sinkt.

»Wenn ich noch etwas für dich tun kann, dann lass es mich wissen«, sage ich und meine es auch so. Ich weiß nicht, was in ihr vorgeht und wieso sie es hier nicht aushält. Aber egal wie, das wird sie müssen. Ich wünschte nur, ich könnte es ihr irgendwie erleichtern. Ich weiß nicht, woher diese Gedanken kommen. Aber plötzlich scheint es mir wichtig. Auch wenn ich mir dabei die ein oder andere Abreibung abholen werde.

»Verschwinde einfach, okay?«, entgegnet sie und klingt dabei eher resigniert als wütend. »Und mach die Tür zu.«

Bevor ich ihrem Wunsch nachkommen kann, tritt Barbara Grahl neben mich. »Schätzchen?«, Leonie wischt sich fahrig über die Augen, »können wir reden?«

13

Leo

Ohne eine Antwort abzuwarten, setzt Mom sich zu mir aufs Bett, Ole ist verschwunden.

Wieder einmal habe ich ihn in die Flucht geschlagen und das, obwohl ich ohne ihn diese verdammte Nacht in diesem gottverdammten Holzhaus nicht überlebt hätte. Mag sein, dass ich übertreibe, aber fuck, diese Panikattacke war heftig. Zu gerne würde ich mich in Moms Arme flüchten, die Wärme in mich aufnehmen, weil das irgendwie alles besser machen würde, aber der Elefant im Raum hält mich zurück. Also beschließe ich, das Pflaster einfach abzureißen.

»Bist du gekommen, um mir mitzuteilen, dass ihr es euch anders überlegt habt, jetzt, wo ich erfolgreich bewiesen habe, dass ich nicht in der Lage bin, erwachsen zu reagieren?« Ich schaffe es nicht, ihr dabei in die Augen zu sehen. Moms schockiertes Einatmen lässt mich innehalten.

»Was?«, erwidert sie, bevor sie mich an den Schultern packt und mich so zwingt sie anzusehen. »Nein. Natürlich nicht. Ich wollte dir eigentlich die Leviten lesen, weil du es offenbar nicht für nötig gehalten hast, deine alten Eltern zu deiner Hochzeit einzuladen, weil du deiner armen Mutter die Chance nimmst, ihr Baby im Brautkleid zu sehen.«

»Tut...Tut mir leid, dass ich dich enttäusche«, schniefe ich und gebe es auf, die Tränen zurückzuhalten. Mom zieht mich in ihre Arme und streicht mir beruhigend über den Rücken. Wie sehr ich diese Berührung gebraucht habe, wird mir erst jetzt klar. Es ist wie ein Nachhausekommen. Früher, als ich gerade zu ihnen gekommen war, hat sie mich auch schon so gehalten und alles wurde ein klein wenig besser. Diese Wärme, diese Nähe habe ich vermisst.

»Das tust du nicht. Wenn mich hier jemand enttäuscht, dann ist es Roshan. Willst du mir verraten, was passiert ist?«

Zitternd hole ich Luft, bevor ich alles erzähle, was in den letzten Tagen vorgefallen ist. Vom Antrag vor dem Fernseher, bei dem er mich nicht mal richtig angesehen hat, davon, dass alles jetzt so schnell gehen musste, weil er sein Versprechen halten wollte. Ich hielt das für Romantik, aber am Ende ging es wahrscheinlich doch nur darum, noch irgendwie bei den Steuern zu sparen. Was weiß denn ich. Ich berichte von der Schnellzeremonie beim Standesamt ohne jeglichen Schnick-Schnack. Nicht, dass ich eine riesige Trauung vor hunderten Menschen bevorzugt hätte – ehrlich gesagt wäre das mein Albtraum, aber er hätte wenigstens fragen können, was ich mir wünsche. Zu guter Letzt, erzähle ich, was am Tag danach vorgefallen ist.

»Und dann habe ich ihn rausgeschmissen«, komme ich schniefend zum Schluss. Ich wische mir über die Augen. Zum ersten Mal sehe ich Mom und meine in ihrem Blick den gleichen Schmerz zu erkennen. Warum auch immer. Ich bin nicht mal ihre richtige Tochter und trotzdem fühlt es sich tröstlich an, als sie mich danach nochmal an sich zieht.

»Das tut mir alles so leid, Mäuschen. Aber egal und egal wer dir ein anderes Gefühl gibt, du bist ein wunderbares Kind, eine tolle Frau, lass dir von niemandem einreden, dass das anders wäre.«

Ihre Worte sorgen dafür, dass neue Tränen aus meinen Augen fließen. Ich habe das doch nicht verdient, dass sie mich so lieben, obwohl ich so ein Drama veranstalte. Trotzdem klammere ich mich an ihrer Schulter fest, weil es sich gerade viel zu gut anfühlt. Als könnte alles wieder in geordnete Bahnen kommen, weil sie schon wissen, was zu tun ist. Weil wir zusammen schon ganz andere Dinge bewältigt haben.

»Und nur für den Fall, dass deine Mutter dir das noch nicht gesagt hat...«, offenbar ist Dad ebenfalls in mein Zimmer gekommen. Die Matratze meines Betts senkt sich merklich, als er sich zu uns setzt. »Niemand zweifelt daran, dass du die richtige Wahl für unsere Nachfolge bist. Wir lieben dich und können uns keine Bessere vorstellen.« Nach einer Pause fügt er hinzu: »Und wenn ich ihm ordentlich den Hintern versohlen soll, dann lass es mich wissen.«

Ein ersticktes Lachen bahnt sich den Weg aus mir heraus. Denn Dad ist so ungefähr der friedliebendste Mensch auf diesem Planeten, na gut, vielleicht nur der zweitliebendste, wenn man den Dalai Lama mitzählt. Selbst kleine Spinnen, die Mom gnadenlos erschlagen würde, trägt er nach draußen, auch wenn es mitten in der Nacht ist.

»Ich gebe dir Bescheid«, antworte ich mit rauer Stimme. Wir sitzen noch eine ganze Weile so da, während ich langsam ruhiger werde.

Als die beiden mein Zimmer verlassen, bleibe ich zurück. Immer wieder spiele ich das Gespräch im Kopf durch. Immer wieder höre ich, wie ihre Stimmen mir versichern, dass sie nach wie vor an mich glauben und mir vertrauen. Woher nehmen sie nur diese Gewissheit? Dieses Vertrauen, dass ich nicht auf ganzer Linie versagen werde? Manchmal denke ich, in ihren Köpfen haben sie ein glorifiziertes Bild von mir, weil ich eben doch irgendwie ihr Kind bin, dass sie lieben. Ob ich diesem Bild je gerecht werden kann?

Ich liege auf dem Bett und versuche, meinen sich immer schneller drehenden Gedanken zu folgen. Dann fällt mein Blick auf die leere Betthälfte, die verdammt nochmal nicht leer sein sollte. Er hätte hier sein sollten, doch er hatte ja andere Pläne. Ach scheiße. Und jetzt liege ich hier und habe Liebeskummer wie ein Teenager, anstatt mich darauf zu konzentrieren, mein Leben in den Griff zu bekommen, und die Nachfolgerin zu werden, die meine Eltern in mir sehen und die die Firma verdient.

Meine Gedanken driften weiter, als die Tür aufgerissen wird und zwei identisch aussehende Mädchen in mein Zimmer stürmen.

»Leo, kommst du?«, fragen die Zwillinge unisono. Manchmal glaube ich wirklich, dass sie sich neben dem Aussehen auch ein Gehirn teilen. Ist übrigens nicht böse gemeint.

»Ja, es wird endlich Zeit dich wieder abzuziehen«, ergänzt Echo

»Ich weiß nicht, ich brauche etwas Ruhe«, sage ich.

Kurz werfen sich die zwei wissende Blicke zu, bevor Eden zu mir kommt und sich auf die Bettkante setzt.

»Du brauchst keine Ruhe, du brauchst Ablenkung«, beharrt sie.

Echo lehnt am Türrahmen und nickt bekräftigend. »Sie hat Recht. Und wir sind die perfekte Ablenkung.«

Als würden sie ihren Argumenten allein nicht trauen, probieren sie es mit ihrem perfektionierten, schmollenden Gesichtsausdruck, der dafür sorgt, dass man ihnen umgehend jeden Wunsch erfüllen will.

Keine Ahnung, ob Charlotte und Eberhard inzwischen immun dagegen sind. Ich bin es jedenfalls nicht, was nicht bedeutet, dass ich nicht trotzdem versuche zu verhandeln.

»Aber unter einer Bedingung«, sage ich. »Wir spielen nicht *Mensch ärgere dich nicht!*.«

»Na schön... aber nur, weil du es bist«, lenkt Eden ein und wirft ihrer Schwester einen eindeutigen Blick zu, als diese protestieren will.

»Was willst du denn dann spielen? Nicht wieder dieses...«

»Was haltet ihr davon, wenn wir uns selbst etwas ausdenken?«, unterbreche ich sie. Kurz denken sie darüber nach, ehe sie schließlich zustimmen.

»Also«, überlege ich, »Worum soll es bei unserem Spiel gehen?«

Wir sitzen in der Bibliothek auf einem weichen Teppich. Großvater sitzt im Schaukelstuhl, den Blick in ein Buch vertieft.

Meine Cousinen sehen sich an, bevor sie sich erwartungsvoll an mich wenden.

»Wenn ihr keine Ideen habt, dann schaut euch mal um«, fordere ich sie auf, während ich selbst überlege, was als Inspiration dienen könnte. Überall steht Weihnachtsdeko herum, Lichterketten und Kerzen, die einen winterlichen Duft verströmen, Lebkuchenhäuser und andere Gestecke, in den Fenstern hängen leuchtende Sterne aus dünnem Sperrholz. Nach all dem Stress in den letzten Tagen, habe ich absolut nicht das Gefühl, dass heute Heiligabend ist. Früher konnte ich den Tag kaum herbeisehnen, heute ist er einfach da. Wahrscheinlich ist das so, wenn man erwachsen wird. Geburtstage, Weihnachten, Ostern, all die Dinge, die man früher kaum erwarten konnte, passieren einfach. Vielleicht liegt es daran, dass man nach zwanzig Jahren lernt, dass diese Tage jedes Jahr wiederkommen, und das gefühlt immer schneller und schneller.

»Leonie?« Ole reißt mich aus meinen Grübeleien, wie so oft. »Tee?«

»Danke, keinen Bedarf«, erwidere ich, in der Hoffnung, nicht zu abweisend zu klingen. Schon wieder sieht er mich mit diesem aufmerksamen Blick an, der mir unter die Haut geht, tief unter die Haut. Und nachdem er in der Nacht in den Abgrund meines Ichs geschaut hat, fühlt sich das noch viel seltsamer an.

»Aber...«, halte ich ihn auf, als er sich gerade abwenden will, »wir könnten deine Hilfe gebrauchen.«

14

Ole

Leonie hat etwas an sich, dass die Sorgen in mir schürt. Wahrscheinlich liegt es daran, dass ich inzwischen weiß, dass sie zu stolz ist, um Hilfe anderer anzunehmen. Versteht mich nicht falsch, ich sage das nicht, weil ich glaube, sie wäre zu schwach, etwas allein zu schaffen, weil sie eine Frau ist oder sonst irgendeinen Schwachsinn. Nach allem, was ich in der letzten Nacht über sie gelernt habe, ist sie der stärkste Mensch, den ich kenne.

Aber niemand, der Menschen um sich hat, denen man am Herzen liegt, muss irgendwas alleine hinbekommen.

»Womit kann ich dienen?«, frage ich.

»Hast du möglicherweise einen großen Papierbogen? Etwas, dass sich eignet, um ein Spielbrett darauf zu entwickeln?«

Ich überlege kurz, was ich an Materialien hier habe. Seit ich die meiste Zeit des Jahres in meinem berliner WG-Zimmer lebe, habe ich keinen so guten Überblick mehr über meine Vorräte hier.

»Ich sehe nach.«

Zehn Minuten später bin ich mit einem alten Block und einem DIN A3 Bogen Papier zurück. Mit etwas Sprühkleber, den ich noch von einigen Mixed-Media-Experimenten übrig hatte, habe ich den auf eine alte Pappe geklebt, sodass das Spielbrett stabil genug ist.

»Schaut mal, hier habt ihr einen Block, zum Vorzeichnen«, ich reiche den Mädchen den Block, »und das sollte als provisorisches Spielbrett taugen«.

»Hammer, klasse!«, freuen sich Echo und Eden und beginnen sofort damit, verschiede Varianten zu skizzieren.

»Danke«, sagt auch Leonie. Ich lasse mich neben ihr nieder.

Zusammen mit Krista habe ich vorhin die Eingangstür freigeschippt und mit der Schneefräse den Parkplatz halbwegs begehbar gemacht, sodass sich unsere Gäste auch mal draußen die Beine vertreten können. Eine kleine Pause kann ich mir jetzt durchaus erlauben.

»Ich hoffe wir halten dich nicht zu sehr ab«, raunt Leonie mir zu.

»Ach, das schreiben wir einfach als Spezialbetreuung auf die Rechnung«, entgegne ich und grinse.

»Idiot.« Augenverdrehend stupst sie mir ihren Ellbogen in die Rippen und lächelt dabei. Etwas, das vermutlich viel zu selten in den letzten Tagen vorgekommen ist, weshalb ich es als Gewinn verbuche.

»Was für ein Spiel denkt ihr euch aus?«, will ich wissen, während ich zusehe, wie die Mädchen vertieft darin sind, Pfade aus kreisen auf ihre Blätter zu malen. So ähnlich sie sich optisch sehen, so verschieden wirken sie jetzt. Echo malt wild drauf los. Eden hingegen zeichnet jeden Kreis akkurat mit einem runden Dekostück als Schablone.

»Bisher steht nur fest, dass es etwas weihnachtliches werden soll. Und solange es nicht *Mensch ärgere dich nicht!* ist, soll mir alles recht sein.«

»Kein Fan?«, mutmaße ich.

»Abgesehen davon, dass die beiden es *immer* spielen wollen, ist das Schlimmste daran, dass wir es nicht verlegen.«

Wir unterhalten uns noch eine Weile darüber, wobei es mir in Fingern juckt. Ich schnappe mir ebenfalls ein Blatt Papier, falte es in der Mitte und beginne etwas zu skizzieren. Ich denke nicht darüber nach, meine Finger gleiten einfach über das Papier. Ab und an sehe ich zu Leonie, die durch Instagram scrollt und dabei an ihrer Unterlippe knabbert. Ein Schatten huscht über ihr Gesicht, bevor sie hastig weiter wischt. Der Griff um ihr Telefon wird fester, beinahe verkrampft.

»Hey«, ich stupse sie an. »Ich habe das Gefühl, du lässt uns hier die ganze Arbeit machen, während du am Handy hängst und kein gutes Vorbild bist.«

»Wer sagt, dass ich nicht längst einen ausgeklügelten Plan im Kopf habe?«

»Dann lass mal hören«, fordere ich sie heraus, froh darüber, dass mein Ablenkungsmanöver zu funktionieren scheint.

»Pff. Ich verschieße mein Pulver doch nicht einfach so.«

»Hey, Zwerge, was für Ideen habt ihr?«

»Der Weihnachtsmann muss drin vorkommen.

»Auf jeden Fall. Und Wichtel.«

»Geschenke.«

Immer wieder fallen sich die beiden selbst ins Wort. Leonie hört sich das aufmerksam an.

»Die Wichtel sammeln Geschenke und wer die meisten hat, gewinnt«, schlägt Eden vor.

»Also lasst mich das Ganze nochmal zusammenfassen: Wir befinden uns am Nordpol, wo der Weihnachtsmann mit seinen Gehilfen lebt. Kurz vor Weihnachten wird es stressig. Er schickt seine Wichtel los, um die Geschenke aus den Lagern zu holen. Dabei müssen sie Prüfungen bestehen und Entscheidungen treffen. Und wer am Ende die meisten Geschenkpakete zum Weihnachtsmann bringt, wird Wichtel des Monats und hat gewonnen.«

»Jaaa.«

»Genau.«

Die beiden nicken enthusiastisch. Leonie grinst mich an.

»Versuchst du jetzt ernsthaft, mir die Ideen von zwei zwölfjährigen als *dein* Können zu verkaufen?«

»Das sieht cool aus«, Eden hat meine Zeichnung eines leicht verwirrt dreinschauen Elchs mit Weihnachtsmütze und Kugeln am Geweih in den Händen. »Du kannst das voll gut«, staunt sie.

»Ich lerne das auch schon eine Weile«, sage ich und freue mich, dass mein Stil bei meiner Zielgruppe Anklang findet.

»Hilfst du uns, das Spielbrett zu gestalten?«

»Oh ja... das wäre toll«, bittet auch Echo.

»Klar«, stimme ich ohne nachzudenken zu. Ich komme hier ohnehin nicht weg. Und bevor ich mir stundenlang den Kopf darüber zerbreche, wie es Leah geht und ob sie auch ab und zu an mich denkt, kann ich mich auch damit ablenken, ein Spielbrett zu illustrieren. »Ich muss jetzt aber erstmal wieder helfen, alles für heute Abend vorzubereiten. Aber morgen bin ich für euch da.«

Die Augen der Mädchen strahlen. Sofort vertiefen sie sich und sammeln Ideen, was ich unbedingt zeichnen soll.

Ich erhebe mich, nicht ohne zu ächzen, weil meine Beine im Schneidersitz eingeschlafen sind.

»Ole«, hält Leo mich auf, als ich kurz davor bin, den Raum zu verlassen. »Du musst das nicht machen, wenn du hier wichtigeres zu tun hast.«

»Ich möchte aber. Immerhin will ich das mal beruflich machen und ich habe wirklich Spaß dabei.«

»Gut, dann...«

»Wie geht's dir?«, frage ich leise, wohlwissend, dass ich sie mit der Frage auf die Palme bringe, aber... keine Ahnung, warum ich es eben für eine gute Idee hielt. Sofort verfinstert sich der Blick aus ihren warmen braunen Augen.

»Natürlich geht's mir gut«, faucht sie. »Ich bin kein kleines Kind mehr, um das man sich ständig Sorgen machen muss, okay?«

»Ihr steht unter einem Mistelzweig«, freut sich Echo und schaut uns erwartungsvoll an.

»Vergesst es!«

»Tradition ist Tradition«, schaltet sich nun auch der Cornelius ein. Schelmisch blickt er hinter seinem Buch hervor.

Bevor ich überhaupt Anstalten machen könnte, mich Leo zu nähern, schiebt sie sich an mir vorbei und stampft davon.

$$* * *$$

Offenbar – so denkt wohl meine Mom – qualifiziert mich mein Illustrationsstudium auch zum Fotografen. Anders kann ich mir nicht erklären, wieso sie es für eine gute Idee hielt, mich vorzuschlagen, als Charlotte Grahl vor ein paar Stunden in die Küche kam und gefragt hat, ob sie eine Idee hat, wie man den Fotograf, der hätte ein Familienfoto schießen sollen, aber aus bekannten Gründen nicht anreisen kann, ersetzen kann.

Und so stehe ich jetzt hier und versuche das Ganze hinter mich zu bringen, ohne dass es in einem Desaster endet, wie das gestrige Essen. Es ist früher Nachmittag, kurz vor der Bescherung, weshalb Echo und Eden, so cool sie auch gerne wären, allmählich immer aufgeregter werden.

Ich habe Moms alte Spiegelreflexkamera in den Händen, die auserkoren wurde, das Bild festzuhalten.

Vor dem Weihnachtsbaum im Kaminzimmer haben sich bereits Casten und Barbara zusammen mit Cornelius aufgestellt, während Charlotte und Eberhart auf ihre Töchter einreden, sich noch etwas zu gedulden.

Cassidy und Conrad betreten gerade die Szenerie.

Alle haben sich in Schale geschmissen, die Herren tragen helle Hemden, der Großvater darüber einen Pollunder. Conrad und Constantin haben ihre Haare nach hinten gegelt, während Carsten sie schlicht gekämmt hat. Offenbar nicht akkurat genug, denn seine Frau versucht seit Minuten das Durcheinander zu ordnen. Vergeblich.

Geduldig stehe ich in der Ecke und versuche mir mein Unbehagen nicht anmerken zu lassen. Natürlich verstehe ich etwas von Bildkomposition, aber normalerweise kreiere ich meine Figuren selbst und muss keine lebenden Menschen koordinieren. Die Tatsache, dass dieses Bild auch für die Werbung und den Internetauftritt der Firma genutzt werden soll, erhöht den Druck auch nur minimal.

»Wo ist Leo?«, fragt Barbara, nachdem sie es aufgegeben hat, etwas an der Frisur ihres Mannes zu ändern.

»War ja klar, dass ausgerechnet *sie* ihren großen Auftritt braucht«, raunt Conrad seiner Verlobten zu. Etwas an dem Unterton lässt Wut in mir aufkommen. Was bitte ist sein Problem?

»Ole, würde es dir etwas ausmachen, ihr Bescheid zu geben?«, fragt Charlotte, »Wir werden uns derweil um die Aufstellung kümmern.«

So mache ich mich also auf den Weg in die entsprechende Etage. Beim Verlassen des Raums höre ich noch, wie Charlotte mit fester Stimme das Ruder übernimmt.

Vorsichtig klopfe ich an Leonies Zimmertür. Diesmal werde ich nicht den Fehler machen, nach dem zweiten Mal einfach hereinzugehen. Wie sie darauf reagiert, habe ich schon erfahren dürfen.

»Ich komme ja schon«, ruft sie genervt durch die geschlossene Tür.

»Besser wär's, deine Familie ist schon ungeduldig«, informiere ich sie, woraufhin sich die Tür einen Spalt öffnet.

»Ach, du bist's nur.« Ich weiß nicht, ob ich es mir nur einbilde, aber ihre Stimme kommt mir jetzt weicher vor, fast als wäre sie erleichtert, mich zu sehen.

»Ich weiß nicht so recht, wie ich mit dem *nur* umgehen soll«, entgegne ich nachdem ich den Gedanken abgeschüttelt habe.

»Das kannst du dir überlegen, nachdem du mir geholfen hast, in dieses dämliche Kleid zu kommen.

»Du siehst mich überrascht«, sage ich, erstaunt davon, dass leuchtend roter Stoff ihren Körper verhüllt.

»Sag einfach nichts, okay? Das ist das einzige in meinem Koffer, bei dem meine Tante keine Schnappatmung bekommt und nach den jüngsten Ereignissen muss ich präsentabler aussehen, als angenommen. Also? Willst du nur staunend in der Ecke stehen, oder mir endlich helfen?«

»Wenn du so fragst, brauche ich noch die ein oder andere Sekunde.«

»Du bist unmöglich«, stöhnt sie und verdreht ihre Augen... was auch sonst.

Kopfschüttelnd trete ich hinter sie. Ich brauche ein paar Versuche, um den Reißverschluss, der sich im Stoff verhakt hat, zu lösen.

Versehentlich streife ich dabei ihre Haut, die sich warm und weich unter meinen Fingern anfühlt. Ich meine, mir ist schon klar, dass sich Leos Haut nicht von anderen unterscheidet. Aber so, wie sie sich gibt, unnahbar, stark... da erwartet man irgendwie nichts, das sich so zart anfühlt. Eher einen stahlharten Panzer.

»Fertig«, informiere ich sie. Als sie sich umdreht, bleibt mir kurz die Luft weg. Erst jetzt realisiere ich, wie sehr sie geschminkt ist. Die Augenringe, die Erschöpfung, die heute Morgen noch deutlich sichtbar war, sind verschwunden. Und irgendwie sorgt das dafür, dass ich mir zum ersten Mal nicht nur Gedanken darüber mache, wie es ihr geht, sondern sie wirklich ansehe. Ihre blauen Haare hat sie hochgesteckt, nur einzelne Strähnen hängen wie zufällig heraus und umrahmen ihr Gesicht. Der Lidschatten betont ihre Augen und lässt den Braunton noch wärmer erscheinen.

Nachdem sie in ihre schwarzen Wildleder-Highheels gestiegen ist, wobei sie sich an meiner Schulter festgehalten hat, sind wir beinahe auf Augenhöhe.

Ein Duft nach Melone, den ich schon in der Nacht an ihr wahrgenommen habe, umhüllt mich.

»Na dann bringen wir es mal hinter uns«, murmelt sie und wendet sich zum Gehen.

»Leonie«, halte ich sie zurück, »du siehst toll aus.«

15

Leo

»Ich meine, das tust du auch in Pulli, Jeans und Sneakers, aber du…«, stammelt er. Das Grinsen, das an meinen Mundwinkeln zupft, kann ich nicht aufhalten.

»Ole«, sage ich, um ihm die Peinlichkeit, sich noch weiter um Kopf und Kragen zu reden, zu ersparen. »Ich habe dich schon verstanden«, versichere ich ihm.

Und ernsthaft, ich weiß, es ist ziemlich jämmerlich, aber sein Kompliment bedeutet mir viel. Nicht, dass ich die Anerkennung für mein Selbstbewusstsein brauche, aber es tut gut, zu sehen, dass er mich nicht mit diesem Mitleidsblick ansieht, der bestimmt gut gemeint ist, aber mir unter die Haut geht. Damit kann ich nicht umgehen, das … beunruhigt mich.

Es ist, als würde er mich gerade das erste Mal nicht als armseliges Häufchen Elend betrachten und…

Ich rede mich hier grad selbst um Kopf und Kragen, oder? Okay, Leute, ich gebe es zu. Es gefällt mir, dass er mich ansieht, wie er mich ansieht, dass er mir das Gefühl gibt, schön zu sein, und das ausdrückt, ohne eine abgedroschene Phrase oder irgendeinen Macho-Spruch.

Zusammen gehen wir nach unten, wo der Rest der Familie schon auf uns wartet und vielleicht, also wirklich nur vielleicht, bewege ich meine Hüften dabei ein klein wenig mehr als nötig.

Je näher ich dem Kaminzimmer komme, desto langsamer werde ich. Seit gestern bin ich vor allem Conrad und meinem Cousin aus dem Weg gegangen, ich weiß, dass sich gleich alle Augen auf mich richten werden und habe absolut keine Lust darauf. Warum hielt ich es für eine gute Idee herzukommen? Warum bin ich nicht gleich ins Flugzeug gestiegen, egal wohin. Strand, Sonne, Meer. Ich würde auch eine Wüste nehmen, Hauptsache, das hier bliebe mir erspart.

»Hey«, ich spüre Oles zarte Hand auf meinem Rücken und sofort breitet sich die Wärme in meinem Körper aus. »Ich weiß nicht, was bei euch in der Luft hängt, aber mindestens zwei Menschen da drinnen lieben dich über alles. Und deine Nichten vergöttern dich. Du schaffst das.«

Verdammt, wieso muss er nicht nur Recht haben, wieso bewirken seine Worte auch noch, dass ich mich besser fühle. Ich sehe ihn an. Leider ist der Ausdruck von eben verschwunden und dem Blick gewichen, der mir solche Angst einjagt. Weil er schon wieder ganz tief in mich hineinsehen kann. Fuck. Ich müsste ihm danken, für so vieles inzwischen, aber ich weiß genau, wenn ich jetzt den Mund aufmache, fahre ich ihn nur wieder an. Also sehe ich ihn an und versuche, alle Dankbarkeit in diesen Blick zu legen, bevor ich mit gestrafften Schultern das Kaminzimmer betrete.

»Na, sieh mal an. Ich dachte nicht, dass wir noch mit dir rechnen können.« Dem drang, Conrad meinen Mittelfinger zu präsentieren, kann ich nur mühsam widerstehen. Schließlich versuche ich, meinen Eltern – und mir – zu beweisen, dass sie sich in mir nicht getäuscht haben.

Auch Constantin mustert mich kritisch, doch Oles Worte hallen in mir nach. Es gibt in dieser Familie Menschen, die mich lieben. Mom und Dad sehen mich voller Stolz an.

»Stell dich zwischen deine Eltern«, fordert Charlotte, ganz im Marketing-Modus, der ihr als Leiterin dieser Abteilung im Verlag in Fleisch und Blut übergegangen ist.

Ich tue, wie mir geheißen und lasse das Ganze über mich ergehen.

Ole, der warum auch immer zum Fotografen ernannt wurde, schaut durch den Sucher und gibt noch letzte Anweisungen.

Dann klickt es mehrfach, bevor er meiner Tante das Ergebnis präsentiert und sie das Okay gibt, die Veranstaltung zu beenden.

Seufzend lasse ich mich auf dem Sofa nahe dem Kamin nieder. Das Feuer, dessen Wärme sich sofort auf meine nackten Beine legt, knistert gemütlich.

Ich bereue es ein wenig, meine Kopfhörer nicht dabei zu haben, dann könnte ich den Rest der Welt jetzt einfach ausschalten.

Dann müsste ich jetzt nicht hören, wie Conrad und Constantin tuschelnd diskutieren. Viel verstehe ich nicht, aber meinen Namen kann ich deutlich heraushören. Ich atme tief durch und schwöre mir, keine Szene zu veranstalten. Ich muss nur noch den heutigen Abend überstehen, dann kann ich zwar nicht abreisen, aber mich immerhin auf meinem Zimmer verkriechen. Möglicherweise lässt sich Ole sogar bestechen, damit ich mir mein Essen selbst in der Küche holen kann, sodass ich niemanden sehen muss. Gut, vielleicht mache ich bei Echo und Eden eine kleine Ausnahme, ich meine, wer könnte diesen Plagegeistern wirklich etwas abschlagen und so lange wir nicht *Mensch ärgere dich nicht!* spielen müssen, ist mir vieles Recht.

16

Ole

Die Feindseligkeit, die Leo von den beiden Männern entgegengeschlagen ist, wühlt mich immer noch auf. Die Blicke, die sie ihr zugeworfen haben, sind einfach... so sollte es in einer Familie nicht laufen.

In unserem Wohnzimmer lasse ich mich auf dem Sofa nieder und öffne Instagram. Ich muss auf andere Gedanken kommen, sonst zerbreche ich mir noch stundenlang den Kopf darüber, was Leonie verbrochen hat.

Das erste Bild in meinem Feed wird scharf und...

Nein.

Das. Das darf nicht...

Das kann nicht...

Leahs Gesicht füllt meinen Bildschirm, was ich normalerweise erfreulich fände, wenn ihre Lippen nicht an denen eines Mannes hängen würden.

Mir gefriert das Blut in den Adern. Das kann doch nicht wahr sein? Das. Scheiße. Und ich komme hier nicht weg, habe keine Chance, etwas an dieser Situation zu ändern. Aber Himmel, was sollte ich denn tun, *wenn* ich es könnte? Ihn in guter alter Tradition zum Duell auf Leben und Tod herausfordern oder ihn einfach so zur Strecke bringen. Ganz sicher nicht. Ich... Mir ist schlecht. Wieso muss ich ausgerechnet dieses Jahr hier aushelfen? Ich hätte dort sein sollen, bei ihr, alles dafür tun, damit ich jetzt an der Stelle dieses Typen wäre. Stattdessen sitze ich im norwegischen Nichts fest und muss mir das ansehen.

Best Chrismas gift EVER steht darunter, gefolgt von einer Menge Herzen und Herzaugen-Emojis. Das gleiche setzt sich in den Kommentaren fort. Ich lese die ersten, bevor es mir zu viel wird und ich mein Telefon frustriert auf das Sofa fallen lasse. Wieso habe ich nicht früher meinen Arsch in Bewegung bekommen. Warum habe ich ihr nicht auf der Hochschulparty, als wir miteinander getanzt haben, als gäbe es kein Morgen mehr, gesagt, was sie mir bedeutet. Ich bin so ein Idiot. Ich könnte jetzt mit ihr glücklich sein, könnte der sein, dessen Körper vor Freude nur so kribbelt, während ihre Lippen meine berühren.

So.

Ein.

Mist.

Dann wird mir etwas klar. Es fällt mir wie Schuppen von den Augen. Wo die Erkenntnis auf einmal herkommt, weiß ich nicht, aber einer der Mitarbeiter in meinem Gehirn hatte wohl gerade eine Eingebung.

Ich habe all meine Leah-Grübeleien nur aus meiner Sicht gesehen, habe stundenlang über meine Gefühle gebrütet und nicht einen einzigen Gedanken daran verschwendet, dass es ihr anders gehen könnte.

Wie konnte ich so blind sein, wo ich es doch sonst angeblich so gut schaffe, auf die Gefühle meiner Mitmenschen zu achten. In dem Fall habe ich wohl versagt.

Ich weiß nicht, wie viel Zeit vergangen ist, als Mom und Yana die Treppe hinaufkommen.

»Ist wird Zeit, dass du dich für die Bescherung fertig machst«, sagt Mom, mit einer Kiste unter dem Arm.

»Bitte?«, frage ich und habe keinen Schimmer, wovon sie redet. Noch immer drehen sich meine Gedanken im Kreis. Ich frage mich, wo ich falsch abgebogen bin.

»Wir haben ein altes Weihnachtsmannkostüm gefunden«, erzählt Yana. Und Familie Grahl fände es toll, wenn du den Weihnachtsmann spielen könntest.«

Bitte was? Das meint sie nicht ernst. Ich bin gerade echt nicht in der Verfassung den Hampelmann zu mimen. Nicht, wenn ich daran denke, dass Leah gerade mit einem anderen... und ich chancenlos bin. Egal ob hier oder dort.

»Kann das nicht Krista machen? Der sieht viel mehr danach aus.«

»Er spricht aber leider kein Deutsch«, beharrt Mom.

»Er spricht gar nicht«, korrigiert Yana sie mit einem Grinsen.

»Ist alles okay?«, will Mom wissen. Offenbar ist ihr aufgefallen, dass meine Laune schonmal besser gewesen ist.

»Alles bestens«, antworte ich knapp, was Mom nicht weiter kommentiert und Yana dazu verleitet ihre linke Augenbraue nach oben zu ziehen. Sie glauben mir kein Wort, ahnen aber, dass es wohl besser ist, nicht weiter nachzubohren, wenn sie wollen, dass ich wirklich den Weihnachtsmann gebe.

»Dann gib mal her«, murre ich, schnappe mir den Karton und verschwinde in meinem Zimmer.

Resignierend füge ich mich meinem Schicksal und ziehe das Kostüm über. Vielleicht lenkt es mich ja wirklich ab. Mit meinem Kopfkissen und einem Gürtel sorge ich dafür, dass mein Bauchumfang ein bisschen mehr dem Klischee entspricht.

Nachdem ich auch die Mütze und den Bart aus dem Karton gefischt habe, entdecke ich, dass sich darin auch noch ein Elfenkostüm befindet. Das Ganze entspricht zwar absolut nicht den norwegischen Traditionen, aber ich bezweifle, dass Familie Grahl darauf großen Wert legt.

»Yana«, rufe ich, als ich aus meinem Zimmer komme. Es dauert nicht lange, bis sie im Flur auftaucht. »Hier, anziehen.« Ich werfe ihr das Elfenkostüm zu und lasse mich wieder auf dem Sofa nieder.

»Vergiss es!«, protestiert sie.

»Komm schon. Denk an die Zwillinge und deren leuchtende Augen. Willst du allen Ernstes so herzlos sein und dich wehren? Das kannst du nicht wollen.« Natürlich ist mir klar, dass Echo und Eden absolut keinen Bock mehr auf den Weihnachtsmann haben, aber irgendwie muss ich Yana ja rumkriegen und mit leuchtenden Kinderaugen kann man wohl so ziemlich jeden überzeugen. Vor allem Yana.

»Schon vergessen, dass auch ich kaum Deutsch spreche?«

»Als ob. Dein deutsch ist besser als du zugeben willst. Und um Geschenke aus dem Sack zu holen und dabei niedlich auszusehen reicht es vollkommen«, sage ich und scheuche sie in ihr Zimmer.

»Sag du mir lieber, was mit dir los ist?«

Ich will bereits protestieren und alles abstreiten. Doch dann denke ich an das, was ich Leo raten würde, dass es hilft, mit anderen zu reden und nicht alles in sich hinein zu fressen. Und was wären meine Ratschläge wert, wenn ich mich selbst nicht an das halte. Nichts. Genau.

»Leah...«, seufze ich und ein wissender Ausdruck legt sich auf ihr Gesicht. »Sie hat einen anderen.«

»Ach scheiße!«, entfährt es ihr, bevor sie mich in ihre Arme zieht. »Dann hat sie dich nicht verdient, wenn sie nicht erkennt, was für ein toller Kerl du bist.«

»Danke«, sage ich und schiebe sie von mir, »und jetzt lenk nicht weiter ab. Es wird Zeit die Geschenke zu verteilen«

✳✳✳

Ich kann es nicht glauben. Nicht nur, dass ich nicht bei meinen Freunden sein kann, jetzt stehe ich hier in einem dämlichen Weihnachtsmannkostüm und gebe den Hampelmann für zwei Fast-Teenager, die garantiert schon lange nicht mehr daran glauben, dass es diese Coca-Cola-Erfindung wirklich gibt. Immerhin sieht Yana genau so dämlich aus wie ich, was mich mehr aufheitert, als es sollte.

»Lächeln, Ole«, raunt Yana mir zu, was vollkommen unnötig ist, da mein Mund komplett hinter dem weißen Bart verschwindet.

Schicksalsergeben klopfe ich mit der Hand gegen die Tür des Kaminzimmers.

»Ho Ho Ho«, sage ich mit tief verstellter Stimme und nicht so enthusiastisch wie es sich die Eltern möglicherweise erhoffen. Doch Charlott scheint das mit ihrer Energie auszugleichen

»Echo, Eden, seht mal wer zu euch gekommen ist?«

Im gesamten Raum wird es still, aus der Ecke höre ich ein Kichern und sehe, wie Leo sich die Hand auf den Mund presst. *Wunderbar, wirklich wun-der-bar.* Wenigstens eine amüsiert sich prächtig. Vor ihr sitzen Conrad und Cassidy, die ihren Kopf in trauter Harmonie auf seine Schulter bettet. Ein schmerzhafter Stich durchfährt mich, wenn ich mir vorstelle, das Leah jetzt ebenso eine Schulter zum Anlehnen hat, die verdammt nochmal nicht meine ist.

»Wollt ihr dem Weihnachtsmann nicht ›Hallo‹ sagen?«, fährt Charlotte fort, was mich daran erinnert, dass ich hier einen Job zu erledigen habe.

»Hi Ole«, ruft Echo.

Na super. Also machen wir dieses Affentheater hier wirklich nur für die Eltern. Ich könnte dem Ganzen ja vielleicht und wirklich nur vielleicht etwas abgewinnen, wenn ich im Gegenzug das tatsächliche Leuchten der Kinderaugen zu sehen bekäme, aber diese Farce ist doch lächerlich. Ich wäre lieber in meinem Zimmer, den Zeichenblock vor mir und nicht als Ruhe. Ich will doch einfach nur herausfinden, welche Zeichen ich falsch gedeutet habe und wie ich in Zukunft mit Leah zusammenarbeiten kann, ohne komplett den Verstand zu verlieren und mir vorzukommen wie der letzte liebeskranke naive Depp. Und ich werde mit ihr zusammenarbeiten müssen, wenn ich sie nicht bei unserem Gemeinschaftsprojekt hängen lassen will, bei dem für sie weitaus mehr auf dem Spiel steht, als für mich.

Jetzt muss ich aber erstmal das hier hinter mich bringen. Aber egal, wie sehr ich es versuche, das Insta-Foto schiebt sich in mein Sichtfeld. Cassidy, die Conrad gerade auf die Wange küsst, ist auch absolut nicht hilfreich, etwas an dieser Situation zu ändern.

»Echo, Eden...«, ich versuche, meine Stimme streng klingen zu lassen, scheitere aber auf ganzer Linie, »wart ihr auch immer schön artig?«

»Immer«, sagen sie unisono.

»Na sowas...« Ich könnte jetzt noch nachhaken und das Theater in die Länge ziehen, aber ganz ehrlich, das tut für niemanden etwas. Die Mädels wollen ihre Geschenke haben und ich meine Ruhe. Also eine Win-Win-Situation für beide Seiten. Ich will mich schnellstmöglich nur in meinem Bett verkriechen und die Decke über meinen Kopf ziehen oder einen Eimer Farbe auf eine Leinwand kippen und sehen, wohin mich das führt. Egal was, vielleicht würde ich sogar in einen Vulkan springen, um dem hier zu entgehen, aber wie es scheint, ist das keine Option. »Dann kommt mal her.«

Die Aussicht, schnell mit dem Auspacken beginnen zu können, lässt sie in Rekordgeschwindigkeit zu mir kommen.

Alles könnte so schnell vorbei sein, doch offenbar hat Charlott andere Pläne. »Aber Weihnachtsmann«, entgegnet sie beinahe schockiert, »willst du nicht noch ein Gedicht hören?«

Nein, will ich nicht. Ich will die Zeit zurückdrehen, mit Leah und unseren Freunden in die Schweiz fliegen, auf Skiern mit ihr über die Pisten sausen, mir dabei den Arm brechen (den linken, den rechten brauche ich zum Zeichnen), weil ich so abgelenkt von ihr bin und jetzt gemeinsam mit ihr vor dem Weihnachtsbaum sitzen, den blumig, rosigen Duft von ihr einatmen und dabei über ihre Witze lachen, die alles besser machen, sogar einen gebrochenen Arm. Stattdessen stehe ich hier und lasse mir gleich Gedichte von mittelmäßig motivierten Kindern erzählen.

»Ach, wie konnte ich das nur vergessen«, murmle ich auf Charlotts erwartungsvollen Blick hin.

»Mom!«, protestiert Echo. »Ernsthaft, wir sind doch keine Kinder mehr.«

»Aber das macht ihr jedes Jahr. Und es ist eine so schöne Tradition.«

»Na dann lasst mal was hören«, unterbreche ich, bevor die Diskussion noch größere Ausmaße annimmt und wir morgen noch hier stehen.

Eden beginnt:
»Lieber, guter Weihnachtsmann,
zieh die langen Stiefel an,
kämme deinen weißen Bart,
mach' dich auf die Weihnachtsfahrt.

Komm' doch auch in unser Haus,
packe die Geschenke aus.
Ach, erst das Sprüchlein wolltest du?
Ja, ich kann es, hör mal zu:

Lieber, guter Weihnachtsmann, ...«

Und noch eine Strophe. Wundervoll. Wie lang ist denn bitte dieses Gedicht? Und warum muss ich mir das nochmal anhören? »Das hast du aber toll gelernt«, stoppe ich Eden, die sogar ein wenig erleichtert scheint. Ich drücke ihr das Geschenk in die Hand und wende mich ihrer Schwester zu.

»Hast du auch ein solches Epos vorbereitet?«

»Na klar.

Ohne Geschenke ist der Weihnachtsmann

nur ein Plastikbart mit Opa dran.«

Während Charlotte erschrocken die Hand vor den Mund schlägt, sehe ich wie sich Eden und Leo verschwörerisch angrinsen. Und für einen winzigen Moment hebt sich meine Laune.

Großartig. Das Ende ist nah. Geschenk übergeben und dann Abflug.

»Echo!«, schimpft ihre Mutter. »Das wird dem Weihnachtsmann aber nicht gefallen haben.«

»Da der Weihnachtsmann in Eile ist, mag er kurze Gedichte.«

So drücke ich auch ihr das Päckchen in Hand, das Yana aus dem Sack geholt hat.

»So, Mädels. Immer schön brav sein, hört auf eure Mutter und so weiter und so fort. Da warten noch andere Kinder auf mich.«

»Aber Weihnachtsmann«, schaltet sich nun auch der Vater der beiden ein. »Wir haben doch noch gar kein Foto für die Großeltern gemacht.«

Ernsthaft? Tja, so komme ich in das Vergnügen, zusammen mit den Zwillingen und Yana für Fotos zu posieren.

»Lächelt doch mal«, fordert Eberhardt und läuft dabei mit seinem Handy vor uns hin und her. Und natürlich ist der Ton eingeschaltet. Mit jedem schlecht imitierten Klick muss ich mehr an mich halten. »Und jetzt haltet mal eure Geschenke hoch, ja genau. – Weihnachtsmann, wedle doch mal mit der Rute – noch ein bisschen höher.«

Hoffentlich ist der Speicher bald voll, denke ich, als er sich schlussendlich hinhockt und Fotos aus niedriger Perspektive schießt.

»Denk dran auch Bilder mit meinem Telefon zu schießen, ja«, erinnert ihn Charlott, die das Geschehen verzückt beobachtet.

»Gäbe es doch nur eine Möglichkeit Bilder von einem Telefon auf das andere zu übertragen«, murrt Echo – genau mein Vibe.

»Nachdem die Oma jetzt 378 identische Bilder hat, muss ich wirklich los«, entfährt es mir irgendwann. »Ich bin mir sicher, ihr bekommt den Rest auch so verteilt. Echo, Eden, es war mir eine Freude.«

17

Leo

Ole in diesem Weihnachtsmann-Outfit zu sehen, hat mich so gut unterhalten wie kaum etwas anderes in den vergangenen Tagen. So leid es mir tut, aber ich musste wirklich an mich halten, um nicht lauthals loszuprusten.

Aber je länger ich dem Spektakel zusehen musste, desto sicherer wurde ich mir, dass etwas nicht stimmt, so gar nicht.

Jetzt sitze ich im Esszimmer. Wieder herrscht die gleiche Sitzordnung wie gestern, nur dass diesmal keine Schüsseln voller Speisen in der Mitte stehen, sondern jeder das gleiche bekommt. Nach dem Fotoshooting hat es mir gewaltig den Appetit verdorben. So schiebe ich das Ganze eher auf meinem Teller hin und her, als wirklich etwas zu essen.

Da saßen sie nun und redeten über den Spieleverlag. Denn die Leute vom Spieleverlag redeten immer über den Spieleverlag, um mal Erich Kästner zu zitieren, zumindest ungefähr. Lest einfach im Doppelten Lottchen nach.

»Ich habe gehört ihr habt angefangen, ein eigenes Spiel zu entwickeln?«, wendet sich Dad an die Zwillinge.

»Ja. Leo hat uns gezwungen«, antwortet Echo sofort.

»Das war Notwehr, sie wollten wieder *Mensch ärgere dich nicht!* spielen«, rechtfertige ich mich und spieße dabei eine Cocktailtomate auf.

»Welche Geschichte wollt ihr denn erzählen?«, hakt Dad nach. Das ist etwas, dass ich an ihm bewundere und von dem ich hoffe, dass ich es mir von ihm abschauen kann. Er schafft es nämlich immer, seinem Gesprächspartner die volle Aufmerksamkeit zu schenken, auch wenn die Themen noch so banal sein mögen. Wenn er Interesse an den Ideen zweier Zwölfjähriger hat, dann lässt er sich davon nicht abbringen.

Eden erzählt ihm, was wir uns ausgedacht haben. Hin und wieder füge ich ein Detail hinzu, wenn sie etwas auslassen, dass für das Verständnis wichtig ist.

»Das klingt ja spannend. Ihr müsst es mir unbedingt zeigen, wenn ihr damit fertig seid.« Lächelnd wendet er sich an meine Tante. »Wie ich sehe, steht die nächste Generation schon in den Startlöchern.«

»Vielleicht sollte sich Leo auch lieber in der Spieleentwicklung niederlassen, als in der Geschäftsführung, wenn sie so viel Freude daran hat«, merkt Carsten an.

»Das wird sie auch«, entgegnet Dad, »zeitweise, genauso wie in der Buchhaltung, dem Marketing, der Herstellung und dem Vertrieb. Sodass sie alles lernt, was es braucht, um meine Nachfolgerin zu werden.«

Bei seinen Worten wird mir kalt. Wie kann er sich da so sicher sein? Woher nimmt er diese Gewissheit, dass ich das kann. Ja, ich werde alles geben, um diesen Job gut zu machen, aber ich habe noch nicht mal mein verdammtes Studium beendet. Ich bin ein kompletter Neuling. Natürlich habe ich Freude daran, das habe ich vor allem heute gemerkt, als wir gebrainstormt haben und ich immer wieder versucht habe, einen Schritt weiter zu denken. Wie lässt sich das in der Massenproduktion umsetzten, kann man als Spielfiguren kleine Elfen herstellen, wie könnte der Karton aussehen, auf welchen Kanälen lässt es sich bewerben und wie kann man es im Handel platzieren.

All das will ich wirklich. Aber wenn ich es nicht mal schaffe, mein Privatleben in den Griff zu bekommen, wie soll ich dann ein Unternehmen führen?

Stopp! Ich werde mich jetzt nicht in diese Abwärtsspirale begeben und dafür sorgen, dass am Ende Conrad den Laden schmeißt. So weit werde ich es nicht kommen lassen.

»Ich meine ja nur, dass es vielleicht etwas schnell geht und ihr diese Entscheidung nicht leichtfertig treffen solltet.« Casten wirft mir einen Blick zu, der wohl Besorgnis ausdrücken soll, aber voller Hochmut steckt, dass es mich alle Mühe kostet, Ruhe zu bewahren. Wenn ich jetzt ausraste, dann liefere ich ihm nur die Argumente, die er so unbedingt haben will. »Es geht mir hier doch nicht in erster Linie um die Firma – was für ein Mensch wäre ich, wenn ich mir nicht vor allem Sorgen um das Wohlbefinden meiner Nichte machen würde.«

»Deine Sorge rührt mich, Carsten. Aber ich denke, ich kann auf mich selbst aufpassen.«

»Gut. Ich habe nämlich wenig Lust darauf, meinen Job zu verlieren, weil die zukünftige Geschäftsführerin dem Druck emotional nicht gewachsen ist.«

»Keine Sorge«, entgegne ich mit zuckersüßer Stimme. »Bis ich Geschäftsführerin bin, vergehen noch ein paar Jahre und bis du in Rente gehst, werde ich schon emotional durchhalten.« Beim Wort *emotional* deute ich mit meinen Fingern Gänsefüßchen an.

Erst als ich wieder Luft hole, merke ich, dass mein Versuch, Ruhe zu bewahren, grandios gescheitert ist. Abgesehen von meinem Großvater, der mich zustimmend anlächelt und den Zwillingen, die in ihre Planungen für unser Spiel vertieft sind, starren mich alle anderen ungläubig an.

»Möchte noch jemand ein Dessert?«, fragt Ole mit einem Tablett in den Händen und durchbricht damit das Schweigen. Selten war ich so froh, ihn zu sehen.

Schweigend verteilt er die kleinen Gläschen. Wieder fällt mir auf, dass er anders wirkt. Seine Schultern hängen tiefer seine Stimme klingt rau. Oder ist das alles nur Einbildung? Und warum mache ich mir darüber überhaupt Gedanken?

»Ich werde mich zurückziehen. Dann kann ich auch meine emotionale Balance festigen.«

Damit stehe ich auf und gehe erhobenen Hauptes aus dem Raum. Ich kann immer noch zusammenbrechen, wenn mich keiner mehr sieht.

Verdammter Mist. Frustriert fahre ich mir durch die Haare, ehe ich realisiere, dass sie noch hochgesteckt sind und ich gerade ein ziemliches Chaos anrichte. Wieso kann ich nicht einmal meine Klappe halten, ärgere ich mich über mich selbst und meine Dummheit, auf die Provokation eingegangen zu sein. Noch ein paar solcher Auftritte und meine Eltern realisieren endgültig, dass sie mit jemand anderem besser aufgestellt sind.

»Komm mit.« Ole überholt mich auf der Treppe.

Irritiert halte ich inne, was auch ihn dazu bringt, stehen zu bleiben. Fragend sehe ich ihn an.

»War ich undeutlich?«, erwidert er mit hochgezogener Augenbraue.

»Nein, aber ich wusste nicht, dass ich dir weisungsgebunden bin«, antworte ich, ohne mir Mühe zu geben, den genervten Unterton zu verstecken, dabei bin ich eigentlich ganz froh, ihn zu sehen. Manchmal fühlt es sich so an, als wäre er der einzige auf meiner Seite.

»Komm schon, oder hattest du Pläne für heute Abend?«

Als ich nicht antworte, dreht er sich einfach um und setzt seinen Weg fort. Als wüsste er, dass ich ihm folge. Aber da gerade alles verlockender klingt, als alleine in meinem Zimmer zu hocken und *Muse* zu hören, die von meinen Gedanken überlagert werden, gebe ich nach.

Umso erstaunter bin ich, als er vor meiner Tür stehen bleibt.

»Zieh dir was Bequemes an, dass auch schmutzig werden kann.«

Himmel, was hat der Kerl bitte vor? Bevor ich ihn genau das fragen kann, liefert er mir eine nichtssagende Antwort.

»Lass dich überraschen.«

So gehe ich in mein Zimmer und seufze. »Würdest du bitte.« Ich deute auf mein Kleid. Vorsichtig tritt er an mich heran und öffnet den Reißverschluss. Sofort bekomme ich Gänsehaut, als die kühle Luft meinen Rücken streift.

»Umdrehen«, fordere ich unwirsch, bevor ich den Stoff zu Boden gleiten lasse.

»Ich wusste gar nicht, dass du so ein Geheimniskrämer bist.« Ich schnappe mir einen alten schwarzen Kapuzenpulli, den ich schon ewig mit mir rumschleppe. Die Form ist schon ziemlich ausgebeult. Ich habe ihn erst nach dem Vorfall wieder aus dem Schrank geholt, weil *er* ihm immer hässlich fand und am liebsten weggeschmissen hätte. Jetzt ziehe ich ihn mir mit Genugtuung über.

»Bin ich auch nicht, aber ich bin mir nicht sicher, ob du sonst noch mitkommen würdest.«

»Wow. Ich weiß nicht, ob ich davon beeindruckt oder verstört sein soll, dass du glaubst, mich damit zu überzeugen«, sage ich, streife mir die Highheels von den Füßen, bevor ich mir die Jeans anziehe.

»Bisher scheint es zu klappen« Ich kann sein Grinsen förmlich hören, weshalb ich mir eine Erwiderung spare. Diese Runde geht eindeutig an ihn. Verdammt.

Barfuß steige ich in meine Nikes. Zeitgleich löse ich die Überreste meiner Frisur auf, um mir endlich wieder meine Mütze aufzusetzen, ohne die ich mich irgendwie nackt fühle.

Ole steht immer noch mit dem Rücken zu mir, obwohl ihm eigentlich klar sein müsste, dass ich inzwischen wieder angezogen bin, was ich ein klein wenig süß finde. (Und wehe, ihr verratet das jemandem). Ich habe mich schon vor einigen Kerlen umgezogen und die meisten davon haben irgendwann versucht, einen Blick zu erhaschen.

»Also?«, frage ich. »Können wir jetzt?«

Entgegen meiner Erwartungen, gehen wir noch eine Etage nach oben. Ich habe bisher nie wirklich darüber nachgedacht, dass er und die Angestellten ja auch irgendwo wohnen müssen.

Oben angekommen stehen wir direkt im Wohnzimmer. Verglichen mit den Räumen im Erdgeschoss, ist es klein, aber wirkt dadurch umso gemütlicher. Ole hält sich jedoch nicht lange auf, sondern dirigiert mich weiter zu einer Tür am Ende des Raumes.

»Willkommen in meinem Reich«, sagt er, nachdem er das Licht eingeschaltet hat.

Ich lasse meinen Blick schweifen. Ich habe Mühe, alles zu erfassen. Nicht, weil es unordentlich ist, sondern weil ziemlich viel Zeug in diesem Raum ist. Ein leichter Geruch nach Farbe liegt in der Luft.

Während ich mich noch umsehe und eine Staffelei und Farben erkenne, die in einem offenen Regal stehen, zieht Ole einen Vorhang zu, der den hinteren Bereich des Zimmers abtrennt, in dem sich sein Bett und ein Schreibtisch befinden.

Verblüfft betrachte ich das Geschehen, überzeugt davon, dass er mir meine Fragen ohnehin nicht beantworten würde.

Von einem Haken an der Wand nimmt er ein Flanellhemd, das über und über mit Farbe bekleckert ist und wirft es mir zu. Geistesgegenwärtig fange ich es auf und ahne allmählich, was er vorhat. Er verschwindet kurz hinter dem Vorhang, bevor er mit einem anderen ebenfalls farbenbekleckerten Hemd wiederkommt.

»Werde ich jetzt Zeuge, wie der große Künstler ein Werk erschafft«, frage ich und setze mich auf einen Tisch, der neben dem Farbenregal steht.

»Nein. Du wirst selbst zur Künstlerin«, verkündet er kurz angebunden. Und wieder erwische ich mich dabei, mich zu fragen, warum er so anders ist als sonst. Die Leichtigkeit in seiner Stimme ist nicht da, als würde ihn irgendwas runterziehen. Während ich noch darüber nachdenke, ob ich nachhaken sollte, stellt er mir eine Staffelei vor die Nase, auf der eine etwa ein mal ein Meter große Leinwand steht.

»Dir ist schon klar, dass ich davon absolut keine Ahnung habe, oder?«, versichere ich mich. Das letzte Mal hatte ich im Kunstunterricht einen Pinsel in der Hand. Nicht mal beim Einzug in unsere Wohnung habe ich etwas gestrichen. Schließlich meinte *er*, dafür gebe es Handwerker.

»Das Einzige, was du dafür brauchst, sind Gefühle. Und ich mag mich täuschen, aber auf mich wirkst du, als wären davon gerade ziemlich viele in Aufruhr.«

Seltsamerweise hat er damit unrecht. Bis er mich auf der Treppe abgefangen hat war das zwar noch so. Ich meine, was für ein Vollhonk ist bitte der Bruder meines Vaters? Aber jetzt, hier, mit Ole bin ich eigentlich... ja, beinahe entspannt. Und da kommt mir ein Gedanke. Vielleicht braucht er gerade ein Ventil, um etwas loszuwerden, vielleicht will er gerade genauso wenig alleine sein wie ich.

»Aber nur, wenn du mitmachst.« Herausfordernd sehe ich ihn an.

»Das war der Plan.«

18

Ole

»Ich kann das nicht.« Seufzend wendet sich Leo von der Leinwand ab und sieht zu mir.

Ich habe gerade damit begonnen, meine in einem dunklen Blauton zu grundieren. Ich weiß noch nicht, was entstehen wird, ich weiß nur, dass meine Leah-Gedanken irgendwo hinmüssen. Und bevor ich sie weiter in mich hineinfresse, versuche ich sie auf die Leinwand zu verbannen, wo sie mich hoffentlich in Ruhe lassen.

Nachdem ich nach der Bescherung minutenlang auf Leahs Insta-Story gestarrt habe, hat Yana mein Telefon einkassiert. Seither habe ich die Zeit damit verbracht, die kitschigen Pärchenfotos, die ich vermutlich total süß fände, wenn darauf meine Hände mit Leahs verflochten wären, in meinen Gedanken hin und her zu schieben, bis ich vorhin auf Leo gestoßen bin.

»Tauch deinen Pinsel einfach in die Farbe, die dich zuerst anspricht und dann drück ihn auf die Leinwand.«

Langsam, beinahe zaghaft nimmt sie etwas graue Farbe auf, bevor sie auf die obere rechte Ecke der Leinwand deutet, innehält, nach unten rechts wandert.

»Das funktioniert nur, wenn der Pinsel auch die Leinwand berührt«, informiere ich sie. Und natürlich, passiert das, was ihr euch denken könnt. Leos braune Augen vollführen eine perfekte Drehung.

Ich wende mich wieder meinen Farben zu, nehme einen etwas helleren Blauton und beginne in den Ecken, etwas davon aufzutragen. Da mein Pinsel das Einzige ist, was Geräusche macht, scheint Leo immer noch vor ihrer Leinwand zu stehen und nachzudenken. Ich bin verwundert. So impulsiv, wie ich sie bisher erlebt habe, hätte ich vermutet, dass sie sofort loslegt, Farbe draufsprizt, mit dem Pinsel auf die Leinwand eindrischt. Aber nichts dergleichen passiert.

»Das ist doch... total kindisch«, platzt es aus ihr heraus. »Einfach zu malen, ohne Sinn, ohne Ziel. Warum soll ich diese Leinwand ruinieren, wenn du daraus etwas Richtiges machen könntest?«

»Ich ignoriere einfach mal, dass du dabei klingst, als wäre *kindisch* zu sein etwas Negatives.«

»Sorry, falls das falsch rüber kam. Aber du bist Künstler. Du erschaffst *Kunst.* Ich verunstalte einfach nur eine Leinwand.«

»Blödsinn«, unterbreche ich sie und lege meine Mischpalette zur Seite, bevor ich meine Zweitstaffelei umrunde und mich neben Leo stelle. »Kunst ist doch etwas Freies. Nur weil du nicht auf eine Kunsthochschule gehst, bedeutet das noch lange nicht, dass du nicht trotzdem etwas erschaffen kannst. Außerdem geht es gerade darum, einfach nur loszulassen. Den Kopf abzuschalten und die Emotionen übernehmen zu lassen.«

»Aber...«

»Kein aber.« Ohne lange nachzudenken, greife ich nach ihrer rechten Hand und bewege sie einmal so, dass ein fetter, grauer Strich auf der Leinwand zurückbleibt. »Es muss doch am Ende auch keine Bedeutung haben. Wenn es farbmatsch ist, dann ist es Farbmatsch. Hauptsache, du fühlst dich danach erleichtert.« Ich greife nach einer Tube roter Farbe und mache einen Klecks direkt neben den grauen Strich und verteile ihn mit dem Pinsel.

»Und jetzt du...«

Zögernd nimmt sie die orangefarbene Tube, drückt etwas von der Farbe auf ihre Palette, bevor sie den Pinsel befeuchtet und etwas Farbe in den Ecken verteilt.

Als ich sehe, dass sie langsam einen Rhythmus findet, wende ich mich wieder meinem Bild zu. Als hätte ein Autopilot die Kontrolle übernommen, mische und verteile ich Farbe, verwische etwas, mische neue Farbe, bis immer mehr Schichten auf der Leinwand sind. Auch Leo kommt voran. Die Geräusche nehmen zu. Irgendwann beginnt sie tatsächlich, die Farbe so zu verdünnen, dass sie sie mit dem Pinsel spritzen kann. Nicht umsonst habe ich den Vorhang zugezogen. Hier im vorderen Bereich meines Zimmers befindet sich nichts, was nicht Farbe abbekommen dürfte.

✳✳✳

»Und? Habe ich zu viel versprochen?«, frage ich irgendwann.

Als Antwort bekomme ich nur ein Murren.

»Das war ein *nein*, oder?«, hake ich triumphierend nach.

»Himmelherrgott. Du hattest Recht. Zufrieden?«, will sie wissen, grinst dabei aber. Und Leo lächeln zu sehen, ist nach diesem Tag irgendwie ziemlich schön. »Glaube, ich bin fertig.«

»Darf ich es sehen?«

»Es ist nur Farbmatsch«, sagt sie und tritt zur Seite. »Aber tu dir keinen Zwang an.«

»Stimmt«, pflichte ich ihr bei und stupse sie mit meiner Schulter an. Sämtliche Farben, die ich zur Auswahl hatte, verteilen sich auf der Leinwand in unterschiedlich großen Flächen. Im Hintergrund sind sie größer, während vorne kleinere Sprenkel dominieren. »Aber wenn es dir besser geht, hat es seinen Zweck erfüllt. Und ich bin mir sicher, dass man das auch gut als Hintergrund für etwas Abstraktes verwenden kann.«

»Wenn du meinst. Hat es dir denn geholfen?«, will sie wissen und erwischt mich damit eiskalt. Das Licht der Klemmleuchte an meinem Regal spiegelt sich in ihren Augen und lässt sie warm leuchten. Aufmerksam sieht sie mich an.

»Mir gings auch vorher schon gut«, sage ich und merke selbst, wie wenig überzeugend ich klinge. In der Hoffnung, einer Antwort zu entgehen, verstecke ich mich wieder hinter meiner Leinwand, und beginne weiter an dem Motiv zu arbeiten. Nach und nach entsteht in der Mitte eine Figur.

»Sollte ich persönlich nehmen, für wie dämlich du mich hältst?«

Seufzend sehe ich Leo an, die es sich inzwischen wieder auf dem Tisch neben meinem Regal bequem gemacht hat. Ein Knie hat sie angezogen, ihren Arm darauf abgestützt.

»So offensichtlich?«, frage ich resigniert.

»Hmmm. Also?«

Ich zögere und wende mich wieder den Farben zu. Ich weiß nicht, wieso es mir leichter fällt, Emotionen über meine Bilder auszudrücken, wieso ich besser mit Farben als mit Worten umgehen kann, zumindest, wenn es um meine eigenen Belange geht.

»Komm schon, du hast mich an meinem Tiefpunkt erlebt... Nicht, dass es ein Wettkampf wäre...«

Ich seufze. Wieder. Was habe ich schon zu verlieren? Und was bei Yana gilt, trifft auch hier zu. Was nützen meine Ratschläge, wenn ich mich selbst nicht daran halte.

»Leah, eine Kommilitonin. Weißt du, wann immer du sie triffst, wird alles besser. Das Licht leuchtet heller, selbst tristes Grau erscheint weniger erdrückend. Schwere Gedanken werden leichter und das nur, weil sie da ist. Wenn du mit ihr Zeit verbringst, scheint es, als gäbe es nur sie und dich, weil sie einfach zu jedem eine Verbindung aufbaut. Bei unserer Uni-Weihnachtsfeier haben wir zusammen getanzt, lange. Und als wir uns am Flughafen...« ich schüttle meinen Kopf, um die Gedanken zur Seite zu schieben. »Wie auch immer. Ich habe wohl in unserer Freundschaft mehr gesehen als sie, denn wie es aussieht, ist sie jetzt mit einem anderen Kommilitonen zusammen.« Ich halte inne. »Sorry. Das muss total jämmerlich klingen«, beende ich meinen Monolog.

»Wie gesagt... Kein Wettkampf«, sagt sie nur, bevor wir wieder in Schweigen verfallen. Ich mag es, dass sie nichts weiter dazu sagt. Dass sie mich nicht für dämlich hält, weil ich die Zeichen nicht erkannt habe. Weil ich sie einfach für perfekt halte und mir immer noch wünsche, wir hätten eine Chance, auch wenn mir eigentlich klar ist, dass es nichts bringt.

Nach einer Weile durchbricht Leo die Stille. »Ich wurde einen Tag nach meiner Hochzeit sitzen gelassen, weil er es für einen Fehler hielt.«

Ungläubig starre ich sie an. »Was?«, entfährt es mir.

Leo zuckt nur mit den Schultern, als versuche sie, ihre wahren Gefühle hinter einer Fassade aus Gleichgültigkeit zu verstecken. Ihre raue Stimme verrät sie trotzdem, als sie weiterredet. »Er hat sich auf die Bettkante gesetzt, meine Hand in seine genommen. Gerade als ich dabei war aufzuwachen, nachdem wir die ganze Nacht...« Ein humorloses Lachen entfährt ihr, so voller Schmerz, Wut und Trauer, dass sich in mir alles zusammenzieht. »Und dann sagt er mir mit dieser Schokaldenstimme, mit der er alle um den Verstand bringt, dass er nachgedacht hätte und dass die Hochzeit ein Fehler gewesen sei, dass wir das rückgängig machen sollten, dass dies keine Trennung sei, weil er mich ja bis zur Unendlichkeit lieben würde...«

»Sorry«, unterbreche ich sie, als sie immer schneller und ihre Atmung immer flacher wird, »ich kenne deinen ... Mann nicht. Und wahrscheinlich steht mir kein Urteil zu. Aber er ist ein Arsch.« Ich lege meine Utensilien zur Seite und setze mich neben sie. Erst jetzt scheint ihr meine Anwesenheit wieder bewusst zu werden. Beinahe erleichtert sieht sie mich an.

»Endlich ist jemand meiner Meinung.«

»Kann es da zwei Meinungen geben?« Es ist mir unbegreiflich, wie man überhaupt auf solche Gedanken kommt. Ich war noch nie in dieser Situation, aber kommen die Zweifel nicht *vor* der Trauung? Und selbst wenn, sollte man das wirklich im Halbschlaf besprechen? Und wie kann man behaupten, jemanden bis ans Lebensende zu lieben und ihn dann sofort sitzen lassen? Das... Nein. Da fehlen mir die Worte.

»Naja, ich nehme an, die Hälfte meiner Familie gibt mir die Schuld daran. Schließlich war er ja der perfekte Schwiegersohn, dem es zu verdanken ist, dass ich eine verantwortungsvolle Erwachsene werde, die ihre impulsiven Ausbrüche hinter sich gelassen hat.« Ihre Stimme wird immer brüchiger, als sie sich in Rage redet, bis sie irgendwann aufspringt und im Zimmer auf und ab läuft. »Jetzt bin ich wieder bloß Leo, die Unberechenbare, die, mit der man es offenbar nicht aushält.«

»Hey, Stopp!« Unterbreche ich sie entschieden. So entschieden, dass sie stehenbleibt und mich mit glänzenden Augen ansieht. »Selbst, wenn das alles stimmt, was du da über dich sagst. Und er das auch so sieht, dann sollte ihm das zum Henker nochmal aufgefallen sein, bevor er *Ja* zu dir sagt.«

»Morgen wären wir in die Flitterwochen geflogen«, flüstert sie, ehe sie sich wieder neben mich setzt.

»Und ich zu Leah und meinen Kumpels.« Auf einmal kommt es mir gar nicht mehr so furchtbar vor, hier eingeschneit zu sein. Wenn ich daran denke, dass ich anderenfalls Leah und diesem Typen beim Turteln hätte zusehen müssen... da wird mir ganz anders.

»Dann werden wir es wohl noch eine Weile zusammen aushalten müssen.« Diesmal ist sie es, die meine Schulter anstupst. Und zum ersten Mal habe ich das Gefühl, dass es *okay* ist. Was auch immer mit Leah passiert oder nicht. Ob wir weiterhin Freunde sein können, wenn ich es schaffe, mich zusammen zu reißen und meine Gefühle sortiert bekomme. Gerade fühlt es sich gut an, hier nicht alleine zu sein, mit dem Drang, lieber woanders hinzuwollen.

»Ich glaube«, sagt sie dann, »mein Bild kann noch die ein oder andere Farbschicht gebrauchen.« Mit einer Leichtigkeit, die bis eben noch nicht da war, hüpft sie vom Tisch und greift nach meinen Händen. »Deins bestimmt auch«, fügt sie hinzu und zieht mich auf die Beine.

19

Leo

Irgendwann ist der Knoten geplatzt. Irgendwann habe ich aufgehört nachzudenken und angefangen, die Farben einfach so zu verteilen, wie es mir in den Sinn kommt. Wie in Trance spritze ich grün über die Leinwand. Bevor ich den Pinsel in weiße Farbe tunke und kräftig auf die Fläche drücke. Möglicherweise stelle ich mir dabei vor, wie ich das mit *seinem* Gesicht tue. Und möglicherweise lässt mich das breit grinsen.

»Hast du manchmal das Gefühl, den Erwartungen nicht gerecht zu werden?«, will ich irgendwann wissen. Ich mag die Stille, die bisher geherrscht hat, aber diese Frage musste gerade irgendwie raus.

»Immer«, sagt er nach kurzer Bedenkzeit. »Obwohl jeder in mein Portfolio schauen kann, und dann wissen müsste, was er bekommt, frage ich mich, ob sie dann nicht zu viel erwarten, schließlich sind ja nur meine besten Arbeiten drin.«

»Ich soll in einigen Jahren den Verlag von meinem Vater übernehmen.«

»Und du befürchtest, es zu vermasseln. Wer würde das nicht?«

»Mein ach so toller Cousin zum Beispiel.«

»Und genau aus diesem Grund würde er es vermasseln«, mutmaßt er voller Überzeugung. »Sind es nicht gerade diejenigen, die sich ihrer Sache ganz besonders sicher sind, die die am Ende scheitern, weil sie sich zu wenig Gedanken über mögliche Risiken machen?«

»Kann schon sein. Aber ich bin auch impulsiv, renne mit dem Kopf durch die Wand und schieße viel zu oft über das Ziel hinaus.« Verbittert denke ich daran, wie oft ich beim Hockey unbedingt das Tor machen wollte und dabei eine Gegnerin übersehen habe, die mir im letzten Moment den Ball weggeschnappt hat. Und bei der ersten Gruppenarbeit in der Uni habe ich alles an mich gerissen, weil ich unser Thema von allen Seiten beleuchten wollte, mit dem Ergebnis, dass ich die Kernpunkte vollkommen übersehen habe. Ich lasse den Pinsel sinken und setze mich auf den Tisch.

»Manchmal muss man aber auch mit dem Kopf durch die Wand, *um* das Ziel zu erreichen.«

»Du musst auch aus allem etwas Motivierendes machen, oder?«, entgegne ich, kann aber nicht verhindern, dass sich meine Mundwinkel heben. »Wenn es mit der Kunst nicht klappt, kannst du immer noch Kalendersprüche schreiben.«

»Meine Kernkompetenz. Klappt nur bei anderen besser als bei mir selbst. Und danke für die Berufsberatung.«

Wir verfallen wieder in Schweigen. Er malt weiter. Ich beobachte ihn, wie er konzentriert arbeitet. Seine Worte treiben unterdessen unaufhörlich in meinem Kopf umher. Vielleicht hat er wirklich Recht. Vielleicht kann ich das, was ich bisher immer als meine größten Schwächen angesehen habe, nutzen. Ich weiß, ich weiß, das klingt alles nach Weisheiten von diesen Motivations-Coaches, die es selbst aber komischerweise zu nichts gebracht haben. Vielleicht bringt mich meine Sturheit ja tatsächlich irgendwo hin, wo ich sonst nicht gelandet wäre, und vielleicht schaffe ich es dadurch wirklich, den Verlag nicht in den Ruin zu treiben.

Je länger Ole an diesem Bild arbeitet – inzwischen ist er auf einen kleinen Pinsel umgestiegen – desto neugieriger werde ich auf seinen Stil. Ich habe absolut keine Ahnung von Kunst. Natürlich kenne ich die Klassiker von Dalí oder Monet, aber das wars auch schon. Es ist erstaunlich, wie anders er auf einmal wirkt, wenn er mit Farbe an den Händen und sogar im Gesicht hinter der Staffelei steht. So, als würde er dort und nirgends anders hingehören. Als wäre dies *sein* Raum, in dem er alle Gesetzmäßigkeiten kennt, als würde er alles beherrschen und mit jeder Situation umgehen können. Und plötzlich verstehe ich, warum es ihm besser geht, wenn er malt. Für mich war es bloß die Ablenkung, etwas Neues, etwas, das ich sonst nicht tue, für ihn ist es alles. Dass er das mit mir teilt, bedeutet mir ziemlich viel.

Bevor ich zu sentimental werde, fülle ich die Stille.

»Du hast mir noch gar nicht erzählt, wie dich deine Wellensittichfreunde nennen würden?«

»Van Gogh«, antwortet er sofort und ich kann ein Prusten nicht unterdrücken.

»Sag mir, wenn ich falsch liege, aber beim letzten Mal, als ich nachgesehen habe, hattest du noch zwei Ohren.«

»Aber offenbar befürchten meine Mitbewohner, ich könnte irgendwann als verrückter Künstler enden und genauso durchdrehen.«

»Studieren die auch Illustration?«, will ich wissen.

»Tomo studiert Game-Design und Neo macht seinen Bachelor in Verpackungstechnik«, erzählt er, bevor er nach einem Schwamm greift, den er in Farbe taucht und damit über das Bild wischt. »Du glaubst gar nicht, was für eine Bereicherung das ist, wenn man mal ein unförmiges Geschenk verpacken will. Gib ihm etwas Zeit und genug Cola und am Ende hast du eine Verpackung, bei der du an einem Stück ziehst und wie von Geisterhand öffnet es sich in alle Richtungen. Es kommt einem vor, als würden Papier und Pappe wie von selbst Neos Willen folgen und«

»So wie dir die Farben gehorchen?«, mutmaße ich. Je länger ich ihn beobachte, desto beeindruckender finde ich, dass er gar nicht wirklich hinsehen muss, um die Farbtöne zu mischen. Sein Pinsel tanzt scheinbar wie von selbst über die Palette, nimmt hier und da etwas Farbe auf, bevor er sie auf die Leinwand bringt.

»Hast du mal in einer WG gelebt?«, erkundigt er sich nach einer Weile. Ich lehne mich mit dem Rücken an die Wand, langsam spüre ich, wie die Müdigkeit von mir Besitz ergreift.

»Nein. Ich bin nicht wirklich kompatibel, was das angeht.« Im Internat habe ich zwar ein paar Jahre mein Zimmer mit Sophie geteilt, bis wir in der Oberstufe Einzelzimmer bekommen haben und daraus ist meine einzige wirkliche Freundschaft hervorgegangen, aber seither... »Nach der Schule bin ich sehr schnell mit Roshan zusammengezogen. Und wie das geendet ist, weißt du.«

»Hey, Leo«, sagt er und wischt sich an seinem Hemd die Farbe von den Händen, ehe er zu mir kommt. Ich habe gar nicht gemerkt, wie verkrampft ich meine angezogenen Beine umklammere, bis er nach meinen Händen greift, um sie zu lösen. »Es ist nicht deine Schuld. Und jetzt schieben wir die blöden Gedanken bei Seite. Es ist Heiligabend und der Weihnachtsmann hat noch ein Geschenk für dich hiergelassen.«

Ich bin so überrascht, dass die negativen Gedanken in den Hintergrund treten. Sanft zieht Ole an meinen Händen, bis ich die Füße auf den Boden setze und mich erhebe.

»Meinst du den Weihnachtsmann oder diesen grummeligen Typen von vorhin?«, necke ich ihn. »Komischerweise hat mich seine Stimme ziemlich an deine erinnert.«

»Ich habe keine Ahnung, was du meinst«, sagt er mit einem unschuldigen Grinsen, das sein Grübchen hervortreten lässt, das von einem dunklen Farbklecks besonders beton wird. Er lässt meine Hände los. Überraschenderweise vermisse ich das Gefühl seiner warmen Finger ein wenig.

»Du hast da übrigens Farbe im Gesicht.«

»Tja. Wer keine Farbe an den Händen und im Gesicht hat, hat nicht gemalt. Das sagt zumindest unsere Professorin immer.«

»Dann hab ich das wohl nicht getan«, entgegne ich schulterzuckend. Dass ich einen Fehler gemacht habe, realisiere ich sofort, als ein diebisches Funkeln in Oles grüngraue – diesen Farbton gibt es wirklich? – Augen tritt.

Blitzschnell nimmt er mit seinem Zeigefinger Farbe auf und fährt damit über meine Wange.

»Das hast du nicht ernsthaft getan!?«, entfährt es mir.

»Soll ich dir einen Spiegel geben?«, grinst er.

»Du ...«, schnaube ich, »dass ...« Ohne Rücksicht auf Verluste patsche ich mit meiner flachen Hand einmal auf seine Farbpalette. Entgeistert weiten sich seine Augen. Damit hat er wohl nicht gerechnet.

»Das lässt du besser bleiben.« Tja, würde er mich besser kennen, wüsste er, dass mich dieser Satz nur ansportnt.

Ich mache einen Schritt auf ihn zu, dann noch einen.

»Leonie«, sagt er warnend, doch wer Wind säht...

Zufrieden sehe ich, dass er buchstäblich mit dem Rücken zur Wand steht. Hastig überwinde ich den letzten Abstand und drücke meine Hand auf seine

Wange.

»Steht dir«, grinse ich, als ich den grau-blau-roten Abdruck betrachte.

»Mag sein«, entgegnet er, wobei er mich mit seinem Blick fixiert, »Aber ich persönlich bin ein großer Fan von Partnerlook.«

Ich weiß nicht, wie er so schnell Farbe an seine langen Finger bekommen hat, aber plötzlich umfasst er mit beiden Händen mein Gesicht und sofort spüre ich die feuchtschmierige Konsistenz der Farbe. Als wäre das nicht genug, beginnt er auch noch sie mit kreisenden Bewegungen zu verteilen. Trotz allem, ist er dabei so sanft und vorsichtig, sodass ich nichts in die Augen oder den Mund bekomme.

Da ich das aber nicht auf mir sitzenlassen kann, verteile ich zumindest den Rest, den ich noch an meiner Hand habe, in seinem Gesicht. Zum ersten Mal fallen mir dabei seine Bartstoppeln auf, die kratzend unter meinen Fingern liegen.

Noch immer hält er mich fest, so wie ich ihn halte. Viel zu dicht stehen wir voreinander. Am ganzen Körper kann ich seine Wärme spüren. Seine Berührungen senden wohlige Schauer, die mich benommen machen. Etwas erwacht in mir. Ganz tief drinnen. Zum ersten Mal seit Tagen ist es keine Wut, die meinen Puls in die Höhe treibt, die mein Herz schneller schlagen und den Atem flacher werden lässt. So vorsichtig, wie er bei mir war, streiche ich über sein Gesicht, bis mein Daumen die Kontur seiner Unterlippe entlangfährt und ich mich bei dem Gedanken erwische, wie sie sich wohl auf meinen anfühlen würden.

Verdammt! Ich räuspere mich und der Moment ist vorbei. Er lässt mich los und sofort fehlt das Gefühl. Dass ich über und über mit Farbe beschmiert bin, interessiert mich kein bisschen. Ich will seine Hände wieder spüren, will, dass er mich festhält. Wie sehr ich das brauche, merke ich erst jetzt. Reiß dich zusammen, schelte ich mich.

»Hast du nicht was von einem Geschenk gesagt?«, krächze ich. Himmelherrgott, was ist nur mit meiner Stimme los und wieso bin ich immer noch so außer Atem?

»Genau... Geschenk...«, antwortet er, als hätte er es zwischenzeitlich vollkommen vergessen. »Dreh dich um.«

Das tue ich und habe augenblicklich das Gefühl, keine Luft mehr zu bekommen. Schon wieder. Vor mir steht das Bild, an dem er die ganze Zeit gemalt hat und da... da... bin ich. Er hat die ganze Zeit *mich* gemalt. Und obwohl er mich bisher nur als Häufchen Elend gesehen hat, sehe ich auf dem Bild eine Superheldin, die... die Dunkelheit aus ihrer Vergangenheit bekämpft und dabei offenbar erfolgreich ist. Wie benommen starre ich auf die Leinwand, darauf wie die Entschlossenheit und Kraft aus der Person strömt, die mir so ähnlich sieht und dennoch so viel mehr zu sein scheint. Ich bin überwältigt von meinen eigenen Emotionen, die so gar nicht zu dem passen, was ich da sehe. Wie kann er das in mir sehen, nachdem er mich in der Nacht aufgelesen hat, als ich nicht mal mehr atmen konnte. Grade habe ich das gleiche Gefühl, aber aus völlig anderen Gründen.

An der Wärme, die von ihm ausgeht, spüre ich genau, dass er dicht hinter mir steht, dass er da ist. Er, der *sowas* in mir sieht.

Ohne meinen Blick von der Leinwand zu lösen, taste ich nach Oles Hand. Ich brauche etwas, um mich daran festzuhalten.

»Ich hoffe, du magst es«, flüstert er rau.

»Es ist...« Ich kann es nicht in Worte fassen. Je länger ich es ansehe, desto mehr verliere ich mich darin. Darin, welche Energie es ausstrahlt, ohne etwas zu beschönigen.

Bevor ich realisiere, was passiert, habe ich mich umgedreht. Meine Arme legen sich um Ole. Dann liegen meine Lippen auf seinen. Ohne langes Zögern, ohne langes sich-in-die-Augen-sehen. Einfach so. Schnell, unwillkürlich, als müsste es so sein, als wäre es eine unausweichliche Konsequenz.

Ein überraschtes Keuchen entweicht ihm, ehe er den Kuss erwidert und seine Hände auf meinem unteren Rücken liegen. Vorsichtig verstärkt er den Druck, doch das ist gar nicht nötig, denn ich schmiege mich wie von selbst an seinen Körper, der sich so unglaublich gut an meinem anfühlt.

Und obwohl mit jeder Berührung unserer Lippen eine neue Hitzewelle bis in meinen kleinen Zeh schwappt, überkommt mich eine Ruhe, wie ich sie schon lange nicht mehr verspürt habe. Erscheint es wie ein Widerspruch, ist es doch alles andere als unlogisch. Schließlich war Ole von Beginn an der ruhige Gegenpol, egal wie explosiv ich reagiert habe.

Ich löse mich von ihm, gerade so weit, dass ich endlich aussprechen kann, was ich schon viel zu lange verschwiegen habe.

20

Ole

»Danke«, flüstert sie, während ich mich frage, ob das hier gerade wirklich passiert.

Meine Lippen, mein ganzer Körper, überall dort, wo sich Leo an mich schmiegt... alles kribbelt und prickelt auf sinnliche Art und Weise.

»Danke«, wiederholt sie. »Das hätte ich dir schon so viel mehr und öfter sagen sollen. Danke, dass du letzte Nacht meine Einzelteile aufgelesen und wieder zusammengesetzt hast. Danke, dass du dich von meinen Launen nicht hast abschrecken lassen. Danke, dass du mich heute in deine Welt mitgenommen hast«

Ich öffne gerade den Mund, um etwas zu erwidern, doch ein strenger Blick aus ihren Schokoaugen hält mich davon ab.

»Das ist nicht selbstverständlich«, sagt sie und lächelt, als wüsste sie genau, dass ich das anmerken wollte. »Und dann improvisierst du auch noch so ein umwerfendes Weihnachtsgeschenk. Weiß du eigentlich, wie unfair das ist, dass du sowas im letzten Moment aus dem Hut zaubern kannst?«

»Darf ich jetzt auch mal was sagen?«, frage ich und habe Mühe, meine Stimme ruhig zu halten. Zu sehr ist mein Puls außer Kontrolle. Trotzdem käme ich nicht auf die Idee, Leo loszulassen. Zu sehr genieße ich das Gefühl, wie sie sich an mich lehnt, wie ihre Wärme auf mich übergeht und eine Hitze in mir auslöst, die ich so noch nie gespürt habe.

»Nein«, grinst sie, bevor sie ihre Lippen wieder auf meine legt, und damit einen wohligen Schauer nach dem anderen durch meine Nervenbahnen jagt. Ohne die Zukunft zu kennen, bin ich mir ziemlich sicher, dass sich dieser Moment sehr, sehr lange in meiner Erinnerung halten wird, dass ich bei dem

Geruch von Wassermelonen im Sommer immer daran zurückdenken werde, wie mich die Frau mit den blauen Haaren und den wärmsten Augen, die ich je gesehen habe, küsst, als gäbe es kein Morgen mehr.

Als wir atemlos voneinander lassen, löse ich mich etwas weiter von ihr, um an das Päckchen Babyfeuchttücher zu gelangen, das im Regal neben den Farben liegt.

Dass ich sie dafür loslassen muss, nehme ich nur in kauf, weil danach die Chance besteht, nicht nur ihre Lippen küssend zu erkunden. Ich halte ihr die Packung zuerst hin, damit sie ein Tuch herausnehmen kann. Doch anstatt ihre eigenen Züge von Farbe zu befreien, berührt sie meine Wange.

»Verstehe schon, jeder bereinigt das Chaos, das er veranstaltet hat«, lache ich und fahre über ihre Stirn, die ein grau-blauer Farbverlauf ziert. Schweigend fahren wir fort. Offenbar braucht sie den Moment der Ruhe genauso wie ich. Ich habe immer noch das Gefühl gleich aufzuwachen. Wie ist aus *Wir stehen nebeneinander und Malen* ein *Unsere Zungen tanzen im Einklang miteinander* geworden? Und warum macht mich das weniger nervös, als ich es erwarten würde?

Ich stehe hier, spüre, wie Leos Finger meinen Wangenknochen entlangfahren, während ich das Gleiche bei ihr tue und habe keineswegs das Gefühl, dass es nicht so sein sollte. Für gewöhnlich brauche ich eine engere emotionale Verbindung, bevor ich mich einer Frau auf diese Weise nähere. One-Night-Stands sind nichts für mich. Ich küsse niemanden einfach so auf irgendeiner Party, nicht, wenn wir uns nicht schon kennen. Bevor ich mich auf irgendwas, dass einer Beziehung ähnelt, einlasse, will ich wissen, ob wir auch als Freunde funktionieren. Doch das gerade ist anders. Leo ist anders und ich habe keinen Schimmer, was passiert.

»Hi«, flüstert sie, ihre Hände am Kragen meines Flanellhemdes.

»Hey«, antworte ich, versunken in ihrem Anblick. Es ist, als würde ich sie gerade das erste Mal sehen. Die hellen und dunklen Sprenkel ihrer Iriden sind mir noch nicht aufgefallen, ebensowenig wie der Leberfleck unterhalb ihres linken Wangenknochens, der leicht nach oben hüpft, als zu lächeln beginnt. Die Art und Weise, wie sie auf ihre Unterlippe beißt, lässt mich erschaudern.

Sanft verstärke ich den Druck meiner Hände auf ihren unteren Rücken. Die leichten Bewegungen ihres Beckens lassen Blut zwischen meine Beine strömen.

Bevor ich mich fragen kann, ob Leo das unangemessen findet, fliegt die Tür zu meinem Zimmer auf und wir weichen voneinander, als hätten wir uns gegenseitig verbrannt.

Wie zwei Rehe im Scheinwerferlicht starren wir Yana an, die nicht weniger überrascht aussieht.

»Oh... Ich wollte dir nur«, stammelt sie.

»Ich muss dann auch los.« Leos Stimme ist plötzlich kühl und distanziert. Hastig schiebt sie sich an Yana vorbei und verschwindet.

»Scheiße Ole...«, zaghaft folgt mir Yana in den hinteren Teil meines Zimmers, wo ich mich seufzend auf mein Bett fallen lasse. »Was auch immer ich da gestört habe, das wollte ich nicht.«

»Schon gut«, sage ich, ohne richtig zu verstehen, was eben passiert ist. Kurz wackelt die Matratze, als Yana sich zu mir setzt.

»Ich wollte dir nur dein Telefon wiedergeben. Ich habe ja nicht damit gerechnet, dass ich dich...« Ratlos schaut sie auf ihre Vans, deren Schwarz schon recht ausgewaschen ist. Nach einer Weile, in der meinen Gedanken anfangen zu rotieren und sich fragen, was das alles zu bedeuten hat, in der das Großraumbüro in meinem Kopf in heillosem Chaos versinkt, sieht Yana mich an. »Himmel, Ole, sie war dabei dich mit den Augen auszuziehen. Und in Anbetracht der mörderischen Blicke, die sie sonst drauf hat, frage ich mich: Was hast du angestellt und kannst du mir das beibringen?«

»Wenn ich das wüsste. Ich habe ihr einfach das Bild gezeigt und dann... plötzlich waren ihre Lippen auf meinen«, sofort spüre ich wieder diese weiche Wärme des Kusses, spüre, wie ihre Zunge um Einlass bittet und meine zum Tanz auffordert. »Es war, als wäre ein Schalter umgelegt worden.«

»Ich wusste, ich hätte im Kunstunterricht besser aufpassen sollen«, grinst sie, wobei sich ein sehnsüchtiger Ausdruck in ihre Augen tritt.

»Du weißt schon, dass du sie jederzeit hierher einladen kannst«, sage ich in dem Wissen, dass Mom dieses Angebot schon so oft unterbreitet hat.

»Ja... aber es ist...«

»Kompliziert?«

»Genau, darum lass uns lieber wieder über dich reden.«

Wie so oft lasse ich ihr den Themenwechsel durchgehen. Inzwischen kenne ich Yana lange genug, um zu wissen, wann sie über ihre Nicht-Beziehung reden will und wann nicht. Allerdings weiß ich nicht, was ich zu meiner Situation noch zu sagen hätte. Ziemlich viel wahrscheinlich, wenn da nicht dieses Gedankenchaos herrschen würde. Aber es ist spät und ich bin müde und das Großraumbüro in meinem Kopf ist vollkommen unterbesetzt. Der arme Sachbearbeiter der Nachtschicht ist dermaßen überfordert und hat gerade auch noch den Kaffee verschüttet... den letzten wohlbemerkt.

»Ich glaube, ich muss einfach schlafen und das alles vergessen.« Schließlich wissen wir alle, dass das nichts zu bedeuten hatte. Leo ist garantiert genauso müde und durcheinander gewesen wie ich. Vor allem, nachdem was in den vergangenen Tagen bei ihr vorgefallen ist.

»Dann versuch aber wirklich zu schlafen und nicht alles zu zerdenken, versprochen?«

»Ich gebe mein Bestes«, sage ich.

Wenig überzeugt steht Yana auf und verwuschelt mir die Haare. »Gute Nacht«, sagt sie, bevor sie meine Zimmertür hinter sich schließt und mich mit meinen Gedanken alleine lässt. Die Hoffnung, dass ich halbwegs erholsamen Schlaf finde, kann ich wohl begraben. Vor allem, wenn mein Blick ständig an dem Bild hängen bleibt. Das Bild das Leo zeigt, wie ich sie sehe und das offenbar einen Nerv bei ihr getroffen hat.

21

Leo

Dass ich immer noch Oles Künstlerhemd trage, realisiere ich erst, als ich bemerke, dass es sein Duft ist, der mich bis in mein Zimmer begleitet.

Verdammt, welche Pferde sind da gerade mit mir durchgegangen? Ich bin noch keine Woche verheiratet und küsse einen anderen. Auch wenn ich mit einem Idioten verheiratet bin, ist es gerade mal vier Tage – sechsundneunzig verdammte Stunden – her. Und dann lassen wir uns auch noch erwischen.

Mir ist schon klar, dass diese Yana nicht sofort zu meiner Familie rennt und ihnen die frohe Kunde überbringt, dass ich es mit dem Sohn der Hotelbesitzerin treibe, aber, was wenn sie es doch mitbekommen.

Leo, die Unverantwortliche. Leo, die Impulsive. Leo, die nicht nachdenkt. Leo, die auf keinen Fall in der Lage ist, einen Konzern zu führen. Aufgewühlt laufe ich im Zimmer hin und her, das dafür eigentlich viel zu klein ist. Hastig ziehe ich mir das Hemd von den Schultern und werfe es in die hinterste Ecke. Oles Duft, der mich dran erinnert, was seine Berührungen in mir ausgelöst haben, werde ich dennoch nicht los. Dabei waren sie so dermaßen unschuldig. Er hat mir mit einem verdammten Babyfeuchttuch Farbe aus dem Gesicht gewischt! Gott, so manche Typen waren mit ihren Fingern weiter südlich zugange und haben nicht im Entferntesten für so viel Aufruhr in meinen Nervenbahnen gesorgt.

So ein Mist!

Vielleicht hilft ja eine Dusche, überlege ich und stapfe ins Bad. Ich streife mir die Schuhe ab und spüre sofort die Wärme der Fußbodenheizung unter meinen nackten Füßen. Rasch entledige ich mich auch dem Rest meiner Kleidung, bevor ich die Dusche viel zu heiß einstelle, in der Hoffnung, dadurch die Eindrücke von mir zu waschen und wieder zur Besinnung zu kommen.

25. Dezember
7. Tag

Laut dringt Musik von Radiohead aus meinen Kopfhörern, als ich am nächsten Morgen die Bibliothek betrete. Da außer mir noch niemand da ist, lasse ich mich auf dem Sessel nieder. Von Echo und Eden ist noch keine Spur, von Ole ebenso wenig. Wenn ich ganz viel Glück habe, dann hat er andere Aufgaben, sodass er uns doch nicht helfen kann. Ich habe schon überlegt, ob ich nicht einfach auf meinem Zimmer bleibe, um dem Ganzen zu entgehen, aber erstens hätten die Zwillinge das sowieso nicht zugelassen und zweitens: Seit wann renne ich vor einem Typen davon, den ich geküsst habe. Und so gerne ich das abstreiten würde, *ich* habe ihn geküsst und es war verdammt nochmal umwerfend in jeder erdenklichen Art und Weise, also genau so, wie sich ein Kuss nicht anfühlen sollte, wenn man ihn schnell wieder vergessen will. Herrje, ich habe mit einigen Kerlen rumgemacht, wild, stürmisch, aber keiner von denen hat es geschafft, dass mir von einem solch zärtlichen Kuss die Knie weichwurden. Nur die Gedanken daran, wie sich Oles Lippen auf meine legen, genügen, damit mir warm und das Kribbeln immer stärker wird. Genau dort, tief irgendwo in meinem Bauch kribbelt es, wie es verdammt nochmal nicht kribbeln sollte. Und trotzdem will ich nicht, dass es aufhört. Und bevor der Wunsch, das zu wiederholen, noch stärker anwächst, schiebe ich die Gedanken schnell zur Seite. Ich schließe die Augen und stelle meine Musik lauter. Ich habe schließlich andere Probleme. Probleme, die über meine Zukunft und irgendwie auch über die Zukunft des Verlags entscheiden. Ich darf und werde nicht zulassen, dass unbedachtes Verhalten meinerseits dazu führt, dass dieser Schnösel von Cousin mit seinen ach so zeitgemäßen Vorstellungen die Führung übernimmt. Eher lebe ich bis zum Ende meiner Tage keusch, wenn es hilft, dass ich nur verantwortungsvoll genug wirke. Schon klar, dass ich fachlich auch überzeugen muss, aber in der Spielebranche kenne ich mich aus und den Rest kann ich lernen.

Und Lernen ist mir noch nie schwergefallen. Ich muss nur noch die Masterarbeit fertigbekommen und dann kann ich beginnen in den verschiedenen Abteilungen zu arbeiten. Ich sehe es schon vor meinem inneren Auge, wie ich den langjährigen Mitarbeitenden zuhöre, ihr Wissen in mich aufsauge und mit meinen Ideen kombiniere. Wie ich Vorschläge unterbreite, die ganz oft abgelehnt werden, weil sie noch voller Fehler und Fallstricke stecken, bis ich es irgendwann verstanden habe, bis ich irgendwann eine wirkliche Bereicherung darstelle.

»Kommt da wirklich Musik raus, oder hast du die nur auf, damit dich alle in Ruhe lassen?«

Ich reiße die Augen auf. »Sag mal hast du am Blitz geleckt?«, fahre ich erschrocken zusammen, nachdem Ole einen Ohrhörer leicht von meinem Kopf gezogen hat. Offenbar überrascht ihn meine Reaktion ebenfalls, sodass ihm sein Block aus der Hand fällt. Geschieht ihm recht, wenn er sich einfach so anschleicht.

»Meine Frage ist damit wohl beantwortet«, sagt er, nachdem sich unser beider Puls wieder beruhigt hat.

»Gut kombiniert, Sherlock«, entgegne ich und helfe ihm, die losen Blätter einzusammeln, die sich verteilt haben. Schweigend reiche ich ihm die Skizzen, die er ordentlich sortiert wieder in den Block schiebt. Bei dem letzten Blatt halte ich inne. »Was ist das?«, will ich wissen. Ich erkenne nur etwas, das aussieht, wie ein Matsch-Klumpen mit Augen. Obwohl die Zeichnung recht grob gehalten ist, wirkt dieses Etwas lebendig, neugierig. Wie schafft man es, mit nur wenigen Strichen sowas hinzubekommen?

»Ach nichts«, wiegelt er ab und will nach dem Blatt greifen, das ich noch festhalte, »Nur etwas, für das ich eigentlich keine Zeit habe.«

»Ich habe zwar keine Ahnung davon«, widerspreche ich, »aber nach *nichts* sieht das für mich nicht aus.«

»Wie auch immer. Wollen wir uns jetzt dem Spiel widmen?« Er reißt mir das Blatt förmlich aus den Fingern, als wäre es ihm unangenehm, dass ich, was auch immer es darstellen sollte, gesehen habe.

»Solange die Zwerge noch nicht mit den Notizen da sind, hat es wenig Sinn.«

Wie aufs Stichwort tauchen die zwei auf.

»Du sollst uns nicht immer so nennen«, protestiert Echo, ehe sie sich auf den Boden neben Ole niederlässt. Eden tut es ihr gleich und breitet die beschriebenen Zettel vor uns aus.

»Wie soll ich euch nicht nennen?«, frage ich im Unschuldston. »Zwerge?« Pff darauf können sie lange warten. »Erzählt uns lieber, was ihr euch ausgedacht habt.«

»Also. Wir hatten die Idee...«, berichten die beiden, von den Regeln, die sie sich überlegt haben und davon, wie man sich mittels Würfel über das Spielfeld bewegt. Dabei wandert mein Blick immer wieder zu Ole, der angefangen hat, die Skizze des Spielfeldes auf ein neues Stück Karton zu übertragen. Während Echo und ich uns überlegen, wie man die Spieldauer sinnvoll begrenzen kann, sodass es nicht zu langweilig wird, aber auch nicht bereits nach zehn Minuten beendet ist, hilft Echo Ole dabei, Kreise für den Pfad zu zeichnen, dem die Spielfiguren folgen müssen.

»Ließe sich das nicht in vierundzwanzig Tage unterteilen?«, überlegt Ole, ohne seinen Blick von dem Spielbrett zu nehmen, auf das er gerade ein Regal voller Geschenke zeichnet.

»Keine schlechte Idee«, stimme ich zu und überlege, wie man das umsetzen kann. Damit das alles nicht in Vergessenheit gerät, notiere ich den Vorschlag in unserer Ideensammlung.

Irgendwann kommt unser Großvater in die Bibliothek und setzt sich mit seinem Buch und einem Teller Plätzchen in den Schaukelstuhl. Ich realisiere gar nicht, dass es schon fast Mittag ist, als Ole seine Stifte zusammenpackt.

»Ich sollte mal nachsehen, ob ich mich in der Küche nützlich machen kann«, sagt er mit einem entschuldigenden Blick auf sein Werk. Inzwischen sind dort jede Menge kleiner Wichtel entstanden, von denen sogar zwei wie Eden und Echo aussehen, die versteckt hinter einem Geschenkeberg hocken.

»Bis später« verabschiedet er sich, wobei er leicht meine Schulter drückt. Danach kann ich nicht anders, als ihm nachzusehen, wie er den Raum verlässt, die Box mit seinen Stiften unter dem Arm. Da vernehme ich ein Seufzen. Kurz befürchte ich, die Kontrolle über meinen Körper verloren zu haben, realisiere aber, dass es von Echo kommt.

Verträumt sieht sie in die Richtung, in die Ole gerade verschwunden ist.

»Sieht er nicht total niedlich aus?«, fragt sie.

»Sie hat sogar schon von ihm geträumt«, fügt Eden ergänzend hinzu.

»Wie Holger aus dem *Bibi&Tina*-Filmen«, findet Echo, »nur viiiiiel besser.«

Zugegebenermaßen hat sie dabei nicht ganz unrecht. Auch wenn die Liebe zu Flanellhemden die offensichtlichste Gemeinsamkeit darstellt und Oles Oberarme wesentlich weniger definiert sind, so kann man eine gewisse Ähnlichkeit nicht abstreiten. Aber Oles spöttisches Grinsen mit diesem verdammten Grübchen in der rechten Wange ist einfach... Stopp.

»Seid ihr nicht noch viel zu jung, um an Jungs zu denken?«, frage ich kopfschüttelnd.

»Quatsch«, protestiert Echo, ohne wie ihre Schwester zu erröten. »Außerdem ist er erst zweiundzwanzig.«

»Ergo... Viel zu alt für euch Zwerge. Außerdem werden Jungs ohnehin vollkommen überbewertet.«

»Das sagst du doch nur, weil...« Weiter kommt Echo nicht, da Eden ihr den Ellbogen in die Rippen stößt. »Aua, ich meine ja nur...«

»Schluss mit der Ablenkung. Hier wartet ein Spiel darauf, fertig zu werden. An die Arbeit, Zwerge... Wichtel.«

22

Ole

Nachdem ich etliche Kilo Kartoffeln gewaschen und geschält habe, sitze ich an meinem Schreibtisch und versuche das aufzuholen, was ich in den letzten Tagen versäumt habe. Ich habe Leah versprochen, die ersten Zeichnungen für die Backpack-Geschichte so weit anzufertigen, dass sie sich um die Hintergründe und die Lichtsetzung – ihre Spezialität – kümmern kann.

Mein etwas in die Jahre gekommenes MacBook kommt mit jeder weiteren Ebene mehr ins Schnaufen, aber meinen neuen iMac konnte ich ja schlecht mitnehmen. Mit schnellen Bewegungen fahre ich die vorgezeichneten Konturen nach, bevor ich mich an die Augen mache, die aus den zwei Schnallen des Rucksacks bestehe. Noch bin ich mir unsicher, welchen Grundausdruck der Rucksack auf seiner Reise haben soll. Neugierig? Interessiert? Oder eher neutral? Ich probiere verschiede Varianten aus, ändere den Abstand zueinander und das Größenverhältnis. Was auf den ersten Blick keinen großen Unterschied macht, sind am Ende die Nuancen, die darüber entscheiden, ob ein Charakter lebendig wirkt oder eben nur wie eine plumpe Zeichnung aussieht.

Auch wenn ich mit den aktuellen Entwürfen noch nicht vollends zufrieden bin, speichere ich sie in der Cloud ab, damit Leah den Fortschritt sehen kann, wenn wir gleich skypen. Das ist zwar nicht die beste Variante, um an einem gemeinsamen Projekt zu arbeiten, aber besser als nichts.

Abgesehen von der räumlichen Distanz, frage ich mich, wie es jetzt zwischen uns sein wird. Mein Magen knotet sich wieder zusammen. Wie konnte ich die Zeichen nur so falsch deuten? Vermutlich wollte ich einfach Dinge sehen, die gar nicht da waren, wenn wir gemeinsam bis spät abends im Atelier der Hochschule waren, um verschiedene Techniken auszuprobieren.

Geht die Leichtigkeit, mit der wir an unseren gemeinsamen Entwürfen gearbeitet haben, jetzt verloren? Vermutlich nicht, vorausgesetzt ich reiße mich zusammen, schließlich hat sich für *sie* nichts geändert. Sie hat in mir ja offenbar nie mehr als einen Kommilitonen und einen guten Freund gesehen. Schon klar, dazu hätte ich meinen Hintern einfach mal in Bewegung setzen müssen, aber so bin ich eben nicht. Ich mache nicht den ersten Schritt. Nennt mich feige, nennt mich einen Schisser, wahrscheinlich stimmt das sogar. Aber, bevor ich mich aus dem Schatten der Freundschaft wage und diese damit aufs Spiel setze, warte ich lieber ab.

Der Upload ist gerade abgeschlossen, als der typische Klingelton einen eingehenden Videoanruf ankündigt.

»Das ist ja ein Mist, dass du nicht zu uns kommen kannst«, begrüßt mich Leah, nachdem sich die Verbindung aufgebaut hat. Bedauernd blicken mich ihre silbergrauen Augen an. »Tomo und Neo liegen sich ständig in den Haaren. Vielleicht hätten wir ihnen doch nicht dasselbe Badezimmer zuteilen sollen. Du fehlst uns.«

»Ihr mir auch«, sage ich. Und weiß Gott, ich meine damit noch so viel mehr.« Ich räuspere mich und rede weiter, ehe eine unangenehme Stille entsteht. »Hast du dir schon die aktuellen Seiten angesehen?«

»Moment... die letzte ist gerade fertig geladen...« Auf ihrer Stirn bildet sich ihre typische Konzentrationsfalte. Offenbar sucht sie gerade die Dateien in ihrem Ordnerchaos, um sie zu öffnen.

»Wie oft soll ich dir meine Ordnerstruktur noch nahelegen, bis du endlich einsiehst, dass dich deine Unordnung irgendwann nochmal in den Wahnsinn treibt?«

»Pschhht. Schweigenashorn!«, ihre linke Hand schwebt mit ausgestrecktem Mittelfinger vor der Kamera. Ihre rechte fliegt dabei wild über das Trackpad. »Aufmüpfige Projektpartner werden ersetzt.«

»Ach was... du brauchst mich doch.«

Resigniert blickt sie in die Kamera. »Das stimmt wohl. So gut wie du werde ich meine Charaktere nie umsetzen können.«

»Das ist erstens Quatsch und zweitens steckst du uns alle in die Tasche, wenn es darum geht, die Stimmung der Szenerie zu gestalten.«

»Danke, Ole. Trotzdem wäre ich ohne dich aufgeschmissen und... wow« offenbar hat sie grad die Photoshop-Dateien geöffnet, denn ihr Blick scannt aufmerksam den Bildschirm. »Das sieht schon ziemlich gut aus. Und wie ich sehe, hast du den Leerraum für die Texte auch schon angelegt.«

»Ja. Mir hilft das immer, damit es am Ende ein stimmiges Gleichgewicht zwischen Bild und Text gibt.«

»Das sollte ich mir auch angewöhnen«, überlegt sie und greift dabei nach dem Stift für ihr Grafiktablet, den sie mit einer bunten Feder modifiziert hat.

»So, wie die Ordnerstruktur?«, necke ich.

»Klappe, Ole. Ich gebe meinen Bildschirm frei, dann siehst du, was ich mache.«

Mit schnellen, groben Strichen fängt sie an, den Hintergrund zu färben, als würde sie eine Leinwand grundieren, ehe sie beginnt, erste Schattierungen zu zeichnen. Dabei wirkt sie gleichermaßen konzentriert und entspannt. Der Ausdruck auf Leahs Gesicht erinnert mich an Leo, wie sie gestern Abend beim Malen komplett loslassen konnte. Ohne all die Last der Gedanken auf ihren Schultern, ohne diese mürrischen Züge, sah sie unglaublich schön aus.

Während Leah weiter zeichnet, dabei hin und wieder nach meiner Meinung fragt, stelle ich fest, dass uns dabei die übliche Leichtigkeit umgibt. Anders als ich es befürchtet hatte.

Nebenbei kritzele ich auf einem Schmierblatt herum, weil ich meine Finger einfach irgendwie beschäftigen muss. Dabei entstehen immer neue Versionen meines kleinen Kaugummiwesens, das sich munter voran bewegt und dabei immer wieder und wieder seine Gestalt verändert.

Gerade, zeichne ich, wie sich der kleine Kumpel Arme und Beine aus Zündhölzern einverleibt, da fliegt meine Zimmertür auf und Leo kommt hereingestürmt.

Ich erwarte bereits eine ihrer Schimpftiraden, doch statt angespannt wirkt sie eher euphorisiert. »Ich habe endlich eine Idee, wie wir deinen Vorschlag umsetzen können«, freut sie sich und lehnt sich an meinen Schreibtisch.

»Wir sollten dann ja auch erstmal alles so weit besprochen haben«, hakt

Leah nach.

Erschrocken zuckt Leo zusammen. »Verdammt, ich wollte nicht stören. Bin schon weg.« Hastig will sie sich entfernen, doch ich greife nach ihrem Handgelenk, um sie aufzuhalten.

»Du störst nicht«, beruhige ich. »Wie Leah schon sagte. Wir sind soweit durch.« Ich wende mich wieder an meine Kommilitonin am Bildschirm. »Ich versuche dir die restlichen Seiten in den nächsten Tagen zu schicken«

»Klasse. Ich mache mich jetzt fertig für unserer Schlittentour. Ich höre Neo schon wieder mit Tomo streiten. Kann also nicht mehr so lange dauern, bis wir uns auf den Weg machen.«

»Grüß die Jungs von mir.«

»Mache ich. Pass auf dich auf. Bis dann« Sie lächelt noch einmal in die Kamera, ehe die Verbindung abbricht.

Kurz kehrt Stille im Zimmer ein. Leo hat sich wieder an den Schreibtisch gelehnt und lässt den Blick über die Blätter gleiten, bis ihr offenbar bewusst wird, dass sie damit meine Privatsphäre verletzen könnte.

»Sorry«, sie wendet sich wieder mir zu. »Ich wollte wirklich nicht stören.«

»Schnell... Macht ein Kreuz im Kalender. Leonie Grahl sagt *sorry*.«

»Ey«, protestiert sie und stupst mich mit der Spitze ihrer Chucks an. »Das war also die berühmte Leah...«

»Hmmm«, sage ich, »live und in Farbe.«

»Gehts dir gut?«, fragt sie mitfühlend.

»Ja«, antworte ich, ohne zu überlegen. Doch es stimmt. Klar, ich muss das alles erst noch wirklich mit mir ausmachen und verarbeiten. »Wir funktionieren gut als Freunde. Aber mehr eben auch nicht, denke ich.« Wahrscheinlich wird es noch ein wenig dauern, bis sich mein Magen nicht komplett verknotet, wenn ich an Leah denke, doch das Telefonat eben zeigt, dass es funktionieren kann.

»Und nun erzähl mir, was dich zu mir führt?«

»Also, pass auf. Wir brauchen in einer Ecke des Spielfelds eine Art Uhr mit Zeiger, die die Tage von eins bis vierundzwanzig durchnummeriert. Der Zeiger wird immer dann um einen Tag weitergeschoben, wenn alle Mitspieler einmal gewürfelt haben.«

Leos Begeisterung ist so ansteckend, dass ich mir gleich ein Blatt nehme und zu skizzieren beginne. Dabei ist mir Leos Nähe nur allzu bewusst, was nicht überraschend ist, da mein Ellbogen beim Zeichnen ständig ihren Oberschenkel streift. Außerdem kann ich ihren Blick förmlich an meinen Händen spüren.

»Oh, das wird wunderbar«, freut sie sich. Aber so sehr ich ihre Anteilnahme schätze... Es macht mich zunehmend nervös. Keine Ahnung, warum das gerade so ist, ich bin es gewohnt, dass man mir zusieht und kann das üblicherweise gut ausblenden aber mir wollen die Zahlen einfach nicht gelingen. Nicht so, wie ich sie haben will und einheitlich sehen sie auch nicht aus. Frustriert radiere ich die ersten Versuche wieder weg und beginne erneut.

»Das war doch schon ziemlich gut«, protestiert sie.

Seufzend lege ich den Stift auf den Tisch und stehe auf.

»Das wird so nichts«, beschließe ich und schiebe Leo in Richtung meines Bettes.

»Setz dich, leg dich hin, mach einen Kopfstand... aber bitte, bitte starr mich nicht bei der Arbeit an«, flehe ich.

»Ist das deine Art, Frauen ins Bett zu bekommen?«, grinst Leo, setzt sich und lässt sich nach hinten fallen, sodass sie unter meinem Dachfenster liegt. Seit Krista heute morgen den Schnee vom Dach geschippt hat, kann man sogar wieder nach draußen sehen.

»Glaub mir, mir ist jedes Mittel recht, damit der Schreibtisch beim Zeichnen nicht ständig wackelt«, erwidere ich und hocke mich hin, um an die Keksdose unter dem Bett zu kommen.

»Ach ja? So, wie du gerade vor mir niederkniest, könnte man auf andere Gedanken kommen.«

»Hier hat nur eine zweideutige Gedanken«, entgegne ich mit erschreckend rauer Stimme. »Spoiler: Ich bin's nicht.« Bis eben hatte ich wirklich keinen Gedanken daran, wie es wirken könnte, wenn ich hier so sitze, doch jetzt ist mir die Nähe zu ihrer Mitte plötzlich so bewusst, dass Bilder in meinem Kopf entstehen, die da nicht hingehören. Ich sollte nicht auf diese Weise von ihr denken. Wir sind sowas wie Freunde. Wenn überhaupt.

Rasch greife ich nach der Blechdose und drücke sie Leo in die Hand. »Hier, damit du was zu tun hast«, sage ich und flüchte zurück an den Schreibtisch.

23

Leo

Ich stecke mir eines der Plätzchen in den Mund und... Verdammt sind die gut. Ernsthaft, Leute, dass ihr das gerade nicht schmecken könnt, tut mir echt leid für euch. Diese Konsistenz ist... nicht zu trocken wie die meisten Plätzchen, die ich furchtbar finde, aber auch nicht zu matschig. Ich kann das Seufzen nicht unterdrücken, als die Mischung aus Vanille und Orange meine Geschmacksnerven erreicht.

»Wie ich höre, haben meine Lieblingsplätzchen einen neuen Fan«, bemerkt Ole, ohne von seinem Blatt aufzusehen. Seine Wangen sind immer noch gerötet, was ich zugegebenermaßen ein wenig süß finde.

»Sieht so aus«, antworte ich und schiebe mir das nächste Plätzchen in den Mund und dann noch eins und noch eins.

Erst kam ich mir etwas abgestellt vor, wie ein Kind, das im Weg steht, aber offenbar habe ich das ja wirklich. Aber hey, ich habe jetzt Plätzchen und unbequem ist das Bett auch nicht. Die Aussicht ist ebenfalls nicht zu verachten. Die ersten grünen Schlieren der Nordlichter ziehen über den Himmel.

Auf seinem Nachttisch liegt ein weiterer seiner Zeichenblöcke, die er überall zu haben scheint. Auf dem oberen Blatt erkenne ich schon wieder diesen Matschklumpen, diesmal jedoch in Farbe. Rosa? Also doch kein Matsch. Ich strecke mich, um einen besseren Blick darauf zu bekommen.

»Ole?«

»Ja?«

»Darf ich mir das ansehen?«, frage ich diesmal.

Er dreht sich auf seinem Stuhl in meine Richtung. Ich deute auf den Block.

»Klar«, sagt er schulterzuckend. »Ist nur ein grober Entwurf... Für die Tonne.«

Behutsam nehme ich mir den Block und blättere durch die Seiten. Sofort bin ich fasziniert. Offenbar begleitet man einen ausgespuckten Kaugummi dabei, wie er lebendig wird und sich in nach und nach in ein Wesen verwandelt, das die Welt kennenlernt. Erst nur mit den Augen, dann mit anderen Sinnen. Am Ende kleben an dem Kaugummiwesen die verschiedensten Dinge, die auf den ersten Blick wie Müll aussehen, aber ihren Sinn und Zweck erfüllen.

»Warum genau ist das für die Tonne?«, frage ich verwundert und stopfe mir noch ein Plätzchen in den Mund, vorsichtig, um nicht auf das Papier zu krümeln.

Seufzend dreht er sich wieder zu mir.

»Weil wir uns dafür entschieden haben, die Rucksack-Idee umzusetzen«, entgegnet er, ohne von seinem Blatt aufzusehen.

Behutsam lege ich den Block wieder auf den Nachttisch und wende meinen Blick wieder dem Dachfenster zu. Natürlich nicht, ohne mir vorher noch einen dieser unglaublichen Kekse in den Mund zu schieben. Das grünviolette Schimmern, das in langsamen Wogen über den Himmel wabert, hat eine seltsam beruhigende Wirkung. Ist das Oles Geheimnis? Bleibt er deshalb immer so ruhig und ausgeglichen? Vielleicht sollte ich mich öfter hier einquartieren. Das stete Kratzen von Oles Stiften tut sein Übriges. Meine Augenlider werden immer schwerer, bis sie irgendwann zufallen.

»Hey, Schlafmütze, deine Meinung ist gefragt«

Erschrocken öffne ich die Augen. »Ich habe nicht geschlafen«, protestiere ich. Doch meine raue Stimme verrät mich.

»Natürlich nicht«, spottet Ole, der mit seinem dämlichen Grübchengrinsen auf der Kante des Bettes sitzt. »Hier...« Er hält mir ein quadratisches Stück Pappe unter die Nase, auf dem die Zahlen Eins bis Vierundzwanzig im Uhrzeigersinn angeordnet sind. Einen Zeiger gibt es auch schon, den er mit einer Klammer so befestigt hat, das er drehbar ist.

»Ja, genau so habe ich mir das vorgestellt.« Ich betrachte sein Werk und freue mich über die kleinen weihnachtlichen Details, mit denen er die Ziffern jeweils verziert hat. Das wird wunderbar zum Rest des Spielfeldes passen und den Spielenden genug zu entdecken geben, während sie nicht an der

Reihe sind.

»Ich habe mir erlaubt, jede sechste Zahl etwas hervorzuheben«, erklärt er, »Ich dachte mir, das könnte die Adventssonntage symbolisieren und mit besonderen Herausforderungen oder Belohnungen verknüpft sein« beinahe schüchtern sieht er mich an, als wäre es etwas Furchtbares, dass er sich in den Kreativprozess eingemischt hat. »Sorry, falls das...«

»Hey«, ich greife nach seinem Arm. Sofort hält er inne, »die Idee ist super. Beispielsweise könnte jede Aktion verdoppelt werden. Wenn jemand also normalerweise zwei Geschenke bekommen würde, wären es an einem Adventstag vier...«

»...und wenn man drei verlieren würde, wären es sechs.«

»Genau«, pflichte ich ihm bei. »Danke.«

Kurz wird es ruhig, ehe Ole mich erschrocken anstarrt. »Hast du allen Ernstes meinen kompletten Cranberry-Orangenplätzchen-ohne-Cranberries-Vorrat aufgefuttert?«, entsetzt schaut er zwischen der tatsächlich leeren Dose *(Upps)* und mir hin und her.

»Schuldig im Sinne der Anklage?«, gebe ich zu und versuche, dabei möglichst reumütig zu klingen, was mir in Anbetracht seines schockierten Gesichtsausdrucks wirklich schwerfällt. Er sieht aus, als hätte ich ihm gerade eröffnet, dass es den Weihnachtsmann in Wirklichkeit nicht gibt. Ich muss mir das Grinsen echt verkneifen.

»Leo!« Er sieht immer noch aus, als wüsste er nicht, wie ihm geschieht.

Aber was kann ich denn bitte dafür, wenn die so gut schmecken und mich seine Comic-Skizzen so sehr ablenken, dass ich gar nicht realisiere, wie einer nach den anderen in meinem Mund verschwunden ist.

»Ach, Ole... Jetzt sieh mich doch nicht mit so einem Welpenblick an, als hätte ich dir dein liebstes Spielzeug weggenommen. Das bricht mir noch das Herz«. Irgendwie ist es schon ziemlich niedlich, wie er den Keksen nachtrauert.

»Du machst mich echt fertig, weißt du das?«

Jetzt kann ich mein Grinsen wirklich nicht mehr zurückhalten. Ihm scheint es ähnlich zu gehen. »Das ist meine Kernkompetenz«, erwidere ich.

Schnaubend stößt er Luft aus. Erst, als sein Atem mich trifft, realisiere ich, wie nah sich unsere Gesichter inzwischen gekommen sind. So nah, dass ich die glitzernden Sprenkel in seinen grüngrauen Augen sehen kann.

»Wirst du über den Verlust hinwegkommen?«, necke ich ihn.

»Ich glaube, das wird schwer«, flüstert er mit rauer Stimme, die etwas ganz tief in mir in Schwingungen versetzt. Etwas, dass dafür sorgt, dass mir auf einmal ziemlich warm wird. Ich lege ihm meine Hände auf die Schultern, als müsste ich ihm wirklich Mut zu sprechen und realisiere nicht, was ich damit in Gang setze.

»Aber ich bin mir sicher, wenn es jemand schaffen kann, dann du.« Verdammt. Ich sollte meine Hände schleunigst von ihm lösen aber... den Kontakt zu unterbrechen, scheint unmöglich. Aber wenn ich diese Verbindung nicht kappe, wird alles andere unausweichlich. Mit jedem Atemzug nähern wir uns einander an.

»Vielleicht. Aber ob ich dir das verzeihen kann...?«, raunt er. Und verdammt. Seine Stimme sollte nicht so klingen dürfen, sein Blick nicht so intensiv sein.

»Dann werde ich wohl mit deinem Groll leben müssen...« Meine Stimme ist bestenfalls noch ein Flüstern. Mein Atem ist so flach, dass mehr einfach nicht drin ist. »Aber weißt du was, Ole?«

»Was, Leo?« Ich könnte schwören, dass seine Lippen eben hauchzart meine berührt haben. Vielleicht bilde ich mir das aber auch nur ein. Ich weiß es nicht. Ich weiß so vieles nicht mehr, nur dass mich allein die bloße Möglichkeit der Berührung Dinge fühlen lässt, die ich schon lange nicht mehr gespürt habe. Das Blut rauscht in meinen Adern und ich glaube zu hören, wie mein Herz im Dauerlauf sprintet.

»Das war es wert.« Und damit meine ich nicht nur die Kekse. Mein Innerstes ist in Aufruhr, auf die beste aller Arten und Weisen und das nur, weil ich einem Mann gegenübersitze, der nichts tut, außer mich so zu nehmen, wie ich bin. »Kannst du mich jetzt verdammt nochmal endlich küssen?«, flehe ich, weil ich es keine Sekunde länger aushalte.

Ich habe den Satz noch nicht richtig beendet, da liegen seine Lippen schon auf meinen. Und ich schmelze. Er schlingt seine Arme um mich und zieht mich an sich. Und wenn ich vorhin dachte, mir wäre warm, dann ist das nichts im Vergleich zu dem, was ich fühle, als sich unsere Körper berühren. Die Hitze steigert sich um ein Vielfaches.

Als ich seine Zunge spüre, gewähre ich ihr nur zu gerne Einlass. Ich kann das Stöhnen nicht unterdrücken, als er leicht in meine Unterlippe beißt mit einer Intensität, die perfekter nicht sein könnte. Atemlos lösen wir uns voneinander und lassen uns auf sein Bett fallen ohne unsere Blicke voneinander zu lösen.

»Du schmeckst nach Cranberry-Orangenplätzchen-ohne-Cranbrerries«, stellt er fest.

»Tröstet dich das etwas über den Verlust hinweg?« Ich fahre ihm durch seine Haare, weil ich dem Drang nicht widerstehen kann, ihn irgendwie zu berühren.

»Ein ganz kleines bisschen vielleicht.« Seine Finger tanzen über meine Seite und hinterlassen eine kribbelnde Spur.

»Vielleicht hilft ja noch eine Dosis?«

»Na, ich bin mir da nicht so sicher«, entgegnet er und weicht ein Stück zurück. In seinen Augen lodert noch immer dieses Feuer, weshalb ich nicht lange nachdenke, nach dem Kragen seines Hemdes greife und ihn wieder an mich ziehe.

»Ich schon«, flüstere ich, bevor ich ihn küsse und mich vollends dem hingebe, was seine Berührungen mit mir anstellen. Alles um uns herum scheint still zu stehen. Alle Probleme scheinen für den Moment nonexistent. Hier gibt es nur ihn und mich. Ihn, wie er halb auf mir liegt, mich in seine Matratze drückt und einfach nur *da* ist. Ich hoffe, dass dieser Moment niemals endet, der Moment, in dem er leise meinen Namen flüstert, während wir Luftholen, in dem ihm und mir ein Stöhnen entfährt, weil die Empfindungen zu viel sind, um sie nicht hinauszulassen. Ich schlinge meine Arme um ihn, um ihn noch näher an mich zu ziehen. Ich brauche die Gewissheit, dass er genau so *da* ist, wie ich, dass ich nicht alleine bin, dass …

»Ole, kannst du bei den Vorbereitungen für das Abendessen helfen?«

24

Ole

Als hätte man mir eine Ladung Schnee in den Nacken geschüttet. So fühlt es sich an. Schwer atmend lösen wir uns voneinander. Ich brauche etwas, bis ich meiner Mom antworten kann. Gerade noch rechtzeitig, bevor sie ins Zimmer kommt, um zu sehen, ob ich nicht eingeschlafen bin.

»Sorry... ich muss dann wohl mal...« Vage deute ich in Richtung Tür, rühre mich ansonsten aber kein Stück. Zu sehr genieße ich das Gefühl von Leos Körper unter mir, ihren Fingerspitzen in meinem Nacken und ihren Beinen, die mit meinen verschlungen sind. Auch wenn der Moment schon zerstört ist, will ich ihn so lange wie möglich festhalten. Leo scheint es genau so zu gehen. Ihr Blick ist so offen, so klar und so voller Wärme. Egal, wie oft ich mich im Anblick ihrer Iriden verliere, ich wüsste nicht, wie ich diesen Farbton mischen sollte.

Ich muss mich regelrecht dazu zwingen, mich von ihr zu lösen. Ich küsse sie rasch auf die Wange, denn ich bin mir ziemlich sicher, dass es kein Halten mehr gibt, falls sich unsere Lippen nochmal berühren würden.

Mit schnellen Schritten verlasse ich mein Zimmer, nicht ohne mich in der Tür doch noch einmal umzudrehen. »Bis dann, Leo«, sage ich. Gedanklich speichere ich diesen Anblick, der so neu ist und sich dennoch anfühlt, als würde sie schon immer genau dort liegen.

Mit einem leisen Klicken fällt die Tür hinter mir ins Schloss. Und meine Gedanken, die von unserem Kuss noch immer vollkommen durcheinander sind, beginnen sich zu ordnen. Auch wenn ich versuche, nicht zu viel hinein zu interpretieren, kann ich mich doch nicht davon abhalten. Es ist jetzt immerhin schon das zweite Mal, dass wir uns küssen und das innerhalb von vierundzwanzig Stunden. Das kann doch alles nicht gesund sein. Schließlich hat sie sich erst von ihrem Mann – kann man das nach der kurzen Zeit überhaupt so nennen? – getrennt und Leah schwirrt definitiv noch in meinem Kopf herum.

Wir müssen damit aufhören, bevor es in einem riesigen Desaster endet, in dem unsere Herzen noch mehr beschädigt werden, als sie es ohnehin schon sind. Leo mag vielleicht offen für zwanglose Beziehungen sein. Ich kann das aber nicht. Meine Güte, allein schon, dass ich mir jetzt den Kopf darüber zerbreche, was das zwischen uns ist, zeigt doch, dass ich absolut nicht geeignet dafür bin, mit jemandem rumzuknutschen, den ich am Ende der Woche wahrscheinlich nie wiedersehen werde. Trotzdem kann ich nicht abstreiten, dass ich die Zeit, die wir zusammen verbringen, wirklich genieße. Sogar die Momente, in denen wir nicht wie zwei Teenager übereinander herfallen. Ich mag es, sie kennenzulernen, hinter ihre Fassade zu schauen, ihr Dinge zu zeigen, und dabei Neues über mich selbst zu erfahren.

✳✳✳

Das Abendessen liegt hinter uns. Krista und meine Mom haben bereits Feierabend, während Yana und ich die letzten Geschirrteile in die Spülmaschine räumen.

»Wollen wir uns gleich noch einen deiner kitschigen Weihnachtsfilme reinziehen?«, frage ich betont gleichgültig.

»Jetzt tu mal bitte nicht so, als würdest du die nicht mindestens genau so lieben.«

»Also bitte, einen dritten Teil von Prinzessinnentausch hätte es nun wirklich nicht gebraucht«, entgegne ich.

»Jaja... schon gut. Trotzdem kommst du jedes Jahr mit einer neuen Liste, die wir uns ansehen sollten um die Ecke.« Triumphierend, als hätte sie einen nobelpreisverdächtigen Beweis angestellt, sieht sie mich an. »Und so gerne ich heute mit dir diese Liste abarbeiten würde, ich bin schon verabredet.«

Kurz darauf wünschen wir uns einen schönen Abend. Yana verschwindet in ihrem Zimmer, ich in meinem. Müde von den Ereignissen des Tages lasse ich mich auf mein Bett fallen. Mein Kissen riecht nach Leos Melonenduft. Mein Blick fällt auf die leere Keksdose, die auf meinem Nachttisch neben dem Block mit den Kaugummi-Skizzen, steht. Keine Ahnung, warum ich mich immer noch an der Idee aufhalte, obwohl wir sie zu Gunsten von Leahs Rucksack-Story verworfen haben. Aber mich lässt die Vorstellung davon einfach nicht los, wie es ist, die Welt nochmal neu zu entdecken. Man gewöhnt sich so schnell an so vieles und vergisst dabei, dass es sich eigentlich um ein Wunder handelt. Sonnenaufgänge zum Beispiel. Erst wenn man eine Weile im hohen Norden gelebt hat und nach Monaten der Polarnacht endlich wieder die Sonne über den Horizont klettern sieht, realisiert man, wie grandios das ist. Eben dieses Gefühl wollte ich mit der Reise, die der kleine Kaugummi macht, transportieren. Naja, egal. Ich schüttle den Kopf, um den Gedanken loszuwerden. Wieder bleibe ich an der Keksdose hängen. Die, die mit der verschneiten Winterlandschaft darauf, die wir schon seit ich denken kann benutzen.

Spontan beschließe ich, der Dose noch eine Füllung zu spendieren. Schließlich ist heute noch Weihnachten und damit ist es auch noch nicht zu spät für Weihnachtsplätzchen.

Ob ich Leo einladen sollte, mitzumachen? Immerhin ist sie schuld daran, dass die Dose jetzt leer ist. Es wäre nur fair, wenn sie mir hilft. Aber sie hat Urlaub und ist hier Gast. Zwar bilde ich mir ein, dass wir inzwischen so etwas wie Freunde sind, aber trotzdem. Die Sachbearbeiter in meinem Kopf sind auch ratlos und versuchen eine Anleitung für solche Situationen zu finden, doch ohne Erfolg.

Weil irgendein Teil von mir Leo nochmal sehen will, klopfe ich an ihre Tür.

»Was ist?«, fragt sie spürbar gereizt.

Vorsichtig stecke ich meinen Kopf zur Tür herein. Leo sitzt auf ihrem Bett, ein iPad auf dem Schoß, auf dem irgendein Film oder eine Serie läuft.

»Ach, du bist's«, sofort wird ihre Stimme weicher, doch der angespannt distanzierte Gesichtsausdruck, bei dem sich eine kleine Falte zwischen ihren Augenbrauen bildet, bleibt.

»Sorry, ich will nicht stören«, sage ich, unsicher, ob ich eintreten soll. Ihrer Stimmung nach zu urteilen, sollte ich sie besser in Ruhe lassen. »Ich gehe...«

»Bitte...«, unterbricht sie mich, »kannst du...«, sie hält inne, als müsste sie sich überwinden, fortzufahren, »kannst du bleiben?«

Auf dem Stuhl am Schreibtisch stapeln sich Leos Klamotten, dass auch ein BH dabei ist, versuche ich zu ignorieren. Leo bedeutet mir, mit einem Blick auf die leere Hälfte des Bettes, mich zu setzen.

»Alles in Ordnung?«, frage ich, nachdem ich mich niedergelassen habe.

»Klar...«, entgegnet sie in einem Tonfall, der deutlich macht, dass dem nicht so ist. »Nur mein ach so perfekter Cousin und sein Vater haben mal wieder die Alter-weißer-Mann-Show abgezogen«, seufzt sie. »Ich *liebe* diese gemeinsamen Abendessen. Ich weiß wirklich nicht, was sich Dad dabei gedacht hat.« Leo redet sich immer weiter in Rage, erzählt, wie ihr Cousin ihr vorgeschlagen hat, dass sie als Frau in der Kreativ-Abteilung doch besser aufgehoben wäre als in der Leitung und noch anderen scheiß.

»Sorry, dass du das grade abbekommst, aber ich habe das Gefühl, zu platzen. Aber wenn ich das mache, dann bin wieder *impulsiv* und *nicht zurechnungsfähig* und auf jeden Fall *nicht in der Lage einen Konzern wie diesen zu führen* oder was immer sie mir einreden wollen.«

»Hey...«, sage ich und greife nach ihrer Hand, mit der sie wild gestikuliert. Sofort verschränken sich unsere Finger miteinander. »Es ist okay, deine Gefühle rauszulassen und auszusprechen, was dich bewegt. Das macht dich nicht zu einer schlechten Geschäftsführerin. Und wenn sie dir das absprechen wollen, dann sind es Idioten.«

»Beschimpfst du eure Gäste regelmäßig als Idioten?«

»Nun, für gewöhnlich küsse ich unsere Gäste auch nicht. Offenbar gelten für eure Familie hier besondere Regeln.«

»Gut zu wissen«, entgegnet sie, wobei ein Grinsen an ihren Mundwinkeln zupft. »Also, was führt dich zu mir?«, will sie wissen.

Ja, was eigentlich? Für einen kurzen Moment bringt mich die Frage aus dem Konzept. Leos pure Anwesenheit bringt mich dazu, alles andere zu vergessen. Ich halte noch immer ihre Hand, die so warm und zart in meiner liegt.

»Naja«, beginne ich, »es trug sich zu, dass *jemand*, der in diesem Zimmer sitzt, meinen Plätzchenvorrat aufgefuttert hat.«

»Oh mein Gott.« Sie lacht aus ganzem Herzen und ich sage euch, das ist ein Klang, den ich so schnell nicht mehr vergessen werde. So hell und klar und so voller Energie, dass ich gar nicht anders kann, als mit einzustimmen. »Der Verlust nagt ja wirklich sehr an dir. Du Armer.«

»Wie auch immer«, sage ich, als wir uns wieder halbwegs beruhigt haben, »Da du so freundlich bist, mir beim Nachschubbacken zu helfen, werde ich das verschmerzen.«

»Ach ja, bin ich das?«

»Oh ja, das bist du.« Ich erhebe mich und will sie mit einem leichten Zug an der Hand dazu bewegen, es mir gleichzutun.

»Ich kann das überhaupt nicht«, protestiert sie, »und außerdem ist das was für Kinder.«

»Das ist Schwachsinn. Jetzt komm schon, wer Plätzchen will, muss auch was dafür tun.«

»Hat dir schonmal jemand gesagt, dass du anstrengend bist?« Ich liebe es, wenn sie ihre Augen verdreht, um genervt zu wirken, doch ihre Mundwinkel verraten sie. Seufzend schlägt sie ihre Bettdecke zur Seite. Ich erstarre, als darunter ihre nackten Beine zum Vorschein kommen. Für einen kurzen Moment nur, dann kommt mein Anstand zum Tragen und ich sehe wieder in Leos Gesicht.

Als sie Barfuß in ihre schwarzen Chucks steigt, trägt sie nichts weiter als einen übergroßen schwarzen Pulli, der ihr bis fast zu den Knien reicht und die obligatorische Beanie-Mütze, unter der ihre blauen Haare zum Vorschein kommen. Offenbar hat sie auch nicht vor, daran etwas zu ändern.

»Na komm, worauf wartest du?« Auffordernd streckt sie mir ihre Hand entgegen, die ich ergreife, woraufhin sich unsere Finger erneut verschränken.

Offenbar machen wir das jetzt so und ich würde lügen, wenn ich behaupte, es gefiele mir nicht.

In der Küche angekommen, beginne ich, die Zutaten herauszusuchen. Das Rezept habe ich im Kopf, so oft, wie ich dieses Jahr schon welche gebacken habe. Komischerweise verschwinden in der WG diese Plätzchen auch immer auf mysteriöse Art und Weise. Dabei kann ich Leos Blick förmlich auf mir spüren.

»Im Schrank hinter dir sind Messbecher und Schüsseln«, informiere ich sie, woraufhin sie diese holt und auf der Arbeitsfläche verteilt.

Dann beginnen wir, Zutaten abzuwiegen und in die Rührschüssel zu geben.

»Von wegen du kannst das nicht«, sage ich, als sie zweihundert Gramm Butter ziemlich treffsicher abschätzt.

»Trotzdem ist es Jahre her, dass ich selbst Plätzchen gebacken habe.«

Auch wenn sie versucht, es zu verstecken, so schwingt eine gewisse Traurigkeit in ihren Worten mit.

»Roshan hat immer gesagt, dass Plätzchen backen etwas für Kinder sei und es Bäcker für so etwas gäbe.«

Ich kann mir ein verächtliches Schnauben nicht verkneifen. Was muss das nur für ein Idiot sein? Und was hat er Leo in den letzten Jahren noch alles eingeredet, bis sie es so sehr verinnerlicht hat, dass sie es inzwischen selbst glaubt.

»In seinen Augen wäre ich wohl noch ein ziemliches Kind«, mutmaße ich und schlage die Eier etwas heftiger auf als nötig.

»In seinen Augen wärst du als Künstler ohnehin nicht ernst zunehmen«, sagt sie. Ich muss schlucken. Ich meine, ich kenne diese Vorurteile, habe sie schließlich oft genug zu hören bekommen, von Verwandten und Freunden. Oft meinen sie das ja nicht mal böse, sondern können sich einfach nicht vorstellen, dass man davon leben kann. Klar, reich wird man nicht, aber darum geht es mir ja auch nicht.

»Verdammt...«, reißt Leo mich aus meinen Gedanken. Sie legt ihre Hände auf meine Schultern und sieht mich an. »Ich hoffe, du weißt, dass ich nicht so denke. Auch wenn ich befürchte, in den letzten Jahren einige dieser Denkweisen angenommen zu haben. Ich fange an, das wieder abzulegen.«

»Schon gut«, beruhige ich sie und meine es auch so. »Mir ist schon aufgefallen, dass du dein hübsches, stures Köpfchen ab und an zum Denken benutzt«

»Ab und an?«, sie weicht zurück und boxt mir auf den Oberarm.

»Vielleicht auch ein bisschen öfter«, gebe ich zu, als wir uns wieder dem Teig zuwenden und ich beginne ihn zu kneten.

»Na danke«, sagt sie und wird wieder nachdenklich. »Trotzdem ist es erstaunlich, wie sehr er mich verändert hat. Mir wird das jetzt erst richtig bewusst, wo ich versuche, all das zu tun, was ihm immer zu kindisch war, oder wovon er der Meinung war, dass es mich in ein schlechtes Licht rücken würde.«

»Ich schätze, es ist vollkommen normal, dass man sich in einer Beziehung verändert. Aber man sollte zu einer vollkommeneren Version seiner selbst werden, nicht vom Partner gestutzt werden.«

»Scheiße, ja. Ich habe diese Businessklamotten immer gehasst. Warum muss ich in meiner Freizeit auch Highheels und Blusen tragen? Versteh mich nicht falsch, ich bin gern mit ein paar Zentimetern mehr unter den Füßen unterwegs, aber dann, wenn ich dazu Lust habe, nicht wenn es irgendein Dresscode vorgibt. Ich liebe meine oversized Hoodies. Und weißt du, wo die in den letzten zwei Jahren gelegen haben? Ganz hinten im Schrank, zusammen mit all dem, worin ich mich wohlfühle.«

Leo läuft auf und ab, während sie ihren Gedanken freien Lauf lässt. Ich teile den Teig in zwei Hälften, bevor diese zu Rollen verarbeitet werden. Ich würde gerne irgendwas sagen, habe aber keine Ahnung was. Es tut weh, zu hören, dass ihr in ihrer Beziehung offenbar dermaßen die Flügel gestutzt wurden.

»Anfangs habe ich noch versucht, mich durchzusetzen, aber irgendwann hatte ich wohl einfach keine Lust mehr auf Streitereien. Weißt du, wie scheiße es ist, wenn du das Gefühl hast, dein Partner schämt sich, weil du nicht im Cocktailkleid zum Empfang erscheinst, sondern nur in einer schlichten schwarzen Jeans?« Sie schüttelt den Kopf. »Sag mal, läuft das hier immer so, wenn du Plätzchen bäckst, dass das in einer Therapiestunde endet?«

»Normalerweise nicht, aber wie gesagt, für eure Familie gelten offenbar besondere Maßstäbe.«

»Oh Mann. Aber genug von meinem deprimierenden Leben. Erzähl mir was von dir und sag mir, wie ich dir noch helfen kann.«

Da der Teig jetzt ohnehin erstmal in den Kühlschrank muss, bleibt uns nur das Abwaschen.

Zusammen tragen wir alles zur Spüle.

»Also los, drei kurze Fakten über dich.«

»Also gut, aber nur, wenn du mitmachst.«

»Einverstanden«, sagt sie und befreit die Schüssel von Teigresten. Offenbar versucht sie dabei, ihren Frust hinauszulassen. Am Ende ist die Schüssel wahrscheinlich so sauber wie noch nie.

»Erstens...«, beginne ich, nachdem ich mir überlegt habe, was es über mich zu erzählen gibt, »ich stelle mir oft vor, mein Gehirn ist ein Großraumbüro, in dem für jede Tätigkeit ein Mitarbeiter sitzt.«

»So wie in *Alles steht Kopf?*«

»Eher so, wie in einer deutschen Behörde. So, du bist dran.«

»Ich habe im Schulorchester die Harfe gespielt. Dümmste. Entscheidung. Ever.«

»Du magst Harfen nicht?«, frage ich und knipse das Licht aus. Der Teig muss noch ruhen und alles andere ist inzwischen aufgeräumt.

»Doch schon. Aber erstens muss man sein Instrument mit einer Sackkarre bewegen und zweitens sitzt man ewig dran, um sie zu stimmen.«

Wir steigen die Stufen nach oben. Vor Leos Etage halte ich kurz inne. Sie greift nach meiner Hand und zieht mich weiter nach oben. »Du hast eindeutig die bessere Aussicht mit deinem Dachfenster«, fügt sie hinzu.

»Ich bin absolut unmusikalisch«, nehme ich den Faden unseres Fakten-Gesprächs wieder auf, als wir mein Zimmer betreten. Ohne zu zögern steuert sie das Bett an. Und irgendwie mag ich die Selbstverständlichkeit, mit der sie sich hier bewegt. »Ich spiele kein Instrument und treffe auch keinen Ton.«

»Wie kann jemand, der so malen kann, unmusikalisch sein?«

»Tja, offenbar wurde vergessen, dafür einen Mitarbeiter einzustellen«, mutmaße ich und deute auf meinen Kopf, um zu verdeutlichen, dass ich vom Großraumbüro rede.

»Nächster Fakt...«, nachdenklich schaut sie aus dem Fenster. »Ich bin seit Jahren ungeschlagen bei *MarioKart* auf dem DS.«

»Seit Jahren?«

»Seit Jahren. Meine Mitbewohnerin und ich hatten im Internat viele Nächte Zeit zum Üben.«

»Lust herauszufinden, ob du die Siegesserie andauert?« Ohne ihre Antwort abzuwarten, öffne ich eine Schublade an meinem Schreibtisch, in der sich mein alter Nintendo DS befindet.

»Aber sicher doch.«

Das lasse ich mir nicht zweimal sagen. Glücklicherweise teilt Yana dieses Hobby aus Kindertagen und hat ihren DS ebenfalls immer griffbereit.

Ich reiche Leo, die bereits im Schneidersitz auf meinem Bett sitzt, Yanas Exemplar, bevor ich es ihr gleichtue.

»Du suchst die Strecke aus«, sage ich, nachdem wir das Spiel gestartet haben.

»Okay«, kurz sucht sie, bevor sie sich für den *Cheep Cheep Strand* entscheidet. »Was Einfaches zum Aufwärmen. Wir wollen ja nicht, dass du gleich in Tränen ausbrichst, wenn du nur noch meine Rücklichter siehst.«

»Sei dir mal nicht so sicher, dass du nicht gleich meine Rücklichter siehst.«

»Glaub mir, das wird nicht passieren. Mit mir will keiner mehr spielen, weil alle chancenlos sind.«

Der Countdown beginnt und wir starten. Oder bessergesagt Leo, denn ich bin explodiert.

»Da hat es wohl jemand zu eilig gehabt«, freut sie sich, nachdem ich den Start so dermaßen verkackt habe. »Du musst mich auch nicht extra gewinnen lassen.«

»Mach dir darum mal keine Sorgen, wir haben noch genügend Runden vor uns.«

Glücklicherweise meint es das Spiel gut mit mir und ich bekomme recht schnell eine Rakete, die mich nach meinem Fauxpas wieder in die vorderen Plätze führt.

»Sieh mal, wer direkt hinter dir ist«, frohlocke ich, als wir die zweite Runde beginnen und ich mich auf Platz zwei vorgekämpft habe. Gerne würde ich ihr mit einem roten Panzer den Garaus machen, doch natürlich funktioniert das nicht, solange sie diese dämliche Banane hinter sich her schleift.

Ich entscheide mich dafür, dem Kart hinter mir den Panzer überzuhelfen, um ein neues Item aufzunehmen. Dank eines Pilzes kann ich durch das Wasser abkürzen und mich vor Leo setzen, der das deutlich missfällt.

»Na warte, du Honk«, flucht sie, und wirft mir direkt eine Banane vor die Reifen, der ich nicht mehr ausweichen kann.

»Sag mal, hakt's?«

»Tja, das passiert, wenn man sich mit mir anlegt!«

Während wir nur noch drei Kurven vom Ziel entfernt sind, vernehme ich das leise Zischen eines blauen Panzers, das den Führenden in die Luft jagt. Ich wittere schon mein Glück, da Leo so keine Chance mehr haben wird, vor mir im Ziel zu sein. Womit ich nicht rechne, ist, dass sie kurz vor dem Einschlag auf mich zu fährt, sodass wir beide durch die Luft gewirbelt werden.

Kurz vor dem Ziel sind wir gleichauf und versuchen uns gegenseitig zu rammen. Am Ende kann ich es aber doch nicht verhindern, dass sie knapp vor mir über die Ziellinie fährt.

»Ha! Gewonnen«, freut sie sich. »Wer ist hier die Beste?«

»Na, na, meine Liebe, sooo groß war dein Vorsprung jetzt auch wieder nicht.«

»Ach was. Aber ich muss gestehen, du bist gar kein so mieser Gegner«, gibt sie grummelnd zu.

Auch in der nächsten und übernächsten Runde gewinnt sie jedes Rennen. Mal mit mehr, mal mit weniger Vorsprung. Schnell lerne ich einen dritten Fakt über Leo: sie ist eine absolut schlechte Gewinnerin.

»Ich bin einfach die Beste. Un-Schlag-Bar«, jubelt Leo. Irgendwie finde ich es schon ziemlich süß, sie so gelöst und frei zu erleben, auch wenn sich ihr Ehrgeiz gerade gegen mich richtet.

»Kuh-Muh-Farm.« Ich bin dran, die Strecke auszusuchen.

Schon in der ersten Runde zeigt sich, dass Leo diese Strecke nicht liegt. Uns trennt zwar kein riesiger Vorsprung wie eben noch in *Peachs Schlossgarten*, aber immerhin führe ich. Ich gebe mir Mühe, jedes Item einzusammeln und Leo so viele Bananen wie möglich in den Weg zu legen. In der dritten Runde und erwischt mich ein blauer Panzer und Leo zieht an mir vorbei.

»Scheiße, verdammte«, fluche ich und sehe schon wieder meine Felle davonschwimmen.

»Dachtest du wirklich, du könntest mich schlagen?«, fragt Leo schadenfroh. Ich sammle derweil einen roten Panzer ein. Kurz vor dem Ziel legt Leo ihre letzte Banane ab, eine Chance, die ich sofort ergreife, ich treffe und dann passiert das Unglaubliche, ich schaffe es vor Leo über die Ziellinie.

25

Leo

»Glückstreffer.« Schulterzuckend will ich bereits die nächste Strecke aussuchen, doch Ole hat seinen DS ausgeschaltet.

»Und dennoch ist es guter Zeitpunkt, zum Ende zu kommen«, grinsend lehnt er sich am Kopfende des Bettes zurück.

Aufmerksam sieht er mich an, mit seinen hinter dem Kopf verschränkten Armen und diesem Grübchengrinsen, das mich verrückt macht, weil es dafür sorgt, dass es in meinem Inneren warm zu kribbeln beginnt.

»Du genießt das richtig, was?«, frage ich, und stehe auf, um Yanas DS ebenfalls auf dem Nachttisch abzulegen. Oles Blick folgt mir und auch wenn er sich bemüht, seinen Blick oben zu behalten, zucken seine Augen immer wieder umher. Bisher war er immer äußerst zurückhaltend, wenn ich nicht den ersten Schritt gemacht habe, doch jetzt erkenne ich eine Hitze in seinem Blick, die dort bisher nicht war.

»Dich geschlagen zu haben? Schon, ein bisschen«, gibt er zu und ich kann es ihm nicht verdenken. »Immerhin habe ich die selbsternannte Großmeisterin geschlagen.«

»In einem verdammten Rennen«, entgegne ich. Jaja, ich weiß, ich bin eine miese Verliererin. Natürlich ist ihm das auch nicht entgangen. Ich lasse mich neben ihm aufs Bett fallen, sodass mein Kopf auf seiner Schulter liegt.

»Für jemanden, der Brettspiele entwickelt, bist du eine ziemlich schlechte Verliererin.« Er sieht mich von der Seite an und falls überhaupt möglich, ist sein Grinsen noch mal größer geworden. Und weil ich nicht anders kann, treibt mich das nur noch weiter an.

Ich wende mich Ole zu und setze mich dabei auf seine Oberschenkel, je ein Knie links und rechts seiner Beine. Ich umfasse sein Gesicht, wobei die spätabendlichen Bartstoppeln an meinen Fingern kratzen. Ich bringe mein Gesicht ganz nach vor seines und flüstere: »Tja, wenn man selten verliert, hat man eben keine Übung darin.«

»Oh, wir üben uns heute wohl in Bescheidenheit.« Seine Stimme ist plötzlich ganz rau. Verdammt. Dieser Reibeisenton sorgt dafür, dass etwas in mir in Aufruhr gerät. Zu spät realisiere ich, dass ich ihm viel zu nah bin. Der Stoff seiner Jeans an meinen Beinen. Verdammt, ich hätte mir vorhin wirklich eine Hose anziehen sollen. Jetzt kann ich nicht mehr verhindern, dass ich jede seiner Regungen spüre, die Druck auf Stellen ausübt, die besonders sensibel sind. Sanft beginnt er eine Strähne meiner Haare um seinen Finger zu wickeln, ehe er sie mir hinters Ohr streift.

»Bescheidenheit ist meine Stärke.«

»Schon...«, ich küsse ihn, bevor er mich mit seiner Stimme noch weiter betört. »Ist das die Trophäe für meinen Sieg?« *Oh Mann, dieses verdammte Grübchen!*

»Eher die Bestechung, das ganz schnell zu vergessen«, entgegne ich.

»Na ich weiß ja nicht, ob das reicht.« Sanft zieht er mich an sich, seine Lippen landen auf meinen und es dauert nicht lange, bis seine Zunge mit meiner zu tanzen beginnt. Plötzlich liege ich auf ihm, seine Hände auf meinem Rücken. Adrenalin rauscht durch meine Adern. Ole beißt mir auf die Unterlippe und entlockt mir dabei ein Stöhnen. Ich vergrabe meine Hände in seinen Haaren, die die perfekte Länge haben, um sich darin festzuhalten, doch mir ist das nicht genug.

Ich fange an, seinen Hals abwärts zu erkunden, während er erst meine Wange und dann mein Ohr küsst. Die feuchte Hitze an meiner Ohrmuschel macht mich wahnsinnig und sorgt dafür, dass noch andere Bereiche meines Körpers feucht werden. Ole macht mich fertig und ich genieße es. »Verdammt, Ole«, stöhne ich, bevor ich den Stoff seines grauen Shirts zur Seite schiebe, um an seine Brust zu gelangen. Als ich meine Lippen darauf senke, entfährt ihm ein gutturaler Laut, der mich um den Verstand bringt.

Während wir uns weiter küssen, wandern meine Hände unter sein Shirt und erkunden seinen Körper, immer weiter schiebe ich den Stoff nach oben, ungeduldig endlich zu erfahren, was ständig von Flanellhemden und einfarbigen Shirts versteckt wird. Mit einer fließenden Bewegung zieht er sich die Hemd-Shirt-Kombi über den Kopf. Auch wenn er mich nur für wenige Sekunden loslässt, vermisse ich seine Hände, die mir Halt gegeben haben. Nachdem er sich des Stoffs entledigt hat, nehme ich mir einen Moment. Sein Körper weist keines der typischen Liebesfilm-Merkmale auf, keine gebräunte Haut, keine definierten Muskeln, aber wenn mich die Vergangenheit eines gelehrt hat, dann, dass ein attraktives Sixpack nichts nützt, wenn er an einem Idioten hängt.

Ich will den viel zu großen Abstand gerade wieder verringern, als er mich zurückhält.

»Darf ich?«, fragt er und zupft am Saum meines Hoodies. Perplex nicke ich. Ich weiß nicht, wann mich jemand zuletzt um Erlaubnis gebeten hat. Quälend langsam wandern seine Hände von meiner Taille aufwärts, wobei er Stück für Stück den Stoff nach oben schiebt. Dabei hält er die ganze Zeit meinen Blick fest. Verdammt, bis heute wusste ich nicht, dass dieser Vorgang so... aufregend sein kann. Verstärkt wird das Ganze noch, durch Oles Erektion, die ich deutlich durch den Stoff seiner Jeans und meines Slips spüre. Vorsichtig bewege ich mein Becken. Wenn er mich so quälen darf, dann muss er mit den Konsequenzen leben. Als ich den Hoodie endlich los bin, wird Oles Blick noch intensiver. Da ich keinen BH trage, sitze ich nun beinahe vollkommen entblößt vor ihm, dennoch fühle ich mich nicht nackt und das liegt nicht an meiner Beanie, dem Slip, oder den Chucks, in denen meine Füße noch stecken, sondern einzig und allein daran, wie behutsam er mich mustert.

»Du bist wunderschön«, haucht er mit kaum hörbarer Stimme. Seine Finger streichen über meine Oberarme und hinterlassen dabei eine glühende Spur aus Gänsehaut.

Immer mehr Energie sammelt sich in meinem Inneren. Die Erregung pulsiert voller Hitze und Anspannung, als unsere nackten Oberkörper aufeinandertreffen. Wir drehen uns, sodass wir nebeneinander liegen, doch das ist mir nicht genug. Ich will ihn, will alles von seinem Körper, von der Leidenschaft, die ihn genauso erfüllt, wie mich.

»Ole«, keuche ich, als wir nach einem atemraubenden Kuss beide Luft holen müssen. Vorsichtig, als müsste er trotzdem noch um Erlaubnis bitten, tasten sich seine Finger vom Rand seines Slips südwärts. Sanft beginnt er Druck auszuüben, doch über sanft bin ich schon lange hinweg. »Ole, bitte nimm mich endlich«, flehe ich und kralle meine Fingernägel in seinen Rücken.

»Sei nicht so ungeduldig«, raunt er und bringt mich damit beinahe um.

»Du bist...«, *unmöglich*, will ich protestieren, doch als er langsam in mich eindringt, vergesse ich jede Beschwerde. Mit sanften Bewegungen, die so verdammt zielsicher sind, verstärkt sich das Glühen in mir. Mit dem bisschen Verstand, das mir geblieben ist, versuche ich seine Hose zu öffnen und mich an seiner Härte zu revanchieren.

Seine freie Hand erkundet meine linke Brust und jagt damit zusätzliche Schauer durch meinen Körper, sodass ich zu nichts mehr fähig bin, als mich an ihm festzuklammern. Hin und wieder gelingt es mir, mein Becken im Einklang mit seiner Hand zu bewegen und mich immer weiter in extatische Welten zu katapultieren. Dabei vergesse ich, dass ich seine Erektion noch immer in der Hand halte, ohne etwas damit anzustellen, doch das scheint ihn nicht zu stören.

Wir keuchen und bewegen uns zusammen. Mit jeder Regung seiner Finger in mir, treibt er mich weiter auf den Abgrund zu. Das Glühen wird stärker und stärker. Seine Zunge erkundet mein Ohr und verdammt, ich kann nicht mehr. Ich beiße in seine Schulter, als könnte mich das davor bewahren, seinen Namen durch das gesamte Haus zu schreien.

In purem Einklang taumeln wir dem Abgrund entgegen. Er verstärkt den Druck in mir und als er erneut die Stelle trifft, ist es um mich geschehen. Ich Stürze, reiße ihn mit mir und gemeinsam fliegen wir. Alles in mir explodiert in den buntesten Farben, alles leuchtet, glüht, brennt. Ich zittere, klammere mich an Ole.

Er hält mich.

Fest.

Sicher.

Er ist bei mir.

Erschöpft und kraftlos fällt mein Körper in sich zusammen. Meinen Kopf lege ich in die Kuhle seiner Halsbeuge. Ich drehe mich leicht, sodass ich ihn ansehen kann, mich vergewissern, dass er es ist, der mich hält, der Schuld an all dem ist, was ich gerade fühle. Eine Mischung aus Euphorie, Glück und den Nachwehen des Orgasmus.

»Hi«, flüstert er, als sich unsere Blicke treffen.

»Hi«, antworte ich mit einem dicken Kloß im Hals.

»Hey, alles okay?«, will er wissen. Erst da realisiere ich, dass mir eine Träne über die Wange rinnt. Verdammt!

»Ja. Alles gut«, versichere ich und versuche mich an einem Lächeln. Seinem Gesichtsausdruck nach zu urteilen, misslingt es auf ganzer Linie. »Wirklich, ich...« Ich will auf keinen Fall, dass er sich schlecht fühlt. Wenn ich in Worte fassen könnte, was mich gerade überfordert, ich würde es tun, auch wenn es total dämlich und unsinnig ist.

»Möchtest du... Soll ich?«, er will von mir abrücken, wahrscheinlich um mir Freiraum zu geben, dabei will ich das gar nicht.

»Halt mich einfach, bis ich meine Gedanken im Griff habe, geht das?«

»Alles, was du willst«, flüstert er und haucht mir einen Kuss auf die Stirn, was mir gleich noch mehr Tränen in die Augen treibt.

Wie kann er nur so verständnisvoll sein? Er hat mir gerade den Orgasmus meines Lebens beschert und ich zeige das, indem ich einen Nervenzusammenbruch habe. Wieso fühle ich so viel? Wie kann der Sex so gut sein, wenn wir noch nicht einmal bis zum Äußersten gegangen sind. Normalerweise wäre das für mich maximal das Vorspiel gewesen, bevor es richtig zur Sache geht, und meistens ist es dann auch schon recht schnell wieder vorbei. Dass hier war so intensiv, so zärtlich, so nah, dass ich gar nicht weiß, wie ich damit umgehen soll, dass ich überfordert von dem bin, was ich fühle.

Ich kuschle mich noch näher an Ole, lasse mich von seinem steten Atemrhythmus beruhigen, ehe ich mich traue, ihn wieder anzusehen. Ich bin mir absolut sicher, dass er mich nicht verurteilt, aber ich weiß nicht, ob ich bereit dafür bin, zu erfahren, welcher Schmerz mir aus seinen Augen entgegenschlägt.

26

Ole

Ich bin hin- und hergerissen. Einerseits schwebe ich noch immer auf dem Gefühlshoch, das wir erlebt haben, andererseits ist da Leos Reaktion. Natürlich frage ich mich, was sie bedrückt, aber ich werde warten, bis sie bereit ist, darüber zu sprechen. Sie klammert sich an mich und wenn meine Nähe das ist, was sie gerade braucht, dann werde ich ihr davon so viel geben, wie nötig.

»Danke«, flüstert sie, als sich ihr Atem beruhigt hat und auch die Tränen versiegt sind. »Sorry. Du hast mich einfach vollkommen überwältigt.« Als wäre ihr das peinlich, drückt sie ihr Gesicht an meine Brust. »Im positiven Sinne.«

»Du mich auch«, erwidere ich, denn das hat sie wirklich. Für mich ist es immer etwas Besonderes, einer Frau auf diese Weise nahezukommen, diese Intimität zuzulassen und sich auf eine Art und Weise verletzlich zu machen. So stur, so aufbrausend, wie sie ist, so sehr strömen die Emotionen auch dabei durch ihren Körper und das habe auch ich in jeder Faser gespürt. Ich habe *sie* gespürt, wie ich es bei niemandem zuvor getan habe, und dass obwohl meine Hose noch immer dort sitzt, wo sie hingehört.

»Weißt du, ...«, beginnt sie irgendwann und sieht mich dabei aus ihren warmen, goldbraunen Augen an, dass mir ganz warm wird, »in den letzten Jahren war Sex immer eine intensive Sache, keine Frage, aber eben nur eine Sache, die man schnell hinter sich bringt. Für gewöhnlich mag ich es etwas härter und wilder und das habe ich auch bekommen. Aber es war eben auch immer recht schnell vorbei.«

In meinem Großraumbüro versuchen die zuständigen Mitarbeiter gerade, zu verstehen, was sie mir sagen will. Dass diese seit meiner letzten Beziehung etwas außer Übung sind, ist dabei nicht gerade hilfreich. Offenbar bemerkt sie meinen verunsicherten Blick, denn sie schüttelt den Kopf.

»Hey. Worauf ich hinaus will ist... du hast mir gerade etwas gezeigt. Hast mir beigebracht, dass mein Körper Dinge mag, von denen ich bisher nichts wusste. Das... hat mich überrascht.«

»Ähm...«, was soll ich darauf erwidern? Ich... Sex war... ist nicht unbedingt ein riesiges Thema in meinem Leben. Ich will nicht sagen, dass ich unerfahren bin, aber Leos Offenheit überfordern mich... schüchtert mich ein. »Stets zu Diensten?«, versuche ich es mit Humor. Keine Ahnung, ob das der richtige Weg ist.

»Na endlich...«, sagt sie und streicht mir über die Wange. »Ich mag dein Lächeln, auch wenn ich bestreiten werde, das je gesagt zu haben.«

Jetzt muss ich wirklich lachen. »Gut zu wissen.«

Wir liegen eine ganze Weile so da, schweigen und hängen unseren Gedanken nach. Ich kann einfach nicht glauben, was da gerade passiert ist. Alles erscheint, wie ein unglaublich detaillierter Traum, in dem ich nicht nur Leos Melonenshampoo rieche und jedes einzelne ihrer Haare auf meiner Haut spüre, sondern auch das Heben und Senken ihrer Brust, ihre zarten Finger, die über meine Kopfhaut streicheln und noch so viel mehr.

Irgendwann angelt sie sich mein Hemd und zieht es sich über. Sie damit zu sehen macht etwas mit mir. So wie vorhin, als sie wie selbstverständlich auf meinem Bett lag. Es ist, als müsste es genau so sein, wäre genau so richtig.

Als Leo gerade das Bad benutzt, beschließe ich, meine Jeans gegen meine Pyjamahose zu tauschen. Da sie schneller zurück ist, als ich dachte, betritt sie genau in dem Moment das Zimmer, in dem ich weder die eine noch die andere Hose trage.

»Ich sehe, du hast mich erwartet.« Sie trägt noch immer nur mein Hemd, ihren Slip, der weniger verdeckt, als gut für mich ist, ihre Chucks und die Beanie, die sie wohl nur zum Schlafen absetzt.

»Ich...«, stammele ich. Sie soll auf keinen Fall denken, ich wollte...

»Hey, das war ein Scherz«, sagt sie und legt ihre Arme um meine Schultern und küsst mich. Ich glaube, daran werde ich mich nie gewöhnen, ihre

Lippen, die so zart und weich sind, dass es sich anfühlt, als würde man eine Wolke berühren.

Mit jedem ihrer Küsse, mit jeder Berührung wandert mehr Blut in Richtung meines Zentrums.

Ein schelmisches Grinsen stielt sich auf ihr Gesicht, als sie sie beginnt ihre Mitte dagegen zudrücken.

»Leo«, krächze ich mit rauer Stimme. Wenn sie das nicht gleich lässt, dann weiß ich nicht, ob es noch ein Zurück gibt.

»Ole«, erwidert sie, ohne zurückzuweichen. Im Gegenteil. Ihre Küsse, jede ihrer Regungen sind so voller Verlangen, dass ich gar nicht weiß, wie mir geschieht. Stöhnen erfüllt das Zimmer, Stöhnen, von dem ich nicht weiß, ob es von mir oder ihr kommt. Wir küssen uns, sie küsst mich, wie ich noch nie geküsst worden bin, wir bewegen uns immer näher ans Bett, stolpern regelrecht, bis sie mich mit sich auf die Matratze zieht.

»Hast du?«, keucht sie, mit einem Blick auf meine, sich wölbende Boxershorts, ehe sie ihre Hand darüber gleiten lässt und ich jede Mühe habe nicht sofort zusammenzubrechen.

Mit letzter Kraft durchwühle die Schublade meines Nachttischs, finde eine Packung, die glücklicherweise noch einen Monat haltbar ist.

»Darf ich?«, fragt sie und beißt sich auf die Unterlippe. Bereitwillig nicke ich, befreie mich von der Hose, während sie die Plastikfolie öffnet.

Als sie das Kondom über meine Erektion streift, sie mit ihrer zarten Hand umschließt tanzen erste Sterne vor meinem inneren Auge.

Noch bevor ich um Erlaubnis bitten kann, hat sie schon ihren Slip heruntergezogen.

Langsam lasse ich mich auf sie sinken. Vorsichtig dringe ich in sie ein, spüre, wie sich ihr Körper an mich anpasst, während ich mich nach und nach vorantaste.

Leo stöhnt und keucht und ich liebe dieses Geräusch genauso sehr, wie den Klang ihres Lachens und das Verdrehen ihrer Augen.

»Fick mich endlich«, fordert sie, zwischen zwei Küssen. Und Himmel, diese Frau ist so ungeduldig. Ich weiß nicht, was das hier ist, aber ich bin mir sicher, was es nicht ist: Fließbandarbeit.

»Vergiss es«, erwidere ich und knabbere an ihrer Unterlippe, weil sie das so schön zum Stöhnen bringt.

Als ich das Nächste Mal in sie stoße, fülle ich sie komplett aus. Sie so zu spüren, lässt mich beinahe schweben. Es dauert nicht lange, bis wir unseren Rhythmus finden, uns im Einklang miteinander bewegen, so wie schon vorhin. Und auch wenn ich glaube, dass es Leo zu langsam geht, so scheint sie es doch mindestens so sehr zu genießen wie ich. Ihre Wangen sind rot, Schweiß glitzert auf ihrem Körper. Eine Schweißperle rinnt über ihre Brust, die ich auffange, bevor ich meine Lippen um ihre rechte Brustwarze, die sich mir entgegenreckt, schließe. Ihre linke Brust nehme ich in die Hand. Die Größe ist perfekt, sodass sie meine Hand ausfüllt und ich sie massieren kann.

Die Lust in einem Inneren konzentriert sich immer weiter, immer stärker pulsiert es, immer mehr kribbelt und zieht es. Mein Keuchen, ihr Stöhnen, alles intensiviert sich, vermischt sich. Wir bewegen uns hin und her, das Tempo steigert sich, bis wir unseren Höhepunkt erreichen. Und jetzt schwebe ich tatsächlich. Ich erstarre, kann mich nicht mehr bewegen, weil alles zu viel ist. Zu viel Hitze, zu viel Energie, zu viel Leidenschaft.

Erschöpft und erfüllt von Glück sinke ich auf ihr zusammen.

Wir sind beide atemlos. Dennoch küsst sie mich nochmals, ein Kuss, der so anders ist, als all die anderen davor. Zart und beinahe unschuldig, und trotzdem spüre ich ihn bis in meinen kleinen Zeh.

27

26. Dezember
8. Tag

Leo

Langsam wache ich auf. Es dauert einen Moment, bis ich realisiere, dass ich nicht allein bin. Oles Arm ruht auf meiner Taille. Ole schläft noch. Vorsichtig, damit ich ihn nicht wecke, drehe ich mich ihm entgegen. Obwohl es dunkel ist, kann ich im sanften Schein des Mondlichts seine Gesichtszüge erkennen. Er sieht jünger aus, wenn er schläft. Es kostet mich all meine Selbstbeherrschung, nicht über seine Wange zu streicheln, dort, wo sich sein Grübchen immer bildet, dass ich gleichermaßen anziehend und nervtötend finde. Allein schon bei dem Gedanken daran, wie sich sein rechter Mundwinkel nach oben bewegt und er spöttisch, herausfordernd grinst, macht mein Magen einen Hüpfer. Ich weiß nicht, wann ich mich das letzte Mal so gefühlt habe. So warm, so gehalten und gesehen. Ich kuschle mich näher an ihn und in die wunderbar weichen Kissen. Stundenlang könnte ich so liegenbleiben, wenn... ja, wenn da nicht meine verdammte Blase wäre, die mich zum Klo treibt.

Vorsichtig, damit Ole nicht aufwacht, schiebe ich seinen Arm von mir. Umständlich klettere ich aus dem Bett und schleiche leise aus dem Zimmer. Der Holzboden knarzt unter meinen Füßen, während ich den Flur entlanghusche, in der Hoffnung niemandem zu begegnen. Als ich Licht unter der Tür zum Badezimmer hervorscheinen sehe, überlege ich kurz, einfach wieder umzukehren, doch bevor ich eine Entscheidung treffen kann, wird die Tür geöffnet.

Erschrocken weicht Yana einen Schritt zurück. »Entschuldige. Ich wollte nicht...«, sage ich und deute vage zwischen uns hin und her.

»Schon okay. So ein kleiner Herzinfarkt am Morgen ist doch wirklich erfrischend.« Ihr Mundwinkel zuckt, als müsste sie sich ein Grinsen verkneifen. Vielleicht ist es aber auch einfach die frühe Uhrzeit. Ihre Augen wirken verschlafen, als sie mich mustert.

»Ähm. Du...«, sie deutet mit dem Zeigefinger auf mich.

Erst denke ich, es ist wegen Oles Hemd. Doch dann...»Oh. Sorry.« Vielleicht hätte ich, bevor ich sein Zimmer verlasse mal überprüfen sollen, welche Knöpfe geschlossen sind und welche meine Oberweite präsentieren. Hastig ziehe ich den Stoff zusammen, sodass alles bedeckt ist. Welch ein Glück, dass ich Yana begegnet bin und nicht Oles Mutter. Es ist so schon merkwürdig genug.

»Nicht, dass ich einem attraktiven Frauenkörper abgeneigt gegenüberstünde, aber wenn besagte Frau zuvor mit meinem besten Freund geschlafen hat, dann...«

»Oh Gott, du hast alles gehört.«

»Nicht alles, aber definitiv genug«, sie gähnt ausgiebig, bevor sie weiterspricht, während meine Wangen in Flammen stehen. »Und deshalb brauche ich jetzt auch dringend noch etwas Schlaf.«

Ich brauche einen Moment, bis ich kapiere, dass sie sich nicht rührt, weil ich in der Tür stehe. Schnell trete ich zur Seite, damit sie vorbei kann. Yana hat schon zwei Schritte in Richtung ihres Zimmers zurückgelegt, als sie innehält und sich nochmal umdreht.

»Leonie?«

»Hmm?«

»Ole hat ein ziemlich großes Herz. Ein Herz, dass gerade erst angeknackst wurde. Pass gut darauf auf, okay?«

Überrascht von der Wendung dieser Unterhaltung kann ich nur nicken. Das scheint Yana aber zu reichen, sie wirft mir noch einen ernsten Blick zu, bevor sie in ihrem Zimmer verschwindet und mich allein mit meinen Gedanken zurücklässt. Ihre Worte schwirren immer wieder in meinem Kopf umher.

Pass gut darauf auf.

Zurück in Oles Bett, als ich endlich wieder die sanfte Wärme seines Körpers neben mir spüre, frage ich mich, wie ich das anstellen soll. Ich bin nicht gut darin, auf angeknackste Herzen aufzupassen. Ich bekomme es ja nicht mal hin, mein eigenes zu beschützen.

Ole dreht sich so, dass sein Arm wieder auf mir liegt. Als hätte er gespürt, dass ich kurz weg und jetzt wieder hier bin. Ich versuche, die Gedanken abzuschütteln und mich nur auf ihn zu konzentrieren und mich von seinen ruhigen Atemzügen zurück in den Schlaf führen zu lassen. Je mehr ich es versuche, desto lauter werden meine Grübeleien. Normalerweise kann ich in seiner Gegenwart immer abschalten. Es ist, als wäre er ein Schwamm, der die Emotionen, die für mich allein zu viel sind, aufnimmt, bis ich sie verarbeiten kann. Er hat immer zugehört. Aber gerade klappt das nicht. Was ist, wenn ich es nicht, schaffe, auf sein Herz aufzupassen? Was ist, wenn...

Fuck.

Das geht so alles nicht. Ole hat mich durcheinandergewirbelt, bis ich vollkommen auf links gedreht war und hat mich dann wieder zusammengesetzt. Aber wer setzt ihn wieder zusammen, nachdem was er wegen Leah durchmacht? Ich habe doch keine Ahnung, wie man das macht.

Meine Gedanken werden immer lauter bis, ich ihnen nicht mehr folgen kann. So viel strömt auf mich ein. Alles ist ein einziges Durcheinander. Ich habe doch auch keinen Plan, was das hier zwischen uns ist. Wir kennen uns erst seit ein paar Tagen und trotzdem fühlt es sich viel zu gut an, in seiner Nähe zu sein. Wenn es ihm genauso geht, wenn er genauso spürt, dass da etwas ist, dann... wird es ihm dann nicht total beschissen gehen, wenn dieser Urlaub hier, abseits des Alltags zu Ende geht? Ich weiß nicht, vielleicht nehme ich mich viel zu wichtig. Vielleicht ist das alles nur in meinem Kopf ein Problem. Aber egal wie, ich muss verhindern, dass ich ihn verletze. Wie oft musste ich mir anhören, dass ich zu sprunghaft bin, dass ich nicht in der Lage bin, Verantwortung zu übernehmen. Aber das hat jetzt ein Ende. Wenn ich auf Oles wertvolles, gütiges Herz aufpassen will, muss ich verhindern, dass ich es mit mir in den dunklen Abgrund reiße.

Und das sollte ich schnell tun, bevor es zu spät ist, bevor es nicht nur mir weh tut, sondern auch ihm. Wie konnte es passieren, dass mein dummes, dummes Herz sich an ihn klammert? Falls es bei ihm nur halb so sehr ist, wie ich es empfinde, dann... Fuck, dann ist es schon längst zu spät. *Jetzt überschätzt du dich aber wirklich,* bringe ich mich zur Vernunft.

Trotzdem. Das muss enden.

Wenn..., wenn ich jetzt nicht aus diesem Bett verschwinde, bevor er aufwacht und wieder irgendwas wundervolles, liebenswertes sagt, das dafür sorgt, dass ich den Verstand verliere und wir da weiter machen, wo wir aufgehört haben, bevor ich in seinen Armen eingeschlafen bin, sind wir verloren.

Wie schon vorhin nehme ich langsam seine Hand, um sie von mir zu schieben. Sofort vermisse das Gewicht, das die ganze Zeit zur Geborgenheit beigetragen hat, die ich so deutlich, *so überdeutlich* gespürt habe, dass es mich erschreckt. Es gelingt mir aufzustehen, ohne dass Ole aufwacht. Ich decke ihn zu und suche meine Klamotten zusammen, greife nach meinem Pulli, der irgendwie auf dem Schreibtisch gelandet ist, meinen Chucks und meiner Beanie, bevor ich einen letzten Blick auf Ole werfe. Vorsichtig streiche ich ihm die wirren Haare aus der Stirn, weil ich ihn einfach noch einmal berühren muss. Ich kann das Zimmer nicht verlassen, ohne das Gefühl seiner Haut unter meinen Fingern zu spüren.

»Schlaf gut«, wispere ich, bevor ich auf Zehenspitzen das Zimmer verlasse.

Zum Glück ist es noch still in der Wohnung. Auf ein weiteres Zusammentreffen mit Yana oder gar Oles Mom kann ich wirklich verzichten. Alles in mir verknotet sich zu einem großen schweren Klumpen. Aber ich tue das Richtige. Für mich und vor allem für ihn. Sein Herz ist so besser dran.

Ohne mich.

28

Ole

Ich nehme gerade das letzte Blech unserer Cranberry-Orangenplätzchen-ohne-Cranberries aus dem Ofen, als Yana in die Küche kommt.

»Hmmm, das duftet herrlich«, befindet sie.

»Finger weg«, warne ich, auch wenn ich nicht sehe, was sie tut, kann ich mir lebhaft vorstellen, dass sie sich eine Handvoll der Kekse aus der Dose stibitzt. »Du hast deinen eigenen Vorrat unter dem Bett. Außerdem magst du die doch gar nicht, wenn keine Cranberrys drin sind.«

»Erstens: Der Vorrat unter dem Bett muss noch eine Weile reichen und zweitens: Damit komme ich klar.«

»Trotzdem... Finger weg! Back dir deine eigenen«, beharre ich. Ich habe zwar extra zwei Portionen gemacht, weil mir klar war, dass ich ein paar an Yana verlieren würde, aber das muss ich ihr ja nicht sofort verraten. Bevor sie sich noch mehr einverleiben kann, fülle ich die inzwischen abgekühlte Ladung in die Dose und stelle sie hinter mich, damit Yana nicht so leicht Beute machen kann.

»Du bist echt gemein«, jammert sie gespielt enttäuscht. »Aber mal was anderes. ginge es vielleicht etwas leiser, wenn du das nächste Mal jemanden flachlegst?«

»Ich habe nicht...«, protestiere ich, aber die Hitze in meinem Gesicht straft mich ohnehin Lügen.

»Oh, bitte, mein Lieber, Leonies Gesichtsausdruck zu Folge und auch deinem, gibt es nichts mehr zu bestreiten.«

»Okay, okay«, lenke ich ein. »Aber ich möchte dich daran erinnern, dass ich es genau so höre, wenn du den Inhalt deiner Schublade verwendest.«

»Woher weißt du...«, schockiert reißt sie die Augen auf. In etwa so, wie ich es wohl letzten Sommer getan habe.

»Erinnerst du dich an den Abend, als du zu faul warst, dein eigenes Handyladegerät zu holen?« *Ich* erinnere mich noch gut daran, Dinge gesehen zu haben, die ich lieber wieder vergessen würde.

»Ich glaube«, sagt sie, wobei ihre blasse Haut den Farbton einer überreifen Tomate annimmt, »ich würde jetzt doch lieber wieder dein Sexleben diskutieren.«

»Ich glaube, dazu besteht kein Bedarf. Gibt es nicht irgendwas, dass du vorbereiten musst. Oder wie wäre es damit die Bücher in der Bibliothek abstauben?« Ich weiß ja selbst nicht richtig, was da letzte Nacht in mich gefahren ist. Ich hatte Sex mit Leo, mit unserem Gast, mit einer verheirateten Frau – auf dem Papier zumindest. Ich kenne sie doch kaum und...

»Ole«, unterbricht Yana meine Gedanken, mit einer plötzlichen Ernsthaftigkeit, »Ich sehe doch, wie es da oben rotiert.«

Sie kennt mich halt einfach zu gut.

»Und ich weiß, dass du normalerweise nicht einfach so mit jemandem schläfst, wenn du dir nicht auch mehr vorstellen kannst. Oder hat sich das seit wir uns im Sommer gesehen haben geändert?«

»Nein«, sage ich wahrheitsgemäß. Das ist ja das, was mich selbst am meisten beunruhigt. »Ich... Keine Ahnung. Wenn ich mit Leo Zeit verbringe, dann ist es, als würde die Zeit anders vergehen. Dann habe ich das Gefühl, dass wir uns schon ewig kennen. Es scheint so vieles möglich. Irgendwie vergesse ich ständig, dass sie bald weg sein wird.«

»Das klingt wirklich schön«, findet Yana und lächelt mich an, dennoch verschwindet der ernste Ausdruck nicht aus ihren blauen Augen. »Ich mache mir nur Sorgen, dass du am Ende, wenn das hier alles vorbei ist, verletzt zurückbleibst.«

»Ich weiß. Ich doch auch«, antworte ich. Wem nützt es, wenn ich ihr und mir was vormache. »Außerdem...«

»Nein Ole« plötzlich sieht meine beste Freundin nicht mehr verschlafen sonst sondern, mächtig angepisst aus. »Diese Diskussion führen wir nicht noch einmal. Du. Bist. Nicht. Dein. Vater. Nur weil die Hälfte deiner Erbinformationen von ihm stammt, heißt es nicht, dass du genau so ein Idiot wirst! Hör auf, dir deswegen Gedanken zu machen. Du bist ein wunderbarer Freund, wirst ein toller Mann werden und weiß der Himmel vielleicht auch mal Vater, weil du *du* bist, eigene Entscheidungen triffst, Fehler machen wirst, aber diese einsehen und wieder aus der Welt schaffen wirst. Jeder Mensch, der in einer Beziehung mit dir sein wird, kann sich glücklich schätzen, kapiert?«

»Wow. Das nenne ich mal 'nen Pep-Talk«

»Ich meine es ernst, du Trottel«, erwidert sie, ehe ich meine Arme um sie schlinge und sie kurz hochhebe.

»Danke, dass du mehr Vertrauen in mich hast. als ich selbst.«

✳✳✳

Mit Lappen und Staubwedel bewaffnet, betrete ich die Bibliothek. Diese lästige Aufgabe habe ich Yana nicht ganz uneigennützig abgenommen, immerhin kann ich so das Angenehme mit dem Nützlichen verbinden und während des Abstaubens Leo und ihren Cousinen bei dem Spiel zur Hand gehen, auch wenn meine Zeichenarbeit vorerst abgeschlossen ist.

»Hallo zusammen«, grüße ich in die Runde. Großvater Cornelius sitzt wie jeden Vormittag im Schaukelstuhl. Die jüngeren Generationen auf dem weichen Teppich, zwischen sich das Spielbrett und ein Haufen Zettel. Ohne etwas dagegen unternehmen zu können, bleibt mein Blick an Leo hängen. Sofort wird mir warm und meine Knie fühlen sich seltsam weich an.

»Hey, Ole«, fordert Echo meine Aufmerksamkeit. »Wir denken uns gerade die Aktionskarten aus. Hilfst du uns?«

»Sehr gern, aber ich muss erstmal etwas sauber machen, bevor ich Zeit habe.«

»Kann das nicht warten?«, insistiert Echo.

»Stimmt«, fügt nun auch Eden hinzu, die bis eben etwas auf einem Tablett getippt hat. »Du hast immer so gute Ideen.«

»Mädels. Lasst ihn einfach seine Arbeit machen, okay?«, schaltet sich Leo ein.

Innerlich zucke ich bei Leos abweisenden Tonfall zusammen. Ich war nur kurz beim Frühstück, um Kaffee aufzufüllen. Jetzt frage mich, was danach wohl vorgefallen ist, dass ihre Laune darunter gelitten hat. Eigentlich dachte ich, wir wären darüber hinweg. Wie auch immer, ich werde es nicht persönlich nehmen. Nachher sieht die Welt garantiert wieder anders aus.

»Ich komme später dazu«, besänftige ich die Zwillinge. »Versprochen.« Damit wende ich mich den Bücherregalen zu. Man glaubt gar nicht, wie viel Staub sich so ansammelt, wenn man ihn nicht regelmäßig beseitigen würde. So sehr ich mich darauf konzentriere, jedes Buch und jedes Regalbrett zu erwischen, kann ich doch nicht verhindern, dass mein Blick immer wieder in die Richtung wandert, wo Leo sitzt und in Überlegungen mit ihren Cousinen vertieft scheint. Ich kann nichts dagegen tun. Sie zieht meine Aufmerksamkeit magisch an. Auch wenn sich unsere Blicke nie treffen, habe ich dennoch häufig das Gefühl von ihr beobachtet zu werden, bis sie irgendwann aufsteht und den Raum verlässt. Nach einer weiteren Stunde habe ich alle Regale und sonstigen Oberflächen vom Staub befreit. Leo ist immer noch nicht zurück. Daher schnappe ich mir in der Küche die kleinere Version meiner Keksdose, die ich extra für Leo vorbereitet habe, damit sie nicht mehr meinen Vorrat plündern muss. *Lass es dir schmecken, Krümelmonster,* schreibe ich auf einen Zettel, den ich in die Dose lege, ehe ich mich damit auf den Weg zu Leos Zimmer mache. Vielleicht kann der Zucker ihre strapazierten Nerven wieder etwas beruhigen und sie auf andere Gedanken bringen.

Vorsichtig klopfe ich an ihre Tür, wage es aber nicht, einfach hineinzugehen. Auch wenn ich glaube, dass wir das irgendwie überwunden haben, wäre es merkwürdig einfach so in ein Gästezimmer zu spazieren, ohne sich vorher anzukündigen. Also warte ich, bis sie öffnet.

»Was gibts?«, fragt sie mit diesen verschlossenen Gesichtsausdruck, den sie anfangs so oft genutzt hat, um ihre Gefühle zu verstecken.

»Ich hab dir was mitgebracht«, sage ich und halte die Keksdose erklären etwas höher.

»Danke«, entgegnet sie, als ich ihr das Gefäß in die Hände drücke. »Bis dann.«

Bevor ich realisiere, was passiert, hat sie die Tür vor meiner Nase geschlossen. Ich stehe davor, wie vom Blitz getroffen und versuche zu verstehen, was hier vor sich geht. Ich meine, ich habe nicht damit gerechnet, dass wir wie zwei Teenies übereinander herfallen, nachdem wir irgendwie die Nacht miteinander verbracht haben. Trotzdem lässt mich diese Reaktion ratlos zurück.

Ich versuche, mich nicht zu sehr von den Gedanken verunsichern zu lassen und rede mir ein, dass es dafür eine ganz simple Erklärung gibt. Zurück in der Küche helfe ich Krista dabei, das Mittagessen für unsere Gäste vorzubereiten. Trotz aller Bemühungen kann ich mich kaum konzentrieren. Andauernd rutschen mir die Kartoffeln aus der Hand, die ich versuche zu schälen und kullern über den Boden.

»Ich habe einfach nicht gut geschlafen«, antworte ich Krista auf seinen fragenden Blick hin. Auch wenn ich in der Küche zu nicht viel zu gebrauchen bin, schäle ich die heutige Menge Kartoffeln normalerweise in der Hälfte der Zeit.

Er grummelt etwas, das verdächtig nach *das habe ich gehört* klingt, woraufhin mir nicht nur die Kartoffel, sondern auch gleich der Schäler mit einem Klonk auf den Boden fällt.

»Du kannst froh sein, dass deine Mutter so einen tiefen Schlaf hat«, grinst Yana. Das kann ich wohl wirklich. Wenn Yana uns hört, ist das eine Sache. Aber wenn die eigene Mutter... das will man sich nicht vorstellen.

29

Leo

Es hätte mir klar sein müssen, dass es nicht so einfach ist, jemandem aus dem Weg zu gehen, wenn man im gleichen, winzigen Hotel festsitzt.

Schon beim Frühstück hätte ich mir am liebsten meine Kopfhörer über die Ohren gezogen, nur um seiner Stimme zu entgehen. Eine Stimme, die mit Sonne im Herzen gute Laune im Raum verbreitet. Und mich dazu verleitet, so kitschigen Kram zu denken. Verdammt.

Dann, etwas später in der Bibliothek habe ich seine Anwesenheit so deutlich gespürt, dass ich mich auf nichts anderes konzentrieren konnte. Ständig musste ich nachfragen, weil ich den Zwillingen nicht folgen konnte. Wie das beschissene schwarze Loch im Herzen unserer Galaxie hat Ole meine Blicke auf sich gezogen, wie er da mit einem seiner herrlich dämlichen Flanellhemden über einem weißen Shirt auf der Leiter stand und die Bücher abgestaubt hat. Ich würde gern behaupten, es hat mich kalt gelassen, wie sich sein Hintern dabei angespannt hat, wenn er sich strecken musste. Aber was soll ich sagen. Jedes Mal haben die Erinnerungen der gestrigen Nacht erneut meine Gedanken überflutet.

Bis ich nicht mehr konnte. Zum Glück hat in dem Moment meine beste Freundin angerufen. Da sie mitten in den Vorbereitungen für ihre Doktorarbeit steckt, ist jede Minute mit ihr kostbar.

✳✳✳

»Dann steht deine Entscheidung also fest?«, frage ich nochmal, nur um sicherzugehen, dass ich sie auch wirklich richtig verstanden habe. Inzwischen quatschen wir fast eine Stunde miteinander und noch kein einziges Mal musste ich an Ole denken. Fuck. Schon sehe ich sein dämliches Grübchen-grinsen vor mir und mir wird warm. Zumindest so lange bis die Gedanken wieder zu Sophie zurückkehren, deren Rückkehr in weite Ferne rückt.

»Ja, die Chance muss ich einfach nutzen«, sagt Sophie mit vor Aufregung glänzenden Augen.

»Das heißt, wir sehen uns dann frühestens im Herbst«, stelle ich ernüchtert fest. Ich hatte gedacht, nach dem Wintersemester wären wir endlich wieder zusammen, würden uns mindestens einmal pro Woche abends treffen und zwischendrin auf einen Kaffee in ihrem Lieblingscafé. Aber das wird wohl nichts.

»Wenn du mich nicht vorher besuchen kommst. Mein Zimmer hier ist zwar nicht größer als ein Schuhkarton. Aaaaaber...«, dass sie ihre Angewohnheit, das A langzuziehen noch nicht abgelegt hat, lässt mich schmunzeln, »das kennen wir ja noch von früher.«

»Klingt gut«, sage ich und denke ernsthaft darüber nach, um die halbe Welt zu fliegen, nur um endlich wieder von jemandem im Arm gehalten zu werden. Dann kann ich ihr auch persönlich von dem Ereignis berichten und sie kann mir dann auch gleich den Kopf abreißen, weil ich ihr noch nicht eher davon erzählt habe.

Ole hält dich auch im Arm, flüstert eine Stimme in meinem Kopf. Ja, stimmt schon, aber wie lange soll das gut gehen? Bald bin ich hier weg, und dann bin ich wieder allein.

Allein sein. Auch nachdem wir aufgelegt haben, lässt mich der Gedanke nicht los. In ein paar Tagen ist das hier alles Geschichte und wir werden uns nicht wiedersehen. Er hat sein Leben, seine Freunde, alles in Berlin und ich muss mich mit dem Drama befassen, dass mein *Mann* mir in München hin-terlassen hat und dann irgendwie meine Mastarbeit auf die Kette bekommen. Ich kann nur hoffen, dass mein dummes, beschissenes Herz Ole so schnell vergisst, wie es begonnen hat, in ihm etwas zu sehen. Etwas, das mich zu-sammenhält, mir das Gefühl gibt, nicht alleine zu sein, richtig zu sein, wie ich bin, mit all meinen Schwächen.

Verdammt... Genau in dem Moment klopft es an der Tür und natürlich ist es Ole, der mir diese herrlich saftigen Kekse vorbeibringt, und natürlich lässt mein überfordertes ich ihn einfach vor der Tür stehen, weil es das einzig Richtige ist, wenn ich uns beide nicht am Ende dieses von Anfang an desaströsen Urlaubs ins Verderben stürzen will.

Mit der Dose in der Hand werfe ich mich auf mein Bett und vergrabe meinen Kopf unter den Kissen. Aber was hilft, um das Donnern von Gewittern, die mich früher so erschreckt haben, nicht mehr hören zu müssen, ist gegen das Tosen des Gedankensturms vollkommen machtlos.

$$***$$

»Leo, wo bleibst du denn?«, fragt Eden, bevor sie von ihrer Schwester unterbrochen wird.

»Du hast gesagt, du bist nur kurz weg und jetzt warten wir schon fast zwei Stunden auf dich. Und wir wollten doch vor dem Mittagessen noch so viel schaffen.«

»Tut mir leid, ich musste telefonieren«, sage ich, was nicht gelogen ist.

»So lange?«, wundert sich Echo.

»Ihr könnt doch auch stundenlang quatschen.« Ich schiebe die beiden aus meinem Zimmer und den Flur entlang. Glücklicherweise finden wir die Bibliothek verlassen vor, auch wenn wir nicht mehr viel schaffen, bis es Zeit zum Essen ist, gelingt es uns noch, das Layout der Aktionskarten zu erstellen.

Mit den Zwillingen an den Aktionskarten zu arbeiten ist erstaunlich unterhaltsam. Bei einer Karte wird man vor die Wahl gestellt, ob man lieber eine Abkürzung nehmen möchte oder den normalen, langen Weg nimmt. Entscheidet man sich für die Option der Abkürzung, muss man den Würfel benutzen, um zu entschieden, wie es weiter geht. Zeigt der Würfel eine gerade Augenzahl, hat man Glück, denn dank der Abkürzung hat man Zeit gewonnen und bekommt zusätzliche Geschenke. Zeigt der Würfel jedoch eine ungerade Zahl, entpuppt sich die Abkürzung als Falle und man muss zwei Geschenke abgeben.

»Wollt ihr uns nicht endlich mal zeigen, woran ihr da die ganze Zeit arbeitet?«, fragt Tante Charlott, als sie die Bibliothek betritt.

Echo beginnt sofort von unserem Spiel zu berichten, wobei sie immer auf die entsprechenden Bereiche des Spielfeldes deutet. Hin und wieder fügt Eden etwas hinzu, wenn sie der Meinung ist, dass Echo etwas auslässt. Sie erzählen davon, dass jeder Spieler ein Weihnachtswichtel ist, der im Weihnachtsmanndorf die Geschenke in den einzelnen Werkstätten und Lagern zusammensammeln muss, damit sie der Weihnachtsmann rechtzeitig verschenken kann. Sie erklären die Aktionskarten und wie die Kombination aus eigener Entscheidung und Würfelglück unendlich viele Spielvarianten ermöglicht.

»Außerdem«, ergänze ich, »ergibt sich der Vorteil, dass man, selbst wenn man die Karten irgendwann auswendig kennt, nicht vorhersagen kann, wie es für einen ausgeht.«

»Das ist ja wirklich durchdacht«, findet meine Tante, die schon seit zwanzig Jahren in der Branche tätig ist. Voller Stolz schaut sie ihre Kinder und auch mich an.

»Wie habt ihr denn so schnell so ein detailliertes Spielfeld herbekommen.«

»Das hat Ole gemalt«, erklärt Echo. Als hätte sie ihn auf magische Weise heraufbeschworen, dringt seine Stimme vom Flur aus hinein. Obwohl seine Stimme eine andere Klangfarbe annimmt, wenn er Norwegisch spricht, erkenne ich sie inzwischen sofort.

Auch meine Cousinen hören ihn natürlich und rennen sogleich hinaus, wahrscheinlich, um ihn zu holen.

»Danke, Leo«, sagt Charlott, als die beiden außer Hörweite sind.

»Ach, nichts zu danken«, winke ich ab. »Irgendwas musste ich ja unternehmen, um nicht weiter *Mensch ärgere dich nicht!* spielen zu müssen.«

»Oh, das war wirklich ein cleverer Schachzug von dir«, lacht meine Tante. »Aber mal ernsthaft, dass ist wirklich...« Weiter kommt sie nicht, denn da kommen die Wirbelwinde mit Ole im Schlepptau zurück.

30

Ole

»Das Design stammt von dir?«, fragt mich Charlotte mit einem Ausdruck im Gesicht, den ich nicht ganz deuten kann. Ich hatte keine Ahnung, was mich hier erwarten würde, als mich die Zwillinge im Flur überrascht haben. Ich dachte, sie fordern mein Versprechen von vorhin ein, doch da habe ich mich wohl getäuscht. Ich stelle mich neben Leo an den Tisch, auf dem alles ausgebreitet liegt, was zu dem Spiel gehört. Mit kritischer Miene beäugt sie das Spielbrett.

»Ja?«, antworte ich eher fragend. Hilfesuchend wandert mein Blick zu Leo, die jedoch nur wenig hilfreich mit den Schultern zuckt und irgendwie abwesend wirkt. »Ich studiere Illustration an der Berlin Art School«, fahre ich fort, um die Stille irgendwie zu füllen.

»Ich nehme an, du machst gerade deinen Abschluss?«

»Nicht wirklich. Ich habe grade das dritte Semester hinter mich gebracht.«

»Mamaaaa«, schaltet sich nun Echo ein. »Jetzt sag endlich, wie toll du das findest.«

»Nicht so ungeduldig, Schätzchen.« Sie streicht ihrer Tochter liebevoll über die Haare. Dann wendet sie sich wieder an mich. »Aber es stimmt. Ich bin wirklich angetan von der Arbeit.«

»Danke«, sage ich und schaue wieder Leo an, in der Hoffnung, dass sie mir irgendeine Erklärung liefern kann, was das alles zu bedeuten hat, doch sie weicht meinem Blick aus. Bevor ich weiter darüber nachdenken kann, fährt ihre Tante fort.

»Ich leite die gesamte Herstellungsabteilung unseres Verlages. Wie du vielleicht mitbekommen hast, bringen wir jährlich diverse Spiele auf den Markt.

Jedes einzelne benötigt ein eigenes, im besten Falle unverwechselbares Design. Ich suche ständig neue kreative Köpfe, die uns dabei unterstützen wollen. Worauf ich hinaus will, ist folgendes: Wenn du dir vorstellen könntest, auch in diesem Bereich zu arbeiten - auf Honorarbasis - dann würde ich mich freuen, wenn wir uns mal unterhalten könnten und du mir noch andere Arbeiten von dir zeigst.«

Das ist..., wenn ich das richtig verstehe, wird mir hier gerade ein Job angeboten... also in Aussicht gestellt. Ich verstehe doch richtig, oder? Natürlich weiß ich, dass es möglich ist, als Illustrator sein Leben zu bestreiten, sonst hätte ich es nie als Berufsperspektive ernst genommen. Die tatsächliche Möglichkeit dazu zu haben, ist aber nochmal etwas ganz anders. Ich kann es wirklich schaffen, meinen Traum zum Beruf zu machen.

»Sehr gern«, stammle ich, »ich suche etwas raus. Ich habe zwar nur wenige originale hier, aber...«

»Kein Problem. Senden sie mir einfach eine Mail mit ihrem digitalen Portfolio. Ich werde mich dann bei Ihnen melden.«

Ich nicke nur. Zu größeren Bewegungen bin ich gerade nicht fähig. Ich starre auf das Spielbrett, das ich quasi nebenbei entworfen habe, einfach nur, um den Zwillingen eine Freude zu machen. Dass daraus eine echte Chance für mich werden kann, einen Fuß in die Branche zu bekommen, und andere Menschen ebenfalls zu begeistern, macht mich nicht nur stolz, sondern auch ziemlich glücklich.

»Stellt ihr euch eigentlich absichtlich immer unter einen Mistelzweig?«, fragt Echo plötzlich und reißt mich damit aus meinem Glücksgedankentaumel.

»Quatsch«, schnaubt Leo und geht um den Tisch herum. »Die Idee mit den vierundzwanzig Tagen als Zähler für die Spielzüge stammt übrigens auch von...«

»Netter Ablenkungsversuch«, unterbricht sie Eden, »aber diesmal kommst du uns nicht davon.«

Kurz treffen sich unsere Blicke. Zum ersten Mal sehen wir uns heute wirklich in die Augen. Auch wenn sie es versucht hinter einem Augenrollen zu verstecken, erkenne ich die Unsicherheit und Anspannung darin. Ich überlege schon, uns mit der Begründung, ich müsse arbeiten, aus der Situation zu manövrieren, doch da umrundet sie schon den Tisch und drückt ihre Lippen auf meine.

Sofort werden meine Beine weich. Wie von allein wandern meine Hände an ihre Taille. Ohne zu zögern, gewähre ich ihrer Zunge Einlass, als sie diesen fordert. Hitze durchflutet mich und so wie sie sich an meinem Hemd festklammert, geht es ihr nicht anders.

Ein Räuspern lässt uns auseinanderfahren. Überraschung zeichnet Leos Züge. Nicht nur ihre Tante sieht uns an, auch Yana ist in die Bibliothek gekommen.

»Zufrieden?«, fragt Leo ihre Cousinen, ehe sie mit schnellen Schritten den Raum verlässt.

»Ähm.... ich muss dann auch...«, vage deute ich in Richtung Flur, wo Yana mit ausdrucksvollem Gesicht das Geschehen verfolgt hat, »... die Arbeit ruft.«

31

Leo

Das Abendessen läuft erstaunlich glimpflich ab. Ehrlicherweise wäre mir alles andere auch ziemlich egal. Ich muss immer noch daran denken, wie perfekt sich seine Lippen auf meinen angefühlt haben. Dass alles in mir in Aufruhr war, als seine Zunge meine berührt hat. Fuck, dieser beschissene Mistelzweig. Wenn das so weitergeht, muss ich diese Dinger eigenhändig entsorgen. Das hätte ich schon längst tun sollen. Dann wäre uns das heute erspart geblieben. Das war sicher nicht, was Yana unter *pass auf sein Herz auf* versteht. Und ich tue es auch nicht.

Den Fisch auf meinem Teller schiebe eher von einer Seite auf die andere, als dass ich ihn wirklich esse. Mir schlägt das alles auf den Magen. Dass ich hier bin, Ole sehe, nichts lieber tun würde, als zu ihm zu gehen und *irgendwas* zu machen. Egal was. Einfach nur beim Zeichnen zusehen würde mir schon reichen. Aber das ist ausgeschlossen.

Stattdessen lausche ich, wie meine Cousinen stolz unserem Großvater davon berichten, wie gut unser Spiel angekommen ist. Wissend hört er den beiden zu.

»Was haltet ihr davon, wenn wir heute Abend ein paar Testrunden spielen, um zu sehen, was ihr euch da ausgedacht habt«, schlägt mein Dad vor und erntet zustimmendes Gemurmel.

So versammeln wir uns alle nach dem Abendessen im Kaminzimmer um einen großen Tisch. Echo breitet das Spielfeld aus und drückt meinem Dad und meiner Mom, Cassidy und Opa je eine Spielfigur in die Hand. Eine behält sie selbst, die letzte gibt sie ihrer Schwester. Eigentlich haben wir das

Spiel für vier Spieler konzipiert. Aber für sechst passt es auch, dann gibt es statt sechs eben nur vier Runden. Conrad steht mit hochmütigem Gesicht hinter seiner Verlobten, als erwarte er, dass es ein ziemliches Desaster wird. Dass sein Vater von diesem Spiel bereits angetan ist, weiß er wohl noch nicht. Gut, um ehrlich zu sein, musste sich Constantin auch ziemlich überwinden, um zuzugeben, dass das Konzept Potential hat.

Echo erklärt nochmal für alle die Regeln und beantwortet die Rückfragen. Für die beiden ist es ganz normal, dass sie neue Spiele testen. Schließlich ist das ein wichtiger Prozess bei der Entwicklung. Nicht selten werden sie und ihre Freunde dabei von unseren Spieleredakteuren beobachtet, um mögliche Schwachstellen zu erkennen, bevor das Spiel auf den Markt kommt.

Die ersten Runden laufen und durch die Würfelaktionen entsteht eine interessante, kurzweilige Dynamik. Oft gibt es Gelächter und auch die ein oder andere Verwünschung ist dabei. Wenn wir es schaffen, dass dieses Spiel auch vor einem neutralen Publikum besteht, dann könnte das wirklich Erfolg haben.

Immer, wenn jemand ein neues Detail entdeckt, wie die Wichtel auf dem Spielfeld, die wie die Zwillinge aussehen, oder Anspielungen auf die klassischen Weihnachtsfilme, gibt es erneut positive Reaktionen. Ole kann echt stolz auf sich sein. Wie immer, wenn ich an ihn denke, verkrampft sich mein Magen. Wie toll wäre es, wenn er das mitbekommen könnte, wie seine Arbeit maßgeblich zur Unterhaltung beiträgt. Ich bin schon versucht, ihn zu holen, kann mich dann aber doch noch davon abhalten. Außerdem hat er bestimmt Dinge zu erledigen. Schließlich ist das hier für ihn kein Urlaub.

Als es irgendwann an der Zeit ist, dass die Zwillinge ins Bett müssen, ziehen sich auch die anderen zurück. Conrad hat sich schon vor einer halben Stunde mit einem abfälligen Schnauben verzogen. Soll mir recht sein.

Ich bleibe auf dem Sofa sitzen und schaue in die tänzelnden Flammen des Kaminfeuers, um die Eindrücke zu verarbeiten. Aus meinen Kopfhörern dringt Musik von *HAEVN*, der ideale Begleiter, um Gedanken schweifen zu lassen. Es war wirklich interessant unser Spiel in Benutzung zu erleben. Natürlich kenne ich das, aber wenn zum ersten Mal eine Eigenentwicklung ist, ist das nochmal etwas Besonderes. Zumal eine Familie, die ihren Lebensunterhalt und den von mehreren hundert Angestellten damit bestreitet, ein ziemlich kritisches Publikum ist. Der Gedanke, dass vielleicht schon im nächsten oder übernächsten Jahr Familien europaweit den Weihnachtsabend damit verbringen, erfüllt mich mit Aufregung.

Als ich spüre, wie sich jemand neben mir in das Polster sinken lässt, schiebe ich meine Kopfhörer von den Ohren.

»Hey Dad«, sage ich.

»Du könntest mich nicht stolzer machen«, fällt er mit der Tür uns Haus.

»Dann habt ihr eure Meinung nicht geändert?«

»Dass wir dich zu unserer Nachfolgerin machen wollen?« Ungläubig sieht er mich an. »Niemals. Du hast gerade einmal mehr bewiesen, wieso wir mit dieser Entscheidung richtig liegen. Und ich glaube, dass sich daran auch nichts ändern wird.«

»Danke, Dad.«

»Das hast du ganz allein dir selbst zu verdanken«, sagt er. Nach einer kurzen Pause fährt er fort. »Deine Tante und ich haben uns überlegt, dass dieses Spiel, dem ihr nebenbei bemerkt endlich einen Namen geben solltet, dein erstes Projekt nach dem Sommer bei uns werden könnte. So kannst du die ersten Schritte ganz praktisch lernen.«

Ich denke kurz darüber nach. Das Angebot ist wirklich verlockend, dennoch schüttle ich den Kopf. »Danke, Dad. Wirklich. Aber es hat doch sicher einen Grund, wieso Spieleautoren ihr Werk an uns abgeben. Außerdem will ich, dass dieses Spiel, sollte es wirklich auf den Markt kommen, die beste Behandlung bekommt, und die bekommt es nicht, wenn mich alle mit dem Tochter-vom-Boss-Bonus behandeln.«

»Du überrascht mich immer wieder«, staunt mein Vater.

Mit einem glückseligen Lächeln wünscht er mir eine gute Nacht und verabschiedet sich.

Das Feuer ist fast vollständig runtergebrannt, als Ole mit zwei Körben voller Brennholz das Zimmer betritt.

»Soll ich noch was nachlegen«, fragt er, wobei er mich so intensiv mustert, dass mir auch ohne Feuer ganz warm wird.

»Nein«, wehre ich ab. »Ich bin sowieso auf dem Weg in mein Zimmer.«

Damit erhebe ich mich. »Gute Nacht, Ole«, bringe ich noch mit rauer Stimme heraus, bevor ich den Raum und Oles Gravitationsbereich verlasse, in dem ich kaum eine Chance habe, ihm zu entkommen, weil mein Körper am liebsten auf das scheißen würde, was mein Verstand vorgibt.

32

Ole

Sie geht mir aus dem Weg. Was ich bis eben noch als Einbildung abgetan habe, entspricht der Wahrheit. Der Moment in der Bibliothek, die Kekse und jetzt das. Mit einem ungewohnt kalten Ziehen in meiner Magengegend räume ich die inzwischen leeren Körbe in die kleine Abstellkammer hinter dem Rezeptionstresen und hänge auch meine Jacke an einen der Haken. Damit wir nicht immer durch das ganze Haus müssen, wenn wir mal spontan in die Kälte wollen, lagern wir hier unsere Jacken und Schuhe für draußen. Ich schnappe mir meine grauen Sneakers, bevor ich nach oben gehe. Ich versuche die Gedanken an Leo wegzuschieben, schließlich wartet noch Arbeit auf mich. Auf dem Weg dahin treffe ich auf Constantin und Conrad, die so sehr in ein hitziges Gespräch vertieft sind, dass sie mich gar nicht bemerken.

»Ganz ehrlich«, zischt der ältere, »von jemandem, der einmal die Firma übernehmen will, hätte ich ein bisschen mehr Engagement erwartet. So wird das nie etwas...«

Seufzend plumpse ich auf meinen Schreibtischstuhl und betrachte das Dokument, das mich schon den ganzen Nachmittag beschäftigt hat. Ich versuche den Rucksack bei einem Ausflug in den Regenwald zu zeichnen. Gerade erlebt er seinen ersten tropischen Regenguss. Ich stelle mir vor, wie sich das wohl für ihn anfühlt, wenn der warme Regen auf den Stoff prasselt. Es stürmt und er hört dabei im Hintergrund die Pflanzen des Regenwaldes rauschen. Neugierde, aber gemischt mit etwas Unsicherheit, schließlich weiß er noch nicht, dass der nasse Stoff auch wieder trocknet. Bisher war er nämlich nur in der Wüste. Das mit möglichst wenigen Strichen zum Ausdruck zu bringen, ist die Herausforderung. Während ich mit meinem Lieblingsstift über das Grafiktablett fahre und nach und nach die Linien digital in Photoshop entstehen, schleicht sich Leo zurück in meine Gedanken. Egal wie sehr ich versuche, das Gefühl von mir zu weisen, nagt es doch an mir. Leo geht mir aus dem Weg. Und wenn das nicht geht, dann weicht sie meinen Blicken aus. Bereut sie, was vorgefallen ist? Ist sie deshalb mitten in der Nacht verschwunden.

»So ein Mist«, fluche ich, unsicher, ob ich damit meine Gedanken meine, oder den Gesichtsausdruck, den ich wieder wegradiere, weil er immer noch nicht gelungen ist. Diese Mischung aus zwei unterschiedlichen Empfindungen ist ein schmaler Grat. Natürlich ist es nicht leicht, das hinzubekommen. Und natürlich klappt das nicht auf Anhieb, aber heute will es nicht mal im Ansatz funktionieren. Mein Arm fühlt sich tonnenschwer an. Normalerweise fliegt meine Hand nur so über das Papier oder das Grafiktablett, heute kostet jede noch so kleine Bewegung irrsinnig viel Anstrengung.

Wahrscheinlich wäre es besser, es für heute sein zu lassen. Es ist schon spät und je frustrierter ich werde, desto geringer ist die Chance, noch etwas zu Stande zu bekommen. Aber Mann, ich habe heute so etwas wie ein Jobangebot bekommen. Wenn ich das hier ernsthaft professionell machen will, dann muss ich abliefern, auch wenn ich mal nicht so gut drauf bin. Außerdem geht es bei diesem Projekt nicht nur um mich, auch Leah hängt da mit drin.

Da ich mit der Augenpartie gerade absolut nicht vorankomme, fange ich mit den ersten Kolorierungen an. So sehe ich wenigstens einen Fortschritt und die Frustration wächst nicht ins Unermessliche. Trotzdem würde ich grad am liebsten hinschmeißen.

Mein Blick fällt auf die Skizzen in meinem Block, die sich Leo gestern angesehen hat. Mein kleiner Kaugummifreund, der ebenfalls die Welt entdeckt und sich dabei immer wieder verändert, aber nicht, um sich anzupassen, sondern um sich weiterzuentwickeln. Wie die Persönlichkeit eines Reisenden, der die Eindrücke seiner Erlebnisse in sich aufnimmt. Ich greife nach meinem Lieblingsbleistift und füge hier und da noch ein paar Linien und Schraffuren hinzu. Ich bin jedes Mal selbst davon überrascht, wie schnell aus ein paar schlichten grauen Strichen etwas werden kann, das so voller Leben steckt.

Dumm nur, dass ich dafür keine Zeit habe. Leah wa rtet auf meine Zuarbeit und...

Seufzend schiebe ich den Block zur Seite und lasse meinen Kopf auf den Schreibtisch sinken.

27. Dezember
9. Tag

»Du siehst echt scheiße aus«, murmelt Yana, als ich am nächsten Morgen mit Rückenschmerzen in die Küche komme, um das Frühstück vorzubereiten. Wie sich rausstellt, ist der Schreibtisch kein geeigneter Schlafplatz. Irgendwann bin ich zwar ins Bett gekrochen, eine Verspannung im Nacken ist mir dennoch geblieben.

»Danke. Ebenfalls«, erwidere ich und schiebe Yana von der Aufschnittmaschine Weg. Ein Blutbad, weil sie in ihrer morgendlichen Unzurechnungsfähigkeit ihren Finger absäbelt, ist das Letzte, was wir gebrauchen können.

Als das Koffein einige Minuten später seine Wirkung entfaltet, wird Yana gesprächiger. Ich erzähle ihr von meiner *künstlerischen Schaffenskrise*. Yanas Bezeichnung, nicht meine. Mitfühlend versichert sie mir, dass ich das schon überwinden werde, als Mom zu uns stößt.

»Guten Morgen«, flötet sie. Sie ist ein unerträglicher Morgenmensch. Ich bin zwar nicht so schlimm wie Yana, trotzdem brauche ich morgens immer etwas, bis ich diese Fröhlichkeit ertrage. Mom stellt die leeren Thermoskannen ab, bevor sie fortfährt. »Ich habe gute Nachrichten. Die Zufahrt rüber ins Dorf ist endlich befahrbar, sodass ab morgen Verstärkung hier ist. Der Weg in die Stadt und zum Flughafen ist zwar immer noch abgeschnitten, aber du kannst dich dann komplett um dein Illustrations-Projekt kümmern.«

Großartig. Noch mehr Zeit, um zu verzweifeln. Aber schließlich muss ich mich auch noch um ein Portfolio kümmern, dass ich an Leos Tante schicken kann, um vielleicht das erste Mal Geld mit meiner Arbeit zu verdienen.

»Dann darf Ole jetzt also seine Ferien genießen, während ich hier weiter schuften muss?«, fragt Yana scherzhaft und holt mich damit zurück ins Hier und Jetzt.

»Du wirst immerhin bezahlt«, necke ich sie.

»Kinder... nicht streiten«, schreitet Mom ein, sobald sich zwischen uns auch nur im Geringsten ein Schlagabtausch anbahnt. Manchmal glaube ich wirklich, Yana ist die Tochter, die sie nie hatte. Mit der Bitte, uns um die Gäste zu kümmern und später Krista zur Hand zu gehen, verschwindet sie im Büro, um sich dem Papierkram und der Jahresendabrechnung zu widmen.

33

Leo

Zögernd drehe ich die kleine Karte mit unserem Firmenlogo zwischen meinen Fingern. Ich stehe vor Oles Zimmertür und hadere mit mir. *Jetzt reiß dich mal zusammen*, schimpfe ich mit mir selbst. Nur weil ich es nicht aushalte in seiner Nähe zu sein, ohne dass mein verdammtes Herz schneller zu schlagen beginnt, kann ich ihm nicht die Chance verderben, meiner Tante sein Portfolio zukommen zu lassen. Nach dem Frühstück hat sie mir ihre Visitenkarte gegeben, mit der Bitte, sie ihm zu geben, *wir würden uns ja sicher gleich begegnen.* Jetzt stehe ich hier und benehme mich wie ein schüchternes Teeniemädchen vor der Haustür ihres Schwarms. Ach, Scheiße. Ich atme tief durch und hebe meine Hand, um zu klopfen, da wird die Tür geöffnet. Ich weiche zurück. Vor Schreck und wegen der undurchdringlichen Kälte in seinen Augen.

»Oh, welch seltene Überraschung. Was treibt dich so plötzlich hier her?«

Ja, das habe ich wohl verdient. Beschämt schaue ich auf meine Schuhe. Ich bin nicht bereit, Oles verletzten Blick standzuhalten. Nennt mich feige, aber so ist es.

Er hat alle meine Kapriolen mitgemacht, hat meine Launen ertragen. Dass mein Kredit irgendwann aufgebraucht ist, hätte mir klar sein müssen. Er sieht mich immer noch abwartend an. Fuck. Ich habe es richtig verschissen.

»Ich...«, meine Stimme ist nicht mehr als ein raues Krächzen, »wollte dir nur die Karte meiner Tante geben. Da steht alles drauf, wegen des Portfolios.«

Kurz scheint er zu zögern, ehe er zur Seite tritt. Ich werte das als Einladung.

Zögernd gehe ich hinein, wage es aber nicht, mich auf sein Bett zu setzen. »Ich wollte dir noch gratulieren«, sage ich, als er sich auf seinem Schreibtischstuhl niedergelassen hat.

»Gratulieren?«

»Ich habe meine Tante noch nie so begeistert erlebt«, erkläre ich, »Und du hast dir diese Möglichkeit wirklich verdient, Ole.« Jetzt kann ich nicht anders, als ihn anzusehen. Er soll wissen, dass ich das wirklich ernst meine. Ich habe keine Ahnung von Kunst, aber seine Illustrationen berühren mich, wie es nur wenige Dinge tun. Und ich weiß, dass ein Spielbrett zu designen etwas vollkommen anderes ist, als eine Graphic-Novel, aber es kann ein Türöffner in die Welt der Profis sein. Vielleicht überschätze ich das grade auch maßlos. Egal, ich freue mich, dass seine Arbeit ernst genommen wird.

»Danke«, sagt er, »freut mich wirklich, dass es deine Familie schätzt. Finden sie das Spiel denn auch gut?«

»Oh ja, meine Tante ist hin und weg und hat es gleich meinem Dad gezeigt. Gestern Abend haben wir einige Testrunden gespielt. Und es scheint zu funktionieren.«

Ehrlich gesagt freue ich mich mehr über das Zähneknirschen meines Onkels als über das Lob meines Dads. Zu sehen, wie er mit sich gerungen hat, bevor er schließlich zugeben musste, dass der Ansatz Potential hat, war köstlich.

»Das ist gut... oder?«, erwidert er, als er sich seinem PC zuwendet. Für mich das Zeichen, dass ich verschwinden sollte. *Das ist doch genau das, was du wolltest,* bemerkt eine Stimme in mir. Trotzdem fühlt es sich beschissen an.

»Ja«, sage ich.

Ich erkenne nicht, woran Ole arbeitet. Ich sehe nur, dass ihn dabei nicht die übliche Leichtigkeit umgibt. Normalerweise scheint er dabei regelrecht aufzublühen.

»Ich sollte dann mal gehen«, sage ich, ohne mich zu bewegen. Ein egoistischer, feiger, naiver Teil hofft, dass er mich bittet, zu bleiben, dann könnte ich es auf ihn schieben. Aber das tut er nicht. Ist wahrscheinlich auch besser so, damit er sich auf seine Arbeit konzentrieren kann. Aber egal wie oft ich mir sage, dass ich mich in Bewegung setzen sollte, es gelingt mir nicht. Als wäre er ein schwarzes Loch, dessen Gravitation ich nicht entkommen kann. Was ist das nur? Was hat er an sich, dass es mir nicht möglich ist, mich fernzuhalten, auch wenn es das Vernünftigste ist. Wahrscheinlich haben wir genau da das Problem. Vernunft ist nicht unbedingt meine Stärke.

Ich zucke zusammen, als Ole frustriert schnaubt und sich die Haare rauft.

»Alles okay?«, frage ich vorsichtig, ohne darüber nachzudenken, ob das eine gute Idee ist. Ole hat es so oft geschafft, mir zu helfen, er war für mich da, als ich nicht mal wusste, dass ich ihn brauche, vielleicht kann ich jetzt was für ihn tun... irgendwie zumindest.

»Ja...«, erwidert er knapp. Bevor ich nachhaken kann, fügt er hinzu: »nein... keine Ahnung.« Jetzt wendet er sich wieder mir zu. »Verrat du es mir.«

In seinem Blick, der sonst immer so offen ist, dass ich befürchte, er könnte bis in das tiefste meiner Gedanken sehen, tobt ein unruhiger Sturm. »Ich versuche diesen dusseligen Rucksack zum Leben zu erwecken und bekomme dafür nichts auf die Reihe, weil ich mich die ganze Zeit frage, ob es sein kann, dass du mir aus dem Weg gehst, dann ärgere ich mich über mich, weil es mich so ablenkt, dass ich nichts auf die Reihe bekomme, und dann fragt sich mein Kopf obendrein noch, ob ich überhaupt in der Lage bin, mit der Kunst mein Geld zu verdienen, wenn mich sowas schon daran hindert, mich zu konzentrieren. Also verrate mir: gehst du mir seit gestern aus dem Weg oder bilde ich mir das nur ein?«

Verdammt. Plötzlich scheinen meine Schuhe wieder ganz interessant. Auf jedenfall sind sie der sicherere Punkt zum Ansehen. Ich könnte Ole anlügen und sagen, dass er sich das einbildet. Aber er ist nicht dumm. Natürlich nicht.

»Danke, das reicht mir als Antwort.« Seine Stimme klingt so rau und bitter, dass sich alles in mir zusammenzieht, als hätte ich in eine Zitrone gebissen. Er dreht sich wieder seinem PC zu und greift nach dem Stift für sein Grafiktablett. Wirklich zu zeichnen scheint er nichts.

»Dann hätte ich nur noch eine Frage: Warum? Bin ich nicht mehr interessant genug, nachdem du mich in die Kiste bekommen hast? Ich dachte, wir wären wenigstens sowas wie Freunde.« Mit jedem Wort ist er leiser geworden, sodass ich Mühe habe, die letzten zu verstehen.

»Ole...«, sage ich und bekomme dabei selbst nicht mehr als ein Krächzen zu Stande. Meine Finger klammern sich am Tisch fest, anderenfalls befürchte ich, ich könnte komplett den Halt verlieren. Und dann ist da niemand, der mich auffängt, denn ich habe es mal wieder hinbekommen, denjenigen zu vergraulen, der es getan hätte. Verdammt. Es ist doch auch niemandes Aufgabe, mich aufzufangen. Ich bin erwachsen, ich bin eine starke Frau, ich sollte das alleine können.

»Was?«, unterbricht er meinen Gedankenwirbel. Ernst sieht er mich an, keine Spur von seinem spöttischen Lächeln, keine Spur von seinem blöden Grübchen, das immer da gewesen ist und mich durcheinandergebracht hat... auf die gute Weise. »Kommt jetzt der Part, in dem du mir sagt, dass das alles ein Fehler war?«

Der Schmerz in seiner Stimme treibt mir die Tränen in die Augen. Schlagartig ist mir eiskalt.

»Fuck, Ole. Nein!«, entfährt es mir. Ich beginne in seinem Zimmer auf und ab zu laufen. Plötzlich ist da eine Unruhe in mir, die irgendwie raus muss. »Ich... Ja, ich bin dir aus dem Weg gegangen. Aber doch nicht weil... das ein Fehler war...« Naja doch... das war es. Aber nicht so, wie er denkt. Meine Gedanken sind so wirr, dass ich Mühe habe, ihnen zu folgen. Ole würde es bestimmt mit einem riesigen Durcheinander in seinem Großraumbüro beschreiben, bei dem alle Mitarbeiter durcheinander brüllen, Papier fliegt durch die Gegend, ein Teil der Mitarbeiter versteckt sich unter den Schreibtischen, während andere panisch versuchen, Ordnung ins Chaos zu bringen. »Es war viel zu gut, um ein Fehler gewesen zu sein.«

»Aber...?«, fragt er und sieht jetzt nur noch verwirrt aus.

»Das macht mir Angst, verdammt!«, entfährt es mir lauter als beabsichtigt. Ich habe das Gefühl, immer schneller zu werden. Vielleicht wird auch das Zimmer immer kleiner, denn ich brauche immer weniger Schritte, bis ich wieder umkehren muss. »Irgendwie hast du es nach wenigen Tagen geschafft, dass mein dämliches Herz glaubt, sich an dich klammern zu müssen, dass ich dich wirklich gern habe...« Immer mehr Tränen laufen mir über mein Gesicht, als gäbe es kein Halten mehr. »Und ich kann das nicht. Meine Eltern, meine leiblichen, sind weg, mein Mann hält es keine vierundzwanzig

Stunden mit mir aus. Wenn ich zulasse, dass du mir auch noch wichtig wirst und wir uns dann in wenigen Tagen nie wieder sehen... das... kann ich nicht. Ich... Keine Ahnung. Dann mache ich mein Herz kaputt und deines auch. und dann... das... ich...«

Ole stellt sich mir in den Weg. »Und stattdessen hältst du es für eine gute Idee, dir von deiner Angst diktieren zu lassen, mit wem du Zeit verbringst und mit wem nicht? Und wer sagt dir überhaupt, dass wir uns nicht wiedersehen? Berlin und München sind nicht aus der Welt.« Sanft streicht er mir die Haare aus dem Gesicht. Es kribbelt dort, wo seine weichen Finger meine Haut berühren. Ich lehne mich in die Berührung, genieße, wie die Wärme auf mich übergeht, bis ich merke, dass ich drohe nachzugeben. Ich weiche zurück, schüttle den Kopf. Wenn er das sagt, klingt das so einfach. Im Grunde kennen wir uns doch kaum. Und trotzdem veranstalten seine Gesten, seine Worte ein summendes, prickelndes Durcheinander.

»Das geht nicht. Du bringst mich vollkommen durcheinander, sorgst dafür, dass ...«

»Leo«, sagt er wieder, mit dieser eindringlich, schokoladig süßen und honigwarmen Stimme, die mich glauben lässt, dass irgendwie schon alles gut werden wird. »Leo«, wiederholt er diesmal eindringlicher, leiser, näher. »Ich weiß, du hast gern die Kontrolle. Also küss mich und sieh, ob du das wirklich wegwerfen willst. Ich habe auch Angst, riesige Angst, nicht gut genug dafür zu sein. Es zu vermasseln, wie mein Alter es vermasselt hat. Aber du bist mir wichtig und ich will schauen, was das wird. Ob wir Freunde werden oder mehr... keine Ahnung, aber küss mich und sag mir dann, dass es das nicht wert ist, herauszufinden.«

Ole steht so dicht vor mir, dass ich mich nur ganz leicht nach vorne beugen müsste, um meine Lippen auf seine legen zu können. Und die Selbstsicherheit, mit der er mir sagt, dass auch er Angst hat ... eigentlich sollte mich das beunruhigen, aber seltsamerweise zeigt es mir, dass ich nicht allein bin. Ich habe den Gedanken noch nicht richtig zu Ende gedacht, da lehne ich mich doch nach vorn und überbrücke den Abstand.

34

Ole

»Verdammt«, flüstert Leo, nachdem sich unsere Lippen wieder voneinander gelöst haben. Es war ein sanftzarter Kuss, der trotzdem dafür sorgt, dass meine Muskeln ihren Halt verlieren. Leo scheint es nicht anders zu gehen, so wie sie sich an mir festhält. Wahrscheinlich können wir nur noch aufrecht stehen, weil wir uns gegenseitig stützen. »Du hattest recht.«

»Freunde?«, frage ich ohne die Hoffnung aus meiner Stimme verbergen zu können.

»Freunde«, erwidert sie entschlossen. Dabei sieht sie mich so eindringlich an, dass mir ganz warm wird. »Und der Rest wird sich finden.« Wieder überbrückt sie den Abstand und legt ihre Lippen auf meine, drängender diesmal, beinahe flehentlich.

»Ich freu mich drauf«, sagt sie.

»Worauf?« Meine Stimme ist rau wie Sandpapier.

»Den Rest zu finden.«

Langsam löse ich unsere Umarmung, um mich auf meinem Schreibtischstuhl niederzulassen. Meine Knie sind so weich, dass ich ihnen nicht mehr über den Weg traue. Weil der Abstand sonst viel zu groß wäre, lässt sie sich seitlich auf meinem Schoß nieder. Sanft hauche ich ihr einen Kuss in den Nacken, was ihr ein Kichern entlockt. Sofort will ich das nochmal hören. Wieder und wieder wandern meine Lippen ihren Hals entlang, bis sie sich leicht abwendet.

»Hey, das kitzelt«, beschwert sie sich halbherzig.

»Ist das so?«, frage ich und lasse meine Fingerspitzen über ihren Nacken tänzeln. Erst bildet sich Gänsehaut, dort, wo ich sie berühre, dann fängt sie an, sich zu winden. Sie will von meinem Schoß rutschen, doch das lasse ich nicht zu.

»Stopp, bitte«, fleht sie nun, »ich dachte, wir wären Freunde.«

»Na schön«, gebe ich nach, aber nur, weil ich so meinen Kopf wieder auf ihre Schulter legen und den Duft ihres Melonenshampoos einatmen kann. Leo lässt ihren Blick indessen über meinen Tisch wandern.

»Sorry, dass ich dich abgelenkt habe.«

»Schon gut. Ich weiß auch nicht, wieso ich an dem Rucksack so verzweifle«, gebe ich zu. Wahrscheinlich ist es einfach nicht hilfreich, dass die anderen Ideen – vor allem *die eine* – so präsent sind.

»Vielleicht solltest du nicht versuchen, dich davor zu verschließen.«

Verständnislos sehe ich sie an.

»Deine andere Idee«, präzisiert sie und streicht mir durch die Haare. »Ich sehe doch, dass da deine anderen Skizzen unter den Rucksackaufzeichnungen liegen.«

»Aber ich habe keine Zeit dafür«, entgegne ich. »Leah vertraut auf mich. Außerdem geht es für sie um einiges. Ich brauche das Stipendium nicht. Jetzt, mit dem Angebot deiner Tante, noch weniger.«

»Keine Zeit?«, fragt sie und zieht eine ihrer Augenbrauen nach oben. »Aber für so ein emotionales Wrack wie mich hast du Zeit.«

»Ey«, ich stupse sie in die Seite, »ich will nicht, dass du so über meine Freundin sprichst.« Sie verdreht ihre Augen. »Ernsthaft Leo, du...«

»Stopp. Wir werden jetzt nicht über meine Probleme reden. Du bist jetzt dran. Schnapp dir deinen Block oder was immer du brauchst und zeichne dir die Ideen von der Seele. Und wenn es den ganzen Tag dauert.«

Ich will protestieren, ihr sagen, dass das nicht geht, ich muss schließlich auch noch einige Dinge für unsere Gäste erledigen.

»Leo...«

»Nein. Hör auf, mich mit deiner verdammten Stimme schwach machen zu wollen.« Sie rutscht von meinem Schoß und schiebt mich auf meinem Stuhl näher an den Tisch.

»Du weißt schon, dass ich zum Arbeiten hier bin, oder?«

»Was steht denn auf deiner To-Do-Liste?«, will sie wissen, während sie immer noch hinter mir steht und sich auf die Stuhllehne stützt.

»Hauptsächlich mit Yana die Küche nach dem Mittagessen aufräumen und abwaschen. Holz reinholen und sehen was noch so anfällt.«

»Gut, das bekomme ich hin.«

»Leo, du bist hier Gast... Ich kann nicht...« Das ist absolut unmöglich. Ihre Familie bezahlt eine Stange Geld dafür, dass sie hier sein kann. Wegen des Unwetters sind schon die Nordlichttouren ausgefallen und sie hier quasi eingesperrt.

»Hey. Freunde unterstützen sich, dachte ich immer. Also los. Du tust, was du tun musst, um den Kaugummi zum Leben zu erwecken, um dich dann auf den Rucksack konzentrieren zu können und ich halte dir den Rücken frei.«

Ihr Blick macht unmissverständlich klar, dass für sie die Diskussion beendet ist. Ich seufze ergeben und füge mich meinem Schicksal. Leo küsst mich auf die Wange, bevor sie zu meinem Bett geht. Den Geräuschen nach zu urteilen, legt sie sich hin. Wahrscheinlich genießt sie den Blick aus dem Dachfenster.

Anfangs habe ich noch Mühe, meine Gedanken zu ordnen. Leos Auftauchen, alles was seitdem passiert ist und die Tatsache, dass sie auf meinem Bett liegt, helfen nicht wirklich dabei, mich zu konzentrieren.

Doch irgendwann tritt all das in den Hintergrund. Ab und an gleitet mein Blick über die Schulter zu Leo, die sich ein Bilderbuch von Torben Kuhlmann geschnappt hat. Während ich Bild für Bild zeichne, die Geschichte nur so aus meinen Fingern hinaus fließt, höre ich hier und da Leos Lachen. Zu gerne wüsste ich, ob sie sich über die gleichen Stellen freut wie ich.

»Ich konnte das Buch nicht weglegen, als ich erstmal angefangen hatte«, sage ich, als Leo eine Seite weiterblättert. Natürlich hat sie sich für »Einstein« entschieden. Das Interesse für Physik schlummert wohl immer noch in ihr, da sind die Abenteuer einer Zeitreisenden Maus natürlich genau das Richtige. Ganz abgesehen davon sind die Bücher einfach unheimlich gut umgesetzt. Sowohl textlich als auch zeichnerisch. Wenn mein Kaugummi-Comic nur halb so gut wird, dann wäre ich schon mehr als zufrieden.

»Du sollst dich konzentrieren«, grinst sie mich über das Buch hinweg an, »husch, husch, an die Arbeit.«

»Du bist anstrengend«, murre ich, wende ich mich aber wieder meinen Skizzen zu.

Ich weiß nicht, wann ich zuletzt so viel hintereinander gezeichnet habe. Seite für Seite füllt sich, der kleine Kaugummiklumpen wird immer lebendiger, je mehr Dinge an ihm kleben bleiben. Mittlerweile sieht er gar nicht mehr aus wie ein Kaugummi, eher wie ein kleines pelziges Wesen, das mit neugierigen Wackelaugen durch die Welt streift.

Ich versinke so tief im Zeichenflow, dass ich gar nicht merke, wie Leo mein Zimmer verlässt. Erstaunt stelle ich fest, dass schon fast zwei Stunden vergangen sind. Zwei Stunden, in denen ich einiges geschafft habe. Mir fehlt jetzt nur noch das Ende. Ich bin mir noch unsicher, wie es ausgehen soll, wie die Geschichte zu einem Schluss finden kann. Aber das wird mir sicherlich noch einfallen. Gerade bin ich einfach nur im Rausch. Alles scheint möglich. Wahnsinn, wie schnell sich das Blatt wenden kann. Motiviert öffne ich wieder die Datei auf meinem Rechner und arbeite daran weiter. Diesmal gelingt mir, was vorhin aussichtslos schien beim zweiten Versuch. Genau die richtige Mischung aus Überraschung, Neugierde und ein klein wenig Panik.

35

Leo

Ich könnte stundenlang hier liegen und Ole dabei zusehen, wie er vor sich hin zeichnet, beobachten, wie sein Gesicht diesen leicht verzerrten, konzentrierten Ausdruck annimmt, zuhören, wie sein Stift über das Papier kratzt. Zwischendurch legt er immer wieder seinen Stift ans Kinn, dann schweift sein Blick in die Ferne, als wäre er gerade ganz tief in seiner Gedankenwelt, in der die Charaktere agieren. Dann ist nur noch das leise Quietschen zu hören, das die Sohle seines rechten Schuhs von sich gibt, wenn sie gegen das Stuhlbein reibt. Unaufhörlich wippt sein Bein auf und ab, als wäre es untrennbar mit seinem kreativen Antrieb verbunden.

Ich erschrecke, als ich kurz darauf auf die Uhr sehe und merke, wie die Zeit verflogen ist und dass es schon Mittag ist. Leise, um Ole nicht aus seinem Tunnel zu holen, schleiche ich aus dem Zimmer. Ihm scheint viel an dieser Geschichte zu liegen, auch wenn er sich verbietet, daran zu arbeiten. Ich will ihm unbedingt die Chance geben, es zu versuchen.

✳✳✳

»Was kann ich für dich tun«, fragt Yana, als ich nach dem Essen in die Küche komme.

»Ich übernehme mehr oder weniger Oles Part«, sage ich. »Was soll ich tun?«

Verblüfft hält sie in der Bewegung inne, ihr misstrauischer Blick durchbohrt mich.

»Er arbeitet gerade an einem Comic«, erkläre ich. »Und damit er das nicht unterbrechen muss, bin ich hier.«

»Ach, die Rucksack-Story.«

»Nein. Die andere.«

»Aber für die hat er doch keine Zeit.«

»Eben drum. Deswegen stehe ich jetzt hier. Also, wie kann ich helfen?«

»Ich weiß nicht…«, überlegt sie und mustert mich argwöhnisch, wie schon in der Nacht vor dem Bad, so als müsste sie abwägen, was sie von mir halten soll. Vermutlich ist das so, wenn man sich um seinen besten Freund sorgt. Würde ich an ihrer Stelle wohl nicht anders machen.

»Ich habe im Internat den ein oder anderen unfreiwilligen Küchendienst hinter mich gebracht. Glaub mir, mit eingetrockneten Essensresten kenne ich mich aus.« Natürlich war es strikt verboten, Geschirr mit auf die Zimmer zu nehmen, damit es eben nicht dazu kommt, dass Essensreste zu unidentifizierbaren Schimmelklumpen mutieren. Trotzdem kam das immer wieder vor, was dann diejenigen, die die Strafdienste hatten, die offiziell natürlich anders hießen, beseitigen durften.

»Na gut. Dann wäre es gut, wenn du die Geschirrteile in die Spülmaschine räumen und anschließend abtrocknen könntest. Ich sortiere es dann ein. Danach müssen wir noch alle Arbeitsflächen abspülen und den Boden wischen.«

»Geht klar«, sage ich, schiebe meine Ärmel hoch und mache mich an die Arbeit. Es überrascht mich, wie viele Teile doch zusammenkommen, obwohl wir nur so wenige sind. Schweigend arbeiten wir vor uns hin. Hin und wieder spüre ich Yanas kritischen Blick auf mir. Mehrfach unterbricht sie ihre Tätigkeit, um dann doch einfach weiterzumachen.

»Frag schon«, sage ich schließlich, stelle den Teller ab, den ich grade getrocknet habe und wende mich ihr zu.

Seufzend lässt sie die große Pfanne sinken. »Ole ist mein bester Freund. Er war für mich da, als es sonst keiner war…«

»Das klingt nach ihm…«, sage ich, woraufhin ein Teil der Anspannung aus Yanas Gesicht weicht.

»Er ist immer für andere da und manchmal vergisst er dabei, auf sich selbst aufzupassen, für sich selbst einzustehen.«

»Deshalb bin ich jetzt hier, Yana. Damit er an dem arbeiten kann, was ihn sichtlich mehr beschäftigt.« Er hat so viel für mich getan, wenn ich ihm damit auch nur ein klein wenig zurückgeben kann, dann will ich das tun. »Ich kenne ihn bei Weitem nicht so lange wie du, aber selbst in den wenigen Tagen habe ich bemerkt, wie einzigartig er ist und dass ich das nicht verspielen möchte. Ich habe deine Worte von gestern nicht vergessen.«

»Dann ist ja gut«, ein leichtes Lächeln schleicht sich auf ihr Gesicht. »Und jetzt steh hier nicht so rum, der Geschirrspüler räumt sich nicht von alleine aus.«

Ich stelle gerade den Schrubber zurück an den vorgesehenen Platz, als Ole dazu kommt. Er ist vollkommen aufgekratzt, sodass ich mich fragen würde, ob er high ist, wenn ich es nicht besser wüsste.

»Danke«, sagt er und schlingt die Arme um mich.

»Hat es sich wenigstens gelohnt, sie zur Sklavin zu machen?«, will Yana wissen. Sie drückt ihm ein belegtes Brot in die Hand, von dem er gierig ab-beißt. Natürlich hat er noch nichts gegessen.

»Total«, antwortet er mit vollem Mund. »Es ist, als wäre ein Damm ge-brochen.«

»Danke. Auch dafür, dass du Yana an meiner Stelle geholfen hast.«

»Tja Ole«, grinst sie, »sie hat das Geschirr schneller getrocknet als du. Ich würde mir Gedanken machen.«

»Ich habe halt viel Übung«, sage ich schulterzuckend und denke an die eine oder andere mitternächtliche Party im Keller des Jungsflügels zurück, die oft damit endete, dass ich und einige andere zum Helfen in der Küche verdon-nert wurden.

»Was für geheime Talente hast du sonst noch so auf Lager?«, will Ole wis-sen, nachdem er den letzten Bissen verschlungen und den Teller abgespült hat.

»Gute Frage«, überlege ich. Ich will gerade erzählen, dass ich mal den ers-ten Preis bei einem Gedichtwettbewerb in der Grundschule gewonnen habe, da scheint ihm eine Idee zu kommen.

»Yana, ich glaube ich habe eine ebenbürtige *MarioKart*-Gegnerin gefun-den.«

»Das ist unmöglich«, entgegnet sie mit einer Sicherheit, die mir nur allzu bekannt vorkommt.

»Wetten nicht?!«, herausfordernd ziehe ich eine Augenbraue hoch.

So kommt es, dass Yana und ich kurz darauf auf der Couch im Wohnzimmer unter dem Dach sitzen. Yana, wie ich im Schneidersitz, mir gegenüber. Die Konsolen haben wir bereits in den Händen.

Ole hat sich auf einem Hocker niedergelassen. Auf seinem Schoß liegt einer seiner Skizzenblöcke. »Also nochmal«, wiederholt er, »ihr spielt acht Runden und wer am Ende führt, ist die ultimative Gewinnerin.«

»Genau. Aber wir könnten das auch einfach abkürzen und uns stattdessen einfach einen Film ansehen. In der Gewissheit, dass ich ohnehin gewinnen werde«, behaupte ich siegessicher. Schon in der Grundschule wollte keiner mehr mit mir spielen, es sei denn, es waren mehrere, sodass sie sich gegen mich verbündet haben - erfolglos.

36

Ole

Zwischenzeitlich befürchte ich wirklich, dass die beiden sich gleich an die Gurgel gehen und überlege, ihnen die Geräte wieder wegzunehmen. Beide können nicht klein beigeben und meine Frage, ob man sich nicht auf ein Unentschieden einigen könne, wird mit einem entsetzten *Nein* beantwortet.

Als nach acht Runden endlich Schluss ist, atme ich erleichtert auf.

»Herzlichen Glückwunsch, du bist die ultimative Gewinnerin«, muss Leo wohl oder übel zugeben, während Yana jubelnd auf dem Sofa auf und ab hüpft.

Leo sieht noch immer aus, als könnte sie nicht fassen, was da eben passiert ist.

»Ich werde jetzt mal nachsehen, ob noch Tee und Kaffee im Kaminzimmer sind.«

»Sag Bescheid, wenn du Hilfe brauchst.«

»Mach ich, aber ich denke, du solltest dich lieber erstmal um die Verliererin kümmern.« Sie zwinkert und verschwindet fröhlich tänzelnd auf der Treppe nach unten.

»Wirst du es verkraften?«, frage ich, als ich mich neben Leo auf die Couch fallen lasse.

»Es ist viel zu lange her, dass ich sowas gemacht habe«, seufzt sie.

»Entschuldigung?«, ich weiche ein Stück von ihr ab. »Was war denn das gestern Abend?«

»Also bitte«, lacht sie und umrahmt mein Gesicht mit ihren Händen, »das war alles, aber keine Herausforderung.«

Bevor ich etwas zu meiner Verteidigung anbringen kann, küsst sie mich und alle Einwände meinerseits verschwinden ins Jenseits.

»Es ist nur so komisch. Im Internat haben wir sowas ständig gemacht. Irgendwie habe ich seitdem verlernt, wie man auch mal abschalten kann. Dass nicht alles einen Sinn haben muss, der mich weiterbringt, einen in Zahlen messbaren Mehrwert. Eben Dinge, die man als Erwachsener so tut.«

»Das ist...«, traurig, denke ich.

»Ja. Also danke, dass du mir zeigst, dass mein Inneres Kind noch da ist.«

»Sehr gern«, grinst er. »Gibt es Dinge, die dein inneres Kind gern ausprobieren würde?«

Kurz überlegt sie, während ich Strähnen ihrer Haare um meine Finger wickle. »So viele. Ich würde gerne wieder meine Harfe aus dem Keller holen. Ich weiß, dass Stimmen nervt. Aber Musik machen kann auch so unglaublich schön sein.« Ich halte in der Bewegung inne. »Harfe spielen klingt auch wirklich sehr kindisch«, scherze ich und bekomme dafür ein amüsiertes Augenverdrehen. »Mehr fällt dir nicht ein?«

Kurz scheint sie nachzudenken, ehe es förmlich aus ihr herausprudelt. »Ich würde gerne in so einen Raum, wo man alles zerstören kann. Einen Tanzkurs machen, im Sommerregen tanzen, bis ich komplett nass bis auf die Haut bin. Mit Klamotten in einen See springen. Ich könnte endlos so weiter machen.«

»Wow«, sage ich. Leo so begeistert zu sehen, ist umwerfend. Immer mehr Ideen kommen ihr. »Da hast du ja eine Menge vor dir.«

»Falsch. Wir. Glaubst du, ich will das alles alleine machen?« Bei dem Gedanken daran, dass sie mich in ihren Überlegungen die ganze Zeit mit eingeplant hat, stockt mir der Atem. Wie gerne würde ich das alles und noch viel mehr mit ihr erleben. Ehrlich gesagt, kann ich es kaum erwarten. Unwillkürlich spüre ich, wie meine Mundwinkel nach oben wandern. Sie glaubt also, dass unsere gemeinsame Zeit nicht mit ihrer Abreise zu Ende geht.

»Und dann gibt es noch etwas, dass ich unbedingt machen will«, sagt sie und klettert auf meinen Schoß. »Dich Küssen, bis wir keine Luft mehr bekommen.«

»Das klingt gut«, sage ich, bevor sich unsere Lippen treffen, Leo ihre Hände in meinen Haaren vergräbt und wir wie zwei Teenies auf unserer Couch rummachen. Wir lösen uns erst, als wir wirklich kaum noch atmen können.

Während wir wieder zu Atem kommen, sehen wir uns einfach nur an. Leos warme Schokoladenaugen sind so voller lebendiger Leidenschaft, dass es mir beinahe wieder den Atem raubt, aber das ist es wert. Blut rauscht mir in den Ohren und mein Herz rennt im Dauerlauf.

»Darf ich deiner Liste auch etwas hinzufügen?«, frage ich, als ich das Gefühl habe, wieder genug Sauerstoff im Blut zu haben.

»Das erwarte ich sogar«, grinst sie.

»Geh mit mir auf ein Date.«

»Wird notiert.«

»Gut. Dann nimm dir heute Abend nichts vor.«

»Oh, das ist jetzt ungünstig. Ich war eigentlich mit meinen Freunden fürs Kino verabredet«, scherzt sie.

»Ich hole dich um acht ab«, sage ich, ohne darauf einzugehen. Wenn die Straßen allmählich wieder passierbar sind, kann es nicht mehr lange dauern, bis man den Flughafen wieder erreicht. Und dann wird sie sich auf den Weg machen, schließlich gibt es einiges zu klären. Bis dahin will ich die Zeit so gut wie möglich nutzen.

»Ich kann's kaum erwarten.« Wieder küsst sie mich. Diesmal allerdings nur kurz. »Und damit ich Abend kein schlechtes Gewissen haben muss, weil ich dich von etwas abhalte, setzt du dich jetzt schön wieder an deinen Schreibtisch. Oder hast du alles erledigt?«

»Nein. Aber...«

»Na los. Ich bin schon ein großes Mädchen und kann mich auch eine Weile alleine beschäftigen.«

»Du bist echt ziemlich hartnäckig«, stöhne ich, als sie von meinem Schoß rutscht und mich auf die Beine zieht.

»Das fällt dir echt zeitig auf«, grinst sie.

In meinem Zimmer lässt sie sich wieder auf mein Bett fallen. Ich nehme mir einen kurzen Moment, sie zu betrachten, wie sie da liegt. Hände hinter dem Kopf verschränkt, Beine an den Knöcheln überschlagen. Ausnahmsweise trägt sie keinen lockersitzenden Pulli, sondern nur ein Top, dass ihre perfekte Oberweite so in Szene setzt, dass sofort alle Erinnerungen aus der vorletzten Nacht auf mich einströmen.

»Du starrst«, sagt sie mit einem Grinsen. Ich könnte schwören, dass sie versucht, ihre Vorzüge noch ein bisschen mehr zu präsentieren.

»Stimmt«, sage ich deshalb nur. Sie ist wunderschön, zauberhaft, wie die Polarlichter am Himmel. Wie um alles in der Welt könnte ich sie nicht anstarren. »Aber das machst du doch auch, wenn ich mich gleich hinsetze und anfange zu zeichnen.«

»Stimmt, aber ich muss keine Aufgaben für die Uni erledigen. Ich habe Urlaub und da gehört es doch dazu, schöne Aussichten zu genießen.«

»Langsam bekomme ich das Gefühl, du bist nur hier, weil du anderen gerne bei der Arbeit zusiehst.«

»Erraten. Das ist mein geheimer Fetisch.«

»Ist das so?« Ich gehe auf sie zu und nähere mich ihrem Gesicht. So nah, dass wir die gleiche Luft atmen. Ich nehme ihr Gesicht in beide Hände, streiche über die empfindliche Haut unterhalb ihres Ohrläppchens. Zufrieden registriere ich, wie ihr Atmen flacher wird. »Na dann wollen wir mal dafür sorgen«, hauche mich mit besonders rauer Stimme, »dass du so richtig in Stimmung kommst.« Ich nähere mich ihr noch weiter, bis wir uns beinahe küssen, nur um im letzten Moment zurückzuweichen. »Tja. Aber dazu muss ich mich wohl an meinen Tisch setzen.«

Auch wenn Leo versucht, sich nicht anmerken zu lassen, wie sehr sie den Kuss wollte, kann sie es nicht vertuschen. Was mich nur noch mehr Grinsen lässt. Denn, wenn sie meint, mich mit ihrem körperlichen Reizen ärgern zu können, kann ich das auch.

37

Leo

Irgendwann hat Ole mich aus seinem Zimmer verbannt, schließlich *müsse er noch etwas vorbereiten*. Außer dem Hinweis, lieber nicht so viel zum Abend zu essen, war nichts aus ihm herauszubekommen. Und glaubt mir, ich habe es versucht.

Das war der Moment, an dem ich nervös wurde. Verdammt. Ich hatte es für einen Scherz gehalten, als er meinte, ich solle mir heute Abend nichts vornehmen, weshalb ich mit einem dummen Witz geantwortet habe. Aber offenbar war es ihm ernst damit. Versteht mich nicht falsch, ich freue mich darauf, mit ihm den Abend zu verbringen. Wirklich. Der gestrige Tag war furchtbar. Aber das letzte Mal, dass ich auf einem Date war, ist Jahre her. Da habe ich Roshan kennengelernt und der Rest ist Geschichte.

Meine Güte, ich sollte mir nicht so viele Gedanken darum machen. Ole mag mich ganz offensichtlich und er scheint mir nicht wie jemand, dem Oberflächlichkeiten wichtig sind. Trotzdem stehe ich vor dem Inhalt meines Koffers und überlege, was ich anziehe. Klar ich könnte es bei Hoodie, Jeans und Chucks belassen. Aber...

Ich entscheide mich dafür, die Entscheidung zu vertagen und erstmal eine Dusche zu nehmen. Lang und ausgiebig.

✳✳✳

»Oh«, mehr sagt er nicht, als er pünktlich um acht vor meiner Tür steht. Sein Blick ruht auf mir. So intensiv, dass ich befürchte in Flammen aufzugehen. »Du siehst wunderschön aus«, haucht er.

Letztendlich habe ich mich doch dafür entschieden, ein dunkelblaues, fast schwarzes Kleid anzuziehen, von dem ich gar nicht wusste, dass ich es mitgenommen habe, dazu schwarze blickdichte Strumpfhosen und die Highheels. Meine Haare habe ich hochgesteckt und meine Mütze ausnahmsweise auf dem Bett liegen gelassen. Mit Ole an meiner Seite brauche ich sie nicht.

»Hätte ich gewusst, dass du...«, stammelt er, was mich noch mehr dahinschmelzen lässt. »Naja ich kann das Hemd ja immer noch *in* meine Hose stecken.«

»Hey...«, flüstere ich und greife nach seinen Händen. Er ist so nervös, wie ich es bis eben selbst war. »Du siehst auch toll aus.« Er trägt seine übliche Kombi aus einem weißen Shirt und einem offenen, rotweiß karierten Flanellhemd darüber, dunkler, enger Jeans und seinen grauen Adidas Sneakers. »Und das Hemd bleibt, wie es ist« so bietet es nämlich den unschlagbaren Vorteil, dass ich nach dem Kragen greifen kann, um ihn zu küssen, was ich auch sofort tue.

»Ich wollte dir damit nur zeigen, dass es etwas Besonderes für mich ist«, sage ich, als wir uns voneinander lösen.

»Für mich ist es das auch«, erwidert er. »Wollen wir?«

»Jederzeit.« Ich lege meine Hand auf seinen Arm. Kurz danach hält er inne und deutet auf mein Zimmer.

»Darf ich?«

»Ähh... klar«, sage ich etwas verwundert. Mit schnellen Schritten geht er zu meinem Bett und greift nach meiner Beanie. Vorsichtig setzt er sie mir auf, als würde er versuchen, meine Frisur nicht zu zerstören.

»Du hast mal gesagt, dass du dich ohne sie verwundbar fühlst. Ich möchte, dass du dich heute sicher und wohl fühlst«, flüstert er und verdammt, das sind wirklich Tränen, die sich da in meinen Augen sammeln. Wie kann jemand nur so aufmerksam sein. Ich glaube wirklich nicht, dass ich sie heute bräuchte, aber zu wissen, dass ihm wichtiger ist, dass ich mich damit wohl fühle, als dass sie absolut nicht zum Rest meiner Kleidung passt, ist unglaublich befreiend.

»Danke«, hauche ich. Diesmal machen wir uns wirklich auf den Weg.

Wir erreichen die Wohnküche und sofort merke ich, wie anders die Stimmung ist. Das Licht ist gedimmt, Kerzen stehen auf dem Tisch und versetzen den Raum zusammen mit den zahlreichen Weihnachtslichterketten in eine warme, gemütliche Stimmung. Dazu dringt leise Musik aus den Lautsprechern.

»Ole«, sage ich perplex.

»Ist es zu viel?«

»Es ist genau richtig«, versichere ich und küsse ihn.

Auch wenn ich nicht zum ersten Mal hier bin, kommt es mir vor, als wäre es so. Ich lasse meinen Blick durch den Raum wandern und nehme ihn zum ersten Mal richtig wahr. Anders als der Rest des Hotels wirkt es hier viel persönlicher eingerichtet. Auf einer Kommode entdecke ich Bilder von Ole in einer jüngeren Version, die ganz offensichtlich von einem Schulfotografen stammen. Welche, auf denen er neben seiner Mom steht, wahlweise vor dem Haus, oder etwas außerhalb mit der Sonne im Rücken. Auf vielen Bildern erkenne ich auch Yana. Erst jetzt wird mir bewusst, wie eng die Freundschaft der beiden wirklich ist. Kein Wunder, dass sie sich so um ihn sorgt.

»Manchmal vergesse ich, dass wir nicht miteinander verwandt sind und Mom scheint es ähnlich zu gehen.«

»Es muss schön sein, so eine Freundschaft zu haben.«

»Ist es. Hier«, er reicht mir ein Glas Rotwein, »ich habe keine Ahnung, wie gut das zu unserem Essen passt«, lacht er, bevor wir anstoßen.

»Was gibt es denn?«, will ich wissen.

»Also...«, beginnt er. Sofort wirkt er wieder nervös, weshalb ich mein Glas abstelle und ihn zu mir drehe. Meine Hände lasse ich an seiner Taille ruhen. »Du hast mal erzählt, dass du es geliebt hast, wie deine Oma diese Spreewald-Plinse gemacht hat und du seitdem nie wieder welche gegessen hast. Deswegen habe ich gedacht, ich frage Krista ob er mir helfen kann...« Weiter kommt er nicht, weil ich ihn an mich ziehe.

»Du bist unglaublich«, sage ich und küsse ihn, weil Worte nicht ausdrücken können, was mir diese Geste bedeutet. Als ich zu meinen Eltern gekommen bin, war alles ziemlich scheiße. Nur Barbaras Mutter hat es hinbekommen, dass alles irgendwie erträglich war. Meistens dann, wenn es Plinse gab. Und damit meine ich nicht diese Eierkuchendinger, oder Crêpes, sondern

Hefeplinse, weich wie Wolken, wie sie wohl nur in der Heimat meiner Großmutter vorkommen.

»Ich kann echt nichts versprechen. Aber...«

»Egal. Das ist einfach... Danke.« Meine Stimme ist ganz rau, so sehr zerren die Erinnerungen an meine Oma an mir.

»Komm«, er nimmt meine Hand und wir gehen zur Küchenzeile, wo bereits eine abgedeckte Schüssel steht. Jetzt erkenne ich auch den Geruch, der in der Luft hängt: Hefe. »Was meinst du«, fragt er, als er das Tuch abnimmt, »sieht das gut aus?«

»Ehrlich gesagt, keine Ahnung. Ich konnte noch nicht mal lesen, als ich das letzte Mal welche gegessen habe.«

»Ungünstig. ›sämig aber nicht zu dickflüssig‹, waren Kristas Worte«, überlegt Ole.

»Können wir ihn nicht einfach fragen?«

»Mom und er treffen sich im Nachbardorf mit Freunden.«

Wie sich herausstellt, brauchen wir die Hilfe gar nicht. Als wir uns entschieden haben, es einfach darauf ankommen zu lassen, zeigt sich, dass es funktioniert. Bei dem Duft, der sich während des Backens im Raum ausbreitet, kommen sofort wieder die Erinnerungen von früher hoch. Die guten, leider auch die schlechten, doch die schiebe ich ganz weit weg. Ich stehe hier, mit einem Mann, der mir eine Mütze aufsetzt, damit ich mich wohl fühle, der sich an einen Nebensatz erinnert, den ich während einer Panikattacke fallengelassen habe, der in einem verdammten Flanellhemd heiß aussieht. Bisher ist es das beste Date, das ich je hatte und ich glaube nicht, dass ich diese Meinung noch ändern werde.

Während Ole sich darum kümmert, den Plins zu wenden, hole ich unsere Weingläser von der Kommode und nehme den Zucker mit, den er schon auf dem Tisch zwischen den Kerzen platziert hatte. Normalerweise gehört auch noch Butter dazu, aber das war nie mein Fall.

»Zimt müsste hier auch noch irgendwo stehen.« Ole steckt seinen Kopf in die verschiedenen Schränke.

»Ach. Ich kann darauf gut verzichten. Ich verstehe sowieso nicht, was die

Menschheit an diesem Zeug findet«, wehre ich ab und streue etwas Zucker auf einen der Plinse, rolle ihn und beiße ein Stück von der fluffigen Teigrolle ab.

Ole hat die Suche inzwischen aufgegeben und wartet gespannt mein Urteil ab. Nebenbei fettet er die Pfanne wieder ein, um einen neuen Klecks Teig hineinzufüllen.

Wow.

Einfach wow.

Die luftige Konsistenz ist genau so, wie ich sie in Erinnerung hatte. Der plins ist süß und fettig und garantiert kein Fall von ausgewogener Ernährung. Aber das ist mir egal. Der zweite, der bereits auf dem Teller liegt, fällt mir ebenfalls direkt zum Opfer.

»Das darf ich wohl als Begeisterung werten«, schlussfolgert Ole und zeigt sein Grübchengrinsen.

»Aber sowas von«, bestätige ich kauend.

Ich stelle den Teller zur Seite und umarme Ole von hinten, schmiege mich an ihn. »Danke«, hauche ich und lege meinen Kopf auf seine Schulter. Ich folge seinen Bewegungen und genieße es, dabei seine Wärme zu spüren, jede Regung seiner Muskeln. Als mir auffällt, dass er selbst noch gar nichts gegessen hat, löse ich mich von ihm.

»Soll ich dich mal ablösen?«, biete ich an, woraufhin er mir bereitwillig den Pfannenwender und die Kelle in die Hände drückt.

38

Ole

Offenbar hätte ich es mir sparen können, den Tisch herzurichten, denn seit wir die Plinse gemacht haben, haben wir uns kein Stück aus dem Küchenbereich bewegt. Mittlerweile hat sich mein Puls auch wieder etwas beruhigt, der sich seit dem Moment, als Leo die Tür geöffnet hat, in Aufruhr befand.

Ich habe mit vielem gerechnet, aber nicht damit, sie in einem Kleid vorzufinden, als wären wir auf dem Weg in ein Restaurant. Es hat mir komplett die Sprache verschlagen. Bei jedem Schritt über den Flur habe ich innerlich gezittert, als hätten meine Beine das Laufen verlernt. Es war, als wären abertausende Ameisen unter meiner Haut entlang gekrabbelt, Schweiß lief mir über den Rücken. Für einen kurzen Moment habe ich meinen Vorschlag bereut, es für einen Riesenfehler gehalten. Es ist so lange her, dass ich sowas für eine Frau gemacht habe. Ja, ich wollte sie beeindrucken, das will ich noch immer, vor allem, nachdem sie mir mit diesem Kleid komplett den Verstand geraubt hat.

Inzwischen hat sich Leo auf die Arbeitsplatte gesetzt, einen Teller auf ihrem Schoß, ein glückseliges Lächeln im Gesicht, während sie einen weiteren dieser Plinse verdrückt. Dass dabei Zuckerkrümel auf ihrem atemberaubenden Kleid landen, scheint ihr komplett egal. Bei dem Anblick, wie ihre dunkelroten Lippen sich um die Teigrolle schließen, wandern meine Gedanken in Richtungen, die absolut unangebracht sind. Was macht sie nur mit mir, dass mir sowas Simples schon das Blut zwischen die Beine treibt. Da ihre Haare komplett unter der Mütze verschwinden, liegt Leos grazieler Hals, sowie ihr Schulterbereich frei, dass ich mich nur mit Mühe davon abhalten kann, sie nicht jeden Augenblick dort zu küssen, wo ihre Haut so herrlich weich und empfindlich ist.

»Gott«, bin ich satt«, stöhnt sie und nimmt einen Schluck aus ihrem Weinglas. »Gar keine so schlechte Kombi übrigens«, findet sie und lächelt über den Rand ihres Glases hinweg. Überhaupt lächelt sie sehr viel, seit sie hier ist, eigentlich schon seit ich sie abgeholt habe. Mir geht es nicht anders, als Leo meine Nervosität erstmal beseitigt hatte, konnte ich mein Grinsen auch nicht mehr zurückhalten. Zeit mit Leo zu verbringen ist einfach unglaublich, vor allem wenn sie dabei so wirkt, als gäbe es nichts, dass sie belastet, als könnte sie ganz sie selbst sein.

Auch wenn ich gerade nicht mehr vor Nervosität umkomme, ist da dieses Kribbeln in mir, dieses flatterige Gefühl, wann immer sich unsere Blicke ineinander verhaken und wir gar nichts sagen müssen, einfach nur die Gegenwart des anderen spüren und genießen, dass wir das hier zusammen erleben.

»Also ...«, sagt sie und streckt sich, um nach meiner Hand zu greifen. Sie sitzt immer noch auf der Arbeitsplatte und zieht mich zu sich, sodass ich zwischen ihren Beinen stehe. Ihre zarten Finger verschränkt sie in meinem Nacken. »... trägst du mich jetzt in dein Bett und befreist mich aus diesem Kleid?«

Zugegeben, dieser Gedanke ist durchaus verlockend, was auch die größer werdende Delle in meiner Hose bestätigt. Das scheint nicht nur mir aufzufallen, denn Leo schlingt ihre Beine um mich und zieht mich noch näher.

»Ich befürchte nur, dass wäre nicht die klügste Idee«, sage ich mit rauer Stimme.

»Weil deine Streichholzärmchen mich keine zwei Meter getragen bekommen?«,

»Na wie gut, dass meine Männlichkeit nicht so fragil ist, und ich den Spott ertrage, ohne an mir zu zweifeln.«

»Ich weiß«, entgegnet sie, »und deswegen finde ich dich auch besonders heiß.« Als sie mich daraufhin küsst, kann ich davon nicht genug bekommen. Sie schmeckt nach einer fantastischen Mischung aus der Süße der Plinse und der herben Weinnote.

»Ich dachte eher, ...«, flüstere ich, »dass Sex beim ersten Date etwas verfrüht ist.«

Ein belustigtes Schnauben entfährt ihr. »Ach wirklich?«

»Findest du nicht, dass wir uns erst noch etwas besser kennenlernen sollten?« Hake ich nach und vergrößere den Abstand. Auch wenn es mir schwerfällt, mehrere Meter zwischen uns zu bringen, ist es ihr Gesichtsausdruck wert, der eine Mischung aus Unglaube, Entsetzen und Erheiterung widerspiegelt.

»Dann bekomme ich jetzt also all deine peinlichen Babyfotos zu sehen?«, herausfordernd lässt sie sich von der Arbeitsplatte gleiten und kommt auf mich zu.

»Beim ersten Date? Wäre das nicht ziemlich merkwürdig?«

»Und das sagt der Mann, der mich fragt, wie mich meine Wellensittichfreunde nennen würden...«

»Eine durchaus berechtigte Frage, Millie«, verteidige ich mich. Immerhin hat es ihr wirklich geholfen. »Ich hätte dich auch fragen können, was du über Hefe denkst.«

»Hefe?«

»Ja... Hefe. Dieser Pilz der im Teig sitzt und pupst was das Zeug hält, bis er dann den elendigen Hitzetod stirbt.«

»Wow. Ole, findest du deine Gedanken nicht manchmal selbst etwas... beängstigend?«, grinst sie, bevor sie sich auf unser L-Förmiges Sofa setzt und die Füße hochlegt. Es erfüllt mich immer wieder aufs Neue mit Wärme, wenn ich sehe, dass sie sich hier so natürlich bewegt, als würde sie schon lange ein und aus gehen. Das entspannt mich unheimlich.

»Mein Gehirn funktioniert eben sehr bildlich.« Schulterzuckend setze ich mich zu ihr und lege ihre Füße auf meinen Schoß. »Das war schon so, als Mom mir noch vorgelesen hat.«

»Ist wahrscheinlich auch hilfreich für deinen Beruf, Van Gogh.« Bei der Erwähnung meines Wellensittich-Namens muss ich schmunzeln. »Was wolltest du eigentlich als Kind werden? Warst du eher auf der Feuerwehrmann-Schiene unterwegs oder doch lieber Ritter?«

»Weder noch«, antworte ich und versinke in Erinnerungen. Ich habe schon immer gemalt. Früher hat es sich noch nicht wie ein Beruf angefühlt oder wie etwas, dass auch ein Beruf sein kann, sondern etwas, das ganz natürlich ist.

Lange dachte ich, jeder kann das, so wie atmen. Bis ich in der Grundschule eines Besseren belehrt wurde. »Ich wollte Kunstbeibringer werden. Ich war am Boden zerstört, als ich mitbekommen habe, dass nicht jeder so zeichnen und malen kann. Und dachte mir, wie traurig muss es sein, wenn man keinen Weg hat, sich auszudrücken. Ich wusste nicht, dass es auch andere Möglichkeiten gibt und dachte mir, dann muss ich es halt den anderen beibringen. Als ich dann älter wurde, wollte ich Müllmann werden. Ich fand es cool, dass die da hinten auf den Lastwagen einfach so mitfahren konnten.«

»Du wärst bestimmt ein guter Kunstbeibringer geworden.«

»Jetzt vielleicht. Damals habe ich nicht verstanden, dass das etwas persönliches ist. Das jeder eigene Wege braucht. Und du?«, frage ich. »Prinzessin oder Tierärztin?«

»Gott. Tierärztin«, sie schlägt ihre Hände vor das Gesicht, als wäre es ihr peinlich. Dann verändert sich etwas. Ich merke es daran, wie sich ihre Beine anspannen. »Nach dem meine...«, sie schluckt und hält inne. Ich sanft beginne ich ihre Beine zu streicheln, um ihr zu zeigen, dass es okay ist, dass ich da bin und sie nicht darüber reden muss. Ich hole Luft, um ihr das auch zu sagen, doch sie schüttelt den Kopf. »Danach wollte ich Wissenschaftlerin werden und eine Möglichkeit finden, die Zeit umzukehren. Leider ist die Physik unerbittlich, was die zeitliche Dimension angeht.« Ein zaghaftes Lächeln umspielt ihre Mundwinkel.

»Und dann war es vorbei mit dem Interesse.«

»Genau. Mein präpubertäres ich hatte es nicht so mit Dingen, die sie nicht kontrollieren konnte.«

»Und das hat sich bis heute nicht geändert«, necke ich und bekomme dafür eines der cremefarbenen Sofakissen an den Kopf.

»Vollidiot«, grinst sie, ehe sie sich wieder zurücklehnt.

39

Leo

Ich habe die Augen geschlossen. Es ist einfach viel zu gemütlich auf dem Sofa. Ole malt unentwegt Kreise auf meine Beine von denen sich ein wohlig kribbelndes Gefühl in meinem Inneren ausbreitet. Ich weiß nicht, wie lange wir schon hier so sitzen und unseren Gedanken nachhängen, die wir nur ab und an äußern. Das Schweigen ist keinesfalls unangenehm. Es gibt keinen Grund, die Stille mit Worten zu füllen, denn sie ist bereits übervoll von unseren Empfindungen. Gedankenverloren hat Ole mir einen meiner Schuhe vom Fuß gezogen, bevor er angefangen hat, meinen Fuß zu massieren. Mit jeder Geste zeigt er mir seine Zuneigung mehr, als es Worte je könnten.

Nach einer Weile öffne ich meine Augen doch wieder. Ich muss mir das Bild von ihm einfach einprägen, zusammen mit dem Gefühl, dass seine Anwesenheit, seine Berührungen in mir auslösen. Wenn ich diesen Moment in ein Glas füllen könnte, um es immer mit mir herumzutragen, ich würde es sofort tun.

Er sieht wunderschön aus, wie er im sanften Schein der Lichterketten gedankenverloren auf meine Füße blickt. Als ich kurz zur Seite schaue, bleiben meine Augen an etwas hängen.

»Oh mein Gott, was ist das?«, frage ich, als ich ein Foto entdecke, auf dem Ole noch sehr, sehr jung ist. Als er es sieht, wird er sofort knallrot.

»Ich bringe diese Frau um«, stöhnt er. Das Bild zeigt einen kleinen Ole mit Afrofrisur und einem weißen Hemd, offenbar verkleidet. Nur erschließt sich mir nicht, als was. »Meine Mom hielt es für eine tolle Idee, mich am Karnevalstag im Kindergarten als Bob Ross zu verkleiden. Ich hatte eigentlich dafür gesorgt, dass dieses Bild ganz hinten im Schrank in Vergessenheit gerät.

Aber Yana hält sich wohl für lustig...«

»Mal ganz davon abgesehen, dass es total niedlich ist. Wer ist Bob Ross?«

Okay. Offenbar war das die dümmste Frage, die ich hätte stellen könnten, zumindest wenn es nach seinem Gesichtsausdruck geht.

»Ernsthaft, du kennst Bob Ross nicht? Das ist der TV-Maler schlechthin. Der hat... warte.« Er schaltet den Fernseher ein und sucht etwas auf You-Tube. Es dauert nicht lange, bis er ein in die Jahre gekommenen TV-Mitschnitt findet. Auf dem Bildschirm erscheint ein Mann mit Afrofrisur und weißem Hemd und beginnt eine Berglandschaft zu malen, nachdem er die Farben aufgezählt hat. Dabei kommentiert er alles mit seiner Singsang-Stimme.

»Ahh, wie ich sehe, habt ihr das Foto entdeckt«, bemerkt Yana fröhlich als sie ins Wohnzimmer kommt.

»Das wirst du sowas von zurückbekommen«, entgegnet Ole wenig begeistert.

»Wie es scheint, ist sie noch nicht schreiend davongelaufen.«

»Recht hat sie«, stimme ich zu und lasse meinen Blick nochmal zu dem Foto wandern. Schon damals hatte er dieses fiese Grübchen, mit dem er bestimmt früher schon jeden um den Finger gewickelt hat.

»Siehst du«, sie streckt ihm die Zunge raus, bevor sie sich verabschiedet. »Ich habe unten alles für die Nacht vorbereitet. Die Snacks stehen bereit und auch die Getränke sind nochmal aufgefüllt. Gute Nacht, euch beiden.« Damit verschwindet sie in ihrem Zimmer.

»Sollten wir noch etwas aufräumen«, frage ich mit einem Blick auf die Küchenzeile.

»Quatsch, das kann ich morgen früh machen.«

»Na komm«, sage ich und setze mich auf. »Zusammen geht es schneller. Außerdem, was ist aus *wir müssen uns kennenlernen* geworden? Es ist nicht unwichtig zu wissen, ob du beim Abwaschen ständig das Wasser laufen lässt oder ob du lieber eine Bürste anstelle eines Schwamms benutzt.« Wenn er zu den Menschen gehört, die unter fließendem Wasser abwaschen, dann muss ich mir das alles hier ernsthaft nochmal überlegen.

»Na wenn du unbedingt drauf bestehst«, lenkt er ein und schenkt mir dabei sein Grübchengrinsen.

»Ja, das tue ich. Wenn du mir jetzt noch meinen rechten Schuh wiedergibst, kanns losgehen.«

»Du weißt schon, dass du dich nicht für mich in diese Dinger quetschen musst, oder?«, fragt er, als er mir den Schuh reicht.

»Erstens gehöre ich zu den Frauen, die ihre Schuhe in der richtigen Größe kaufen, und zweitens: wer sagt, dass ich es für dich tue, Van Gogh. Und jetzt komm.«

»Ist ja schon gut«, seufzt er ergeben. »Du bekommst auch immer, was du willst, oder?«

»Oft«, grinse ich und drücke ihm einen raschen Kuss auf die Wange. »Übrigens auch ein Vorteil, wenn ich ein paar Zentimeter mehr unter den Füßen habe. Ich muss meinen Kopf weniger in den Nacken legen, um das zu tun.« Ich küsse ihn nochmal auf die andere Wange und gehe in die Küche.

»Das ist ein nicht zu bestreitender Vorteil. Was ich aber eigentlich sagen wollte. Ich weiß, dass es Typen gibt, die irgendwelche komischen veralteten Vorstellungen haben. Wie auch immer. Ich finde dich auch mit flachen Schuhen äußerst attraktiv«, sagt er und pustet die Kerzen aus, die inzwischen ziemlich weit runtergebrannt sind. Der Blick, den er mir zuwirft, geht mir durch Mark und Bein. Ich muss schlucken, so intensiv mustert er mich. Kurz verliere ich mich in seinen warmen, liebevollen Augen, ehe er mich erlöst. Als hätte er gespürt, dass er mir die Luft zum Atmen raubt, wechselt er das Thema.

»So Millie, dann verrate mir mal, wie ich den Abwasch angehen muss, damit ich nicht in deiner Gunst sinke.«

Nach Nicht einmal zwanzig Minuten glänzt die Küche, als wären wir nie hier gewesen.

»Yana hat nicht übertrieben«, grinst er und fädelt das feuchte Küchentuch durch einen der Schrankgriffe. »Gut zu wissen, an wen wir uns wenden können, wenn uns mal wieder das Personal ausgeht.«

»Viel wichtiger ist, dass du nicht durchgefallen bist«, erwidere ich. »Wenn du mir jetzt noch sagst, wie rum die Klorolle richtig hängt, dann steht einem zweiten Date nichts mehr im Weg.«

»Oh, das ist wirklich ein heikles Thema. Aber ich wäre bereit Abstriche zu machen und für dich umzuschwenken.«

»Ich bin mir nicht sicher, ob das geht. Schließlich handelt es sich um eine Glaubensfrage, da kann man nicht einfach von einer Religion zur anderen konvertieren.«

»Der Anfang muss vorne und nicht an der Wand hängen«, raunt er. Wir lehnen noch an der Arbeitsplatte, nur wenige Zentimeter voneinander entfernt. »Meinst du, es besteht die Chance, dass wir uns wiedersehen?«

»Die besteht definitiv«, erwidere ich.

»Dann ist es ja gut, dass ich bereits einen Plan habe.«

Verblüfft sehe ich ihn an, während sich in mir bereits die Vorfreude ausbreitet. Ich hätte nicht geglaubt, dass der Date-Stempel so einen Unterschied machen würde. Wir hatten zuvor schon Spaß miteinander, haben uns geküsst und mehr als das. Aber offiziell zu bekunden, dass wir mehr voneinander wollten als bloßen Sex, das ist einfach unglaublich.

»Was hast du vor?«

»Das wirst du schon sehen. Nur so viel: du solltest dich warm anziehen. Und das, liebe Millie, ist keine Metapher.«

»Dir ist schon klar, dass ich auf zwei Wochen Dubai eingestellt war und nicht auf zwei Wochen Polarnacht«, erinnere ich ihn, unendlich froh darüber, jetzt hier vor ihm zu stehen.

»Dann wird Yana uns aushelfen müssen, die schuldet mir nach der Bob Ross Nummer sowieso noch was.«

»Ach komm, das ist doch wirklich süß. Und ich weiß, dass deine Männlichkeit es aushält, dass ich dich süß nenne.« Ich umfasse sein Gesicht. Es dauert nicht lange, bis seine Lippen auf meinen liegen, und wir im Kuss miteinander verschmelzen. Er platziert seine Hände auf meinem unteren Rücken und zieht mich an sich. So nah, dass ich spüre, wie sich die Erregung auf seine südlichen Gefilde auswirkt.

Ich fahre ihm durch seine Haare, die bei weitem nicht mehr so ordentlich liegen, wie zu Beginn des Abends. Ich intensiviere den Druck meines Beckens bis ihm ein gutturales Brummen entweicht, das in mir widerhallt und mir ein Stöhnen entlockt.

Langsam sollten wir uns wirklich in sein Zimmer begeben. Auch er scheint das zu erkennen, denn er packt mich fester und hebt mich hoch. Sofort schlinge ich meine Beine um ihn, damit es so leicht wie möglich ist. Fuck. Dieser Mann trägt mich mit seinen Streichholzärmchen. Offenbar denkt er gar nicht daran, mich direkt hinter der Zimmertür bereits abzusetzen. Ohne sich auch nur einen Millimeter von mir zu lösen, landen wir auf seinem Bett. Ich werde von seinem Gewicht tief in die Matratze gedrückt und ich liebe alles daran. Die Hitze, die von seinem Körper auf mich übergeht, seine Erektion, die gegen meine Mitte drückt, die Feuchtigkeit, die meinen Slip und mit ziemlicher Sicherheit die Strumpfhose durchweicht, Oles Zunge, die Dinge in meinem Mund anstellt, die mich alles vergessen lassen. Ich würde ihn gerne necken, schließlich ist es unser erstes Date, aber dafür müsste ich den Kuss unterbrechen, dafür müsste ich... »Gott Ole«, stöhne ich, als er mich unterhalb des Ohrläppchens küsst, behutsam an meiner Haut knabbert und sich dann an meinem Hals abwärts bewegt. Ich tue es ihm gleich, küsse seinen Hals, seine Schulter, sauge an seiner Haut, ziehe leicht mit meinen Zähnen daran. Wieder entweicht ihm dieses tiefe Stöhnen, das seine Brust komplett vibrieren und mich noch feuchter werden lässt. Ich verstärke den Druck, vorsichtig, damit ich ihm nicht weh tue, aber so stark, dass ich wieder und wieder diesen laut aus ihm herauskitzle, der mich für einen kurzen Moment alles vergessen lässt.

Vorsichtig schiebt er den Ausschnitt meines Kleides zur Seite. Seine Zunge fährt am Saum meines BHs vorbei, während er mit seiner Hand leichten Druck auf meine linke Brust ausübt. Es krabbelt, es kitzelt und prickelt so sehr, dass ich nicht mehr kann. Ich brauch mehr, jetzt sofort. Oder ganz dringend eine Pause.

»Ole, entweder du nimmst mich *jetzt* oder ich gehe... und zwar auf der Stelle«, keuche ich, wohlwissend, dass ich mich keinen Meter bewegen kann, und das liegt nicht daran, dass er immer noch auf mir liegt.

»Du bist schon wieder so ungeduldig«, raunt er, ohne großartig von meiner Brust abzulassen. »Ich habe nicht vor, dass hier innerhalb von fünf Minuten abzuhaken.«

Diese Stimme macht mich fertig. Dieses tiefe raue Brummen, das in jedem Wort mitschwingt. Ich fasse es nicht. Meine Hände wandern unter sein Shirt. Ich muss ihn einfach spüren, seine Haut auf meiner.

Für den Moment, in dem ich ihm Hemd und Shirt über den Kopf ziehe, unterbricht er seinen quälendschönen Kussmarathon, sodass ich kurz durchatmen kann. Ich weiß nicht, wann es zuletzt jemand geschafft hat, dass ich so kurz vor einem Orgasmus stand, nur weil er Küsse auf meiner Brust verteilt hat.

»Da ist noch viel zu viel Stoff« wispere ich, wobei mein Blick über seinen Oberkörper wandert, der so schön ist, einfach nur, weil er zu diesem besonderen Mann gehört. »Darf ich dich weiter ausziehen?«

Wir drehen uns, sodass er nun auf dem Rücken liegt. Und ich zwischen seinen Beinen knie. Erst öffne ich seinen Gürtel, dann seine Hose. Sein Schwanz drückt so heftig gegen den Stoff, dass es für Ole eine Erleichterung sein muss, jetzt, da er nur noch von seinen Shorts im Zaum gehalten wird. Ich beuge mich herunter und verteile einige Küsse auf dem schwarzen Stoff. Ole stöhnt und ich würde am liebsten weitermachen, wenn es nicht noch verlockender wäre, ihn weiter auszuziehen. Verdammt. Er hat recht. Wenn man sich Zeit nimmt...

Ich rutsche ein Stück nach hinten, schiebe ihm seine Sneaker von den Füßen, dann seine Socken, bevor ich ihm ganz langsam die Hose herunterziehe. Ich spüre Oles Blick auf mir, während ich mir die Zeit nehme, ihn anzusehen. Fuck. Er ist schön. So verdammt schön. Nur noch ein letztes Stück Stoff verdeckt ihn.

»Darf ich?«, versichere ich mich nochmal, weil er es genau so machen würde. Wieder nickt er. Langsam, ganz langsam lasse ich meine Finger seine Beine hinaufwandern, bevor ich nach seinen Shorts greife und sie in einem Zug herunterreiße. Geduld schön und gut, aber ich will ihn sehen, will ihn spüren. Ich küsse seinen Schwanz, schmecke ihn, während Ole zitternd stöhnt.

Ich krabble ihm wieder entgegen, knie mich links und rechts neben ihn, sodass ich seine Mitte an meiner spüren kann. Auch wenn uns da noch Stoff trennt, ist es so unfassbar gut. Seine leichten Bewegungen heizen das Lodern in mir noch weiter an, bis ich ein Keuchen nicht zurückhalten kann.

»Darf ich dich ausziehen?«

»Ich dachte schon, du fragst nie«, presse ich hervor, während ich mein Becken weiterhin auf ihm kreisen lasse.

Wieder verändern wir unsere Position. Er sitzt jetzt aufrecht und ich auf seinem Schoß. Wir bewegen uns eine Weile, küssen uns voller Verlangen, bis er beginnt mir das Kleid über den Kopf zu ziehen.

Irgendwie geht dabei auch meine Mütze verloren, was ich zum Anlass nehme, meine Haare zu öffnen, bis sie mir über die Schultern fallen.

40

Ole

Wenn es nicht schon längst passiert wäre, dann wäre es dieser Moment, in dem es um mich geschehen ist. Als sie sich auf meinem Schoß sitzend eine Haarnadel nach der anderen entfernt und immer mehr ihrer dicken blauen Strähnen über die zarten Schultern fallen.

Sie sieht so wunderschön aus und fühlt sich noch besser an. Der Stoff ihrer Strumpfhose ist komplett nass. Zu wissen, dass ich dafür verantwortlich bin, dass ihr Körper so reagiert, macht mich sprachlos.

Rasch löse ich auch ihren BH und schnappe nach Luft, als ich ihre Brüste vor mir sehe. Auch wenn es nicht das erste Mal ist, so ist es kein bisschen weniger besonders. Ihre Brustwarzen recken sich mir entgegen. Ich kann nicht anders, als bewundernd darüber zu streichen und Leo damit zum Keuchen zu bringen.

»Ein bisschen fester«, raunt sie. Ich leiste ihrer Anweisung folge und massiere sie mit etwas mehr Druck, bevor ich Leo wieder auf mein Bett lege. Ich kann es immer noch nicht glauben, dass sie hier liegt, dass wir das miteinander tun, unsere Körper erkunden, bis wir am Höhepunkt aller möglichen Gefühle angelangen.

Ich streife ihr die Wildleder Highheels von den Füßen, ehe ich mich um die Strumpfhose kümmere.

»Keine halben Sachen«, raunt sie, weil ich den Slip vorerst unberührt gelassen habe, doch ich erfülle ihr den Wunsch, ziehe sie komplett aus und muss sie einfach einen Moment ansehen, wie sie da liegt.

»Gefällt dir, was du siehst?«, raunt sie.

»Ja…«, krächze ich, »das tut es schon den ganzen Abend. Schon die ganzen letzten Tage, schon seit du mich das erste Mal mit deinen Schokoladenaugen angesehen hast, Millie.«

»Dann sieh sie dir nochmal aus der Nähe an, während du mich küsst, Van Gogh.«

Und das tue ich. Mir jedes Detail ihrer wunderschönen Augen ansehen. Und Leo küssen.

Leo ist noch da, als ich am nächsten Morgen aufwache. Ihr Kopf liegt auf meiner Brust. Sie schläft tief und fest.

Als wir eingeschlafen sind, war es bereits früher Morgen. Wir haben noch lange geredet, über unsere Kindheit, darüber ob sie lieber ein Süß- oder Salzwasserfisch wäre – Salzwasser, warum ich Nutella nicht mag – ich mein: habt ihr das braune Zeug mal angesehen? Ich denke dabei eher weniger ans Essen, ob sie eher ein Katzen- oder ein Hundemensch ist – Katzen, zum Glück, welches die besten Buntstifte seien und warum Faber Castell – da gibt es gar keine Diskussionen, und noch so viel mehr. Zwischendrin mussten wir immer wieder Pausen einlegen, weil sie ihre Finger nicht von mir lassen konnte. Gut, mir ging es da nicht anders, bis wir irgendwann unsere Augen nicht mehr offenhalten konnten und unsere Unterhaltungen nur noch aus Brumm- und Summlauten bestand.

Am liebsten würde ich einfach so liegen bleiben, warten, bis Leo aufwacht, sehen, wie sie langsam ihre Augen öffnet und sie einfach nur ansehen, so wie wir uns gestern einfach nur angesehen haben, nachdem wir uns gegenseitig zum Höhepunkt getrieben haben. Die Erinnerung an den schokoladenen Wirbelsturm in ihren Augen, dieser leuchtende Glanz des Glücks verbreitet prickelnde Wärme durch meine Nervenbahnen. Leider kann ich den Ruf der Natur nicht länger ignorieren. Umständlich klettere ich aus meinem Bett, um Leonie nicht zu wecken. Wenn sie schläft, sieht sie so zerbrechlich aus, dass ich mich fast nicht traue, mich überhaupt zu rühren. Leise ziehe ich mich an, realisiere dabei, dass sie mir schon wieder mein Hemd gemopst hat. Ich mag es, sie damit zu sehen, auch wenn ich ihr das natürlich niemals sagen würde.

28. Dezember
10. Tag

Ole

»Na, ausgeschlafen«, begrüßt mich Mom, als ich aus dem Bad zurück in unsere Wohnküche komme.

»Könnte man so sagen«, antworte ich. »Hat mit Ingrid alles geklappt oder brauchst du heute doch nochmal meine Hilfe?«

»Nein. Alles gut. Sonst hätte ich dich auch schon längst aus dem Bett geschmissen.« Vielsagend deutet sie auf die Uhr am Herd, die bei uns tatsächlich richtig geht. Yana erträgt es nicht, wenn irgendwo Uhren falsch gehen, was für uns den Vorteil hat, dass selbst die umständlichsten Digitaluhren die richtige Zeit anzeigen. Neun Uhr dreißig blinkt es im Display. Wow. So lange habe ich lange nicht mehr geschlafen. Aber in Anbetracht der Tatsache, dass uns erst um kurz nach vier die Augen zugefallen sind...

»Falls ich doch noch irgendwo mit anpacken soll, dann sag Bescheid.«

»Ach was. Ich schätze du hast sowieso Besseres zu tun.« Ihr Blick blieb an etwas hinter mir hängen. »Guten Morgen.«

Ich drehe mich um, und natürlich bleibt mein Blick sofort an Leo hängen, die gerade aus meinem Zimmer kommt. Offenbar hat sie nicht damit gerechnet, meiner Mom zu begegnen. Der überraschte Ausdruck spricht Bände. Außerdem trägt sie nur mein Hemd, das sie diesmal allerdings komplett zugeknöpft hat, sodass es an ihr fast wie ein Kleid aussieht. Immerhin reicht es ihr bis zu den Knien. Ihr Kleid und die Strumpfhose hält sie zusammengewickelt in den Händen.

Für einen Augenblick nimmt mich der Anblick gefangen, ehe mir bewusst wird, dass meine Mom anwesend ist, und meine Wangen vermutlich den Farbton des Hemdes annehmen. Und damit meine ich nicht den Weißanteil.

»Ich sollte dann wohl besser gehen«, sagt Leo nach einem Moment des Zögerns. Hastig packt sie ihre Sachen fester und läuft zur Treppe. »Ich komme später nochmal vorbei, wenn das in Ordnung ist?«, sie sieht zu Mom, als bräuchte es ihre Erlaubnis.

»Das hier ist ein Gasthaus. Gäste sind immer willkommen. Egal auf welche Etage«, erwidert sie milde mit einem Zwinkern. Oh Mann. Egal, wie gut ich mich mit Mom verstehe, es gibt Dinge, die werden mir immer unangenehm sein. Wenn eine Frau aus dem ehemaligen Kinderzimmer kommt, gehört auf jeden Fall dazu.

Leo nickt. Kurz treffen sich unsere Blicke. Sie lächelt, was in mir ein kleines Feuer entfacht.

»Also ist das etwas Ernstes?«, will Mom wissen, als Leos Schritte auf der Treppe verklungen sind.

Auch so eines der Gespräche, die ich nur äußerst ungern führe. »Wir kennen uns doch erst ein paar Tage. Wenn man da überhaupt schon von *Kennen* reden kann«, sage ich und lehne mich an die Arbeitsplatte. Mom steht mir mit einer Tasse Kaffee in der Hand gegenüber.

»Manchmal reicht ein Augenblick.«

»Ja. Und manchmal stellt man nach zehn Jahren fest, dass es einen unglücklich macht und man den Partner nicht mehr erträgt.« So muss es ja gewesen sein. Vielleicht war mein Alter auch wirklich einfach nur ein Arsch, der aus purer Langeweile die Nachbarin bespringt. Ich weiß es nicht. Ich werde jedenfalls nicht riskieren, dass ich jemanden - egal ob es Leo oder jemand anderes ist – so verletze, weil ich mich zu schnell auf die falsche Person einlasse.

»Ich weiß, dass dein Vater und ich nicht das Paradebeispiel einer Musterehe geführt haben«, antwortet sie mit einem eindringlichen Blick. So als würde sie sichergehen wollen, dass ihre Worte wirklich bei mir ankommen.

»Und damit es bei mir nicht so endet, will ich mir sicher sein, dass wir wirklich zusammenpassen.« Die letzten Ehejahre meiner Eltern waren furchtbar. Ständig gab es Geschrei und Tränen, Geschirr ging zu Bruch und ich wusste nicht wohin mit mir. Auch wenn keiner seinen Frust je mir gegenüber ausgelassen hat, so hatte ich niemanden, mit dem ich hätte darüber reden können. Bis Yana eines Tages in mein Leben trat. Nach ihrem Outing war es bei ihr zu Hause nicht gerade rosig und so haben wir uns irgendwie gemeinsam Halt gegeben. Stundenlang haben wir in meinem Bett gelegen und uns Dinge von schönen Orten erzählt, an denen wir gerne wären. Oft habe ich Bilder gemalt, die diese Orte zeigen. Einige davon hat Yana jetzt noch, weil sie sie immer daran erinnern, dass es irgendwo besser ist, so sagt sie.

»Ole«, sagt Mom und legt mir ihre Hand auf die Schulter, »wenn du eine perfekte Beziehung suchst, dann lass dir gesagt sein: Die wirst du nicht finden. Und auch wenn unsere Ehe nicht optimal geendet ist, so gab es dennoch viele schöne... sehr schöne Jahre, die ich nicht missen möchte. Menschen ändern sich, manchmal stellt man dann fest, dass man nicht mehr so gut zusammenpasst. Im Idealfall, bevor Geschirr zu Bruch geht.«

»Hmm«, sie hat ja recht. Aber dieses nagende Gefühl ist da eben jedes Mal, wenn ich eine Frau kennenlerne.

»Ich rede ja nicht davon, dass ihr gleich heiraten sollt. Aber verwehre dir nicht die Chance, nur weil wir seinerzeit Fehler gemacht haben.«

41

Leo

Gott, wenn mir vor einigen Tagen jemand gesagt hätte, dass es mir mal schwerfallen würde, das Kleidungsstück eines Mannes auszuziehen, weil ich den Geruch vermisse, hätte ich die Person für verrückt erklärt. Jetzt überlege ich ernsthaft, ob ich nicht lieber mich für verrückt erklären soll, weil ich in ein Handtuch gehüllt in meinem Zimmer stehe und ernsthaft Oles Flanellhemd in den Händen halte und mich dabei erwische, wie ich meine Nase darin vergrabe. Am liebsten würde ich es direkt wieder anziehen, aber meine Familie stellt schon genug fragen, weil ich gestern nicht zum Abendessen da war.

Seufzend lasse ich das Hemd auf mein Bett fallen und angle ein schwarzes, lockeres Top, das eigentlich für wärmere Gefilde gedacht ist, aus meinem Koffer. Langsam gehen mir wirklich die Klamotten aus. Vielleicht könnte ich es damit rechtfertigen... überlege ich. Verwerfe aber den Gedanken, beschließe aber, mich zu erkundigen, ob ich meine Klamotten irgendwo waschen kann.

Kurz darauf verlasse ich mein Zimmer, um mir endlich Frühstück zu besorgen. Schon mehrere Male hat mein Magen lautstark danach verlangt. Auf dem Flur höre ich Stimmen, die sich angespannt unterhalten. Nahe der Treppe bemerke ich, dass es sich um Cassidy und Conrad handelt. Aus dem unverständlichen Gemurmel höre ich auf einmal meinen Namen heraus. Natürlich bleibe ich da stehen.

»Ständig geht es nur noch um Leonie«, empört sich Cassidy.

Schon klar Leute, lauschen ist scheiße, aber wenn es um euch ginge, würdet ihr doch auch, oder?

»Das ist mir eben wichtig, Babe«, versucht mein Cousin beschwichtigend auf seine Verlobte einzureden. »Immerhin geht es hier um meine Zukunft.«

Es geht vor allem um die Zukunft der Firma, du Idiot, denke ich, aber das kann man bei so einem übergroßen Geltungsbedürfnis ja schonmal vergessen.

»Und was ist mit mir? Seit Tagen liegst du mir damit im Ohr, wie furchtbar es wäre, wenn jemand anderes euren Verlag übernimmt. Und du weißt, dass ich mir das alles anhöre, aber hast du dich nur einmal dafür interessiert, was mich gerade beschäftigt?«

»Falls du Sorgen hast, dass ich dann nicht mehr genug Zeit für uns habe... Bis dahin vergehen ja noch ein paar Jahre.«

»Oh my God«, schnaubt Cassidy. So aufgebracht habe ich sie noch nie erlebt. Ich kannte sie bisher nur als die zurückhaltende, vornehme Britin. Es ist schön zu wissen, dass es jemanden gibt, der Conrad mal die Meinung geigt. »Es geht einmal nicht um dich!« *Das hätte ich nicht besser sagen können.* »Mir wurde eine Stelle als Gebietsleiterin angeboten. In der Londoner Zweigstelle.« Soweit ich weiß, arbeitet sie in einer global agierenden Medienagentur, weshalb es für sie einfach war, nach München zu ziehen.

»Das ist... Wow, Babe.« Es ist nett, ihn mal sprachlos zu erleben. Sehr nett, um ehrlich zu sein. »Und jetzt überlegst du abzusagen, weil es London ist?«

»Vielleicht hätte ich das, wenn es für dich in den letzten Tagen ein anderes Thema gegeben hätte, außer dass du ja ach so ungerecht behandelt wirst. Ich habe zugesagt. Im Sommer fange ich an.«

»Du triffst so eine Entscheidung einfach ohne mich?«

»Offensichtlich tue ich das. Mag sein, dass dein Dad dir beigebracht hat, dass der Mann in der Familie das Sagen hat. Mag sein, dass wir zusammen eine andere Lösung gefunden hätten, aber du hattest offenbar andere Prioritäten!«

Damit reißt sie die Tür auf, dass mir keine Zeit bleibt, zurückzuweichen, bevor Cassidy aus dem Zimmer stürmt. Dass ich alles mitbekommen habe, scheint sie nicht zu stören, als sie den Flur entlang zur Treppe läuft. Ohne lange nachzudenken, folge ich ihr, bis wir in der Bibliothek ankommen, wo sie sich auf einen der großen Sessel sinken lässt.

Mit einem Taschentuch tupft sie sich über die Augen. »Entschuldige meinen Auftritt«, sagt sie mit rauer Stimme.

»Glaub mir, ich habe schon schlimmeres hingelegt«, winke ich ab.

»Stimmt«, erwidert sie und sieht mich mit roten Augen an.

»Herzlichen Glückwunsch zur Beförderung«, sage ich ehrlich erfreut, auch wenn wir nie beste Freundinnen werden, hat sie etwas erreicht, auf das man stolz sein kann. Obwohl wir inzwischen mitten im einundzwanzigsten Jahrhundert leben, haben es Frauen immer noch schwerer in Führungspositionen. Nicht zuletzt wegen solcher Idioten wie meinem Onkel und seinem Nachfahren.

»Danke. Das ist eine wirklich einzigartige Chance.«

Kurz verfallen wir in Schweigen. Ich komme nicht umhin, Cassidy zu mustern, obwohl sie gerade einen heftigen Streit hatte, sitzt sie hier aufrecht. Außer an ihren roten Augen und den verkrampften Fingern wirkt sie makellos. Ein wenig beneide ich sie dafür, dass sie das so gut verstecken kann. Wie gerne würde ich meine Emotionen für mich behalten, wenn ich mich mit meiner Familie rumärgern muss.

»Weißt du, wie oft ich dich schon beneidet habe, seit wir hier sind?«, fragt sie plötzlich in die Stille hinein.

»Du mich?«, frage ich perplex. »Du, die das perfekte Leben führt mit Bald-Mann, Job, der sie glücklich macht ... Beförderung, du bist neidisch auf mich, die von ihrem Mann sitzen gelassen...«

»Ja«, unterbricht sie mich. Ich kann ihr förmlich ansehen, wie schwer es für sie sein muss, mir einfach so ins Wort zu fallen. »Wäre ich wie du, hätte mir Conrad zugehört, dann wüsste er, was mich beschäftigt. Ich hoffe wirklich, dass ich es lerne, für mich einzustehen. Laut, unnachgiebig mit einem Ziel, so wie du. Und dann sieh dich doch mal an...« Mit einer umfassenden Geste deutet sie auf mich. »Du sitzt hier mit deinen Yoga-Hosen, deinem Shirt, das dir halb über der Schulter hängt und deinen blauen Haaren, für die ich nie den Mut hätte. Für all das würde mir der Mut fehlen.«

Ich weiß, dass Cassidy aus einem strengen Elternhaus stammt, irgendwie knapp unter altem britischem Möchtegernadel. Offenbar hat sie all ihre Verhaltensweisen so verinnerlicht, dass es zu einer zweiten Haut geworden ist, aus der sie nicht herauskommt.

»Sieh mich doch an. Ich bekomme ja schon Zustände, wenn auf meinen weißen Sneakers ein Fleck ist.« Vielsagend deutet sie zwischen ihren makellosen Reeboks zu meinen Nikes, die seit der Malaktion mit Ole einige Farbspritzer zieren. Sofort muss ich wieder daran denken, wie angenehm seine Gegenwart war, als wir zusammen vor den Leinwänden standen.

»Verrückt«, sage ich und versuche den Gedanken an Ole abzuschütteln, »Ich habe dich immer um dein perfektes Leben beneidet.«

»Mein Leben ist auch ziemlich perfekt«, sagt sie mit einem Lächeln im Gesicht.

»Nur dass dein Verlobter wenig begeistert von deinen Plänen scheint.«

»Ist doch verständlich«, sagt sie und zuckt mit den Schultern. »Er hatte Pläne oder besser gesagt, sein Dad hatte Pläne für ihn, die ich gerade durchkreuzt habe.«

So kann man das auch ausdrücken, denke ich und überlege, wie ich reagiert hätte, wenn Roshan vorgeschlagen hätte, eine Beförderung auszuschlagen.

»Natürlich muss er sich daran erst gewöhnen... und sind wir ehrlich, es ist auch nicht leicht für ihn, wenn er nicht nur seine eigenen Erwartungen sondern auch die seines Vaters erfüllen muss.«

»Wie kannst du nur so... verständnisvoll sein?« Ich kann diese Frage einfach nicht zurückhalten. »Er trampelt auf mir rum, er hört dir nicht zu...«

Wieder zuckt sie mit den Schultern. »Ich lieben ihn. Seit ich ihn das erste Mal gesehen habe, liebe ich ihn. Und nur weil man mal aneinander vorbeiredet, weil man nicht mit den Handlungen des Partners einverstanden ist, schwindet die Liebe nicht. Was nicht heißt, dass ich Conrad nicht gerade am liebsten zum Mond schießen würde, auch, weil er dir absolut nichts zutraut. Aber glaub mir, er ist nicht dumm. Wenn er erstmal zur Ruhe kommt, wird das. Und dann werden wir auch eine Lösung finden.«

»Hmm«, nachdenklich lasse ich ihre Worte auf mich wirken. Liebe schwindet nicht.

»Leonie, Beziehungen müssen nicht immer perfekt sein. Liebe ist doch mehr als schöne Urlaubsfotos, perfekte Feiertage und bilderbuchmäßige Abende vor dem Kamin.«

Ein Räuspern unterbricht sie. Conrad hat den Raum betreten, weshalb ich mich erhebe, um den Platz für ihn freizumachen. Auch wenn ich ihn nicht ausstehen kann, scheint er Cassidy wirklich glücklich zu machen.

»Hoffentlich ist dein Hirn aus dem Winterschlaf erwacht«, raune ich ihm zu, als ich an ihm vorbeigehe. »Verbock es nicht, damit du ihre Liebe auch verdienst.«

42

Ole

»Na immerhin ist es der Linke«, sage ich, als Neo mir seinen ramponierten Arm in die Kamera hält.

»Weißt du, wie viel langsamer ich bin, wenn ich nur mit einer Hand arbeiten kann? Du weißt selbst, wie viele Tastenkombinationen man braucht«, stöhnt er.

»Dann hättest du eben nicht versuchen sollen, Ian zu beeindrucken«, ruft Tomo aus dem Hintergrund.

So positiv wie sich das hier entwickelt, so sehr vermisse ich meine Jungs. Ohne das ständige Gezanke der beiden ist es doch ziemlich ruhig. Das fällt mir vor allem jetzt wieder auf, während wir telefonieren und sie mir erzählen, wie Neo sich in einer halsbrecherischen Aktion den Arm gebrochen hat.

»Und damit hatte ich ja auch Erfolg«, behauptet der Bruchpilot voller Stolz.

Im Hintergrund schüttelt Tomo nur den Kopf. »Da sprechen die Schmerzmittel aus ihm.«

»Hör nicht auf ihn. Der hat keine Ahnung, welche Schwingungen da zwischen uns viben«, winkt Neo ab. »Und wer ist die reizende Dame bei dir im Hintergrund?«

»Oh. Ich bin schon wieder weg«, sagt Leo, als sie merkt, dass ich telefoniere.

»Quatsch. Komm her«, halte ich sie auf, bevor sie wieder verschwinden kann.

»Hi«, grüßt sie meine Mitbewohner, nachdem sie sich neben mich aufs Sofa fallengelassen hat, »Ich bin Leo, der Grund warum Ole jetzt nicht bei euch ist.«

»Sehr erfreut.« Tomo deutet eine Verbeugung an.

»Tomo, Neo«, stelle ich sie Leo vor. »Letzterer ist auf Schmerzmitteln, also nimm ihn nicht so ernst.«

»Verstehe schon«, lacht sie. »Das sieht übel aus.«

»Endlich jemand, der mich angemessen bemitleidet. Jungs, von dieser Dame könnt ihr echt noch was lernen.«

»Merk dir das, Ole«, herausfordernd schaut Leo mich an und zieht dabei eine ihrer Augenbrauen nach oben. Ich versinke kurz in ihrem Blick, bis mich Neos Räuspern wieder ins Hier und Jetzt zurückholt.

»Tomo, sag mir das du das auch siehst«, sagt Neo daraufhin.

»Was?«, fragt er ratlos.

»Ole schläft mit dieser Göttin des Mitleids.«

Oh Mann, der Moment zum Auflegen ist gekommen. Nein falsch. Der Moment ist schon vorüber. Meine Wangen glühen wahrscheinlich inzwischen wieder tiefrot.

»Gut erkannt«, antwortet Leo, ohne zu zögern, legt mir einen Arm um die Schultern und drückt mir übertrieben einen Kuss auf die Wange.

»So. Ich glaube, es wird Zeit, dass ich mich mal wieder an meine Illustrationen setze«, sage ich, bevor das hier noch unangenehmer wird- »Tomo, pass auf, dass er sich nicht noch den anderen Arm bricht. Macht's gut.«

Bevor einer der beiden noch irgendwas Peinliches sagt, lege ich auf.

»Ey«, protestiert Leo, »jetzt wurde es doch gerade erst lustig.«

»Entschuldige. Manchmal verlieren die zwei das Gefühl für Schamgrenzen«, erwidere ich. Ich war noch nicht bereit dafür, dass sich diese beiden Welten überkreuzen. Aber vielleicht ist es ganz gut, wenn man das Pflaster mit einem Ruck abzieht.

»Schon gut, sie scheinen wirklich nett zu sein«, sie küsst mich nochmals. Langsam entspanne ich mich etwas, sodass ich mich vollends in ihre Umarmung fallen lasse. »Hat deine Mom eigentlich noch was gesagt, weil ich...«

»Nein«, sage ich, »auch wenn es trotzdem ein ernstes Gespräch gab.«

»Für das Bienchen-Blümchen-Thema ist es aber etwas spät, oder?«, grinst sie.

Kurz überlege ich, wie viel ich ihr erzählen soll, fange dann aber ganz vorne an. Wie mein Alter das Hotel gekauft hat, wir extra deswegen hergezogen sind, es immer öfter Streit gab, bis er eine Affäre mit der Nachbarin hatte. Ich erzähle, wie er Mom mit dem Hotel hat sitzen lassen und dass ich befürchte, genau so zu enden und davon, was Mom mir erzählt hat.

»Hey«, sanft streicht sie mir über den Kopf. »Deine Mom hat recht. Keine Ahnung, was in zwei Wochen oder fünf Jahren ist. Aber dank dir waren die letzten Tage was Besonderes. Zeit mit dir ist etwas Besonderes. Und solange das so bleibt, ist doch alles gut. Außerdem hast du mir doch gesagt, dass es das zwischen uns wert ist.«

»Schon, aber das war, bevor in meinem Großraumbüro im Kopf alles hinterfragt wurde«, sage ich, froh darüber, dass ich meine Gedanken mit ihr teilen kann. Ich spüre, dass sie mich hält, wie ich es bei ihr immer wieder tun würde. Dass sich zwischen uns etwas entwickelt, etwas Außergewöhnliches.

»Nichts zu danken, Van Gogh«

✳✳✳

»Ich kann aber nicht so viel Zeit in ein Projekt investieren, dass am Ende nur in meinem Schreibtisch liegt«, wende ich ein.

Leo hat es sich mit ihrem iPad in der Hand auf meinem Bett bequem gemacht, nachdem sie ihre Wäsche in unsere Maschine gestopft hat.

»Wer sagt denn, dass es so sein muss? Gibt es nicht Agenturen, an die du das senden könntest?«

»Natürlich gibt es die. Aber die Wahrscheinlichkeit aufgenommen zu werden ist klein, verschwindend gering. Dazu kommt noch, dass ich noch nichts veröffentlich habe.

»Aber wenn das mit dem Rucksack klappt, dann landet ihr damit doch in einem Magazin, oder?«

»Nicht wir, Leah«, seufze ich.

»Was?«, Leos Erstaunen überrascht mich keineswegs, schließlich habe ich das ganze schon Neo und Tomo gehört. Dass es dämlich sei, meinen Namen da rauszuhalten, dass ich mich damit selbst sabotieren würde.

»Verstehe ich das richtig?«, fragt sie. »Du investierst stundenlange Arbeit und bekommst am Ende... nichts?«

»So ist das nicht«, beschwichtige ich. »Ich lerne total viel. Und ich habe ja auch Spaß dabei, aber die Stipendien, die man gewinnen kann, gibt es nur für Einzelillustratoren, nicht für Teams.«

»Ole...«

»Nein, Leo. Bitte, ich will mich darüber nicht streiten. Das wollte ich schon mit meinen Jungs nicht, aber mit dir will ich das noch viel weniger.«

»Okay«, seufzt sie, »aber darf ich wenigstens sagen, dass ich es schade finde? Dass ich bewundere, was du bereit bist, aufzugeben, dass ich mir aber wünschen würde, dass du dir eine Chance gibst?«

»Klar darfst du das«, sage ich und meine es auch so. Ich finde es ja auch schade. Aber Leah braucht das Stipendium, da ihre Eltern sie bei einem *Kritzel-Studium* nicht unterstützen. Bafög bekommt sie nicht, da ihre Eltern zu viel verdienen und natürlich verweigern sie auch eine Bürgschaft für einen Kredit. Ja, es wäre auch meine erste Chance auf eine Veröffentlichung in einem renommierten Magazin, aber dafür zu riskieren, dass Leah sich ihr Studium nicht mehr leisten kann, kommt nicht in Frage. »Ich weiß, dass es unverständlich ist.«

»Ist es nicht«, erwidert sie. »Inzwischen kenne ich dich ja auch ein bisschen. Ich mache mir nur Sorgen, dass du irgendwann mal zu viel für andere gibst, bis nichts mehr von dir selbst übrigbleibt.«

Tue ich das? Okay, vielleicht denke ich häufig zuerst an die anderen, überlege, wie ich ihnen helfen kann. Ich habe schon angefangen, im Kopf eine Liste zu erstellen, was wir alles unternehmen können, um Neo mit seinem ramponierten Arm zu helfen. Ich überlege nicht, wie viel Mehraufwand etwas für mich bedeutet, sondern frage mich, was es anderen erleichtert. Aber es geht mir gut, wenn es den Menschen um mich herum gut geht, den Menschen, die mir am allermeisten bedeuten. Und das ist doch was Gutes, oder?

Aber nur wenn es dir gut geht, kannst du auf andere achten, flüstert eine Stimme in mir, eine Stimme, die verdächtig wie Leo klingt.

Vielleicht hat sie ja recht. Vielleicht sollte ich wirklich versuchen, wenigstens meine Kaugummi-Geschichte zu veröffentlichen. Es gibt ja auch andere Wege, als über einen klassischen Verlag. Es wäre besser als nichts. Ich könnte mich wenigstens Mal mit dem Thema befassen.

»Es besteht immer noch das Problem, dass meine Geschichte kein Ende hat«, seufze ich. »Ich weiß einfach nicht, was ich damit anstellen soll.«

Nachdenklich legt Leo ihr iPad weg, ehe sie etwas sagt. »Vielleicht ist es genau so richtig. Wenn ich das recht verstehe, geht es ja darum, dass man sich immer weiterentwickelt, mit jeder Erfahrung, jedem Erlebnis, jedem Eindruck, den das Leben einem schenkt. Das ist doch ein Prozess, der niemals endet. Egal wie alt man ist, man kann immer etwas Neues lernen oder entdecken.«

»Was ist das?«, frag ich, als Leo mir später ihr iPad reicht. Eine Tabelle ist zu sehen. »Das ist eine Liste mit Literaturagenturen, die sich auf Bilderbücher und Graphic-Novels spezialisieren. Dazu steht, welche Anforderungen sie haben, falls man sich dort vorstellen will. Weil ich mich nicht auskenne, habe ich noch jeweils ein paar Veröffentlichungen notiert, damit du einen schnelleren Überblick hast.«

»Das ist...« Ich habe selbst schon mal versucht, Agenturen zu finden, mich darüber zu informieren. Ganz zu Beginn meines Studiums, aber das hat mich alles irgendwie überfordert. Außerdem habe ich damals nicht annähernd so viel gefunden, wie Leo in der letzten Stunde. »Danke. Wirklich... Vielen Dank.« Ich schlinge meine Arme um ihren Körper, weil mir die Worte fehlen.

»Ganz unten sind noch welche aufgeführt, die ich ausgegraut habe, die wirkten irgendwie unseriös. Aber da ich, wie gesagt, keine Ahnung habe, wollte ich sie nicht ausschließen, ohne es dir zu zeigen«, fügt sie erklärend hinzu.

Schon wieder ist da diese Wärme in mir, die mich so oft in den letzten Tagen erfüllt. Es tut so gut zu merken, dass sie mich unterstützt, obwohl sie meine Beweggründe nicht versteht oder anderer Ansicht ist. Das bedeutet mir unglaublich viel.

Mein Kopf liegt auf Leos Schoß, während ich mir die Liste genauer ansehe. Leo streicht mir durch die Haare und schaut nach draußen in den marineblauen Mittagshimmel, als es an der Tür klopft.

»Kann ich reinkommen, oder seid ihr nackt?«, fragt Yana. Trotzdem wartet sie unsere Antwort nicht ab, ehe sie hereinkommt.

»Welchen Sinn hat es zu fragen, wenn du dann doch nicht wartest?«, hake ich nach.

»Nicht wie ein unhöflicher Trampel zu wirken. Ich habe die Klamotten für dich dabei«, wendet sie sich an Leo, die sich erstaunt aufsetzt und mich dabei zur Seite schiebt. »Wir wollen ja nicht, dass du da draußen erfrierst.«

»Ähm danke? Ole, was hast du mit mir vor?«, fragt Leo mit einem Hauch Misstrauen in der Stimme.

»Kein Problem. Ich hoffe, du hast mit der Hose keine Probleme. Ich bin mir nicht sicher, ob dein Traumhintern da reinpasst.«

»Ey, Yana« unterbreche ich sie lachend, »hör auf zu flirten, ich war zuerst dran.«

»Ist es nicht süß, wenn er eifersüchtig wird«, grinst sie und wuschelt mir durch die Haare.

»Oh ja, das ist es«, wie schon vorhin drückt mir Leo einen fetten Schmatzer auf die Wange und amüsiert sich dabei köstlich.

»Außerdem, du weißt doch, dass ich schon versorgt bin.«

»Mädels, ich weiß nicht, was ich davon halten soll, dass ihr euch immer besser versteht.« Insgeheim freue ich mich sehr, dass Yana Leo gegenüber auftaut und ihr nicht mehr so skeptisch gegenübersteht. Dass macht mir durchaus Mut, dass wir wirklich eine Chance haben. Ich mag vielleicht die rosarote Brille aufhaben. Umso wichtiger ist es, dass Yana für mich den Durchblick behält, so wie ich es für sie tun würde. Bei Leah war sie zurückhaltender. Möglicherweise lag das daran, dass sie sich nie persönlich getroffen haben, aber vielleicht hat sie auch einfach geahnt, dass das nicht funktionieren würde.

»Komm damit klar«, grinst Leo und schlägt mit Yana ein, die daraufhin wieder verschwindet.

»Verrätst du mir jetzt, was du vorhast?«, fragt Leo im Schneidersitz vor mir sitzend.

»Du wirst es schon noch früh genug erfahren«, necke ich und ernte dafür ein Augenrollen, wodurch der Tag noch ein kleinwenig besser wird.

43

Leo

Ole ist unmöglich. Und wenn ich nicht so drauf stehen würde, wäre ich schon längst über alle Berge. Egal wie oft ich gefragt habe, was er vorhat, er hat nichts verraten.

Ich habe wirklich alles versucht, um es aus ihm herauszubekommen. Habe Kitzelattacken gestartet, angedroht ihm seinen Lieblingsbleistift zu zerbrechen (was ich natürlich niemals tun würde, ich bin ja kein Monster, was ihm offenbar auch klar war), ich habe sogar probiert, und darauf bin ich echt nicht stolz, ihn mit meinem Körper zu verführen, mit dem Ergebnis, dass er mich mit meinen eigenen Waffen geschlagen hat. In dem Moment, als sich seine Finger unter den Saum meines BHs geschoben hatten und er zeitgleich diese kleinen Stellen unter meinem Ohr geküsst hat, war es um mich geschehen und das Vorhaben war vergessen.

Verdammt.

Wenn das so weitergeht, dann ist Oles spärlicher Kondomvorrat schneller aufgebraucht, als mir lieb ist. Und ich habe ehrlich gesagt wenig Lust darauf, meinem Cousin darum zu bitten. Ich weiß nicht, ob ich wirklich bereit bin, die Bürde auf mich zu nehmen. Obwohl, wenn ich daran denke, was Ole alles in mir anstellt...

Doch bevor ich weiter übers Ausziehen nachdenke, muss ich mich erstmal in die verschieden Kleidungsschichten zwängen, die Yana mir gebracht hat. Thermounterwäsche, dünne Kleidung, etwas dickere, bevor es an die eigentliche Hose geht. Auch wenn ich mich fühle, wie das Michelin-Männchen, vertraue ich darauf, dass sie mehr Erfahrung oberhalb des Polarkreises besitzt als ich und schon wissen wird, was gut für mich ist.

Tatsächlich ist die Hose etwas eng für meinen *Traumhintern*, aber es wird schon gehen. Es ist supernett, dass sie mir damit aushilft, also werde ich mich nicht darüber beschweren.

Ich bin gerade fertig, als es an der Tür klopft und Ole mich abholt. Das Kribbeln in mir wird immer stärker. Ich habe noch immer keine Ahnung, was er mit mir vorhat, aber ich weiß, dass es toll werden wird, solange er dabei ist. Ich fühle mich wie ein Kind vor Weihnachten, voller Vorfreude und Neugier auf das, was mich gleich erwartet.

Im Eingangsbereich angekommen treffen wir auf meine Eltern.

»Ich wusste gar nicht, dass es möglich ist, wieder Touren im Freien zu unternehmen«, wundert sich meine Mom.

»Das ist sozusagen ein Testlauf«, erklärt Ole, »spätestens ab morgen sollte das aber wieder möglich sein. Auch die Schlittentouren und Ski-Wanderungen sollten dann wieder machbar sein, schließlich können die Guides aus den Nachbardörfern wieder zu uns kommen.«

»Das klingt hervorragend, oder Carsten?«

»Was immer du willst«, brummt er. Ich glaube, seine Lust, sich in der Kälte herumzutreiben, hält sich in Grenzen. Ich kann mir ein Grinsen nicht verkneifen. Dad war noch nie ein Outdoormensch. Ich bin es auch nicht unbedingt, trotzdem bin ich gespannt, was Ole sich überlegt hat.

»Dann wollen wir euch mal nicht weiter aufhalten. Bring mir unsere Tochter heil zurück.«

»Selbstverständlich«, erwidert Ole ein klein wenig eingeschüchtert. Er kennt Mom nicht, sonst wüsste er, dass sie nur scherzt.

»Und du kannst so ein Ding fahren?«, frage ich mit einer Mischung aus Zweifel und Überraschung in der Stimme, als ich das Schneemobil entdecke, dass vor dem Eingang steht.

»Ein wenig kränkt mich dein Unterton schon«, grinst er, »Aber ja, das konnte ich schon, bevor ich Autofahren gelernt habe. Im Winter ist es einfach die beste Möglichkeit, in die anderen Dörfer zu kommen. Wenn es nicht gerade so heftige Verwehungen gibt, wie diesmal.«

»Und wohin entführst du mich?«, will ich wissen, als Ole mir einen Helm reicht, den ich bequem über die Mütze ziehen kann, die Yana mir neben einem dicken Paar Handschuhe geben hat.

»Es gibt nur einen Weg, das herauszufinden.«

Das hatte ich befürchtet. Also schwinge ich mich hinter ihm auf das Gefährt.

»Wichtig ist«, sagt er diesmal ernst, jeglicher Spott ist aus seiner Stimme gewichen, »dass du dich gut festhältst. Am besten, indem du deine Arme um mich legst und mit deinen Händen deine Arme umfasst. So« er positioniert meine Hände so, dass ich einen guten Halt habe. »Und mit *fest* meine ich wirklich fest-fest. Das ist immerhin sowas wie dein Sicherheitsgurt. Keine Sorge, das engt mich nicht ein. Wenn du befürchtest, es wäre zu fest, dann ist es das in der Regel noch nicht, okay?«

»Verstanden«, sage ich mit spürbar wachsender Nervosität.

»Wenn etwas ist, dann löse vorsichtig eine Hand, dann stoppe ich, bevor du mir überhaupt auf die Schulter klopfen kannst, versprochen.«

Nachdem ich auch das bestätigt habe, startet er den Motor und das Gefährt erwacht zum Leben. Das Vibrieren der Maschine geht durch meinen Körper.

Langsam setzen wir uns in Bewegung. Sofort erinnere ich mich daran, dass ich mich unbedingt festhalten sollte, und verstärke meinen Griff.

Sobald wir die Einfahrt des Hotels verlassen haben, gibt er mehr Gas. Die dunkle Landschaft fliegt an uns vorbei und ich verstehe, warum das Festhalten so wichtig ist. Wir werden von den Schneemassen unter uns ziemlich durchgeschüttelt. Es dauert nicht lange, bis ich begreife, dass das nur der Anfang war. Das Gelände wird freier und Ole gibt mehr Gas und wir beschleunigen immer mehr und mehr, werden heftiger durchgeschüttelt. Unwillkürlich spanne ich mich an, um wirklich nicht den Halt zu verlieren.

Es dauert eine Weile, doch als ich mich daran gewöhnt habe und spüre, dass Ole weiß, was er da tut, kann ich mich entspannen, ohne meinen Griff zu lockern. Ich genieße es, hinter ihm zu sitzen und die winterlich arktische Natur an mir vorüberziehen zu sehen. Ab und an springen wir sogar etwas durch die Luft, wenn wir über eine Schneewehe fahren. Je mehr ich mich auf das einlasse, desto freier fühle ich mich. Irgendwann kann ich nicht anders, als zu lachen.

Das ist so verrückt. Wir düsen durch die Landschaft, fast als würden wir fliegen. Mit jeder Schneewehe, die wir überqueren, fühlt es sich an, als würden wir abheben und in die mondbeleuchtete Nacht hinausfliegen. Alles in mir ist in Aufruhr und das, weil ich mit einem Mann unterwegs bin und spüre, dass ich ihm vertrauen kann, dass er da ist und auf mich aufpasst.

Irgendwann realisiere ich, dass wir bergauf fahren, der Motor kämpft gegen die Steigung an und bringt uns immer höher und höher.

Ich weiß nicht, wie lange wir schon unterwegs sind, als Ole langsamer wird, bis er schließlich ganz anhält und das Geräusch des Motors erstirbt. Und auf einmal ist da nichts mehr. Es ist ganz still, nur das Rauschen des Blutes in meinen Ohren ist zu hören. Obwohl ich nur dagesessen habe, bin ich völlig außer Puste, so aufregend war die Fahrt.

Ich steige ab und kann mich kaum auf den Beinen halten.

»Da wären wir«, sagt er und stellt sich neben mich.

Erst jetzt bin ich in der Lage, meinen Blick schweifen zu lassen. Der Fjord liegt einige hundert Meter unter uns, genau so wie tausende Lichter.

»Da ist die *NordlysLodge*«, sagt er und deutet auf einen Punkt in der Ferne. Als mein Blick in den Himmel wandert, verschlägt es mir die Sprache. So viele Sterne habe ich noch nie gesehen. Es ist einfach unglaublich, was uns durch die Lichtverschmutzung in den Städten entgeht. Hier oben im Nichts sieht man so viel mehr an unserem Nachthimmel. Dazu noch die Nordlichter, die heute nur ganz dezent über unseren Köpfen wabern.

»Das ist unglaublich«, hauche ich und bin verwirrt, weil Ole nicht mehr neben mir steht. Er nestelt am Schneemobil herum. Kurz darauf kommt er mit Decke, Thermoskanne und einer kleinen Schachtel zurück. Schnee knirscht bei jedem seiner Schritte. Zu unseren Füßen breitet er die Decke aus, ehe wir uns niederlassen.

»Tee?«, fragt er und beantwortet damit meine Überlegungen, was darin wohl enthalten ist.

»Liebend gern«, erwidere ich und richte meinen Blick wieder nach oben. Es ist einfach unglaublich. Ich erkenne Sternbilder, die ich sonst nur im Planetarium sehe. »Das ist verrückt, oder?«, flüstere ich, als könnte jeder Laut diese Idylle zerstören. Wir sitzen auf einer Hochebene. Hier und da stehen ein paar Tannen, ansonsten gibt es nichts. »Wenn man diese Weite sieht. Ich meine, uns trennen Abermillionen Lichtjahre von diesen Sternen. Viele davon gibt es wahrscheinlich schon gar nicht mehr. Wir sind so ein kleiner Pups im Universum und spielen uns auf, als wären wir die Geilsten.«

Ole reicht mir einen dampfenden Becher. Ich nehme einen Schluck und lasse mich von der Flüssigkeit wärmen. Obwohl ich dank Yanas Kleidung nicht friere, tut, umringt von den glitzernden Schneemassen, etwas Wärmendes einfach gut.

»Aber wenn wir immer unbedeutender werden, dann werden es auch die Probleme, die wir mit uns herumtragen. Das finde ich irgendwie tröstlich«, überlegt Ole und hält mir die kleine Box hin, in der diese himmlischen Plätzchen sind, die hier unter dem Sternenhimmel noch viel besser schmecken.

»Da hast du recht«, murmle ich und lehne meinen Kopf an seine Schulter.

Ich genieße es, dass ich gerade nicht alleine unbedeutend sein muss. Im Gegenteil. Das Beste, was mir passieren konnte, ist, dass mich dieser Mensch gefunden hat. Ole legt seinen Arm um mich und mehr brauche ich nicht. Ich rücke noch ein bisschen näher an ihn und schaue in die schier unendlichen Weiten des Universums.

***

Trotz des Tees und der dicken Kleidung bin ich vollkommen durchgefroren, als wir eine Stunde später wieder in der Einfahrt des Hotels zum Stehen kommen. Als der Motor verstummt, bleibe ich noch eine Weile sitzen. Auch Ole rührt sich nicht.

»Danke« sage ich, auch wenn das nicht im Entferntesten ausrückt, wie ich mich nach diesem Ausflug fühle.

Mit steifen Gliedern steige ich ab. Auch wenn Ole meint, ich könne schon ins Warme, bleibe ich bei ihm und helfe, dass Mobil im Nebengebäude zu parken. Mich nach dieser Erfahrung von ihm auch nur weiter als einen Meter zu entfernen, erscheint mir unvorstellbar.

Hand in Hand laufen wir zum Haupthaus. Vor dem Eingang bleibe ich stehen, umfasse sein Gesicht und ziehe es an mich heran. Unsere eiskalten

Lippen treffen aufeinander und entfachen eine Hitze, die die Kälte für einen kurzen Moment vertreibt. Seine Hände landen auf meinem unteren Rücken. Er presst mich an sich, doch so kann es nicht weitergehen.

»Wir sollten das ohne Kleidung fortsetzen«, keuche ich, als wir uns kurz lösen, um Luft zu holen.

»Definitiv«, sagt er und öffnet die Tür.

Mit schnellen Schritten durchqueren wir den Eingangsbereich, ohne darauf zu achten, wie viel Schnee wir von draußen mit hineinbringen. Immer zwei Stufen auf einmal nehmend steigen wir die Treppe hinauf. Bis wir vor meinem Zimmer zum Stehen kommen. Da der Flur leer ist, kann ich mich nicht bremsen. Ich muss ihn einfach nochmal küssen, an seiner Unterlippe ziehen. Er schmeckt noch immer nach diesen Keksen, von denen er viel zu wenig dabei hatte.

»Ich kann es kaum erwarten, mich mit dir unter der Dusche aufzuwärmen«, flüstert er.

»Dann lass dir heute weniger Zeit, wenn du mich ausziehst«, erwidere ich und merke, wie sich die Energie der Leidenschaft in meiner Mitte sammelt.

»Das lässt sich einrichten«, versichert er.

»Dann ist ja gut.« Ich greife nach seiner Hand, stoße die Tür zu meinem Zimmer auf und erstarre.

44

Leo

Einen Hammerhai mit Partyhut hätte ich für real gehalten. Ein Trampeltier mit Tabakpfeife ebenso, aber nicht das. Das muss einfach ein Traum sein. Ein Albtraum an dessen Ende ich aufwache und darüber lache, was sich mein Gehirn da wieder zusammengesponnen hat. Es gibt nur ein winziges Problem: Ich wache nicht auf. Verdammt.

Als hätte mir jemand Eiswasser über den Kopf gekippt, breitet sich in mir eine Kälte aus, die um ein Vielfaches schlimmer ist als meine ohnehin schon durchgefrorenen Knochen.

Er sitzt da auf meinem Bett und schaut von seinem Buch auf, als wäre es das normalste der Welt.

»Was zum Henker willst du hier?«, frage ich tonlos, nachdem ich meine Sprache wiedergefunden habe. »Wie kannst du es wagen...« Mir gehen die Worte aus, meine Gedanken überschlagen sich. Es gibt so viel, das ich diesem Idioten an den Kopf werfen will, dass ich nicht weiß, womit ich anfangen soll. Und dann sitzt der hier, mit einer Selbstsicherheit, als würde ihm das ganze Hotel gehören. Das darf doch alles nicht wahr sein. Ich könnte schreien, ich könnte weinen, um mich schlagen, aber ich tue nichts davon, stehe einfach da wie versteinert, während meine Lunge vergisst, wie man atmet. War die Luft in diesem Raum, schon immer sie zäh? Träume ich vielleicht doch und wache gleich auf, zu Hause in meiner Wohnung und alles ist beim Alten? All die Ereignisse sind nur Produkte meines Unterbewusstseins? Fuck verdammt! Ich... Das kann...

»Leo...«, höre ich Oles Stimme von weiter Ferne zu mir durchdringen, dabei steht er direkt hinter mir. Dumpf spüre ich auch seine Hand an meinem

Rücken. Als würde er einen Schalter in mir umlegen, beruhigt sich etwas in mir. Zumindest so weit, dass ich wieder Atmen kann. All das kann nicht länger als ein paar Sekundenbruchteile gedauert haben und doch fühlt es sich an, als seien Stunden vergangen, seit wir über die Schwelle in mein Zimmer gestolpert sind.

»Ich denke wir sollten reden, Prinzessin«, sagt Roshan mit seiner seidenen Stimme, die alles überdeckt wie flüssiger Honig, süß und verlockend, sodass man kaum eine andere Wahl hat, als ihm zuzuhören.

Ich will einen Schritt zurückweichen, als er aufsteht und auf mich zu kommt, aber meine Beine gehorchen mir nicht. Eine Wolke seines herben Aftershaves droht mich zu überwältigen. Dieser Duft, den er schon seit Jahren nutzt, der mich damals schon schwach gemacht hat. Wie kann es sein, dass diese Wirkung nach allem was passiert ist, noch immer besteht. Kurz berührt Roshan mich am Arm, als wollte er sichergehen, dass mir seine beschissene Anwesenheit auch wirklich nicht entgangen ist.

»Na schön, dann rede«, herausfordernd sehe ich ihn an und verschränke meine Arme vor der Brust. Ein gewinnendes Lächeln zeigt sich auf seinem Gesicht, dass ich früher mal attraktiv fand. Jetzt kotzt es mich nur noch mehr an. Als wären der Duft und diese honigsüße Stimme nicht schon genug. Je schneller er seinen scheiß Vortrag hält, umso schneller kann er seinen Hintern hier rausbewegen und ich muss ihn nie wiedersehen.

»Leo, Prinzessin ...«, erwidert er, »lass uns das ganz in Ruhe regeln, wir sind doch inzwischen erwachsen und beide reif genug.« Mit einem vielsagenden Blick deutet er auf meine abwehrende Haltung. Und dann grinst er auch noch.

»Wie Erwachsene, ja?«, entfährt es mir. »Man könnte meinen, Erwachsene sind sich vorher bewusst, was es heißt, *Ja, ich will* zu sagen«

»Ich denke, das besprechen wir doch besser unter vier Augen.« Auch wenn das mehr als deutlich an Ole ging, bewegt er sich kein Stück. Er sieht mich nur an, als würde er auf meine Reaktion warten.

»Schon gut«, sage ich und versuche mich an einem Lächeln. Oles Sorge, die sich in seinen Augen, in seinem ganzen Gesicht widerspiegelt, ist förmlich greifbar, doch unbegründet. Ich werde mit dieser Situation schon fertig.

Das muss ich, damit dieser Albtraum endlich ein Ende findet.

Ole nickt nur. Bevor er geht, wirft er erst mir, dann Roshan einen langen Blick zu.

Mit einem Klicken fällt die Tür hinter ihm ins Schloss und lässt mich allein mit dem Typen zurück, der mir das Herz aus der Brust gerissen hat und gerade das Messer nochmal in mich rammt, damit es auch wirklich nicht aufhört wehzutun.

»Also«, entgegne ich, um die Stille gar nicht erst übermächtig werden zu lassen. »Was willst du hier?«

»Ach Leo, mach es mir doch nicht so schwer«, seufzt er, als würde ich ihm eine unlösbare Aufgabe stellen, als wäre ich es, die ihm Sorgen bereitet. Glaubt er den Mist selbst? *Ich* bin hier die Dumme? Er hat sich verdammt noch mal entschieden abzuhauen, entschieden, dass alles ein Fehler war, dass er das alles nicht mehr will, dass er mich nicht mehr will.

Auf einmal ist mir so unglaublich heiß, als würde glühende Lava durch meine Adern fließen. Kurz frage ich mich, hoffe ich sogar, dass das alles hier nur ein Fiebertraum ist, dass mein Gehirn mir hier einen Streich spielt. Doch dem ist nicht so. Ich zerre am Reißverschluss der Winterjacke, in der ich mich gerade fühle, wie eine Kartoffel im Schnellkochtopf. Ich brauche Luft, sonst drehe ich hier noch durch. Er soll einfach sagen, was er hier will, wobei, das muss er gar nicht. *Verschwinde und hau ab und komm nie wieder!*, das sollte, das will ich sagen, aber ich bin zu erstarrt, zu sehr damit beschäftigt, irgendwie aus diesen beschissenen Klamotten rauszukommen, die mich eben noch gewärmt haben und jetzt drohen, mich zu verbrennen. Vor einer Woche konnte es ihm gar nicht schnell genug gehen, alles zu revidieren, was er mir hoch und heilig versprochen hatte. Warum zum Teufel hat er seinen Arsch hier also noch nicht wegbewegt?

»Es tut mir leid, okay? Es wurden Dinge gesagt, die...«

»Anders als andere hier im Raum meinte ich mein *Ja, ich will* ernst«, falle ich ihm ins Wort und hasse mich dafür, wie rau meine Stimme auf einmal klingt.

»Sarkasmus bringt uns doch kein Stück weiter.« Wieder redet er mit dieser Honig-Seidenstimme, als müsste er ein wildes Tier zähmen. Vielleicht fühlt er sich dabei auch genau so heroisch. Keine Ahnung.

»Aber dein Rumgeeier, oder was? Komm endlich zum Punkt. Und dann pack deine Sachen wieder ein und verschwinde!«

»Leo, bitte, ich weiß du bist aufgebracht, aber jetzt bin ich ja hier und wir bekommen das hin.«

Ich will ihm gerade sagen, dass es nichts zum hinbekommen gibt, als die Tür aufgerissen wird und Conrad in mein Zimmer platzt.

»Ey, Mann, endlich hast du es hergeschafft«, begrüßt Conrad ihn mit einem Handschlag, der in einer dieser seltsamen Halbumarmungen endet. »Wurde ja auch Zeit«, fährt mein Cousin fort. »Wie laufen die Geschäfte?«

»Nicht schlecht, nicht schlecht«, erwidert Roshan, »aber du weißt doch, für mich gibt es nach oben keine Limits.«

»Perfekt. So muss das sein. Großartig, dass du wieder zurück bist, dachte schon, unsere Familie hätte dich verloren. Das ist...«

»Ja, ja, wunderbar, dass wir uns hier alle sehen«, unterbreche ich das Gesülze, »aber euren Kaffeeklatsch müsst ihr ja nicht in *meinem* Zimmer abhalten.« Ich habe wirklich keine Lust, mir das noch länger anzuhören. Ich stehe hier noch immer in Winterklamotten, mir ist warm und kalt gleichzeitig. Ich habe keine Ahnung, was das alles soll, und will einfach nur, dass das hier vorbeigeht. Da hilft es nicht, wenn die hier ihre Bromance ausleben.

»Entschuldigst du uns einen Moment, wir haben noch etwas nachzuholen. Leo braucht mich gerade.« Mit einem entschuldigenden Lächeln führt Roshan Conrad zur Tür. »Was soll das denn?«, will er wissen, nachdem er sie geschlossen hat.

»Du wolltest reden, nicht ich« sage ich schulterzuckend und fange an, die obersten Kleidungsschichten loszuwerden. Achtlos werfe ich den Kram in die Ecke.

»Ich habe dir übrigens ein paar Stücke aus deinem Kleiderschrank mitgebracht, als ich gesehen habe, dass fast nichts gefehlt hat.«

Erst jetzt fällt mir der kleine silberne Rollkoffer auf, der an der Wand steht.

»Was hattest du bitte in *meiner* Wohnung zu suchen?«, will ich wissen.

»Ich konnte nicht anders, nachdem mich *unsere* Putzfrau angerufen hat, weil sie dachte es wäre eingebrochen worden. Ich dachte, dir wäre etwas zugestoßen. Schließlich hast du ja auch auf keine meiner Nachrichten reagiert.« Er schluckt, als würde ihm dieser Gedanke ernsthaft Schmerzen bereiten. »Ich muss zugegeben ich war geschockt, wie sehr dich die Sache mitgenommen hat.«

Ich... hänge im Kopf immer noch an der Tatsache fest, dass er in der Wohnung war. Ich habe sie so verlassen, wie ich sie nach meinem Tobsuchtsanfall zurückgelassen habe, ohne darüber nachzudenken, was die Reinigungskraft vermuten könnte. Fuck. Manchmal sollte ich wirklich erst denken und dann handeln.

»Wir haben beide überreagiert in dieser Ausnahmesituation«, fährt Roshan in seinem Monolog fort, »aber jetzt haben wir ja glücklicherweise die Gelegenheit, das hinter uns zu lassen, den Widerstand aufzugeben und gemeinsam nach vorn zu sehen.«

Ich? Überreagiert? Allein die Tatsache, dass er immer noch in meinem Zimmer steht und große Reden schwingt, zeigt doch deutlich, dass ich nicht überreagiere, sonst hätte ich ihn schon längst vor die Tür gesetzt, egal wie kalt und windig es draußen ist. Sein Problem, wenn er sich dabei eine verdammte Erkältung holt. Ich habe ihn schließlich nicht eingeladen.

»Ich wüsste nicht, was es da zu sehen geben sollte«, entgegne ich, »deine Worte waren deutlich genug!«

»Das versuche ich dir doch die ganze Zeit zu erklären. Ich...«

Ich will gerade etwas erwidern, als wieder die Tür aufgeht.

45

Ole

Meine Beine fühlten sich bleischwer an, als ich die Treppe zur Wohnung hinaufsteige. Eine gefühlte Ewigkeit stand ich vor Leos Zimmertür, die Klinke noch in der Hand, ehe ich mich davon losreißen konnte. Als wäre sie das Letzte gewesen, dass mich mit der Situation verbindet, in der ich alles lieber getan hätte, als Leo allein zu lassen. Wie paralysiert lief ich den Flur entlang. Ich kann einfach nicht glauben, was ich da gesehen habe. Auch ohne, dass Leo ihn mir vorgestellt hat, gab es keinen Zweifel, wer mir da gegenüberstand. Mit zurückgegelten Haaren, ordentlich gepflegtem Drei-Tage-Bart und einer gebräunten Haut, als käme er geradewegs aus einem mehrwöchigen Karibikurlaub. Jeder Schritt viel mir schwer. Sie hat auf einmal so klein und zerbrechlich gewirkt, als sie gesehen hat, wer da auf ihrem Bett saß, dass es mir im Herzen wehtat... immer noch wehtut.

Schon klar, es gibt da einiges zu klären, trotzdem nagt es an mir, dass sie ihm gerade ausgeliefert ist und ich nichts tun kann, außer darauf zu vertrauen, dass sie das schon schaukeln wird. Trotzdem breitet sich mit jedem weiteren Schritt ein breiig schleimiges Unbehagen in mir aus, so wie diese Anspannung, wenn im Sommer ein Gewitter heraufzieht und man nicht weiß, wo man sich unterstellen soll. So schlimm wird es schon nicht werden, sagt der vernünftige Teil meiner Gedanken, der, auf den ich mich jetzt konzentriere, der zuversichtliche, der daran glaubt, dass das alles rasch vorüberzieht.

»Hey...« Yana reißt mich aus meinen Gedanken, als sie aus unserer Küche zu mir kommt. Ihrem besorgten Gesichtsausdruck nach, muss ich ziemlich miserabel aussehen. »Sag mal, hättet ihr den nicht wenigstens in das freie Zimmer stecken können?«, frage ich resigniert.

»Das... haben wir?«, verwirrt stellt sie den Wasserkocher, den sie die ganze Zeit in der Hand hatte, zurück auf seinen Sockel.

»Also eben hat er uns in Leos Zimmer erwartet und hatte sich dort häuslich eingerichtet.« Bei dem Gedanken daran, mit welcher Selbstverständlichkeit er auf ihrem Bett gelegen hat, dreht sich mir der Magen um und die Zuversicht löst sich in Wohlgefallen auf.

»Bitte? Ich habe ihn und sein Gepäck natürlich in das freie Zimmer gebracht... Shit.«

»Was?«, frage ich und schäle mich aus meinen Klamotten.

»Er hat gefragt, wo Leo wohnt, da er ihr einen Koffer mitgebracht habe...« Schuldbewusst wendet sie sich ab, um heißes Wasser in ihre Tasse zu füllen, in der bereits ein Teebeutel hängt.

»Das kann doch alles nicht wahr sein«, seufze ich.

»Tut mir leid...«

Ich schüttele nur den Kopf. Schließlich hätte ich ja nicht anders reagiert. Außerdem ist das gerade einfach... verkorkst. Da kommt es darauf auch nicht mehr an. Mit einem merkwürdig tauben Gefühl entledige ich mich der dicken Winterkleidung, als der Wäschetrockner piepsend ankündigt, dass er fertig ist. Weil ich irgendwas tun muss, um mich davon abzuhalten, tiefer in den Zweifelsgedanken zu versinken und mich zu fragen, was Leo gerade mit *ihm* bespricht, leere ich die Trommel. Natürlich sind es ausgerechnet ihre Klamotten, die mir dabei entgegenfallen.

Mit einem Korb voller Wäsche gehe ich zurück ins Wohnzimmer. Yana lehnt immer noch gedankenverloren an der Arbeitsplatte. Dampf steigt aus der Tasse, die sie in den Händen hält.

»Ich...«, beginne ich, ohne zu wissen, was ich sagen soll. »Vor einer Stunde saßen wir noch auf dem Plateau und haben über die unendlichen Weiten des Universums gesprochen.« Obwohl das angeblich nicht ganz korrekt ist, denn sie meinte, dass wir nicht wissen, was weiter als 13,8 Milliarden Lichtjahre entfernt ist, weil wir nicht weitersehen können. Keine Ahnung, warum ausgerechnet das hängengeblieben ist. Es schien perfekt, es schien zum ersten Mal wirklich so, als könnte da zwischen uns etwas entstehen, ein Band, das uns verbindet. Mit ihr an meinem Lieblingsort hier oben zu sein, war unglaublich und zu sehen, dass sie es ebenso genießt, hat mich mit einer Wärme erfüllt, wie sie kein Feuer je erzeugen könnte. Auch der härteste Winter hätte dem nichts entgegenzusetzen, was es in mir ausgelöst hat, als Leo neben mir saß und plätzchenfutternd über die Weiten des Universums, die Sterne und so viel mehr gesprochen hat. »Und dann kommen wir in ihr Zimmer und alles bricht in sich zusammen, wie ein Kartenhaus.«

»Hey«, sagt Yana und setzt sich neben mich. Ich habe inzwischen angefangen, Leos Shirts zusammenzulegen, so sind wenigstens meine Finger beschäftigt. »Das Timing ist definitiv scheiße, aber nur, weil sie sich jetzt unterhalten, bedeutet das doch nicht, dass ihr keine Zukunft habt.«

»Aber gibt es das überhaupt? Ein wir?«

»Ole«, sagt sie und nimmt mir ein asymmetrisch geschnittenes Shirt aus der Hand, das einfach nicht so will wie ich. Mit schnellen Handgriffen hat sie es zu einem kleinen Quadrat gefaltet. »Jeder, der euch in den letzten Tagen zusammen gesehen hat, sieht, wie die Funken sprühen. Vor allem bei ihr. Also komm schon. zweifle nicht sofort am großen Ganzen.«

Trotz Yanas aufmunternder Worte wollen sich meine Gedanken nicht beruhigen. Ich kann das alles nicht einfach so geschehen lassen, obwohl ich weiß, dass ich keine andere Wahl habe. Ich muss jetzt einfach die Geduld haben, die ich von Leo immer einfordere, wenn wir...

Der Moment, als wir über die Schwelle in ihr Zimmer gestolpert sind und bemerkt haben, dass wir keinesfalls allein sind, spielt sich immer wieder und wieder vor meinem inneren Auge ab. Wie ihre Hand aus meiner geglitten ist und ich mich plötzlich verlassen gefühlt habe, als wäre das der Anfang vom Ende. Als würde mir nicht nur ihre Hand entgleiten, sondern alles, was zwischen uns entstanden ist. Als wäre die Blase, die wir in den letzten Tagen um uns errichtet haben, dabei zu platzen. Dabei sollte das nicht passieren, wenn da wirklich auch Vertrauen war... ist. Wenn es eben doch kein Kartenhaus, sondern eine Festung ist.

Vertrauen. Ich muss nur darauf vertrauen, dass am Ende alles gut wird. Was auch immer das bedeutet.

Falls Yana es merkwürdig findet, dass wir hier gerade die Kleidung der

Frau zusammenlegen, mit der ich in den letzten Tagen geschlafen habe und die jetzt eine Etage unter uns mit ihrem Mann redet, lässt sie es sich jedenfalls nicht anmerken.

Es tut gut zu wissen, dass sie da ist, auch wenn es meine Gedanken nicht zum Stillstand bringt. Irgendwann muss sie jedoch wieder an die Arbeit. Sie wuschelt mir durch die Haare, bevor ich alleine in unserem Wohnzimmer zurückbleibe und in den Weihnachtsbaum starre, der mir gegenüber steht.

Das Ganze kann doch nicht wahr sein? Ich meine, das glaubt einem doch kein Mensch. Dabei klingt es wie der perfekte Stoff für einen Weihnachtsfilm. Eigentlich müsste mich das begeistern, wenn ich nicht selbst eine der Hauptrollen darin spielen würde. Wobei, dann bestünde wenigstens Hoffnung auf ein Happy-End. Wenn sich herausstellt, dass ich bloß ein Nebendarsteller einiger Szenen bin, dann kann ich das vergessen, so viel habe ich bereits gelernt.

In meinem Zimmer wechsle ich auch die Thermounterwäsche gegen normale Kleidung.

Wie viele von meinen Hemden hat Leo eigentlich inzwischen geklaut?, frage ich mich, als ich mir ein neues aus dem Schrank greife und über mein schwarzes Shirt streife. Blöderweise sind das Fragen, die mich nicht unbedingt von der allgemeinen Situation ablenken, genauso wenig wie der Korb voll mit ihrer Kleidung, der inzwischen neben meiner Tür steht.

Vielleicht sollte ich mich mir meinen Block schnappen und etwas zeichnen, aber mein Gefühl sagt mir, dass das keine gute Idee ist, wenn ich mich nicht noch weiter frustrieren will. Klar, hilft mir das Zeichnen sehr oft, aber es gibt auch Momente, in denen die Kunst machtlos ist, in denen meine Emotionen zu viel sind, um sie auf einem Blatt Papier oder einer Leinwand festzuhalten. Dann wird es am Ende nur schlimmer. Dann verfluche ich nämlich nicht nur die Gesamtsituation, sondern auch mich, weil ich es nicht schaffe, das, was ich in meinem Kopf sehe, umzusetzen. Seufzend wiege ich meinen Bleistift dennoch in meiner Hand, als könnte ich so Antworten bekommen. Antworten zu denen ich nicht einmal die Fragen kenne. Fragen, auf die ich gar keine Antworten haben möchte und sie doch so dringend brauche.

46

Leo

»Roshan, mein Junge«, tönt plötzlich mein Onkel, der, natürlich ohne zu klopfen, mein Zimmer betritt, das sich absolut nicht mehr nach *meinem* Zimmer anfühlt, in Anbetracht der Tatsache, dass Roshan hier Hof hält. Dass ich hier immer noch in Yanas Funktionsunterwäsche stehe, macht das alles nicht angenehmer. »Ich war ja so froh zu hören, dass du zu uns gestoßen bist«.

»Ich auch, Constantin. Die letzten Tage waren wirklich ein Auf und Ab, das kann ich dir sagen. Erst die Arbeit und dann war es einfach nicht möglich herzukommen. Aber jetzt ist ja zum Glück alles beim alten.«

Ach ja?, denke ich und kann mich gerade noch davon abhalten, es auszusprechen.

»Wunderbar... fährt mein Onkel unbeirrt fort, während ich mir meine Ripped-Jeans und einen Pulli schnappe und im Bad verschwinde, um mir endlich etwas anderes überzuziehen, worin ich mich nicht wie reingestopft fühle. »Jetzt kann ich dich auch endlich wegen meiner neusten Errungenschaft konsultieren.« Obwohl ich im Badezimmer bin, kann ich jedes Wort der beiden hören. »Ich habe doch dieses herrliche Chalet an der Isar gekauft. Jedenfalls wollte ich mit dir darüber sprechen, was wir dort versicherungstechnisch am besten unternehmen, schließlich muss man ja mittlerweile immer damit rechnen, dass einem das Haus unter dem Hintern wegschwimmt, wenn es mal wieder zu viel regnet.« Bei dem darauffolgenden Lachen könnte ich kotzen. Ein Gefühl, dass ich ziemlich oft habe in den letzten Minuten.

»Ich bin mir sicher, da wird sich was finden lassen«, versichert Roshan (lustig, dieses Wortspiel, oder? Sorry, gefangen zwischen Lethargie und Lachzwang lässt mein Humor zu wünschen übrig.) »Ich habe mein Notebook dabei, wenn du mir nachher ein paar mehr Details gibst, können wir bei einem netten Glas Wein bestimmt zu einer Einigung finden.«

»Ich wusste, dass ich mich auf dich verlassen kann«, grinst mein Onkel, als ich zurück im Zimmer bin, bevor er Roshan auf die Schulter haut. »Ich lasse euch dann mal allein, ihr habt sicher einiges nachzuholen nach der langen Trennung.«

»Oh ja«, pflichtet Roshan ihm bei und legt dabei seinen Arm um meine Schulter. »Da gibt es durchaus das ein oder andere.«

»Das habe ich wirklich vermisst«, sagt Roshan, als mein Onkel sich endlich verzogen hat. Ich entferne mich von ihm und verschränke wieder die Arme vor der Brust. »Deine Familie ist so herzlich. Ein Teil davon zu sein, bedeutet mir echt viel.«

»Schön. Das erklärt aber noch weniger, was das alles soll.« Wenn er doch ach so dankbar ist, dann sollte die Hochzeit ja kein Fehler gewesen sein, oder sehe ich das falsch? Himmel. Bin ich hier die Einzige, die sich das fragt?

»Hör zu...«, sagt er und holt dafür wieder seine *Ich-rette-die-Welt*-Stimme raus.

»Na sieh mal einer an, wer da wieder zu uns gestoßen ist!« Da hier heute wieder Tag der offenen Tür zu sein scheint, ist auch meine Tante nicht weit. Sie fällt Roshan um den Hals und drückt ihm einen Kuss auf die Wange, als hätten sie sich Jahrzehnte nicht gesehen. »Wie schön, dass du wieder da bist«, betont sie nochmals, bevor sie sich daran erinnert, dass ich auch noch da bin. »Leo«, wendet sie sich an mich. »Ich wollte nur nochmal nachhaken, ob du Ole meine Karte gegeben hast. ich bin da nämlich auf ein Projekt gestoßen, das für ihn interessant sein könnte. Ich würde ihm das gerne weiterleiten. Falls du also eine Adresse von ihm hast, kannst du mir die auch einfach geben, dann muss ich nicht darauf warten, dass er mir seine Unterlagen sendet«, überfällt sie mich mit einer ihrer üblichen Redeanfälle, für den ich heute noch weniger Nerven habe als normalerweise. Trotzdem nicke ich, um sie so hoffentlich schneller zu einem Ende zu bringen. »Ach Roshan, hast du schon von den tollen Nachrichten gehört, dass Barbara und Carsten verkündet haben, dass unsere Leo einmal den Verlag leiten wird? Ach naja, ihr habt euch bestimmt eine Menge zu erzählen, da will ich euch mal nicht länger abhalten. Wir sehen uns ja beim Essen schon wieder.«

»Siehst du«, sagt Roshan, als wir *endlich* wieder Ruhe haben, »das meine ich. Diese Herzlichkeit ist unübertroffen. Es war einfach nicht dasselbe, die Weihnachtstage ohne all diese Menschen zu verbringen. Aber das können wir ja jetzt nachholen. Und dann auch noch in so schöner Kulisse. Oder wollen wir doch noch unser Flitterwochenziel anpeilen?«

»Meinst du nicht, Flitterwochen ohne eine Hochzeit sind etwas... verbracht?« Was hat der Typ bitte für Nerven, von Flitterwochen zu faseln? Der kann froh sein, dass ich ihn nicht schon längst mit seiner dämlichen Krawatte erwürgt habe.

»Die Hochzeit...«

»...war ein Fehler. Deine Worte nicht meine. Zumindest damals noch nicht. Mittlerweile stimme ich dir zu.« Ich habe Mühe, dass meine Stimme ihre Festigkeit behält. Der Gedanke daran, wie er diese Worte zu mir gesagt hat, und was sie mit mir angestellt haben am Morgen nach der Hochzeitsnacht, tut immer noch weh. So muss sich eine heiße Kartoffel fühlen, nachdem man sie fallen gelassen hat, und dann noch draufgetreten ist, bis sie zur Unkenntlichkeit zermatscht und zu Püree verarbeitet ist, und zwar nicht auf die gute Art und Weise mit einem Stampfer, sondern wie ein Barbar mit einem Pürierstab. Das hat niemand verdient!

»Wir wissen beide, dass du das nicht so meinst.«

»Ach, tun wir das, ja?«, fauche ich. Ich glaube kaum, dass er weiß, was ich denke, denn dann hätte er sich nämlich schon verpisst. »Mein letzter Stand, bevor du hier einfach so aufgetaucht bist, war ein anderer.«

»Aber das war doch eine vollkommen andere Situation, das muss dir doch klar sein.«

Ehrlichgesagt habe ich keine Ahnung, was mir klar sein muss oder nicht. Wir kommen ja auch nicht dazu, uns mal vernünftig zu unterhalten, weil ständig jemand hereinplatzt und sich freut, dass Roshan wieder da ist. Komischerweise tun alle so, als wäre das normal, als gäbe es gar keine andere Möglichkeit, als hätte ich da gar nichts mitzureden. Langsam glaube ich, dass ich zum Darsteller in meiner eigenen Soap geworden bin, in der alle ein Drehbuch erhalten haben, nur ich nicht.

»Pass auf«, sage ich, »ich weiß nicht, was du dir von all dem hier versprichst. Aber...«

Wieder geht die Tür auf. Es ist zum aus der Haut fahren. Was läuft in dieser Familie nur falsch, dass Privatsphäre offenbar ein Fremdwort ist?

47

Ole

»Was soll denn diese verdammte Scheiße«, fährt Leo mich an, als ich meinen Kopf in ihr Zimmer stecke. Mir ist bewusst, dass ich sie nicht bei ihrem Gespräch stören sollte. Ein Teil von mir redet sich aber ein, dass ich ihr somit einen Ausweg biete, einen Grund für eine Unterbrechung, falls sie diesen braucht. Schon klar, wahrscheinlich nehme ich mich zu wichtig, wahrscheinlich bin ich einfach zu neugierig. Was weiß ich. Aber ich konnte einfach nicht länger in meinem Zimmer sitzen und einfach nur auf mein Blatt starren.

Außerdem, das rede ich mir zumindest ein, kann sie die frischgewaschene Wäsche sicherlich gut gebrauchen. Trotzdem habe ich eine ganze Weile gebraucht, bis ich mich dazu durchringen konnte, anzuklopfen.

»Entschuldige«, sage ich und versuche, mir nicht anmerken zu lassen, dass mich ihre Reaktion trifft. Vielleicht hätte ich doch einfach abwarten sollen. Aber jetzt ist es zu spät, um noch einen Rückzieher zu machen. »Ich wollte dir nur deine Wäsche vorbeibringen.«

»Ich dachte, das hätten wir aussortiert.« Roshan lacht, als er den Korb beäugt. »Stell doch den Korb da hinten ab, bevor du die Tür von außen schließt«, fährt er mit einer Selbstverständlichkeit fort und greift dabei nach dem Shirt, das sie getragen hat, als wir das erste Mal... »ich wusste gar nicht, dass du das noch hast, Prinzessin«, bevor er es achtlos wieder in den Korb fallen lässt.

Prinzessin. Dabei zieht sich in mir alles zusammen. Ich hätte sie nicht so eingeschätzt, dass sie der Typ für solcherlei Kosenamen wäre.

»Danke«, ist das Einzige, was Leo sagt. »Sonst noch was?«, will sie wissen.

Ja, will ich antworten, *was soll das alles? Warum tust du dir das an? Soll ich ihn vor die Tür setzen?* All diese Sachen würde ich ihr am liebsten sagen, aber nichts davon kommt über meine Lippen. Mit *ihm* im Zimmer erscheint mir einfach jeglicher Raum zu fehlen, seine Präsenz ist so erdrückend, dass mir die Worte im Hals stecken bleiben.

So bleibt mir nichts, als nochmal ihren Blick zu suchen. Vielleicht finde ich ja darin eine Antwort. Doch nichts. Das Einzige, was ich entdecke, ist die gleiche wilde Unruhe, die auch in mir wütet.

»Nein«, beantworte ich ihre Frage, da mir absolut nichts einfällt. So viel tobt in mir, doch nichts davon findet den Weg nach draußen, zu ihr. Mir fällt nichts ein, das ich ihr sagen könnte, dass auch nur im Entferntesten ausdrückt, wie viel sie mir bedeutet, und dass ich immer für sie da sein würde, wenn sie mich braucht, dass ich alles in meiner Macht stehende tun würde, damit es ihr gut geht. All das und noch mehr versuche ich in diesen Blick zu legen, versuche ich ihr stumm mitzuteilen. Als hätte sie ein Schutzschild hochgezogen, weicht sie meinem Blick aus, als könnte sie das alles nicht ertragen.

»Gut«, sagt sie und sieht zu Boden, »kannst du dann bitte die Tür hinter dir schließen.

Sie hätte mir auch einfach in den Magen treten können, dann hätte ich wenigstens eine plausible Erklärung, warum es dort auf einmal so weh tut.

»Ahh. Einen Moment noch«, Roshan wendet sich an mich. Ich halte inne. »Diese Hemden müssten unbedingt gebügelt werden. Die haben den Flug wirklich nicht gut überstanden.«

Perplex greife ich nach den Kleiderbügeln. Inzwischen will ich hier nur noch raus. Dieser Situation entgehen, in der etwas vor sich geht, das sich anfühlt, wie die gespenstische Ruhe vor einem Tsunami, von dem ich befürchte, dass er unweigerlich bevorsteht.

»Es soll auch dein Schaden nicht sein«, fährt er fort, wobei er mich zur Tür und einen Fünfziger in die Tasche meines Hemds schiebt. »Schönen Abend noch.«

Ich weiß nicht, wie lange ich noch vor der Tür stehenbleibe – mal wieder – bis ich realisiere, dass er mir gerade Trinkgeld dafür zugesteckt hat, damit ich die Hemden bügle, die für meinen Geschmack schon ziemlich glatt aussehen. Als wäre ich der Garçon d'Etage. Ich bin nicht mal auf die Idee gekommen, ihm zu sagen, dass er das vergessen kann, dass wir kein Luxushotel sind. Es wäre, als hätte seine Gegenwart dafür gesorgt, dass mein Kopf ausschaltet. Als wäre es das Natürlichste der Welt, dass ich seine Hemden bügle.

Bevor ich mich noch länger damit aufhalten kann, hänge ich die Hemden an die Klinke des Zimmers, das Yana ihm zugewiesen hat, nicht ohne den Schein in eine der Hemdtaschen zu stecken.

All das wäre ja zum Totlachen, wenn da nicht Leo wäre, die mich angesehen hat, wie am ersten Tag, als sie hier angekommen ist. Mittlerweile weiß ich zwar, dass das ihre Art ist, damit umzugehen, wenn sie überfordert ist, dennoch ändert das nichts daran, dass es weh tut, wenn man der Prellbock für ihre Emotionen ist. Schon klar, dass es jeden getroffen hätte, der an meiner Stelle dort gewesen wäre, aber offenbar hat ein naiver Teil von mir geglaubt, dass ich für sie nicht *jeder* bin. Dass ich etwas in ihr auslöse, aber da habe ich mich getäuscht.

Ach, scheiße...

Ich gehe zurück in mein Zimmer und krame eine Leinwand hervor. Ich schätze, ein einfaches Blatt Papier reicht heute nicht aus, ist nicht genug, um all das aufzunehmen, was ich loswerden muss.

48

Leo

»Ich hätte nicht gedacht, dass es in diesem Etablissement so einen Service gibt«, sagt Roshan, nachdem er Ole aus dem Zimmer komplimentiert hat.

Ich will ihm sagen, dass dem auch nicht so ist, dass Ole eigentlich frei hat und nicht für die Wäsche zuständig ist. Aber darum kann ich mich jetzt nicht auch noch kümmern. Oles Blick, als würde er mir tief unter die Haut sehen können, überfordert mich schon genug, ganz abgesehen von allem, was hier gerade noch so abgeht.

Krampfhaft versuche ich, den Anblick loszuwerden. Ich habe ihn getroffen und ich sollte ihm nachlaufen und mich entschuldigen. Ich bin mir sicher, dass er Verständnis hätte, doch das rechtfertigt noch lange nicht, wie ich mit ihm umgegangen bin.

»Ich kann das gerade alles nicht«, sage ich. Ich brauche einen Moment für mich. Mir ist klar, dass wir das endlich klären müssen, aber nicht so. Wir sind noch keinen Schritt weiter als vor einer Stunde, weil hier ständig jemand aufkreuzt.

»Du hast ja recht«, stimmt er zu. »Lass uns eine Pause einlegen. Es ist ohnehin Zeit fürs Abendessen.«

Im Esszimmer sitzen schon alle am Tisch, als wir dazu kommen. Ich kann die neugierigen Blicke aller förmlich auf mir spüren, als Roshan neben mir Platz nimmt.

Wirklich Appetit habe ich nicht. Den Lachs schiebe ich hin und her. Nur ab und an verirrt sich mal etwas davon in meinen Mund.

Als wäre er nie weggewesen, unterhält sich Roshan mit Conrad und Carsten. Über Versicherungen, darüber, was Conrad plant und was weiß ich. Ich versuche irgendwie, die Situation zu überstehen und meine Gedanken zu sortieren. Warum bekomme ich es verdammt nochmal nicht hin, ihn einfach vor die Tür zu setzen und ihm zu sagen, dass er sich verpissen soll, dass ich mit ihm durch bin?

Aber bin ich das? Durch mit ihm? Säßen wir noch hier, wenn ich vollständig mit ihm abgeschlossen hätte? Bevor ich mich der Frage widmen kann, unterbricht Großvater meine Gedanken.

»Ich dachte, ihr hättet euch getrennt?«, spricht er aus, was alle anderen offenbar vergessen haben.

»Das...«, antworte ich, doch Roshan kommt zu vor.

»Das...«, sagt er mit seinem vorsichtigen Lächeln, »kann ich erklären.« Er legt seine Hand auf meine, die sich dort so seltsam vertraut und falsch zugleich anfühlt. Ich will sie ihm entziehen, doch kann mich nicht rühren. Zu sehr überrumpeln mich die folgenden Worte. »Das war alles nur ein riesiges Missverständnis.«

Jetzt legt auch Dad sein Besteck zur Seite. Kritisch mustert er uns. »Inwiefern kann man sich da...«

»Ich meinte doch keinesfalls, dass die Hochzeit ein Fehler war.« Nicht? Dafür waren die Worte *die Hochzeit war ein Fehler* aber ziemlich eindeutig. Zumindest so, wie ich die deutsche Sprache bisher immer verstanden habe. Auch Dad zieht eine Augenbraue nach oben, als würde er das Gleiche denken. Es tut gut zu wissen, dass ich nicht die Einzige an diesem Tisch bin, die dem Ganzen misstrauisch gegenübersteht. Alle anderen scheinen ja einfach nur überglücklich, dass er wieder da ist.

»Im Gegenteil. Das war der beste Tag meines Lebens. Was ich meinte war, dass die heimliche Hochzeit ein Fehler war. Mir ist klar geworden, dass ich vor allem euch«, er sieht meine Eltern an, »einen wichtigen Moment vorenthalten habe. Das tut mir leid. Ich hätte das ja alles schon viel eher gesagt, aber dazu bin ich leider nicht mehr gekommen.« Er verstärkt den Druck meiner Hand und sieht mich an, wie damals, als wir uns das erste Mal abends vom Internatsgelände geschlichen haben.

Er war in der Zwölften, ich in der Neunten. Eigentlich hätte ich nach zwanzig Uhr nicht mehr rausgedurft, aber wir wollten uns unbedingt einen Film ansehen. Nach dem Kino hat er mich genauso angesehen. *Ich hatte beim Konzert letzte Woche nur Augen für dich,* waren seine Worte. Schon damals hatte er diese honigsüße Stimme, mit der er alle um den Finger gewickelt hat, schließlich auch mich. Und das passiert hier gerade wieder. Ich will schon etwas sagen, doch er hält mich zurück, in dem er fortfährt.

»Ich verstehe total, dass ich mich missverständlich ausgedrückt habe. Ich hätte ahnen sollen, dass ich falsch verstanden werde. Als mir das klar wurde, war es leider schon zu spät. Die Tage, in denen ich nicht hier sein konnte, waren wirklich schmerzlich. Erst kam die Arbeit dazwischen, dann dieses schreckliche Unwetter. Aber jetzt bin ich hier und wir sind wieder zusammen.«

»Ja, ja, Leos Temperament haben wir in den letzten Tagen auch des Öfteren erleben dürfen«, lacht Conrad, bevor er zusammenzuckt. Offenbar hat Cassidy ihm ihren Ellbogen in die Rippen gedrückt.

Ich versuche derweil, zu verarbeiten, was ich gerade gehört habe. Als hätte ich das wirklich so missverstehen können. Schön, falls er seine Meinung geändert hat. Aber dann soll er sich bitte nicht hinter seinen Worten verstecken und dazu stehen, wie der echte Kerl, für den er sich hält!

»Leo. Ich habe dir das schon im Standesamt gesagt und ich werde es gern nochmal wiederholen.« Roshan scheint nicht zu merken, wie ich mich immer weiter versteife. Ungerührt davon und von Conrads Worten spricht er weiter. »Ich liebe dich, wie ich niemanden bisher geliebt habe. Wir kennen uns nun schon zehn Jahre, haben ebensoviele Höhen und Tiefen zusammen überstanden. Aber schlussendlich haben wir immer wieder zueinander gefunden. Und das ist, worüber ich am glücklichsten bin. Denn tief in mir drinnen hast du einen Platz, der nur dir allein gehört und der für immer dir gehören wird, denn ich bin dir verfallen, mit jeder Faser meines Körpers. Ohne dich, das habe ich gerade jetzt wieder gemerkt, bin ich nur eine Hülle ohne Leben, ein Körper, aber kein Mensch.« Sind das da wirklich Tränen in seinen Augen? Bevor er fortfährt, räuspert er sich und verstärkt den Griff nach meiner Hand. »Du, Leo, du allein vervollständigst mich, mit allem was du bist. Deiner Leidenschaft, deinem Ehrgeiz, deinem Temperament und deinem Sturkopf. All das und noch viel mehr liebe ich an dir, all das macht dich in meinen Augen zu der Frau, mit der ich den Rest meines Lebens verbringen will. Deshalb werden wir die Hochzeit auch nachholen. Mit der ganzen Familie und allen, die wir dabeihaben wollen. Jeder soll wissen, dass du zu mir gehörst.«

Ich... Ich höre die Worte, jedes Einzelne davon. Ich verstehe ihre Bedeutung und gleichzeitig verstehe ich nichts mehr. Irgendwie dringt das Schluchzen meiner Tante zu mir und auch meine Mom tupft sich ihre Augen ab.

»Leo, du sagst ja gar nichts«, schnieft Tante Charlott, »so ein schönes Geständnis bekommt nicht jede zu hören. Du kannst dich ja so glücklich schätzen, diesen Mann an deiner Seite zu haben. Mit all dem was noch vor dir liegt, ist es wichtig einen Partner zu haben, der einem den Rücken freihält. Und überhaupt. Eine riesige Hochzeitsfeier ist doch der Traum einer jeden jungen Frau. Ihr müsst uns unbedingt Bescheid geben. Sekt. Wir brauchen Sekt.«

»Ich...«, stammle ich, immer noch überfordert von... der Überforderung. Es ist, als stünde ich inmitten eines Waldbrandes. Überall lodern Feuerstellen, die ich löschen muss, und habe doch keine Ahnung, wo ich anfangen soll. Roshan streicht mir eine Strähne aus dem Gesicht.

»Aber lasst euch damit bitte Zeit, bis die Spielwarenmesse durch ist«, mischt sich nun auch Constantin mit ein.

»Also wirklich«, entgegnet Charlott, »wofür hältst du die Kinder denn. Ich bin mir sicher, dass sie das im Hinterkopf haben. Außerdem sind Hochzeiten im Frühjahr oder Sommer sowieso deutlich praktischer, wenn man nur das Wetter bedenkt...

Leo, du bist ja immer noch so still. Oh Gott. Das ist bestimmt total aufregend für dich.«

Ich habe keine Ahnung, was das hier ist. Wenn ich vorhin noch dachte, ich wäre in einer Reality-Show, so kommt es mir jetzt noch deutlich absurder vor. Das darf doch alles nicht wahr sein. Ich meine...

»Du musst nichts sagen, ich weiß doch, wie du dich fühlst«, flüstert er.

»Ach ja«, zische ich. »Schön, wenn du das weißt, dann verrate es mir, denn ich weiß es nämlich nicht. Du kannst mich doch nicht erst sitzen lassen, dann mir nichts dir nichts herkommen und sagen Trallala, da bin ich und upsi, da haben wir uns wohl missverstanden und dann behaupten, du würdest mich lieben. Wenn du doch ach so gut weißt, was ich denke und was ich fühle, dann hätte dir ja auch klar sein müssen, dass ich es in den falschen Hals bekomme, wenn du mir im Halbschlaf sagst: die Hochzeit wahr ein Fehler.«

»Leo, Prinzessin«, sagt er mit dieser Beruhige-Dich-Stimme, die gerade nur Öl in die Brandherde gießt, anstatt mich auch nur ansatzweise zu beruhigen.

»Nein. Ich will mich nicht beruhigen. Ich...«, ich schiebe meinen Stuhl zurück und stehe auf. Ich kann nicht mehr. Wirklich nicht. Ich muss hier raus, irgendwie muss ich meine Gedanken sortieren, ohne dass ständig jemand eine Meinung dazu hat. Ohne unter Beobachtung zu stehen. Wir hätten das alles längst hinter uns haben können, wenn wir einfach mal unsere verdammte Ruhe gehabt hätten, ohne dass das Ganze hier eine Live-Show für die liebe Familie wird.

49

Ole

Gold- und Kupferpigmente sind die Lösung – zumindest, wenn es darum geht, Leos Augenfarbe darzustellen. Als ich vorhin durch meine Farben gewühlt und diese alten Tuben gefunden habe, musste ich es einfach probieren.

»Wow, das ist... düster«, befindet Yana, als sie irgendwann in mein Zimmer kommt und sich auf den Tisch setzt, wo Leo in der ersten Nacht gesessen hat.

Ich kann nicht bestreiten, dass das Bild recht dunkel ist. Tiefblaue Schlieren bedecken die Leinwand. Zwischendrin gibt es immer wieder Strudel in Leos Augenfarbe. Es scheint, als gäbe es nichts, was diese aufhalten könnte, auch nicht diese Dunkelheit. Ich versuche, nicht so viel darüber nachzudenken, sondern einfach nur den Pinsel über die Leinwand wandern zu lassen, bis nichts mehr da ist, was ich loslassen müsste. Keine Ahnung wie lange das heute noch dauert und ob am Ende noch etwas von dem zu sehen ist, was gerade die Leinwand bedeckt. Das Einzige, was ich weiß, ist dass ich inzwischen etwas ruhiger geworden bin.

Ich bin gerade dabei, den Pinsel auszuwaschen, als sich Yanas Arme von hinten um mich legen. »Ich hab dich lieb«, sagt sie und küsst mich auf die Wange. »Vergiss das nicht, egal was passiert.«

»Danke«, erwidere ich und lehne mich in ihre Umarmung. »Ich dich auch.«

Wir stehen eine Weile so, sie hinter mir, ihr Kopf meiner Schulter. Ich habe den Umzug hierher anfangs oft verflucht, aber seit Yana und ich Freunde sind, kein einziges Mal mehr. Es tut einfach gut, zu wissen, dass es jemanden gibt, der immer da und nicht die eigene Mom ist. Klar Neo und Tomo sind mir auch wichtig, aber Yana ist und bleibt die Nummer eins.

Noch einmal verstärkt sie den Druck, bevor sie sich löst. »Ich lasse dich dann mal wieder allein«, sagt sie. Ich drehe mich, sodass wir uns ansehen. »Du weißt, wo du mich findest. Egal wann.«

Damit verschwindet sie in ihrem Zimmer.

***

Hungrig und in der Hoffnung, einen von Kristas Snacks in der Küche zu finden, bin ich auf dem Weg ins Erdgeschoss, als ich sehe, wie Leo in ihr Zimmer stürmt. Meine Füße stoppen, wollen mich zu ihr tragen und die Gelegenheit nutzen, nochmal mit ihr zu reden, ohne ihn. Selbst falls wir uns nicht unterhalten und ich sie einfach nur festhalten kann, so wie Yana es bei mir getan hat. Vielleicht würde es ihr genauso helfen. Aber ich kann mich zurückhalten, noch eine Abweisung vertrage ich heute nicht. Irgendwo hat das, was mein Selbstwertgefühl verkraften kann, auch seine Grenzen. Wenn sie reden will, weiß sie, dass sie zu mir kommen kann. Morgen bin ich wieder bereit, mir eine Abreibung abzuholen, für heute ist es genug, ansonsten benötige ich noch eine Leinwand.

»Schon gut, Barbara«, höre ich Roshans Stimme aus dem ansonsten recht stummen Esszimmer, »ich denke, sie braucht jetzt erst einmal etwas Ruhe. Das war eben alles etwas viel. Ich bin vollkommen überraschend hier erschienen.« Na immerhin fällt es ihm auf. Meine Hände spannen sich an und ballen sich zu Fäusten, während sich mein Magen unangenehm zusammenzieht.

Die Antwort von Leos Mom höre ich nicht.

»Das verstehe ich ja. Aber ich konnte einfach nicht länger warten. Das musste einfach raus, ich konnte das einfach nicht länger mit mir herumtragen. Und ganz tief drin, weiß Leo auch, was sie mir bedeutet, dass ich jederzeit für sie da bin und dass ich unsere Beziehung nicht aufgebe, nur weil es mal schwierig wird.«

Mit schnellen Schritten gehe ich in die Küche, um mir eins von Kristas Sandwiches zu holen. Obwohl mir gerade ziemlich der Appetit vergangen ist. Aber ich muss etwas essen, um halbwegs einen klaren Kopf zu bewahren.

So sehr ich es will, ich kann die Situation gerade nicht ändern.

»Hier ist ganz schön was los«, sagt Mom, die die Teller spült, als könnte sie das alles selbst nicht fassen. »Auf solche Geschichten bereitet einen auch niemand vor, wenn man ein Hotel übernimmt.«

»Das glaube ich dir.« Ich lasse das halbe Sandwich stehen und fange an, die Gläser abzutrocknen, die sie bereits gespült hat.

Ich bin Mom echt dankbar, dass sie nichts dazu sagt, dass Leo heute Morgen noch aus meinem Zimmer gekommen ist. Etwas, das klingt, als wäre es in einem anderen Leben und nicht erst vor ein paar Stunden passiert. Obwohl ich ihre Blicke die ganze Zeit auf mir spüre, akzeptiert sie, dass ich gerade nicht darüber reden will. Was sollte ich auch sagen? Ich weiß doch selbst nicht, was das alles zu bedeuten hat.

Stumm arbeiten wir uns durch die Geschirrberge. Die Arbeit tut mir ganz gut. Zwar drehen sich meine Gedanken immer noch um das, was ich eben beobachtet habe, aber wenigstens geschieht das in einem erträglichen Tempo, dem ich halbwegs folgen kann.

Sollte es mich beunruhigen, dass auch der Rest der Familie Roshan noch nicht vom Hof gejagt hat? Oder warten sie einfach darauf, dass Leo ihre Emotionen sortiert hat? Wahrscheinlich bleibt ihnen da genau so wenig übrig wie mir, wenn ich es mir nicht mit ihr verscherzen will. Ich kann mir nicht vorstellen, dass sie es so toll fände, wenn ich oder jemand anderes Roshan einfach vor die Tür setzt. Und ich kann es ja auch verstehen, dass sie diesen Abschluss braucht. Das heißt aber nicht, dass es deswegen einfacher ist, dem zuzusehen.

»Ole, Schatz«, sie hält kurz inne, bevor sie weiterspricht, »könntest du noch neues Feuerholz fürs Kaminzimmer holen?«, bittet mich Mom, als wir fertig sind.

»Na klar«, sage ich, dankbar für die körperliche Arbeit.

Natürlich begegne ich ausgerechnet *ihm*, als ich mit den beiden vollbeladenen Körben zurück ins Haupthaus komme.

»Ole, wie gut, dass ich dich hier treffe«, sagt er und klingt dabei, als wäre es sein Jugendtraum. »Ich bin übrigens Roshan, Leonies *Ehemann*. Wir wurden uns ja noch nicht offiziell vorgestellt. Sie hat ja so viel von dir berichtet.« Er streckt mir seine Hand entgegen, als wäre es nicht offensichtlich, dass ich die Hände voll habe. »Wie auch immer, das tut ja gar nichts zur Sache.« Sein Tonfall verrät, dass dies *aufjedenenfall* etwas zur Sache tut. Meine Finger umklammern die Griffe der Tragekörbe fester. So fest, dass sie sich unangenehm in meine Handflächen drücken. »Ich nehme an, du kennst dich hier aus. Ich wollte mich erkundigen, ob es hier in der Gegend Destinationen gibt, die man gut zu zweit besuchen kann. Ich dachte da an etwas romantisches, um die entfallenen Flitterwochen auszugleichen.«

Ich atme tief durch. Was wir jetzt nicht gebrauchen können, ist eine von mir verursachte Szene. Am Ende fällt es noch auf das Hotel zurück und das kann ich Mom nicht antun, ganz zu schweigen davon, dass es Leo kein bisschen hilft. Abgesehen davon, scheint Roshan auch gar keine Ideen meinerseits zu brauchen.

»Ich habe gesehen, es gibt Hundeschlitten-Touren mit einer Übernachtung in gläsernen Iglus. Das würde ihr doch bestimmt gefallen, oder was meinst du? Immerhin habt ihr euch ja scheinbar etwas kennengelernt.«

Wann wird einem im Leben eigentlich beigebracht, wie man mit so einer Situation angemessen umgeht? Das wäre doch mal was für die Schule anstelle von Kurvendiskussionen. Dann stünde ich jetzt nicht hier wie so ein Trottel.

»Ich denke...«, erwidere ich, doch Roshan fährt ungerührt fort.

»Das klingt jedenfalls fantastisch, finde ich. Und ich bin mir sicher, meine Prinzessin wird es lieben. Könntest du uns eine Tour buchen, am besten gleich für morgen.«

Das kann doch alles nicht sein Ernst sein. Glaubt der wirklich, dass Leo gerade Lust darauf hat, eine romantische Runde durch die Gegend zu drehen? Ich muss nochmal tief durchatmen, bevor ich Dinge sage, die ich später bereue. »Das wird nicht möglich sein«, antworte ich gepresst, bemüht neutral und professionell zu klingen, auch wenn alles in mir drin danach verlangt, ihm die Meinung zu geigen und ihn vor die Tür zu setzen. »Wir informieren nur über das Angebot. Damit es nicht zu rechtlichen und versicherungstechnischen Problemen kommt, müssen die Angebote von den Kunden selbst gebucht werden.«

»Das verstehe ich natürlich. Dann werde ich das selbstverständlich übernehmen. Wir wollen ja nicht, dass es hier Schwierigkeiten gibt.« Er schlägt
mir mit seiner kräftigen Hand auf den Rücken, als wären wir seit Jahren beste Freunde, bevor er mich mit einem Gefühl zurücklässt, als würde er mehr
meinen, als nur die touristischen Angebote.

50

Leo

Ich wusste, ich hätte abschließen sollen, als die Tür zu meinem Zimmer aufgeht. Aber offenbar bin ich wirklich nicht gut darin, aus meinen Fehlern zu lernen. Aber das überrascht hier wahrscheinlich ohnehin niemanden mehr. Ich liege auf dem Bett und versuche irgendwie, die Ereignisse des Abends zu verstehen. Wie konnte aus dem entspannten Tag mit Ole *das* werden. Und warum schaffe ich es nicht, all dem zu folgen.

»Ich habe eine Überraschung für dich«, sagt Roshan, als er sich zu mir setzt und die Matratze dabei erheblich nach unten sinkt.

»Noch eine?«, sage ich trocken. Ehrlich gesagt habe ich von Überraschungen gerade echt die Nase voll. Genau wie von ihm. Als wäre es nicht schon genug, dass er hier einfach so reingeplatzt ist, dass er so tut, als wäre alles im Reinen, ohne dass wir auch nur ein Wort ernsthaft darüber verloren hätten. Aber damit werde ich mich wohl vorerst abfinden müssen. Ich kann einfach keinen klaren Gedanken mehr fassen, weshalb ich ihn auch einfach reden lasse und ihn nicht aus dem Raum werfe.

»Der war gut«, lacht er. »Ja, ich gebe zu, das ist wahrscheinlich nicht die erste heute.« Was er nicht sagt. Ich weiß nicht, ob ich wirklich noch mehr davon verkrafte. Aber so, wie ich ihn kenne, werde ich ihn auch nicht davon abhalten können, so erwartungsvoll wie er mich ansieht. »Also pass auf, wir machen morgen einen Ausflug mit Schlittenhunden zu einem kleinen Iglu-Hotel. Nachts könnten wir sogar die Sterne und Polarlichter beobachten.«

Ein Ausflug? Zu zweit? Mit Übernachtung? »Vergiss es! Als ob ich mich hier auch nur einen Meter wegbewege, bevor wir nicht annähernd geklärt haben, woher dein plötzlicher Sinneswandel kommt.« Verdammt nochmal, glaubt er wirklich, nur weil er mir vor versammelter Mannschaft seine Liebe gesteht, während er behauptet, alles sei ein riesiges Missverständnis, ist alles wieder in Ordnung?

Ich habe schließlich auch nicht vergessen, was in den letzten Tagen vorgefallen ist, wie... Stopp, damit können wir uns später befassen. Jetzt muss ich erstmal Roshan diese Flausen austreiben. »Wie kommst du überhaupt auf diesen Schwachsinn?« Ich fasse es einfach nicht.

»Hey, Roshan.« Ich schwöre, ich drehe Conrad früher oder später den Hals um. Tendenziell eher früher, wenn der hier nochmal hereinplatzt. »Kann ich dich kurz entführen?«

»Sofort«, antwortet er, »wir müssen nur kurz noch ein paar Dinge besprechen, dann komme ich und wir können uns über deine Ideen austauschen.«

»Weißt du was?«, sage ich. »Du kannst gehen. Wir machen deinen dämlichen Ausflug, dann haben wir vielleicht endlich mal Ruhe, ohne dass ständig jemand stört. Himmelherrgott.« Ich habe zwar echt keinen Bock darauf, aber so kann es nicht weitergehen. Fernab dieser verrückten Familie wird ja wohl endlich möglich sein, ihm zu sagen, dass er sich ein für alle Mal verpissen soll, dass ich keine Lust habe, nochmal von ihm sitzen gelassen zu werden. Egal ob ich nun irgendwas missverstanden habe oder nicht. Egal, ob er noch was für mich empfindet oder nicht. Ich kann das alles gerade nicht mehr.

»Seltsam«, sagt Roshan und schaut mich verblüfft an. Verwundert ihn meine Reaktion wirklich? Denkt er, er spaziert hier rein, wedelt mit diesem Flyer und ich lasse alles stehen und liegen und falle ihm freudestrahlend in die Arme? »Dieser Ole hat mir das empfohlen und meinte, dass dir das mit Sicherheit gefallen würde.«

Erst als er gegangen ist und mich mit der Kakophonie meiner Gedanken alleine lässt, dringen seine Worte vollends zu mir durch. Das kann doch nicht wahr sein. *Ole hat das empfohlen?* Ernsthaft? Ich kann, ich will das nicht glauben. Mir wird heiß und kalt zeitgleich. Wie kommt er nur darauf? Ich muss schlucken. Dabei fühlt sich meine Kehle plötzlich so eng an wie ein verdammtes Nadelöhr. Wie kann Ole das nur für eine gute Idee halten?

Ich meine, er weiß, dass ich den Ausblick in den Himmel liebe, aber doch nicht so. Will er mir damit eine Freude machen? Aber das kann nicht sein.

Ich sehe mir den Flyer an. Glückliche Pärchen sehen mir entgegen, gemütlich auf großen Betten in gläsernen Iglus. So ein Scheiß! Ich schleudere das Ding weg, leider landet es kaum einen Meter von mir entfernt auf dem Bett.

Wie kann Ole mir das antun? Hat ihm das alles etwa nichts bedeutet? Die gemeinsamen Abende, Nächte, die Dates? Wie er mich ablenkt und auf andere Gedanken bringt. Wie wir uns von unseren Träumen und Ängsten erzählen, von unserer Kindheit und so viel mehr. Ist ihm das so egal? War ich für ihn nur ein Projekt, ein hilfloses Ding, um das er sich kümmern konnte und jetzt, wo Roshan da ist, ist alles wieder gut? Jetzt habe ich den großen starken Beschützer wieder an meiner Seite, der das übernimmt und Ole kann sich wieder seinen Leah-Träumen hingeben? Kann sich das nächste Hilfsprojekt suchen, für das er sich aufopfert, für das er den großen Retter geben kann, um dann wieder zu verschwinden. Fuck.

Nein. Bevor ich hier durchdrehe, soll er mir das bitte selbst sagen.

Wie vom Blitz getroffen, springe ich aus dem Bett. Bestimmt finde ich ihn in der Wohnung, dann kann er mir erklären, was er sich bei diesem Vorschlag gedacht hat.

»Hey, Schätzchen.« Mom steht vor meiner Tür, die Hand bereit zum Anklopfen. »Ich wollte nur mal nach dir sehen. Roshan meinte zwar, dass du erstmal Ruhe bräuchtest, aber du kennst mich ja.«

»Es ist alles gut«, antworte ich, merke aber selbst, wie hohl meine Stimme klingt, rau und belegt, als würde sie gleich vollends brechen.

Mom wäre nicht Mom, wenn sie das nicht ebenfalls merken würde. Ehrlichgesagt würde das wohl selbst einem Schwerhörigen nicht entgehen. Ohne ein weiteres Wort schlingt sie ihre Arme um mich. Sofort hüllt mich der Duft ihres Parfüms ein, das sie schon benutzt, seit ich denken kann. Rosen und Frühlingsregen. Der perfekte Geruch, wenn es darum geht, dass meine Dämme brechen.

»Schhh... Alles wird gut.« In ihrer Stimme schwingt eine Zuversicht mit, als könnte es gar nicht anders kommen. Wie gerne würde ich ihr glauben, dass es auch stimmt. Gerade habe ich einfach komplett den Überblick verloren. Kann nicht unterscheiden, zwischen dem, was ich will und dem, was richtig ist. Als Minuten später meine Tränen für einen Moment versiegen, löse ich mich von ihr.

»Willst du drüber reden. Über heute, oder was vor Weihnachten wirklich passiert ist?«

»Das hatten wir doch alles schon«, seufze ich.

»Ich weiß. Ich dachte ja nur, nachdem Roshan uns vorhin nochmal in aller Ruhe erklärt hat...

»Wow«, unterbreche ich sie, »und weil es der gute, der unfehlbare, einzigartig perfekte Roshan sagt, gibt es natürlich gar keinen Grund für Zweifel.«

»Leo«, wieder will sie mir ihre Hand auf die Schulter legen, doch diesmal schüttle ich sie ab.

»Schon klar. Danke für euer Vertrauen«, schnaube ich. »Vielleicht solltet ihr doch nochmal drüber nachdenken, ob ich wirklich geeignet für eure Nachfolge bin, schließlich bin ich ja nicht zurechnungsfähig!«

Ohne eine Reaktion abzuwarten, schließe ich die Tür, schließe ab und vergrabe meinen Kopf unter den Kissen. Hat zwar bisher nie etwas gebracht, aber vielleicht ist ja heute das erste Mal. Ich dachte wirklich, meine Eltern wären auf meiner Seite, so skeptisch, wie sich Dad vorhin erkundigt hat, aber offenbar sind sie einfach froh, dass der Traumschwiegersohn wieder da ist, der ihr ach so temperamentvolles Töchterchen im Zaum hält. Verdammte Scheiße. Offenbar brauche ich das wirklich, wenn ich es nicht mal schaffe, eine einfache Unterhaltung zu führen, ohne durch die Decke zu gehen. Das muss wirklich ein Ende finden.

Tief durchatmen.

Nochmal tief durchatmen.

Und nochmal.

Fuck. Ich muss das wieder geradebiegen. Mit meinen Eltern, mit Roshan und mit Ole, falls der das überhaupt will. Aber das Gespräch muss warten. Wenn ich jetzt hochgehe, dann kann ich für nichts garantieren und das hat er nicht verdient. Ich bringe morgen den Ausflug hinter mich, kläre mit Roshan, was es zu klären gibt und dann ist das größte Problem aus dem Weg geschafft.

51

29. Dezember
11. Tag

Ole

An Schlaf ist in dieser Nacht nicht zu denken.

52

Leo

An Schlaf war in dieser Nacht nicht zu denken, was nicht unbedingt die besten Voraussetzungen sind, um eine Hundeschlitten-Tour zu unternehmen. Aber mein Ziel fest vor Augen, endlich ein vernünftiges Gespräch zu führen, beiße ich die Zähne zusammen und lasse mich vom Schlittenführer in diesen Leichensack schnüren. Natürlich sitzt Roshan direkt hinter mir, die Arme vor meinem Bauch verschränkt, so wie es uns angewiesen wurde.

Wun-der-bar. Nicht. Natürlich nicht. Aber was solls. Das Frühstück heute Morgen ist zum Glück ohne weitere Komplikationen über die Bühne gegangen, wenn man davon absieht, dass Roshan anwesend war. Natürlich hat er sich blendend mit Conrad und meinen Onkel unterhalten. Keine Ahnung, worum es gibt. Ich habe nur rasch ein Brötchen in mich hineingestopft und den Raum wieder verlassen. Ich weiß, ich hätte mich bei Mom entschuldigen sollen, zumindest für den letzten Teil meiner Anschuldigungen. Dass sie mir nicht vertrauen, tut nach wie vor weh.

Ein leichter Schrei entfährt mir, als es mit einem Rucken plötzlich losgeht.

»Keine Sorge, Prinzessin, ich halte dich fest«, raunt Roshan hinter mir. Gänsehaut bildet sich an der Stelle, wo sein warmer Atem meine Haut berührt.

Es dauert einen Moment, bis sich meine Augen an die Dunkelheit gewöhnen, die nur von der Stirnlampe des Schlittenführers durchbrochen wird. Holpernd geht es durch die winterliche Landschaft. Rechts von uns kann ich den dunklen Fjord ausmachen, links steigt das Gebirge in die Höhe. Über uns nichts außer ein paar Wolken und der polarnächtliche Mittagshimmel. Nur das Kratzen der Kufen und das Hecheln der Hunde sind zu hören. Für einen Moment komme ich etwas zur Ruhe. Zum ersten Mal seit gestern. Ich fange sogar an, mich etwas zu entspannen, mich an die Brust hinter mir zu lehnen, weil meine Muskeln schmerzen, weil sie erschöpft sind von der Anspannung der letzten Stunden. Die Wärme, die durch die vielen Kleidungsschichten dringt, tut gut, lockert die Verspannungen. Bis... Bis ich realisiere, wer da hinter mir sitzt. Sofort versteife ich mich wieder, bedacht darauf, den Körperkontakt auf ein Minimum zu reduzieren.

Ich bin mir Roshans Berührungen nur allzu sehr bewusst. Vor allem seine Hände auf meinem Bauch kann ich kaum ignorieren. Es ist wie damals, als er mich als Begleitung auf seinen Abschlussball mitgenommen hat. Ich war die Jüngste und brauchte noch die Genehmigung meiner Eltern, um daran teilzunehmen. Ich weiß noch genau, wie aufgeregt ich war, dass ich endlich das Kleid tragen konnte, das Sophie und ich ausgesucht hatten. Es hatte einen dunklen Fliederton, der meine frisch blaugefärbten Haare perfekt zur Geltung gebracht hat und gut zu meinen Augen passte.

Während des Feuerwerks, das wir vom Balkon der Schule aus beobachtet haben, stand Roshan hinter mir, hat seine Arme um mich und seine Hände auf meinen Bauch gelegt, so wie jetzt. Damals bin ich vor Glück beinahe geplatzt. Das ganze Jahr über waren wir uns schon nähergekommen, haben uns mehr als nur einmal heimlich vom Schulgelände geschlichen, doch so richtig offiziell wurden wir erst an dem Abend ein Paar. An dem Abend, der sein letzter an dieser Schule sein sollte. Dennoch hatte ich Schmetterlinge im Bauch, die mir das Gefühl gaben, zu schweben, schwerelos zu sein, vor glückseliger Zufriedenheit.

»So wie das Feuerwerk den Himmel erleuchtet«, hat er mir dabei ins Ohr geflüstert, »erleuchtest du mein Herz in jeder Sekunde, die ich an dich denke.«

In dem Moment konnte ich nicht anders. Ich habe mich umgedreht, mich auf die Spitzen meiner Highheels gestellt und ihn geküsst. Habe ihn geküsst, wie noch nie jemanden zuvor, bis ich nicht mehr sagen konnte, welche Explosionen vom Feuerwerk hinter uns stammten, und welche in meinem Inneren stattfanden.

Augenblicklich sehne ich mich zurück, in eine Zeit, in der alles weniger schwer schien. Eine Zeit, in der ich anfing, den Verlust meiner Eltern zu verarbeiten, in der alles leichter wirkte, in der das Leben ein Abenteuer war, das ich bereit war zu erleben. Und in der unsere Beziehung die Kirsche auf einem verdammten Sahnehäubchen war.

Ich weiß, dass es nichts bringt, sich das zurückzuwünschen, trotzdem tue ich es. Zurück in die Zeit, in der alles wieder in Ordnung kommen würde, in der es für alles eine Lösung gab, selbst wenn die aus Küchendienst bestand, weil wir erwischt worden sind, als wir zu spät aus dem Kino zurückkamen. Wie oft wir dabei in der Vorratskammer rumgemacht haben, als wir dort eigentlich aufräumen sollten, kann ich schon gar nicht mehr sagen. Auch wenn es nach Roshans Abschluss nicht einfacher wurde, weil er in Deutschland studiert hat, während ich noch drei Jahre Internat vor mir hatte. Wir haben uns oft getrennt, sind wieder zusammengekommen, nur um uns wieder zu trennen. Trotzdem war es eine sorglose Zeit, auch wenn einem das als Teenager nicht so vorkommt.

All das... ist vorbei, muss vorbei sein. So kann es nicht weitergehen. Wir sind keine Teenager mehr, verdammt. Ich bin mittlerweile näher an der dreißig als an der zwanzig – knapp zwar, aber so ist es nun einmal. Die Zeit für wilde Knutschereien und Abenteuer liegt hinter mir. Ich bin Erwachsen. Also sollte ich mich auch so benehmen.

Und genau das ist doch der Plan. Ich ziehe das durch und mache ihm klar, dass es so nicht weitergehen kann. Oder?

Drei Stunden und einen Zwischenstopp später erreichen wir unser Ziel. In einem Wald befinden sich unzählige, gläserne Iglus, die durch beleuchtete Pfade miteinander verbunden sind, wobei darauf geachtet wurde, dass die Wegbeleuchtung für so wenig wie möglich Lichtverschmutzung sorgt.

An der Rezeptionshütte holt Roshan die Schlüssel für unsere Unterkunft ab. Ich warte draußen und lasse meinen Blick durch die Landschaft schweifen. Ich versuche, kurz die Ruhe zu genießen und den Abstand, den ich nach der Schlittenfahrt definitiv benötige. Als Roshan nach einer Viertelstunde noch nicht wieder zurück ist, frage ich mich, ob bei der Buchung alles glattgegangen ist. Nicht dass ich böse wäre, wenn wir um die Übernachtung herumkommen würden, nur weiß ich nicht, ob ich heute nochmal vier Stunden in diesem Schlitten überstehe.

Nach weiteren fünf Minuten kommt Roshan mit einem Schlüssel in der Hand nach draußen. »Sorry, es gab noch ein paar Fragen, aber jetzt kann es losgehen«, verkündet er und deutet vage die Richtung an, in die wir müssen.

Wir folgen den Beschilderungen, um Iglu Nummer neun zu finden. Nach einigen Metern will er nach meiner Hand greifen, doch ich entziehe sie ihm. Wenn ich daran denke, welche Erinnerungen seine Berührungen während der Schlittenfahrt ausgelöst haben, wäre das keine gute Idee. Immerhin muss ich einen klaren Kopf bewahren. Das hier ist zu wichtig, um es durch unüberlegte Handlungen zu torpedieren.

»Da wären wir.«

Wir befinden uns am Rand der Siedlung. Von der Tür aus, kann man nur ein anderes Iglu ausmachen, ansonsten gibt es hier nichts als Wald, zumindest so weit man das in der Dunkelheit beurteilen kann.

»Nach dir«, sagt er und reicht mir den Schlüssel, an dem eine kleine Messingplakette hängt, in der eine Neun eingraviert ist.

Seufzend, weil ich auf diesen Gentleman-Firlefanz gut verzichten könnte, stecke ich den Schlüssel in die Tür.

»Das darf doch wohl nicht wahr sein«, entfährt es mir.

Auf jeder freien Fläche stehen brennende Kerzen in den verschiedensten Ausführungen. Große, kleine, dicke und sehr dicke mit mehreren Dochten. Auf dem Boden liegen Rosenblätter verstreut. Und nicht nur da, sondern auch auf dem Bett. Die Bettdecken sind zu einem Herz gelegt, das mit Rosenblättern umrandet ist. Eine Spur führt in einen Raum, von dem ich annehme, dass es das Bad ist. Ich glaube, mir wird schlecht.

»Ich wusste, dir würde es gefallen«, sagt Roshan, ehe er mich ins Innere schiebt. Unsicher, ob er das wirklich ernst meint, oder ob ich die Ironie einfach überhört habe, lasse ich es geschehen und hoffe, dass es diesmal vielleicht doch ein Traum ist.

53

Ole

Krachend trifft die Axt das Holz. Zwei Scheite fallen polternd zu Boden. Klar, ich könnte dafür auch den Holzspalter nehmen, aber das würde nicht so viel von der Energie verbrauchen, die ich unbedingt loswerden muss. Seit ich gesehen habe, wie sie mit ihm vom Grundstück gefahren ist, laufe ich rastlos umher. Irgendwann hat Krista mich in den Schuppen verbannt. Offenbar habe ich in der Küche zu viel Unruhe verbreitet.

Jetzt stehe ich hier seit zwei Stunden und bereite Feuerholz vor, das wir eigentlich gar nicht brauchen, da noch genug auf Vorrat liegt. Aber wer weiß, wann die nächste Lawine kommt.

Wieder kracht es, als die Klinge der Axt wie durch warme Butter durch das Holz gleitet. Nicht zum ersten Mal erwische ich mich dabei, mir vorzustellen, dass es kein Holz wäre, sondern der Kopf einer nicht näher zu bestimmenden Person. Was ist nur los mit mir? Normalerweise würden solche Gedanken nicht mal im Entferntesten durch meine Hirnwindungen wabern, aber seit gestern Abend, seit Roshan von seinem dusseligen Plan erzählt hat, kommen mir ständig Ideen, wie ich ihn loswerden könnte. So häufig, dass es mir zuweilen selbst Angst macht.

Dass er Bock auf sowas hat, ist ja eine Sache, aber das Leo da auch noch mitmacht, das überrascht mich wirklich. Als wir ihm begegnet sind, wollte sie ihn noch unbedingt loswerden und jetzt? Honeymoon unterm New Moon oder wie darf ich mir das vorstellen?

Bin ich eifersüchtig? Natürlich! Da gibt es gar nichts, um den heißen Brei zu reden.

Literweise Tränen hat sie wegen diesem Vogel vergossen, und trotzdem rennt sie, kaum ist er wieder da, mit ihm zur Türe heraus. Ich meine, wenn er sie wirklich glücklich macht, dann bitte. Aber kann sie mir das denn nicht wenigstens erklären? Bedeute ich ihr wirklich so wenig, dass es nicht einmal dazu reicht? War ich wirklich nur ein Lückenfüller, ein spannender Zeitvertreib?

Wieder und wieder spaltet die Axt das Holz. Inzwischen läuft mir der Schweiß in Strömen über das Gesicht und den Rücken und das, obwohl hier gerade einmal knapp über null Grad sind. Aber gutes Feuerholz wärmt ja bekanntlich mehrmals. Rasselnd geht mein Atem. Meine Lungen brennen wegen der kalten Luft, meine Muskeln wegen der Anstrengung. Trotzdem verlangsame ich das Tempo kein bisschen.

Wirklich warm wird mir trotzdem nicht. Wann immer Leos Blicke vor meinem inneren Auge erscheinen, zieht sich in mir alles zusammen. Mir wird kalt und übel und meine Beine fangen an zu zittern. Ich umfasse die Axt fester, damit sie mir nicht entgleitet, auch wenn meine Muskeln gerade nicht mehr in der besten Verfassung sind. Leos Blicke nisten sich in mir ein. Wie sie mich gestern angesehen hat, als wüsste sie nicht, wohin mit mir und mit sich. Oder heute, als sie auf diesen Schlitten gestiegen ist.

War das Glück in ihren Augen? Ich glaube nicht. Da habe ich schon deutlich mehr Lebendigkeit gesehen, als wir zusammen unterwegs waren und so viele Male davor auch. Das gestern sah nicht nach Glück aus. Aber wozu dann das Ganze? Oder ist mein Leo-Radar einfach von Anfang an falsch kalibriert gewesen? Habe ich hier etwas vollkommen missverstanden? Wie bei Leah? Ich dachte, wir wären uns beide einig, dass wir sehen wollen, wohin das mit uns führt.

Ich habe sie zu einem Date ausgeführt!

Hat ihr das alles etwa nichts bedeutet?

War ich für sie einfach nur die Unterhaltung, der Zeitvertreib, der Auswechselspieler, bevor die Nummer eins wieder am Start ist?

»So eine Scheiße«, fluche ich und schlage auf einen wehrlosen Holzscheit ein.

Ich dachte schon, gestern hätten mich die Emotionen überwältigt, aber das ist nichts im Vergleich zu dem, was heute in mir tobt.

Ich kenne die Dekorationen zu besonderen Anlässen, weil uns die Iglu-Betreiber Fotos zukommen lassen, damit wir das unseren Gästen empfehlen können. Wenn ich nur daran denke, was die Leo und Roshan jetzt treiben, wird mir schlecht. So langsam müssten sie angekommen sein. Vermutlich betreten sie gerade das Iglu. Ob sie dabei so über die Schwelle stolpern, wie wir es gestern getan haben?

Ob sie sich genauso leidenschaftlich küssen, sich die Kleider vom Leib reißen, weil es so viel nachzuholen gibt und dann erst aufs Bett taumeln, dabei die Deko komplett zerwühlen oder ob sie gleich ins Bad gehen, um sich von der langen Fahrt aufzuwärmen.

Stopp! Seit wann bin ich unter die Masochisten gegangen?

Immer schneller und schneller spalte ich Holz. Der Berg links und rechts des dicken Stammes, den ich als Unterlage nutze, wird immer größer. Doch ich erlaube mir keine Pause. Mein Atem geht nur noch flach, aber das ist egal. Je mehr ich mich verausgabe, desto eher geben meine Gedanken Ruhe. Wenn ich nur all meine Energie auf die Arbeit verbrauche, kann meine Fantasie mir keine neuen Bilder einpflanzen, die mir die Luft zum Atmen nehmen, die mein innerstes in Ketten legen, bis ich drohe darin zu ersticken.

Offenbar ist meine Fantasie gut darin, mir Dinge vorzugaukeln. Ich dachte wirklich, Leo könnte etwas in mir sehen, das über Freundschaft hinaus geht, könnte...

»Ole...«, höre Yana, durch das rauschende Blut in meinen Ohren wie aus weiter Ferne rufen. Doch ich kann jetzt nicht aufhören. Ich muss den Berg noch bewältigen, muss das Holz zu handlichen Scheiten verarbeiten, damit ich irgendwann so weit bin, meine Gedanken ebenso zu verarbeiten. In kleinen Portionen, Stück für Stück.

»Ole« Ihre Stimme wird eindringlicher, aber darum kann ich mich jetzt nicht kümmern. Ich habe Arbeit vor mir.

»Ole, du Trottel!« Energisch schiebt sie sich zwischen mich und den Baumstamm, »Willst du dir ernsthaft noch ein Bein abhacken«, schnauzt sie mich an.

Ich will bereits etwas erwidern, will sie wegschieben und weitermachen, da sehe ich das feuchte Glänzen in ihren Augen und die Sorge darin. Seufzend lasse ich die Axt sinken. Als wären meine letzten Kraftreserven in dem Werkzeug gespeichert gewesen, schlägt die Erschöpfung zu, als ich meine Finger vom Holzgriff löse.

Atemlos lasse ich mich auf dem Stamm nieder. Ich bin vollkommen platt, mein Herz rast, Blut rauscht immer noch in meinen Ohren. Mir ist vollkommen schwindelig, der Boden schwankt. Immer wieder verschwimmt mein Blick.

»Yana«, krächze ich am ganzen Körper zitternd und befürchte, jeden Moment umzukippen.

»Atmen«, flüstert sie. Ihre Arme stützen mich, geben mir Halt, während ich mich fühle, als wäre ich auf hoher See. Auch wenn es schwerfällt, folge ich ihrer Anweisung, bis das Schwanken aufhört, das Summen in meinen Gliedern nachlässt und ich endlich wieder klarer sehe – zumindest physisch.

Nach einigen Minuten, als ich nicht mehr befürchte, sofort vom Stamm zu kippen, schlinge ich meine Arme um Yana.

»Ihhh, du bist total verschwitzt«, beschwert sie sich, ohne von mir abzulassen. »Mach solchen Mist nicht nochmal, okay? Ich weiß, das ist kacke, ist es wirklich, aber niemandem ist geholfen, wenn du dich selbst verstümmelst.«

»Ich weiß«, murmle ich in ihre Halsbeuge, bevor ich mich von ihr entferne, gerade so weit, dass wir uns in die Augen sehen können. »Tut mir leid, dass du dir Sorgen gemacht hast.«

»Das muss es nicht. Ich werde mir immer Sorgen um dich machen. Leid muss es dir nur tun, wenn du nichts dagegen unternimmst. Aber dafür habe ich schon einen Plan.«

»Was hast du vor?«, will ich wissen. Ich lasse mich von ihr auf die Füße ziehen, halte mich aber weiterhin fest. So ganz vertraue ich meinen Beinen noch nicht.

»Wirst du schon sehen«, sagt sie mit einem schwachen Lächeln. Sie greift nach meiner Hand und zieht mich aus der Scheune in Richtung unseres Haupthauses. »Aber erstmal gehst du duschen, du stinkst.«

»Ich fühle mich einfach, als hätte sie mich aufs Abstellgleis geschoben«, seufze ich. Meine Stimme klingt belegt.

Yana drückt auf Pause, ehe sie antwortet. Wir sitzen auf ihrem Bett, zwischen uns eine Schale mit Popcorn und eine Dose voller Plätzchen, wie es für gewöhnlich zu unserem Weihnachtsfilm-Ritual gehört. Bisher habe ich kaum etwas davon gegessen, weil mein Mund viel zu trocken dafür ist und einfach alles wie Pappe schmeckt.

»Ole«, sagt Yana, »ich weiß, dass sich das beschissen anfühlt, aber es ist ihr Verlust, wenn sie nicht erkennt, was für ein grandioser Mann du bist.«

»Vielleicht habe ich ihr das aber auch einfach nicht genug gezeigt.«

»Das ist Schwachsinn!«, entgegnet sie entschieden. »Du hast sie auf Händen getragen, warst da, als sie dich wie Dreck behandelt hat. Hör auf an dir zu zweifeln. Und so schwer es mir fällt, lass uns auch nicht an ihr zweifeln.«

Das klingt alles so einfach. Aber während wir hier sitzen und zusehen, wie Vanessa Hudgens sich in einen mittelalterlichen Ritter verliebt, der aus merkwürdigen Gründen in unserer Zeit gestrandet ist, geht mir so viel durch den Kopf und gleichzeitig ist da diese riesige Leere, die Leo hinterlassen hat und die sich jetzt mit nichts als Zweifeln füllt und mich von innen heraus vor Kälte bibbern lässt.

»Mann, Yana, weiß du, was das alles mit mir macht? Ich hab das Gefühl, mich selbst nicht mehr zu kennen, so oft, wie ich mir gewünscht habe, ich könnte Roshan einfach eine reinhauen und ihn mit einem Tritt aus dem Haus befördern. Das bin doch nicht ich!«

»Du bist eben verliebt«, ein leichtes Lächeln umspielt ihre Mundwinkel, als sie mich jetzt mustert.

»Ich bin nicht...

»Doch bist du! Und das ist vollkommen okay. Und da gehört es auch dazu, dass man nicht mehr unbedingt rational denkt. Übrigens einer der Gründe, wieso du nicht an ihr zweifeln solltest. Ich bin mir sicher, ihr geht es nicht anders, so wie sie dich ansieht.« Sie wuschelt mir durch die Haare und schiebt mir ein Plätzchen in den Mund. »Hier, du brauchst Energie nach deiner Aktion vorhin.«

Ich will protestieren, doch meine beste Freundin lässt nicht mit sich verhandeln. »Und jetzt lass uns weiter schauen. Ich will wissen, wie es ausgeht«, übertrieben gespannt drückt sie auf die Fernbedienung, als wäre nicht klar, dass sie am Ende ihr Happy-End bekommen. Anders als im echten Leben, wo immer jemand mit einem ramponierten Herz zurückbleibt.

Je länger wir so nebeneinander liegen, desto mehr wird mir bewusst, wie sehr ich das dieses Jahr bisher vermisst habe, weil ich meine freie Zeit lieber mit einer gewissen blauhaarigen Frau verbracht habe. Gerade frage ich mich wirklich, ob ich die Zeit nicht lieber anders investiert hätte, schließlich sehen Yana und ich uns auch nicht mehr so oft, seit ich nicht mehr hier lebe.

Trotz allem kommen meine Gedanken irgendwann während des dritten Films langsam zur Ruhe. Mein Kopf liegt auf Yanas Schulter, bis mich schließlich die Müdigkeit vollends überrollt.

54

Leo

Je länger ich diesen Honey-Moon-Alptraum anstarre, desto mehr glaube ich, dass mir jemand die falschen Pilze ins Essen gerieben hat. Das kann und darf alles nicht wahr sein. Am liebsten würde ich sofort wieder umdrehen, doch mein Körper befindet sich in einer Schockstarre.

»Du musst nichts sagen.« Mit routinierten Bewegungen öffnet Roshan eine Sektflasche, ehe er zwei Gläser füllt. »Trink erstmal einen Schluck.«

Auf einmal ist da ein Glas in meiner Hand. Keine Ahnung, wie es dahin gekommen ist. Wie paralysiert stehe ich da, starre in die goldgelb schimmernden Bläschen und versuche, diesen Kitsch-Overload zu verarbeiten. Was habe ich mir nur hierbei gedacht? Alleine mit ihm, abgeschieden irgendwo im Wald.

»Ich bin so froh, dass wir hier sind«, sagt er und prostet mir zu, »du ahnst ja gar nicht, wie hart die Tage ohne dich waren. Morgens wachzuwerden und zu wissen, dass du nicht da bist, das hat es mir beinahe unmöglich gemacht, aufzustehen. Leo, ich habe einen Fehler, den wahrscheinlich größten meines Lebens, gemacht. Lass uns gemeinsam herausfinden, wie wir das hier wieder geradebiegen können.«

»Ich glaube nicht, dass es möglich ist«, sage ich. Angespannt klammere ich mich an dem Sektglas fest, als könnte mir dieses filigrane Ding auch nur ansatzweise den Halt geben, den ich nötig habe. »Hör zu. Ich hatte auch Zeit zum Nachdenken. Und inzwischen denke ich, dass du recht hattest. Die Hochzeit war wirklich ein Fehler.«

»Sag sowas nicht, Prinzessin. Wir haben so viel miteinander erlebt, wir haben...«

»Das ändert aber nichts an allem anderen. Du hast nicht einmal versucht, mich zu erreichen und das ›Missverständnis‹ zu erklären.« Die Gänsefüßchen kann ich mir einfach nicht verkneifen. Roshan kann so gut mit Worten umgehen. Auch das ist eine Eigenschaft, die ich schon früher bewundert habe, wenn er Reden bei Schulempfängen halten musste. Es ist, als könnte er aus Worten etwas Plastisches erschaffen. Als wären sie Ton in seinen Händen, den er zu kunstvollen Gegenständen formen kann. Bestimmt würde er einen guten Autor abgeben, der die Bestsellerlisten im Sturm erobert, wenn die Kunst für ihn nicht eine Zeitverschwendung wäre. Verdammt. Ole darf sich jetzt nicht auch noch in meine ohnehin schon wirren Gedanken schleichen. Das macht das alles doch nur komplizierter. Doch zurück zum eigentlichen Thema. Roshan würde sich nicht missverständlich ausdrücken, dazu ist er gar nicht imstande. Er hätte wissen müssen, wie die Worte bei mir ankommen. Er kennt mich doch verdammt nochmal!

»Ich kenne dich doch. Du brauchtest Abstand und deine Ruhe. Beides wollte ich dir geben. Das heißt aber nicht, dass es mir leichtgefallen ist. Jedes Mal, wenn ich das Bild von dir auf meinem Schreibtisch gesehen habe, das, wo du dieses wunderschöne fliederfarbene Kleid vom Abschlussball trägst, mit diesem wahnsinns Rückenausschnitt... Jedes Mal ist mir das Herz stehen geblieben, weil ich gespürt habe, dass du nicht da bist. Glaub mir, wenn ich gekonnt hätte, hätte ich alles stehen und liegen gelassen und wäre zu dir gekommen. Mein Koffer stand schon gepackt im Flur und dann kam das Unwetter. Mir waren die Hände gebunden. Noch nie ist die Zeit so langsam vergangen wie in diesen Tagen.«

Das Sektglas in meiner Hand zittert, vermutlich ist auch etwas davon über den Rand geschwappt. In meiner Kehle ist es wüstentrocken. Ich sollte was trinken, schaffe es aber nicht, meinen Arm zu heben. Mein Atem wird flacher, schneller und trotzdem gelangt kein Sauerstoff in meine verdammten Lungen. Es überwältigt mich. Seine Worte und die Wirkung, die sie auf mich haben. Die Vorstellung, dass er wirklich die ganze Zeit darauf gewartet hat, lässt etwas in mir weich werden. Trotzdem ist da irgendwo tief in mir dieser dunkle, schwarze Fleck, der Zweifel verströmt.

»Roshan...«, sage ich, mit einem Kloß im Hals. Bin wirklich ich es, die er da vermisst hat, oder ist es nur das Bild, dass er von mir hat? Die Leo, die ich geworden bin in den letzten Jahren? Die perfekte, ruhige Frau an seiner Seite, die Businessklamotten trägt und ihn auf seine Empfänge begleitet? Die Frau, die sich mit einem Leben ohne neue Abenteuer zufriedengibt? In den vergangenen Tagen habe ich einiges über mich und meine Wünsche gelernt.

»Das ist nicht so einfach.«

»Doch, das ist es. Wir haben schon so viel miteinander erlebt. Wir kennen uns schon ewig. Weißt du noch, wie wir damals immer nach deinem Hockeytrainig unter der alten Weide gesessen haben?«

»Natürlich.« Wie könnte ich das auch vergessen. Drei Mal pro Woche hatten wir nachmittags Trainingseinheiten. Jedes einzelne Mal hat er mich danach abgeholt. Dann haben wir uns unter den Baum gesetzt, Musik gehört, geredet, gelacht, bis die Sonne hinter den Bergen untergegangen ist und die Zeit für einen kurzen Moment stehen geblieben ist, in dieser Zwischenphase, in der es weder Tag noch Nacht ist.

»Du hast damals darauf bestanden, dass wir unsere Anfangsbuchstaben in die Bank ritzen. Ich war erst dagegen, aber als du dich mit dieser Leidenschaft ans Werk gemacht hast, war mir klar, dass du die Frau bist, die ich einmal heiraten würde. Das Leuchten in deinen Augen werde ich wohl nie vergessen.«

Ich brauche eine Sekunde, bis ich den Moment selbst wieder vor Augen habe. Es war ein sonniger Herbsttag. Wir hatten das Testspiel gegen den Tabellenzweiten der letzten Saison gerade hinter uns. Ich war selbst nach der Ansprache unserer Trainerin und der Dusche noch voller Adrenalin, als wir uns trafen. Es fühlte sich einfach so perfekt an, unsere Freundschaft dieses Denkmal zu setzen. Mehr als Freundschaft war es zu dem Zeitpunkt damals noch nicht, auch wenn ich mir durchaus mehr gewünscht habe. Er hat mir nie gesagt, was dieser Moment ihm bedeutet hat. Später, mit der Erinnerung des Abschlussballs ganz frisch in meinem Gedächtnis, habe ich ein kleines Plus ergänzt.

In der Vergangenheit versunken wandert mein Blick durch das Zimmer und bleibt an einem Spiegel über der Kommode hängen. Genauer gesagt an meinem Spiegelbild, das mich mit einem leichten Lächeln zeigt.

Für einen kurzen Moment erlaube ich mir, das warme Holz der Bank, auf der ich seitdem so oft gesessen habe zu spüren, den leichten Wind zu fühlen, der eigentlich immer durch die Weide geweht und ein sanftes Rauschen erzeugt hat, bis mich Roshans Stimme wieder in die Gegenwart holt.

»Allein schon deswegen kann die Hochzeit kein Fehler gewesen sein. Das Einzige was falsch gelaufen ist, ist der Morgen danach und das ist ganz allein meine Schuld. Ich war überwältigt von allem und habe plötzlich kalte Füße bekommen. Aufeinmal war das, was ich mir jahrelang ausgemalt habe, Realität. Du warst, bist, meine Frau. Und deiner Familie hatten wir nichts davon erzählt, allein das hat mich schon beunruhigt. Würden sie mir das verzeihen? Würden sie mich überhaupt als den Mann an deiner Seite akzeptieren? Diese Menschen lieben dich mehr als alles andere. Und weniger als perfekt ist ihnen nicht gut genug für dich. Ich hatte Angst, dass ich den Maßstäben nicht gerecht werden könnte.«

»Aber darüber hätten wir doch reden können. Das gehört doch verdammt nochmal dazu, dass man sich auf Augenhöhe begegnet und nicht alles mit sich allein ausmachen muss.«

»Du hast recht. Aber...scheiße Leo... ich bin mit dem Bild des ›starken Mannes‹ aufgewachsen, der niemals Schwäche zeigt, der für seine Frau da ist, und nicht umgekehrt. Und bevor du was sagen willst. Ich weiß, dass das Schwachsinn ist, aber... irgendwo in mir drin steckt wohl noch mehr davon, als mir lieb ist.«

»Na wenigstens das hast du erkannt.«

»Ich habe noch so viel mehr erkannt. Ich kann und will ohne dich nicht leben. Ich weiß jetzt, dass wir zusammen ein fantastisches Team sind, unschlagbar. Lass und dafür kämpfen, dass wir das nicht wegen so eines Streits wegwerfen. Dafür ist das, was wir haben, zu kostbar.«

»Aber es ist nicht nur *ein* Streit«, sage ich.

»Eben. Und es wird bestimmt auch nicht unser letzter sein. Aber bisher konnten wir uns doch immer wieder zusammenraufen. Die Liebe ist nun mal stärker, als alles, was versucht, sie zu trennen.«

Ja, bei uns sind schon oft die Fetzen geflogen, aber bisher kam es nie aus heiterem Himmel. Eher wie die ersten dunklen Wolken vor einem Sommergewitter.

»Gib uns noch eine Chance. Das Unwetter ist vorüber, die Luft gereinigt, jetzt sehen wir nur noch nach vorn. So ein Streit kann auch etwas Gutes sein. Sieh mal, so kommen wir mal wirklich zum Reden. Das ist wichtig.«

»Wieso muss es immer erst zum Streit kommen, bevor wir über unsere echten Gefühle reden?«

»Prinzessin, so sind wir eben. So war es schon immer. Denk doch mal an das erste Jahr nach meinem Schulabschluss.«

Das war wirklich aufreibend. Mir nichts dir nichts steckten wir in einer Fernbeziehung. Ständig musste einer von uns am Wochenende verreisen. Die Zeit war intensiv, aber dennoch schön. Die Nächte in seinem Studentenwohnheim, unsere Spaziergänge durch das nächtliche München, der Sex nach dem Streiten...

Stopp! Für diese Bilder ist gerade kein Platz. Wir sind nicht hier, um in nostalgischen Erinnerungen zu schwelgen. »Was, wenn ich das nicht mehr möchte? Wenn ich diesen Stress nicht mehr ertrage?«, platzt es aus mir heraus.

»Aber das wärst doch dann nicht mehr du, das wären nicht mehr wir. Wir sind zwei starke Charaktere, die sich aneinander abreiben.«

»Roshan. Vielleicht wird es Zeit, das zu ändern. Vielleicht ist es an der Zeit, dass ich mich ändere.«

»Dann los! Das gehört wohl zu zweiten Chancen dazu.«

»Aber das kann ich nicht, wenn...« Ich gebe mir einen Ruck. Die Worte müssen raus. Jetzt. Sofort. »Ich denke, ich brauche eine Pause. Von uns. Von allem.«

Für einen kurzen Moment sieht er mich an, als würde er seine Worte genau abwägen. »Wenn es das ist, was du brauchst, Prinzessin. Nimm dir die Zeit, die du brauchst.«

∗∗∗

Es ist still geworden im Iglu. Roshan liegt auf dem Bett, vertieft in die Biografie irgendeines Top-Investors. Nur das gelegentliche Umblättern durchbricht die Stille. Es könnte ein friedlicher Moment sein, wenn da nicht meine

Gedanken wären, die mir keine Ruhe lassen.

Ich schaue in mein Spiegelbild und frage mich, wie viel die Frau, die mir daraus entgegenblickt, mit mir zu tun hat. Sie sieht müde und erschöpft aus. Die kämpferische Rüstung hat sie abgelegt. Übriggeblieben ist eine blasse Hülle aus Haut und Knochen. Die letzten Tage haben zweifelsohne Spuren hinterlassen, haben meine Welt ins Wanken gebracht und auf den Kopf gestellt. Nichts ist mehr übrig, von meinem Zukunftsbild.

Aus dem Augenwinkel sehe ich den Mann, von dem ich dachte, er wäre der eine. Der eine, der für immer an meiner Seite bleibt.

Gedankenverloren bürste ich meine zerzausten Haare, in der Hoffnung die äußere Ordnung würde sich auf mein Inneres übertragen.

»Meinst du nicht, es wäre an der Zeit, zur Naturfarbe zurückzukehren?«

Ich brauche einen Moment, bis ich realisiere, dass Roshans Stimme nicht nur in meinem Kopf herumspukt, sondern ganz real aus dem Nebenzimmer zu mir dringt.

»Was?«, frage ich, nur um auf Nummer Sicher zu gehen.

»Deine Haare... meinst du nicht, es ist an der Zeit erwachsen zu werden?«

Ich wende mich vom Spiegel ab. »Was genau hat das eine mit dem anderen zu tun? Bin ich weniger erwachsen, weil meine Haare blau sind? Darf ich mich nur als Erwachsene bezeichnen, wenn ich Blusen und Bleistiftröcke trage und meine Haare blond, braun oder schwarz sind? Und überhaupt: Wie ist das mit anderen Dingen? Darf man noch SpongeBob schauen, wenn man erwachsen ist oder sind Zeichentrickserien nicht viel mehr etwas für Kinder... Roshan?«

Erst als sich dieser typische, leicht amüsierte Ausdruck in seine Augen schleicht, realisiere ich, dass ich mich wieder in Rage geredet habe. Dabei würde mich seine Antwort auf diese Frage wirklich interessieren. Schließlich ist er es, der sich über diesen dusseligen gelben Schwamm zu Tode amüsiert.

Trotzdem zwinge ich mich dazu, einmal tief durchzuatmen.

»Du sagst doch immer, man muss für die Dinge kämpfen, die einem wichtig sind, sonst tritt man ewig auf der Stelle«, sage ich und zitiere dabei eines seiner liebsten Mantras. Schon kurz nach dem er bei seinem heutigen Arbeitgeber angefangen hat, durfte ich mir das immer anhören. Für ihn gibt es auf der Karriereleiter nur einen Weg. Immer nach oben. Auf einer Stufe inne-halten? Fehlanzeige. Früher habe ich das bewundert. Jetzt frage ich mich, ob man dabei nicht viel zu viel verpasst, das unwiederbringlich verloren geht.

»Das stimmt. Aber das bedeutet auch, dass man Opfer bringen muss. Ir-gendwann wird es Zeit, die jugendlichen Ideale den Gegebenheiten der ech-ten Welt unterzuordnen. Und gerade als zukünftige Geschäftsführerin gibt es einiges, das größer ist als man selbst, dem es gilt Rechnung zu tragen.«

Er wirft mir noch einen Blick zu, der vielsagend sein könnte, wenn ich die gleiche Sprache sprechen würde wie er. So fühlt es sich einfach nur erdrü-ckend an. Wieder betrachte ich mein Spiegelbild. Sehe der Frau entgegen, die ihre Rüstung abgelegt hat. Die normalerweise einen Scheiß auf das ge-ben würde, was andere denken. Doch jetzt frage ich mich, was an seinen Worten dran ist.

Dummerweise haben es Frauen in vielen Fällen noch immer schwerer als Männer. Ein seriöses Auftreten kann da viel bewirken. Ich mag meine Haare so, wie sie sind, leicht zerzaust, nie wirklich ordentlich. Blau.

Aber noch mehr mag ich den Verlag und das, wofür er steht. Ich schätze es sehr, dass meine Eltern mich bedingungslos als Teil der Familie sehen, mir die Chance geben, in ihre Fußstapfen zu treten. Bin ich es ihnen nicht gerade deshalb schuldig, alles dafür zu geben, auch von anderen ernstgenommen zu werden? Ich bin hin- und hergerissen zwischen dem Wunsch für mich und damit irgendwie auch für andere einzustehen, um dämliche Konventionen zu brechen und der Tatsache, dass ich mich dennoch erst einmal beweisen muss.

»Ich habe dich noch gar nicht beglückwünscht«, unterbricht Roshan meine Gedanken. »Ich bin so stolz auf dich. Du hast dir die Perspektiven wirklich hart erarbeitet. Ich kann gar nicht sagen, wie beeindruckt ich von dir bin. Auch wenn ich gestehen muss, dass ich dich immer eher in der Entwick-lungsabteilung gesehen habe.«

»Danke«, sage ich. Ehrlich gesagt, muss ich ihm da zustimmen. Klar habe ich insgeheim davon geträumt, einmal den Verlag leiten zu können, aber rea-listischer war für mich tatsächlich die Spieleentwicklung.

»Nichts zu danken, dass ist ganz allein dein Verdienst. So wie du dein

Studium gerockt hast, die Prüfungen mit Bestnoten bestanden hast, ist das die einzig logische Konsequenz. Zielstrebigkeit und Ehrgeiz zahlen sich am Ende eben aus.« Er greift nach seinem Sektglas und prostet mir zu. »Offen gestanden dachte ich nur immer, es wäre voll dein Ding, neue Ideen zu suchen, Spiele zu konzipieren, das Beste aus den Vorschlägen der Autoren herauszukitzeln. Immerhin war es das, was du mal machen wolltest. Und es entspricht deiner kreativen Ader und Spontanität am besten.«

»Von diesen Eigenschaften kann ich doch so oder so profitieren. Du weißt doch, wie sehr bei uns Wert darauf gelegt wird, dass die Abteilungen eng zusammenarbeiten.«

»Da hast du recht. Und wenn die Sache mit der Geschäftsführung das ist, was du wirklich willst, Sechzig-Stunden-Woche, rund um die Uhr Erreichbarkeit und alleinige Verantwortung..., und du dir hundertzehnprozentig sicher bist – schließlich ist das die Grundvoraussetzung in dieser Position – dann stehe ich natürlich voll hinter dir. Jederzeit. Uneingeschränkt. Du weißt, dass ich immer ein offenes Ohr habe und du mit mir reden kannst, wenn du dich unsicher fühlst.«

»Es ist ja nicht so, als müsste ich morgen das Steuer in die eigene Hand nehmen. Ich habe noch ausreichend Zeit, mich in die Rolle einzuarbeiten. Das muss ich auch. Es gibt schließlich noch genügend zu lernen.«

»Das weiß ich doch. Und ich hoffe du weißt auch, dass du dich davon nicht unter Druck setzen lassen solltest. Deine Familie ist wunderbar. Niemand würde es dir übelnehmen, wenn du eines Tages feststellst, dass es doch nicht das richtige für dich ist. Hör auf dich selbst, hör darauf, was dein Herz dir rät. Und wenn es dir sagt, dass das zu groß für dich ist, dann zieh deine Schlüsse daraus. Für uns alle ist es am allerwichtigsten, dass du glücklich bist.«

Eine Stunde später ist Roshan eingeschlafen. Das stetig ruhige Schnarchen fühlt sich so sehr nach zu Hause an, dass es wehtut. Für einen Moment gaukelt es mir vor, alles wäre in Ordnung, alles könnte wieder in Ordnung kommen. Leider sind sich die verschiedenen Teile meines Körpers uneins.

In meinem Kopf springen Roshans Worte wie Ping-Pong-Bälle umher. Dass sich meine Eltern für mich als Nachfolgerin entschieden haben, erscheint mir zusehends sinnloser. Was hat sie dazu bewogen? Roshan hat schon recht, dass ich für die Entwicklungsabteilung wie geschaffen bin, es war ja wirklich mein Traum, meine Zukunftsvision, irgendwann mal für ein eigenes Spiel einen Preis zu gewinnen. Ich versuche, ausgetretene Pfade zu verlassen, weil es mir schon immer leichter gefallen ist, Dinge in Frage zu stellen und dann einfach mal draufloszugehen. Aber wie oft bin ich dabei gescheitert. Bei der Entwicklung von Spielen kann man sich Fehltritte leisten. Dafür werden alle Prototypen ausgiebig getestet. Aber in der Geschäftsführung? Da muss man wissen, was man tut. Da ist kein Platz für leichtsinnige Experimente. Da steht zu viel, nicht zuletzt die Arbeitsplätze von hunderten Mitarbeitern, auf dem Spiel und damit zum Teil auch das Leben derer Familien. Es gibt keinen Platz für unüberlegtes, impulsives Handeln... Und wenn es dafür keinen Platz gibt, gibt es wahrscheinlich auch keinen für mich.

Mir wird kalt. Trotz der dicken, weichen Decken bahnt sich eisiger Frost den Weg durch meine Adern und lässt mich verkrampfen.

Wie konnten sie sich dann trotzdem für mich entscheiden? Nur, weil sie mich lieben? Weil sie es sich wünschen und zu sehr wollten, um die Realität ohne die rosarote Familienbrille zu sehen?

Meine Gedanken beginnen immer schneller zu rotieren, mein Atem geht flacher und mein Magen verknotet sich.

Roshan hat schon recht. Sie lieben mich und würden es verstehen, wenn ich ihnen sage, dass der Posten nichts für mich ist. Aber dann würde ich sie enttäuschen und mich dabei gleich mit.

Ich versuche, ruhiger zu atmen. Panik bringt mich erst recht nicht weiter. Ich muss mich fokussieren. Auf das, was nach meinem Abschluss vor mir steht. Wenn ich mich konzentriere, weiterhin keine Ablenkungen zulasse, dann kann ich das schaffen, kann über mich hinauswachsen. Nur niemals die Kontrolle verlieren und das Ziel im Blick behalten. Mit diesem Mantra im Kopf beruhigen sich meine Nerven allmählich.

Wie von selbst driften meine Gedanken nun zu dem Mann, der mich das letzte Mal durch eine Panikattacke geführt hat, dem es gelungen ist, mit seinem sinnlosen Gerede über Wellensittiche, meinen Puls zu beruhigen. Ich will seine Hand in meiner spüren, diese langen, zarten Finger, die viel zu gut zu meinen passen. Verdammt. So funktioniert das nicht. Im Gegenteil. Plötzlich fühle ich mich wie im freien Fall, mit dem Wissen, dass mein Sicherheitsnetz nicht mehr da ist und ich ungebremst auf dem Boden zerschellen werde.

Roshans Atemzüge dringen wieder zu mir durch. Ansonsten ist es still. Viel zu still. So muss es sich im Auge eines Orkans anfühlen, denke ich. Alles tobt um einem herum, so wie meine Gedanken und Emotionen, nur hier drin ist alles still und ruhig. Trügerisch, bis es wieder richtig heftig weitergeht.

Ich schaue durch die gläserne Decke. Erste grünviolette Schlieren ziehen über den Himmel und verwandeln ihn in ein leuchtendes Spektakel.

Ob Ole die jetzt ebenfalls sieht, von seinem Dachfenster aus? Was er wohl dabei denkt? Ob es ihn auch beruhigt, so wie es mir gerade hilft, ruhiger zu werden?

Ich beobachte noch eine Weile diesen magischen Tanz aus Licht, bevor meine Atmung immer langsamer wird und meine Augen schließlich zufallen.

55

Ole

Ich betrachte die Nordlichter und frage mich, ob Leo sie auch gerade sieht oder ob sie keine Augen dafür hat, weil sie mit anderen Dingen beschäftigt ist.

Glücklicherweise hat Yana einen unerschütterlichen Schlaf, sodass es sie nicht stört, dass ich mich unruhig hin und her wälze. Es wäre wahrscheinlich besser, wenn ich rüber in mein eigenes Zimmer und mein Bett gehe, aber allein schon bei dem Gedanken daran, dass dort mein Kopfkissen nach Leos unverwechselbarem Melonenshampoo riecht, zieht sich in mir wieder alles zusammen.

Es ist zum Heulen.

Es ist zum Schreien.

Es ist so unfair, dass ich mich nicht einfach weinend und schreiend auf den Boden werfen kann und es dadurch besser wird.

Dass ich das nicht alles hinter mir lassen kann.

Dass sich mein Herz viel zu schnell an Leo geklammert hat.

Das ist zum Heulen. Heulen. Heulen und Schreien.

Ich versuche mich auf Yanas leise Atmung zu konzentrieren, auf das stetige Heben und Senken ihrer Brust, das ich leicht unter der Decke spüre. Doch das hilft mir auch nicht dabei, wieder einzuschlafen. Zu sehr dreht sich mein Gedankenkarussell mit der Frage, was mich dann erwartet, wenn Leo wiederkommt. Will ich das überhaupt erleben? Will ich sehen, wie sie glücklich vereint mit ihrem Mann zurückkehrt? Dabei sagt ein kleiner, unerklärlich naiv optimistischer Teil meiner Gedanken auch, dass nach dieser Nacht vielleicht alles geklärt ist, sie ihm klar gemacht hat, dass er verschwinden soll und wir doch noch eine Chance haben.

Vergiss es!, ruft der Mitarbeiter für Realismus, der, dem von Beginn an hätte klar sein müssen, dass es eine Schnapsidee ist, sich auf Leo einzulassen, weil sie eben erst aus einer Beziehung kommt und noch nicht bereit ist für... was auch immer das zwischen und war oder hätte werden können.

Gerade als ich wieder eingeschlafen bin, ertönt Yanas brutaler Wecker, sodass ich erschrocken hochfahre. Himmel! Normalerweise höre ich das immer nur recht leise durch meine Wand. Wie laut der in Wirklichkeit ist, wird mir jetzt erst bewusst. Yana kommt trotzdem kaum aus dem Bett.

Zombieähnlich, ohne Notiz davon zu nehmen, dass ich beinahe einen Herzinfarkt erlitten hätte, schlurft sie ins Bad.

Ich schleppe mich in mein Zimmer und versuche, die Gedanken an die bevorstehende Rückkehr zu verdrängen und am besten alle anderen Gedanken an Leo gleich mit. Je eher ich damit anfange, desto schneller bin ich hoffentlich darüber hinweg.

30. Dezember
12. Tag

Leider hält der masochistische Teil meines Ichs nichts von der Idee, sodass ich mich vor der Tür ihres Zimmers wiederfinde, nachdem Leo und Roshan am späten Vormittag zurückgekommen sind. Ehrlich, ich habe keine Ahnung, was das bringen soll, aber ich muss einfach wissen, wie es ihr geht. So sehr es auch schmerzt, wenn ich sehe, dass es ihr mit ihm gut geht, dass sie glücklich und zufrieden ist, werde ich damit schon irgendwie klarkommen. Zumindest habe ich dann einen Grund, mir das Ganze schönzureden.

Also klopfe ich, warte aber diesmal, bis ich hereingeben werde. Die Tür öffnet sich. Mein Herz bleibt stehen, fühlt sich an, als wäre es zu Eis gefroren, Die Luft im Zimmer wird zu zähflüssigem Schleim.

Roshan steht nur mit einem Handtuch bekleidet vor mir.

»Ach, wie schön, dass wir uns sehen«, sagt er und bittet mich herein. Die

Dusche läuft, sodass sich die Frage nach Leo erübrigt. Ich sollte hier ganz schnell verschwinden und später wiederkommen, das ist mir klar, aber da hat Roshan schon seinen Arm um meine Schultern gelegt. »Gut, dass du da bist, sag mal...«, fährt er fort und senkt seine Stimme, als wolle er mir gleich ein Geheimnis anvertrauen. Innerlich versteife ich mich noch mehr und versuche, seinen Arm loszuwerden. Erfolglos. »...Du hast nicht zufällig noch ein paar... Na, du weißt schon was ich meine«, er grinst mich an und mir wird schlecht. »Mein Vorrat ist leider schon aufgebraucht und es wäre jetzt echt nicht schlecht...« Mit einem vielsagenden Blick deutet er in Richtung des kleinen Badezimmers, während ich mich immer noch Frage, ob er mich gerade allen Ernstes um ein Kondom bittet. Nur mit Mühe kann ich verhindern, dass mir ein Keuchen entfährt, als mir die Bedeutung seiner Worte bewusst wird. Als ich realisiere, dass Leo und er... Mein Herz verzerrt sich, schmerzt, als würde es reißen. »Ich denke, in der kleinen Drogerie im nächsten Ort, wirst du fündig«, antworte ich mit heiserer Stimme. Wie gerne würde ich ihm andere Dinge an den Kopf werfen. Dass er verschwinden soll, dass er Leo in Ruhe lassen soll. Aber wenn es das ist, was Leo unbedingt will. Wer bin ich, mich da einzumischen.

»Schade. Ich hatte gehofft, wir könnten das auf dem kurzen Weg klären. Nun wie auch immer. Wo wir hier schonmal so nett beisammen stehen. Mal so von Mann zu Mann. Ich weiß, dass meine Frau und du euch sehr... intensiv kennengelernt habt.« Was würde ich darum geben, dass meine Wangen nicht so verräterisch anfangen zu brennen und noch viel mehr würde ich darum geben, wenn ich jetzt irgendwo anders sein könnte. Egal wo, nur nicht in dieser Situationen. »Hoffentlich bildest du dir darauf jetzt nichts ein. Du glaubst ja sicher nicht, dass du der erste bist, mit dem sie sich tröstet, wenn es mal nicht ganz rund läuft.« Ich höre ihn, verstehe ihn, aber kann nicht glauben, dass er die Frau beschreibt, die ich glaube, kennengelernt zu haben. Am liebsten würde ich mir die Ohren zuhalten, als könnte ich es so beenden. Doch Roshan denkt gar nicht daran, seinen Monolog zu unterbrechen. »Du hast dir doch keine Hoffnungen gemacht, immerhin ist sie eine verheiratete Frau und du bist nichts weiter als eine belanglose. Kleine. Affäre.«

Jedes Wort rauscht wie pures Gift durch meine Adern, zielsicher injiziert.

Endlich gelingt es mir, mich von ihm zu lösen. Abstand zwischen uns zu bringen. Sein glühender Blick trifft mich, droht mich zu verbrennen. »Du musst doch gemerkt haben, dass sie in einer anderen Liga spielt, dass ihre Familie gewisse Ansprüche hegt. Mit deinem mickrigen Hotelpagen-Job wirst du ihr doch niemals ein anständiges Leben bieten können. Ganz ehrlich, willst du das dein ganzes Leben lang machen, hast du gar keine Ansprüche an dich selbst?«

»Falls es dir nicht aufgefallen ist«, entfährt es mir, meine Stimme ist angespannt, »ich arbeite hier nicht.«

»Oh«, entgegnet er erstaunt, »Was machst du denn dann?«

»Ich bin Künstler, Illustrator.«

Roshan lacht, als hätte ich einen Witz gerissen. Dann hält er inne. »Oh, das war dein Ernst? Na ja, macht ja auch keinen Unterschied.« Er zuckt mit den Schultern, bevor er sich gegen den Schreibtisch lehnt, als würde ihm die ganze Welt gehören. Eine Welt, in der ich nichts weiter als eine mickrige Fliege unter seinem Stiefel bin. »Tun wir doch mal so, als wäre das Ganze nicht von Belang und sie entscheidet sich aus einem mir unerfindlichen Grund doch für dich. Wie stellst du dir das vor? Willst du Leo das wirklich antun? Meinst du ernsthaft du könntest für sie sorgen?«

»Ich glaube, dass sie durchaus selbst für sich sorgen kann und niemanden braucht, der sie aushält«, meine Stimme ist kaum mehr als ein Knurren, als ich einen Schritt auf ihn zugehe. Wenn ich das hier noch eine Weile ertragen muss, kann ich wirklich nicht dafür garantieren, dass ich diesem Arsch meine Meinung ungefiltert ins Gesicht sage. Noch kann ich mich aber auf meine gute Erziehung verlassen.

»Na sieh einer an. Diese Strategie fährst du also?«

Verständnislos sehe ich an.

»Ach, tu doch nicht so. Du spekulierst darauf, dich schön ins gemachte Nest zu setzen, damit du weiter mit deiner Fingermalfarbe spielen kannst.«

Dreht er mir gerade ernsthaft das Wort im Mund um? Spätestens jetzt sollte ich verschwinden, denn so hat doch alles überhaupt keinen Sinn.

»Aber schön... lassen wir das. Es kommt so und sie entscheidet sich tatsächlich für dich. Meinst du, es würde sie glücklich machen, wenn sie am

Ende allein da steht, mit Kindern und deinem mickrigen Einkommen, das vorn und hinten nicht reicht? Versteh mich nicht falsch. Natürlich würde ich euch das gönnen. Ich meine, es nur gut. Du solltest nur vorher darüber nachdenken, ob du damit leben könntest.«

Was habe ich hier gerade verpasst? Wie sind wir von *Hast du mal 'n Kondom? Zu wir schauen in deine Zukunft* gekommen? Und wo kommen die Kinder plötzlich her?

»Du musst doch zugeben, dass Leonie ein paar Nummern zu groß für dich ist. Du bist wie alt? Zwanzig? Sie ist Sechsundzwanzig und hat ganz andere Bedürfnisse. Sie ist schon deutlich weiter im Leben, als du. Werd erstmal erwachsen, bevor du drüber nachdenkst, so einer Frau den Hof zu machen.«

Der ist doch nicht ganz sauber! Mag sein, dass ich Künstler bin, dass mein Einkommen marginal ist, im Vergleich zu dem, was er im Monat verdient, oder was Leo irgendwann mal bekommen wird, mag sein, dass sie vier Jahre älter ist als ich, aber das bedeutet doch nicht, dass ich deswegen nicht trotzdem für sie da sein kann. Wir leben im 21. Jahrhundert. Da darf eine Frau wohl auch mal älter sein und mehr verdienen, oder nicht? So gerne ich etwas erwidern würde, mir fehlen einfach die Worte. In mir tobt das Chaos. Seine Gedankenspielchen mischen sich mit meinen eigenen Befürchtungen zu einem Cocktail, der bitterschwer in meinem Magen rumort. Mit jedem Satz, jeder seiner rhetorischen Fragen, fällt es mir schwerer, etwas in ihm zu erkennen, dass ihn für Leo erstrebenswert macht. Ich begreife es nicht. Habe ich mich so sehr in ihr getäuscht? In was für eine Farce bin ich hier hineingeraten?

Roshan überwindet die verbliebene Distanz und klopf mir wieder auf die Schulter.

»Ich sag ja gar nicht, dass du nicht auch was draufhast, Kumpel. Aber such dir lieber jemanden der deinem Niveau entspricht. Zum Beispiel diese kleine, blonde Putzfrau. Ich bin mir sicher, da machst du nichts verkehrt. Immerhin hat sie zwei ziemlich ansehnliche Vorzüge.«

Cola und Mentos sind nichts im Vergleich zu dem, wie das Blut in meinen Adern zu kochen beginnt, als seine Worte bei mir ankommen. Ich kann wirklich vieles über mich ergehen lassen, kann vieles ertragen und runterschlucken, aber irgendwann sind meine Grenzen erreicht. Solange es um mich geht, bleibe ich stehen und lasse mich anpinkeln wie ein Laternenpfahl, halte nach der rechten noch die linke Wange hin. Er kann mich gern noch zwei Stunden weiter beleidigen, verbal auf mir herumtrampeln, mir sagen was für ein Versager ich bin und was ihm noch alles in den Sinn kommt, wenn es ihm damit besser geht. Aber wenn er meine beste Freundin beleidigt, ist Schluss. Da sehe ich rot. Was bildet dieser schleimscheißende Vollpfosten sich ein? Kommt hier rein und benimmt sich wie der Oberprimat, beleidigt nicht nur mich, sondern auch die Menschen, dir mir wichtig sind, ohne auch nur den Hauch einer Ahnung zu haben, wer ich bin, wer Yana ist. Und überhaupt, kam schon irgendwas aus seinem Mund, das auch nur ansatzweise einen Mehrwert für irgendwen hatte?

Er sagt noch etwas über Yana, ich sehe, wie sich seine Lippen bewegen, doch seine Laute kommen bei mir nicht an. Ich begreife nicht was passiert, habe das Gefühl, nicht mehr ich selbst zu sein, als wäre ich Gast in meinem Körper, der ohne mein Zutun handelt. Meine Hand schnellt vor, meine Muskeln spannen sich an. Trotzdem realisiere ich erst, was passiert, als ein fieser stechender Schmerz in meine rechte Hand und meinen Arm fährt, nachdem meine Faust sein Gesicht und seine Nase getroffen hat.

56

Leo

»Sag mal, hast du vollkommen den Verstand verloren?!«, entfährt es mir, nachdem ich aus dem Bad gekommen bin und sehe, wie Ole keuchend vor Roshan steht, der sich seine Nase hält.

Mit schockgeweiteten Augen sieht er mich an, als könnte er das alles ebensowenig glauben wie ich. Bevor ich noch irgendwas sagen kann, stürzt er aus dem Zimmer.

Ohne nachzudenken, folge ich ihm, stürme die Treppe nach oben, sodass meine Schritte wie Kanonenschläge auf der Treppe klingen.

In der Wohnung angekommen stützt sich Ole schwer atmend an der Küchenzeile ab. Auch wenn er mir den Rücken zuwendet, erkenne ich die Anspannung, die ihn fesselt. Die Sehnen an seinem Hals treten hervor.

Er murmelt irgendwas Unverständliches. Vielleicht ist es norwegisch, vielleicht bin ich auch selbst einfach nur zu perplex, um es zu verstehen.

»Bist du von allen guten Geistern verlassen?«, meine Stimme klingt selbst in meinen eigenen Ohren schrill. »Was hast du dir nur dabei gedacht, so eine billige Machonummer abzuziehen? Das ist doch total beschissen!« Ich öffne das Tiefkühlfach und krame darin, bis ich ganz klischeehaft eine Packung Erbsen finde. »Ihr seid echt nicht mehr zu retten«, fluche ich weiter, während ich die Erbsen in ein Geschirrtuch wickle und auf seine sich rotfärbende Hand drücke. »Du musst doch vollkommen spinnen, zu glauben, das wäre eine gute Idee! Als wäre deine verdammte Hand nicht dein Kapital. Hast du überhaupt mal fünf Zentimeter voran gedacht? Verdammte Drecksscheiße, Ole!«

Ich hole tief Luft. »Willst du vielleicht auch mal was dazu sagen?«

»Was denn? Das hast du doch schon getan«, erwidert er leise, ohne mich anzusehen. Sein Blick folgt meinen Händen.

»Keine Ahnung. Aber so kann man doch nicht streiten, wenn du nicht irgendetwas sagst«, entfährt es mir.

»Ich will doch gar nicht mit dir streiten«, seufzt er und entzieht mir seine Hand. Erst jetzt fällt mir auf, dass ich sie die ganze Zeit gehalten habe.

»Warum zum Henker sagst du dann nichts? Bin ich dir so egal? Geht dir das alles am Arsch vorbei?« Ich begreife es einfach nicht, verstehe nicht, was hier vor sich geht. Mit ihm, mit mir und allem um uns herum. Bevor Ole antwortet, hebt er seinen Kopf, sein Blick trifft meinen. Mir bleibt die Luft weg. Die entfesselten Emotionen erwischen mich mit voller Wucht. Und obwohl es in ihm zu toben scheint, steht er ruhig vor mir, wie ein Fels in der Brandung.

»Wenn es mir..., wenn *du* mir so egal wärst, dann müsste ich jetzt sicher nicht mit einer Packung Erbsen meine Hand kühlen«, entgegnet er kontrolliert. Und ich hasse es. Es macht mich nur noch wütender, dass er nicht mit mir teilt, was in ihm vorgeht, dass er mich außen vorlässt.

»Dann erklär mir, was los ist. Wie soll ich es denn bitte verstehen, wenn du nur schweigend in der Gegend rumstehst und nichts sagst? Was willst du verdammt nochmal?«

»Dich, Leo!« Zum ersten Mal wird seine Stimme etwas lauter und er macht einen Schritt auf mich zu, sodass wir uns beinahe berühren. »Ich will dich. Ich will all das mit dir erleben, was auf deiner Liste steht, in den Sonnenuntergang tanzen, auf einer Wiese liegen und die Sterne beobachten, mit einem Gleitschirm durch die Alpen fliegen. Alles, was du ausprobieren willst, will ich mit dir zusammen erleben, will dich kennenlernen, wissen, wie der Alltag mit dir aussieht und noch so viel mehr. Aber am allermeisten will ich, dass du glücklich bist.«

Das will ich doch auch. Mit ihm herausfinden, was das Leben für uns bereithält, aber... Scheiße. Wie soll das denn funktionieren. Ich werde all meine Kapazitäten brauchen, um in den Fußstapfen die meine Eltern und mein Großvater hinterlassen, nicht auszurutschen. »Das waren doch alles nur Hirngespinste«, wispere ich, mehr für mich selbst. Dennoch scheint es, als hätte ich Ole die Worte entgegengeschrien, so wie er sich plötzlich versteift.

»Bitte, was?«, flüstert er und sieht mich dabei an, als stünde ich zum ersten Mal vor ihm. Ich mache einen Schritt zurück, versuche Abstand zwischen uns zu bringen, bevor mich sein intensiver Blick verglühen lässt, wie ein Asteroid beim Eintritt in die Atmosphäre.

»Es stimmt doch«, sage ich. Diesmal mit festerer Stimme. Damit er mir glauben kann. Und ich mir auch. »Die Vorstellung davon, all das wirklich mal zu machen, ist nach wie vor unglaublich schön. Aber in Zukunft gibt es so viel für mich zu lernen. Damit ich der Verantwortung, die bald auf meinen Schultern lastet, gerecht werden kann. Da muss man Prioritäten setzen.«

Ungläubig schüttelt Ole den Kopf. »Vor nicht allzu langer Zeit warst du noch ganz versessen darauf, deine Träume zu verwirklichen«, murmelt er und sieht dabei immer noch so aus, als würde er versuchen, mit Blicken hinter meine Fassade zu sehen. Aber da gibt es nichts zu sehen, außer der Entschlossenheit, meiner Familie gerecht werden zu wollen.

»Ja. Aber man muss sich auch der Realität stellen«, erwidere ich. »Nicht jeder hat in seinem Leben Platz für solche Träume.«

»Wo kommt das denn auf einmal her? Was ist aus der Frau geworden, die voller Visionen war, als sie erfahren hat, dass sie mal das Geschäft der Familie übernehmen soll.«

»Das waren doch alles nur fixe Ideen. Kartenhäuser, die den Stürmen des echten Lebens außerhalb dieser Weihnachtsfilm-Atmosphäre nicht gewachsen sind.«

Ich wende mich ab und sehe zum Weihnachtsbaum in der Ecke, bevor ich weiterspreche. »Außerdem weiß ich gar nicht, ob ich das noch will?«

Ungläubig reißt er seine Augen auf und starrt mich an. »Das kannst du nicht ernst meinen. Wer bist du und was hast du mit der Frau gemacht, die ich in den letzten Tagen kennen gelernt habe?« Seine Stimme wird mit jedem Wort energischer, bevor er tief durchatmet und in seinem üblichen Ton fortfährt. »Du hast mir stundenlang erzählt, was du dir ausmalst, für welche Ideen du einstehst, wie du dafür sorgen willst, dass auch in der Zukunft die Brettspiele nicht von der Bildfläche verschwinden, dass ...«

»Hör auf«, unterbreche ich ihn. Ich kann und will das nicht hören, was ich in meiner naiven weihnachtlich verträumten Umnachtung von mir gegeben habe. »Das ist doch alles.... Du verstehst das nicht.«

»Du hast recht. Ich verstehe dich wirklich nicht.« Er wendet sich ab und sieht aus dem Fenster hinaus in die Dunkelheit, als lägen dort Antworten.

»Ich muss mein Leben ernst nehmen. Ich bin bald keine Studentin mehr, dann ist kein Platz mehr für wilde Träumereien, denen man blind hinterherjagt ohne Sinn und Verstand.« Das muss ihm doch einleuchten. Ole ist so empathisch und weiß immer, was ich denke und fühle. Wieso kann er das dann nicht erkennen? Er steht da, mit der verletzten, eingewickelten Hand, resigniert und ratlos. Ich rühre mich kein bisschen, obwohl ein Teil von mir einfach nur nach seiner Hand greifen will, um... keine Ahnung wieso. Sie ist einfach perfekt zum Festhalten. Verdammt. Ihm muss doch klar sein, dass das schöne Fantasien waren, aber eben nicht mehr.

»Weißt du, wenn der Partner in einer Beziehung so viel Platz einnimmt, dass für die eigenen Träume kein Platz mehr ist, dann nimmt er zu viel Raum ein. Dann sollte man einmal seine Prioritäten überdenken. Bei mir sollte immer für beides Platz sein, und weder das eine noch das andere überwiegen.« Er sagt das mehr zu sich selbst, trotzdem erreicht mich jedes seiner Worte, ohne dass ich sie verstehe.

»Was hat denn das eine mit dem anderen zu tun?«, ungläubig marschiere ich auf ihn zu.

»Ich bin mir sicher, du bist schlau genug, dass allein herauszufinden«, entgegnet Ole mit einem wissenden Blick, der das Blut in meinen Adern zum Kochen bringt, der mein Puls in die Höhe treibt, »aber seit Roshan hier ist, klingst du wie er. Wo ist die Frau, die gebrannt hat, für das, was ihr wichtig ist? Hast du die während er romantischen Nacht im Iglu zurückgelassen? Seitdem er hier ist, machst du dich kleiner, als du bist. Was hat er mit dir angestellt? Wo ist die Frau hin, die ich kennengelernt habe?«

»Du hast doch absolut keine Ahnung!«, unterbreche ich ihn. »Du kennst mich nicht mal 'ne Woche und glaubst, alles von mir zu wissen. An was für einer Hybris leidest du eigentlich?« Ich mache eine Pause, weil mir die Luft ausgeht, ich atme viel zu flach, als das wirklich Sauerstoff in meine Lungen käme. Verdammt. »Wie konnte ich nur glauben, dass du mich besser kennst als ich mich selbst, wie konnte ich glauben, dass du mich auch nur ansatzweise verstehst?«, frage ich mit rauer Stimme. Mein Sichtfeld verschwimmt.

»Vielleicht verstehe ich dich ja besser, als dir lieb ist und dir gefallen nur die Schlüsse nicht, zu denen ich komme«, entgegnet er leise.

»Jetzt mach aber mal einen Punkt!«, fahre ich ihn an. »Ich bin immer noch selbst in der Lage, über mein Leben zu entscheiden!«

»Ach ja? Gerade wirkt es aber anders. Roshan kommt hereinspaziert, zieht seine Nummer vom liebenden Ehemann ab, mit der er dich einwickelt, wie eine Spinne die Beute in ihrem Netz und du rennst ihm scheinbar willenlos hinterher und opferst deine Träume und Wünsche, ohne mit Wimper zu zucken. Wo ist deine innere Kämpferin hin, die ihr Ding durchzieht?«

Himmelherrgott nochmal, was glaubt Ole, wer er ist? Kennt mich fünf Minuten und glaubt, sofort Bescheid zu wissen. Glaubt, er hätte mich und Roshan verstanden, glaubt er hätte das verdammte Leben verstanden. Dabei kriegt er seinen eigenen Scheiß nicht mal auf die Reihe. »Er steht wenigstens für sich ein und kämpft um das, was ihm wichtig ist, während andere einfach nur ihren Schwanz einziehen und versuchen, alles auszusitzen, ohne ein Wort über die Lippen zu bekommen«, platzt es aus mir heraus.

»Du machst das ja ganz anders«, hält er dagegen. Wir stehen uns jetzt so nah gegenüber, dass ich bei jedem Wort seinen hitzigen Atem spüren kann. »Du trittst natürlich total für dich ein, indem du deine Träume über Bord wirfst. Weißt du was? Ich befolge deinen Rat und stehe für mich ein, denn ich werde mir das nicht länger mitansehen. Wenn du das mit uns unbedingt wegwerfen willst. Schön, bitte. Dann war ich wohl wirklich nur die *unbedeutende, kleine Affäre* zum Aufmuntern. Aber ich werde dir nicht dabei zusehen, wie du dich selbst, wie du das, was du sein könntest, wegschmeißt, weil irgendein Typ, der dir vorgaukelt, das Beste für dich zu wollen, nichts weiter tut, als den Käfig zu bauen, in dem er dich halten will, *Millie*. Es hat einen Grund, warum ein Schmetterling irgendwann aus seiner Puppe kommt und nicht wieder dahin zurück sollte. Denk mal drüber nach.«

Damit wendet er sich ab und geht davon. Krachend landen die Erbsen im Spülbecken, bevor er in seinem Zimmer verschwindet. Lautstark fällt die Tür ins Schloss und ich bleibe allein zurück. Heiße Tränen laufen über meine Wangen.

Was ist hier grade passiert? Ich sinke auf dem Sofa zusammen und vergrabe mein Gesicht schluchzend in meinen Händen.

»Gäste haben hier keinen Zutritt«, zerschneidet eine Stimme kühl die Stille. Yana lehnt mit vor der Brust verschränkten Armen im Türrahmen. In ihrem Gesicht ist nichts mehr von der freundlichen Leichtigkeit zu sehen, die üblicherweise ihre Züge formt. Ihre eisblauen Augen starren mich nur an, als würden sie mich erdolchen, wenn ich mich nicht schnell genug bewege. »Ich denke, du gehst jetzt besser«, fügt sie hinzu, als wären ihre Worte nicht schon deutlich genug gewesen, deutet sie mit einer Kopfbewegung zur Treppe. Zitternd erhebe ich mich und verlasse die Wohnung, die mir in den letzten Tagen viel zu vertraut geworden ist.

57

Ole

Ein ziehender Schmerz fährt in meine Hand, als ich nach meiner Reisetasche greife. Doch ist das nichts im Vergleich zu dem Schmerz, der mein Herz quält.

»Was soll das werden?« Yana kommt in mein Zimmer, Schmerzsalbe und Verbandsmaterial in den Händen.

»Wonach sieht es denn aus?«, erwidere ich mit rauer Stimme. Ich kann mir das keine Sekunde länger mitansehen, wie Leo diesem Typen nachläuft und sich dabei vollkommen aufgibt. Aber ich kann sie ja schlecht zwingen.

»Hinsetzen!«, fordert Yana, ohne weiter auf die Frage einzugehen. Seufzend lasse ich mich auf meinem Bett nieder. Yana tut es mir gleich.

»Dass das eine wahnsinnig dumme Idee war, muss ich dir nicht sagen, oder?« Vorsichtig verteilt sie die Salbe auf meinem Handrücken, dem Gelenk und den Fingern, die immer dicker werden, sodass ich sie kaum noch beugen kann.

»Ich habe einfach rot gesehen, als er...« Ich werde ihr nicht sagen, wie verachtend er über sie gesprochen hat. »Ist ja auch egal.«

Wenn ich die Augen schließe, sehe ich wieder Roshans erstauntes Gesicht, als könnte er nicht glauben, dass ich ihm wirklich eine reingehauen habe. Offenbar haben wir mich beide unterschätzt. Ich hätte mich nicht so provozieren lassen dürfen, hätte einfach gehen und ihn stehen lassen sollen.

»Ich hätte echt nicht gedacht, dass du mich nach über zehn Jahren noch überraschen könntest.«

»Kann ja nicht riskieren, dass es langweilig wird.« Ich versuche mich an einem Grinsen. »Ahh«, entfährt es mir, als Yana anfängt, den Verband um meine Hand zu wickeln.

»Sorry«, sagt sie und sieht mich mitfühlend an. »Zumindest in diesem Fall ziehe ich *langweilig* eindeutig vor.«

»Ich werde beim nächsten Mal dran denken. Versprochen.«

»Gut so.« Ein Schatten huscht über ihr Gesicht. »Willst du wirklich schon abreisen?«

»Ich muss...«, sage ich. »Allein bei dem Gedanken, sie hier noch länger mit ihm zu sehen und zuschauen zu müssen, wie sie sich klein macht und sich was auch immer von ihm einreden lässt... das kann ich nicht. Ich dachte wirklich, wir hätten eine Verbindung...«

»Das verstehe ich. Aber meinst du, es ist clever, wenn du in Berlin alleine in deiner Wohnung hockst?«

»Schlimmer als das hier kann es nicht sein«, murmle ich. »Danke«, ich deute auf den Verband, der nun meine Hand umgibt.

»Denk nochmal drüber nach, okay?«

Ich nicke und verspreche es, bevor Yana aufsteht und mich mit meinen Gedanken zurücklässt.

Natürlich laufe ich weg, natürlich könnte ich hierbleiben und versuchen, um Leo zu kämpfen. Aber sie hat deutlich gezeigt, was sie will und zu wem sie hält. Ich bin es nicht.

Warum soll ich mir das also noch länger antun. Ich muss... Mist! Ich kann mit dieser Hand unmöglich einen Stift halten. Ich werde niemals rechtzeitig alle Entwürfe für Leahs Rucksackgeschichte fertigbekommen.

Ich nehme mein Telefon, starte einen Videoanruf. Es dauert nicht lange, ehe sie ihn annimmt und ihr Gesicht meinen Bildschirm füllt.

»Ole«, begrüßt sie mich überrascht. »Waren wir verabredet? Habe ich was verpasst?«

»Nein, nein«, beruhige ich sie und bereue es ein wenig, mir nicht vorher überlegt zu haben, wie ich ihr das erklären soll. »Es gibt ein Problem.« Ich beschließe, es kurz und schmerzlos zu machen. »Ich kann dir nicht mehr mit dem Rucksack helfen.«

»Oh... Okay.« Enttäuschung flackert in ihrem Blick auf, auch wenn sie versucht, es zu verbergen. »Wenn du doch genannt werden willst, das ist kein

Problem, ich finde schon eine Lösung für...« Sie verstummt, als ich meinen Arm in die Kamera halte.

»Wie du siehst, hat es nichts mit dem Stipendium zu tun«, versichere ich.

»Oh mein Gott, Ole, was hast du angestellt?«

»Verdammte Axt«, höre ich nun auch Tomos Stimme aus dem Lautsprecher, bevor er seinen Kopf in Bild schiebt. »Musste es denn ausgerechnet die rechte Hand sein?«

»Beim nächsten Mal schlage ich mit Links zu, versprochen.«

»Warte... was?«, jetzt sehe ich auch Neo, der mich fassungslos betrachtet.

Kurz fasse ich zusammen, was vorgefallen ist, um meine Freunde auf den neusten Stand zu bringen.

»Schade, irgendwie mochte ich die Frau«, befindet Neo schließlich, worauf hin Tomo ihn in die Seite boxt und mit einem Blick zum Schweigen bringt.

»Wie auch immer«, wende ich mich an Leah, »ich lass mir etwas einfallen, um das wieder gut zu machen. Ich bin mir sicher, du hast auch so sehr gute Chancen für den Wettbewerb.«

»Mach dir um mich keine Sorgen. Sieh zu, dass du deine Hand wieder in Ordnung bekommst, der Rest wird sich finden.«

»Und wir schauen, dass wir Tomo heil nach Hause bekommen. Es sollte wenigstens einer in unserem Haushalt leben, der zwei funktionierende Arme hat«, scherzt Neo, dessen unerschütterlicher Humor die Situation offenbar überlebt hat.

»Bildet euch bloß nicht ein, dass ich für euch den Krankenpfleger spiele«, schnaubt Tomo, woraufhin die beiden in ihr übliches Wortgefecht verfallen.

Leah wendet sich etwas ab und sieht mich an. »Wie geht es dir?«

»Keine Ahnung«, sage ich wahrheitsgemäß. Momentan ist so viel in mir los, dass ich es einfach nicht sagen kann. »Ich glaube, ich brauche einfach Abstand von allem hier. Vielleicht kann ich dann sortieren, was in mir vorgeht.«

»Das klingt nicht verkehrt. Pass auf dich auf, ja?«

Nachdem wir uns verabschiedet haben, kehrt Ruhe ein. Leider nur in meinem Zimmer. In meinen Gedanken wird es dafür umso lauter.

Leo. Überall ist Leo. Wie sie sich an diesen Typen klammert, der ihr ganz offensichtlich nicht guttut, der verhindert, dass sie an ihre Träume glaubt und über sich hinauswächst. Vielleicht sind diese Träume ja wirklich naiv, aber das kann man doch erst wissen, wenn man es zumindest versucht hat.

Noch vor kurzem schien sie das auch so zu sehen, schien wild entschlossen, ihre Flügel auszubreiten und hinauszuschweben in das aufregende Leben, das vor ihr liegt. Vielleicht ja sogar mit mir an ihrer Seite. Oder habe ich mir das alles nur eingebildet, habe ich mehr in diese Sache hineininterpretiert, als da wirklich war?

Stopp! Darüber zerbreche ich mir jetzt nicht weiter den Kopf. Ich werde dafür keine Lösung finden. Nicht jetzt und auch nicht in der Zukunft. Zumindest keine Lösung, die nicht darin besteht, die Sache abzuhaken, zu vergessen und nach vorne zu sehen. Wie konnte ich nur alle meine Vorsätze, mich nicht Hals über Kopf in eine Frau zu verlieben, ehe ich nicht sicher bin, dass wir wirklich zusammenpassen, über den Haufen werfen. Ich wusste, das würde mich ins Unglück stürzen. Ich stolpere über meinen eigenen Gedanken und stelle fest, dass er stimmt. Ich habe mich in Leo verliebt. Mein Herz hat ihr einen Platz eingeräumt, einen Platz, der jetzt leer und verwaist ist. Und diese Leere tut weh. Diese Leere ist schwer und erdrückend und nimmt meine Gedanken gefangen.

Die Mitarbeiter im Großraumbüro meines Kopfes stehen vor diesem leeren Areal und wissen nicht, was sie tun sollen, wie sie damit umgehen sollen, denn es ist eine übermäßige Fläche, die dort brach liegt, die für eine Frau geschaffen wurde, die leuchtende, schillernde Farben in überwältigender Schönheit in mir hat funkeln lassen, die meine Welt noch farbiger und lebendiger gemacht hat. Eine Frau, die sich nun in einer Hülle aus falscher Zurückhaltung und trügerischer Sicherheit einschließt.

58

Leo

Verdammt...

59

Ole

All die Gedanken an Leo bringen mich kein Stück weiter. Ständig drehen sie sich im Kreis und spielen all die Momente in Dauerschleife ab, in denen wir uns begegnet sind, seit sie zum ersten Mal einen Fuß in die *NordlysLodge* gesetzt hat.

Ich versuche, die Gedanken zurückzudrängen. Mein Blick gleitet über die Skizzen, die sich auf meinem Schreibtisch verteilen. Mühsam versuche ich, sie in eine Mappe zu schieben, damit sie die Reise gut überstehen. Da bleibe ich an dem Bild hängen, wo sich der Kaugummi das erste Mal auf seine kleinen Streichholzbeinchen stellt. Es fällt ihm nicht leicht, ein Teil bleibt sogar auf dem Boden kleben, doch davon lässt er sich nicht aufhalten. Ich betrachte es noch eine Weile, während in mir ein Entschluss reift. Leos Worte hallen in mir nach und bestärken mich in meinem Vorhaben. Ich werde für mich einstehen und dafür sorgen, dass mein kleiner rosa Freund auf große Reise gehen kann. Ich krame die Liste hervor, ignoriere den Stich, den die damit verbunden Erinnerungen in mir auslösen, so gut es geht, und beginne die erste Mail zu tippen.

Es dauert eine halbe Ewigkeit, wenn man nur eine Hand dafür hat, doch irgendwann ist es geschafft. Zum Glück habe ich meine zugegebenermaßen recht überschaubare Vita und ein kleines Portfolio schon für Leos Tante fertig gemacht und muss es nun nur noch an die Mail anhängen.

Ohne noch viel länger darüber nachzudenken, drücke ich auf *Senden*.

Eine Stunde später habe ich nicht nur einen Großteil der Agenturen von der Liste angeschrieben, sondern auch Krista überredet, mich heute Abend nach Tromsø zu fahren. Schweigsam wie immer hat er nur genickt.

Jetzt muss mir nur noch einfallen, wie ich meinen Ausfall bei Leah wiedergutmachen kann. Ich ärgere mich mehr darüber, dass meine unüberlegte Handlung sie da mit reinzieht, als dass ich in den nächsten Tagen nicht Zeichnen kann. Zum Glück geht die Uni erst in zwei Wochen wieder los. Aber das nützt Leah nichts. Ich weiß, dass sie es auch ohne mich hinbekommen wird, trotzdem hasse ich es, unzuverlässig zu sein. Und das alles nur, weil ich meine Emotionen nicht im Griff hatte.

Frustriert packe ich weiter mein Zeug zusammen und stopfe meine Kleidung in die Reisetasche, als mir plötzlich wieder die Visitenkarte von Leos Tante in die Hände fällt.

Natürlich. Das ist es. Ich öffne nochmal mein Mailprogramm und tippe im Schneckentempo eine Nachricht an Charlott, schreibe ihr, dass ich ihr Angebot zu schätzen wisse, aber nicht für den Verlag arbeiten könne. Natürlich tut es weh, diese Chance auszuschlagen, aber wenn ich daran denke, dass ich früher oder später auch Leo dabei begegnen müsste, zieht sich alles in mir zusammen. Es werden noch andere Chancen kommen, sich Türen für mich öffnen, hinter denen ich meine Kunst, mein Können und meine Leidenschaft für das Illustrieren präsentieren kann und wenn es bis dahin noch etwas dauert, dann ist das eben so. Außerdem bietet es mir eine andere Möglichkeit.

Ich schreibe, dass ich als Ersatz eine Kommilitonin vorschlage, und verlinke Leah Social-Media-Profile sowie einige ihrer Arbeiten. Sie hat es wirklich verdient. So könnte sie - sollte sie beim Wettbewerb doch keinen Erfolg haben - ein Back-Up haben, um ihrer Familie zu beweisen, dass sie ihren Lebensunterhalt bestreiten kann.

Nachdem auch diese Mail gesendet ist, packe ich das Notebook sowie mein Grafiktablet ein und verstaue es in meinem Rucksack. Ich bin kurz davor, die halbvolle Keksdose, die noch unter meinem Bett steht, einzupacken und damit den Nachhall von Weihnachten mit nach Berlin zu nehmen. Doch die Erinnerungen daran, mit wem ich diese Kekse gebacken habe, die Erinnerung daran, wie die Krümel an ihren Lippen die Küsse versüßt haben, rauben mir die Luft zum Atmen. Als könnte ich mich daran verbrennen, zucke ich vor der Dose zurück. Yana wird sie schon noch rechtzeitig finden. Spätestens wenn ihr Vorrat aufgebraucht ist, durchsucht sie mein Versteck, das den Namen eigentlich nicht verdient.

Ich schaue noch einmal durch mein Zimmer, ob ich nicht etwas vergessen habe, dass ich unbedingt mitnehmen sollte. Wenn man häufiger zweitausendsiebenhundert Kilometer zurücklegt, lernt man auf die harte Tour, vorher zu prüfen, ob man an alles gedacht hat.

Mein Schreibtisch ist leer. Mein Lieblingsbleistift ist sicher verstaut und auch keiner meiner aktuellen Blöcke liegt mehr herum, mein Nachtschrank ist ebenso leer. Lediglich mein Smartphone hängt noch am Ladekabel.

Mein Blick wird von der Leinwand in der Ecke meines Zimmers wie magisch angezogen. Das Bild, das ich von Leo gemalt habe und das sie so überwältigt hat, lehnt dort an der Wand. Eigentlich hatte ich es ihr ja bereits zu Weihnachten geschenkt, doch nach all den Ereignissen haben wir es wohl beide vergessen.

Auf dem Bild habe ich Leo so gemalt, wie ich sie gesehen habe. Auch wenn sie sich selbst so nicht sieht, will ich, dass sie etwas hat, das sie daran erinnert, wer sie sein kann. Wenn sie es nur zulässt, erkennt sie es irgendwann. Vielleicht dauert es eine Weile. Auch wenn es für uns dann zu spät ist, ist doch das Einzige, was zählt, dass sie es überhaupt realisiert, dass sie ihren Wünschen und Träumen eine Chance gibt, dass sie *sich* eine Chance gibt, glücklich und frei zu sein, ohne den Ballast, der sie nach unten drückt, dass sie all das nutzt und in etwas Positives verwandelt, das sie so strahlen lässt, wie sie gestrahlt hat, als wir unterwegs waren und sich der Schimmer der Nordlichter in ihren Augen gespiegelt hat, zusammen mit all der Energie der Vorfreude, die erloschen ist, als ihr Mann hier aufgetaucht ist.

Ich hoffe so sehr, dass sie all das irgendwann begreift, es wiederfindet und all die Dinge auf ihrer Liste, mögen sie noch so albern sein, ausprobiert. Leo ist kein Mensch, der auf Sparflamme leben sollte. Sie ist so, so, so unendlich viel mehr.

60

Leo

Natürlich sitzt er auf dem Bett, als ich in mein Zimmer komme, denn warum sollte er auch verschwunden sein? Oberkörperfrei lehnt er da, mit zwei Tampons in der Nase. Eigentlich müsste der Anblick etwas in mir auslösen. Doch da ist nichts. Rein gar nichts.

Wie betäubt lasse ich mich aufs Bett fallen. Ich habe keine Energie mehr. Weder dafür, Roshan aus dem Zimmer zu werfen, noch mich nach dem Zustand seiner Nase und dem blauen Auge zu erkundigen. Ich habe keine Energie, meinen Gefühlen auf den Grund zu gehen oder die Tränen zurückzuhalten, die seit dem Streit mit Ole unablässig über meine Wangen rollen.

Ich kann einfach nicht mehr. Will auch gar nicht mehr. Wie konnte mein Leben innerhalb von zwei Wochen nur so auseinanderfliegen?

Mein Herz trommelt von innen gegen meine Brust, pumpt mein Blut rauschend durch meine Körper. Viel zu deutlich nehme ich das alles wahr, spüre, wie die Luft in meine Lungen und wieder hinausströmt. Wenn meine Gedanken und Gefühle doch nur auch so klar wären.

Doch da ist nichts klar. Alles wirkt verschwommen, durcheinander und matt, als würde man es durch eine dichte Nebelwand beobachten. Das Einzige, das ich deutlich vor mir sehe, ist Oles Gesichtsausdruck, kurz bevor er sich umgedreht und mich zurückgelassen hat mit dem Durcheinander, von dem ich dachte, ich könnte es vielleicht mit ihm zusammen sortieren, aber da habe ich wahrscheinlich einfach zu viel verlangt. Wie soll jemand etwas für mich aufräumen, das ich selbst nicht überblicke, obwohl es in meinem Inneren liegt.

»Hey«, Roshans dringt Stimme durch den Gefühlssturm zu mir. Diese samtig weiche Stimme, die noch vor Kurzem alles in mir in aufgeregte Vibrationen versetzt hat, lässt mich nun kalt. Ich könnte ihm sagen, dass er die Klappe halten soll, das sollte ich sogar, aber ich kann nicht. Dafür müsste ich den Mund aufmachen, müsste meine Zunge dazu bringen, Worte zu formen, doch dafür fehlt mir die Kraft. Allein hier zu liegen und all das zu ertragen, kommt mir zu viel vor. »Es ist doch gut, dass das jetzt geklärt ist. Dass du diesen kleinen amourösen Ausflug hinter dir lassen und gemeinsam mit mir in die Zukunft schauen kannst...«

Ich weiß nicht, was er mir damit sagen will. Es kommen noch so viele andere Worte aus seinem Mund, doch keines davon erreicht mich. Als würde mich eine dicke, schleimig zähe Masse umgeben, in der alles einfach so stecken bleibt. Ich kann an nichts anderes denken, als an Ole, der mich zurücklässt.

Vielleicht sollte ich hochgehen und nochmal mit ihm reden. Aber wozu? Nur damit ich nochmal vor Augen geführt bekomme, dass er nicht versteht, was in mir vorgeht, obwohl er glaubt, genau das zu tun? Nein. Außerdem hat Yana klar gemacht, dass ich dort nicht mehr erwünscht bin. Verdammt. Dabei hat es sich bisher so unglaublich gut angefühlt, bei ihm zu sein. Alles schien möglich, bis ich in der Realität auf dem Boden aufgeschlagen bin und die bunten Seifenblasen zerplatzt sind, die wir zusammen aufgepustet haben. Blöderweise klammert sich mein dummes, dummes Herz genau an dieser Fantasiewelt fest, in der es möglich schien, dass wir all das erleben könnten, in der ich es für eine gute Idee hielt, irgendwann einmal den Verlag zu übernehmen, in der ich dachte, ich hätte in meinem Leben Platz für all das.

Und jetzt liege ich hier und trauere den Luftschlössern hinterher, die wir errichtet haben. Aber Luftschlösser sind eben nichts, dass eine Zukunft hat.

Leicht senkt sich die Matratze, als sich Roshan zu mir setzt, seinen schweren, muskulösen Arm um mich legt und einfach nur festhält.

Das hier, Roshan, der eine Zukunft aus den Betonklötzen der Realität erbaut... das ist etwas, auf das ich bauen kann. Auch in den schweren Stunden. Oder nicht? Das kann ich doch nicht einfach so wegwerfen.

Er ist da und fängt mich auf.

Warum nur fühlt es sich dann so an, als würde es mich erdrücken, als würde all die Last auf meinen Schultern dafür sorgen, dass ich mich nicht mehr erheben kann.

»Weißt du was?«, höre ich Roshan immer noch reden. »Wir haben unser Hotelzimmer in Dubai immer noch für eine Woche gebucht. Lass uns unsere Sachen packen und hier verschwinden. Da haben wir auch genug Ruhe, um unsere Beziehung wieder auf Kurs zu bringen.«

Von hier verschwinden? Abreisen? Ich weiß nicht, wieso das anfangs noch so verlockend klang und jetzt unmöglich erscheint.

Ich weiß, dass ich Ole vergessen muss, dass sein Leben und meines nicht zusammenpassen, ich habe einen Mann an meiner Seite, der für mich da ist, der versteht, warum Träume nichts bringen und nur verschwendete Zeit sind. Aber warum fällt es mir dann so schwer, Ole aus meinen Gedanken zu verbannen? Warum macht mir der Gedanke, hier abzureisen, ihn nicht mehr wiederzusehen, dann solche Angst?

Gerade deshalb wäre es wohl richtig, dem Vorschlag zuzustimmen, nach vorn zu sehen und unseren ursprünglichen Plan in die Tat umzusetzen.

Wahrscheinlich können wir in einem Jahr sogar darüber lachen, was alles nach unserer Hochzeit passiert ist. Und in zehn Jahren ist das alles nichts weiter als eine lustige Anekdote, die jedes Jahr aufs Neue beim Weihnachtsessen aufgewärmt wird.

***

Erst als sich die Matratze hebt, bemerke ich, das Roshan aufsteht. »Was ist denn das für ein Sperrmüll?«, fragt er von der Tür aus.

Stöhnend wälze ich mich auf den Rücken. Als ich sehe, was er meint, bleibt mir die Luft im Hals stecken, fühlt sich an, wie Gelee. Ich ersticke. Alles um mich herum tritt in den Hintergrund. Ich sehe nur noch das Bild vor mir, das Ole von mir gemalt hat. In Roshans Händen fühlt es sich falsch an. Noch bevor ich realisiere, was passiert, bin ich auf den Beinen, stolpere beinahe und reiße die Leinwand an mich. Mein Blick versinkt in den Farben und Formen. Ich sehe die Person darin, die Person, die ich sein soll, die Person, die Ole in mir gesehen hat. Und plötzlich ist da wieder eine Wärme in mir, die dort nicht sein sollte, eine Wärme, die sich trotz allem viel zu gut anfühlt.

61

Ole

Ich weiß nicht, wie clever es war, Leo die Leinwand einfach so vor die Tür zu stellen, aber sie ihr persönlich in die Hand zu drücken erschien mir unmöglich. Jetzt warte ich nur noch auf Krista und dann kann es endlich hier weg. Auch wenn ich die Nacht am Flughafen verbringen muss, ist mir das doch um einiges lieber, als noch länger mit ihr und ihrem Mann unter einem Dach zu sein. Vielleicht reagiere ich nicht so erwachsen, wie man es erwarten sollte, aber ich kann nicht anders.

»Ach, du bist also der *Türrahmen*«, grinst Leos Großvater, der wie aus dem nichts aufgetaucht ist und nun neben mir am Rezeptionstresen lehnt. Mit seinen wachen Augen mustert er mich und meine verbundene Hand.

»Ich weiß nicht, was du meinst«, erwidere ich, auch wenn ich es mir denken kann.

»Ist auch nicht so wichtig«, winkt er ab. »Aber wenn jemand mit gezinkten Karten spielt, sollte man ihn zurechtweisen dürfen.«

Bevor ich etwas darauf erwidern kann, kommt Krista aus der Küche und brummt, was wohl bedeutet, dass er bereit für die Abfahrt ist.

Von Mom und Yana habe ich mich bereits verabschiedet, sodass mich nun nichts mehr hier hält. Ich folge unserem bärtigen Koch nach draußen, wo der Wagen steht, und steige auf der Beifahrerseite ein. Ein letzter Blick auf die weihnachtlich geschmückte *NordlysLodge*, dann setzt Krista den Wagen in Bewegung.

Nach einem kurzen Stopp im Nachbardorf habe ich die Gewissheit, dass meine Hand zwar übel verstaucht, aber immerhin nicht gebrochen ist. Der

Arzt, zu dem jeder hier am Wochenende geht, ist zwar eigentlich Tierarzt, aber ob ein Knochen gebrochen ist oder nicht, kann er genauso gut feststellen. Zumindest hatte noch niemand Probleme. Skeptisch beäuge ich die Schmerzsalbe in meinen Händen und die Silhouette eines Pferdes darauf, die er mir mitgegeben hat.

Während ich so darauf schaue und wir durch die verschneite Landschaft fahren, dreht sich mein Gedankenkarussell unaufhörlich im Kreis. Die Gedanken daran, Leo wahrscheinlich nie wieder zu sehen, lassen mich nicht los. Wie könnten sie auch. Sie hat es innerhalb kürzester Zeit geschafft, mir das Gefühl zu geben, ich wäre etwas Besonderes für sie, als würde ich ihr etwas bedeuten, als wäre das zwischen uns etwas, das über diese Feiertage hinaus Bestand hätte. So gerne ich es abschütteln würde, werde ich das wohl noch eine ganze Weile mit mir herumtragen, werde die Empfindungen, die sie mich hat spüren lassen, nicht so einfach abschütteln können. Zu sehr hat sie mich berührt. Und so, wie man Abdrücke auf einer Leinwand hinterlässt, wenn man sie berührt, hat Leo auch bei mir ihre Spuren hinterlassen.

Ich weiß nicht, ob ich diese Spuren wieder herauspolieren kann oder ob ich das überhaupt will. Aber vermutlich sollte ich das.

In meinem Kopf tauchen die Bilder meiner Kaugummi Geschichte auf, die immer noch kein Ende hat. Auf seiner Reise hat der Kaugummi so viele Dinge aufgesammelt, die an ihm kleben, dass er sich nicht mehr bewegen kann. Gelähmt vom Gewicht seiner Mitbringsel, bricht er zusammen. Wenn er sich nicht von etwas löst, wird er daran kaputtgehen. Vor allem die schmerzlichen Erinnerungen wiegen schwer, zerren an dem einstmals rosafarbenen Kaugummi, sodass er schon ganz unförmig ist. Wenn er die nicht hinter sich lassen kann, gibt es für ihn kein Weiterkommen mehr, dabei gibt es doch noch so viel zu entdecken auf dieser Welt.

Vielleicht ist es genau das Ende, das meine Geschichte braucht. Die Erkenntnis, dass es eben immer weiter geht. Man sammelt neue Eindrücke, die einen formen und verändern, darf aber nicht alles festhalten, muss die schmerzlichen Dinge zurücklassen, um voranzukommen. Das bedeutet keinesfalls, dass man sie vergessen sollte, schließlich haben auch diese Erlebnisse einen geformt und zu dem gemacht, wer man ist. Aber niemand sagt, dass man sich nicht nochmal verändern kann, an neue Umstände anpassen, immer wieder und wieder, solange man lebt und zufrieden mit sich ist.

Immer neue Bilder entstehen vor meinem inneren Auge. Davon, wie der kleine Kaugummi sich aufrappelt, sich von den dunklen, vermoderten Resten seiner Anhängsel löst, davon, wie er daraus neue Kraft schöpft und davon, wie er bereit für das nächste Abenteuer ist.

Die restliche Fahrt verbringe ich damit, die Ideen in mein Smartphone zu tippen, damit ich sie nicht vergesse, solange ich es nicht aufzeichnen kann. Und wenn ich dem Arzt unseres Vertrauens glaube, dann wird das auch noch einige Tage brauchen, bis ich wieder einen Stift halten kann.

Weil ich für meine Ideen nicht schnell genug tippen kann, beginne ich irgendwann die Diktierfunktion zu nutzen und spreche meine Gedanken einfach in das Telefon. Krista wirft mir einen fragenden Blick zu, sagt aber nichts weiter, bevor er sich wieder auf die dunklen Straßen konzentriert, die mich immer weiter nach Tromsø bringen und damit näher an das Ende meines persönlichen, abstrusen Abenteuers.

62

Leo

Ich weiß nicht, wie lange ich auf dieses verdammte Bild gestarrt habe, bis es ich in meine Netzhaut gebrannt hat. Jetzt sehe ich es auch vor mir, wenn ich meine Augen geschlossen habe, sehe, was Ole schon ganz zu Anfang gesehen hat, sehe eine Version von mir, die ich ganz tief in mir drin begraben habe, weil sie mich immer in Schwierigkeiten gebracht hat. Weil sie mir im Weg steht. Weil ich mir im Weg stehe. Schließlich vertraut einem niemand die Verantwortung für ein Unternehmen an, wenn man so impulsiv und sprunghaft ist wie ich. Wenn man naive Träume und Ideen verfolgt, anstatt die Zeit in sinnvolle Dinge zu investieren, wie die Entwicklung und Festigung der eigenen Persönlichkeit als Grundlage für den nächsten Schritt auf der Karriereleiter.

Doch wenn ich Oles Bild ansehe, ist das alles vergessen, dann will ich die Person sein, die er gemalt hat.

Vergiss niemals, wer du sein kann, wenn du es nur willst, hat er auf die Rückseite geschrieben. Auch wenn die Buchstaben kaum zu entziffern sind, kann ich jedes Wort lesen und dabei seine beruhigende Stimme hören.

Ein leises Klopfen reißt mich aus meinen Gedanken. Ich bin etwas überrascht, dass nicht sofort jemand die Tür aufreißt.

»Ja?«, frage ich mit kratziger Stimme, nachdem es nochmal geklopft hat.

Mein Großvater kommt herein und mustert mich. Ich habe mich unter meiner Bettdecke zusammengerollt, als könnte ich mich dadurch vor mir selbst verstecken.

»Leo«, sagt er und klingt dabei so aufgeregt wie meine kleinen Cousinen, wenn sie vergessen, dass sie eigentlich coole Teenager sein wollen, »ich habe gerade eine Idee für ein Spiel und ich dachte mir, dass ich dir als zukünftige Verlagschefin unbedingt davon erzählen muss.«

»Ich weiß nicht...«, will ich abwehren. Ich bin gerade überhaupt nicht in der Stimmung, über so etwas nachzudenken. Aber die Tatsache, dass mein Großvater mich trotz allem für geeignet hält, gibt mir zumindest die Kraft mich aufzusetzen.

»Keine Widerrede. Komm, lass uns in die Bibliothek gehen.«

Ergeben ziehe ich mir meinen schwarzen Hoodie über, bei dem Roshan sicher wieder die Augen verdreht, und schlüpfe in meine Nikes, bevor wir das Zimmer verlassen.

»Also...«, beginnt Großvater, als wir über den Flur laufen, »stell dir vor, es gibt eine Gruppe von Ermittlern, die an einem Fall arbeiten müssen. Aber einer von ihnen führt ein doppeltes Spiel und muss versuchen, die anderen von der richtigen Fährte abzulenken, ohne sich selbst zu verraten.«

Die Stufen hinabsteigend denke ich darüber nach. Eigentlich kein so schlechter Gedanke, schließlich sind Mystery- und Escape-Room-Spiele gerade ziemlich im Trend. Das ist tatsächlich eine Idee, die man verfolgen sollte. Nicht, dass mir das nicht klar gewesen wäre, schließlich ist mein Großvater schon seit Jahrzehnten im Geschäft und hat es dabei stets geschafft, nicht den Anschluss zu verlieren.

»Also was...«, will ich nachhaken, als wir vor der Bibliothek ankommen.

»Und es ist nie zu spät, die Strategie zu wechseln, wenn man einmal herausgefunden hat, wer auf seiner Seite steht und wer... nicht.«

Verständnislos sehe ich ihn an. Das ändert sich auch nicht, als er seinen Zeigefinger auf seine Lippen legt und mich in die Bibliothek schiebt.

»Nochmal. Ich bin raus aus der Geschichte«, höre ich Conrad angespannt zischen.

»Wenn du so einfach nachgibst, ist es wohl wirklich besser so«, erwidert Roshan voller Häme.

Wo bin ich hier bitte reingeraten? Ich will schon wieder umkehren und mir einen ruhigeren Platz suchen, um mit Großvater zu brainstormen, doch der steht felsenfest neben mir.

»Ich verstehe nicht, was das damit zu tun hat. Ich habe einfach meine Prioritäten neu geordnet. Mir ist wichtiger, dass Cass und ich glücklich sind. Was mein Vater denkt, ist irrelevant. Und mal unter uns. Ich war so verbohrt, aber Cass hat recht. Leonie wird diesen Job gut machen. Und mal so unter uns, sie wird es besser machen als ich, denn sie brennt für Gesellschaftsspiele.«

Jetzt werde ich doch hellhörig. Wieso diskutieren sie über mich und die Tatsache, dass ich...

»Das ist doch Bullshit. Wenn der Antrieb, das Konto zu füllen, nicht reicht, bist du egal in welcher Branche falsch. Meine Güte. Hätte ich gewusst, was du für ein Schlappschwanz bist, hätte ich mir das alles ja sparen können. Mann, Conrad, wie stehe ich dann vor meinen Kollegen da, wenn meine Frau Geschäftsführerin ist, während ich über den Filialleiterposten nicht hinauskomme? Hättest du nicht noch ein bisschen durchhalten können?« Das Blut in meinen Adern gefriert schlagartig. Mein Herz bleibt stehen, bevor es umso heftiger wieder zu schlagen beginnt. Mein Blick verschwimmt, als ich um das Regal herumtrete, und sehe, wie sich die beiden gegenüberstehen.

»Sag mal, hörst du dir eigentlich selbst zu? Langsam frage ich mich wirklich, was sie an dir findet. Ich hätte dich nicht einladen sollen«, Conrads Stimme dringt wie durch Watte zu mir. Er wird augenblicklich blass, als er mich entdeckt, während Roshan nicht mal den Anstand hat, ertappt zu wirken. Tränen stehen mir in den Augen, trotzdem sehe ich so klar wie nie. Als hätte man mir eine Sonnenbrille abgenommen, eine Brille, die alles beschönigt, die mir eine Welt vorgaukelt, die es nie gegeben hat. Verdammte Scheiße. Was habe ich nur getan? Wie konnte ich ihm auf den Leim gehen? All seine schönen Worte? Waren die immer schon gelogen? Ich... das ist alles zu viel. Ich dachte, schlimmer könnte es nicht werden, aber das war ein Irrtum.

Erst als meine flache Hand seine ohnehin schon geschundene Wange trifft, komme ich wieder zu mir.

»Verpiss dich ein für alle Mal aus meinem Leben!«, schreie ich ihn an. Er will beschwichtigend seine Hände heben, wahrscheinlich um mir wieder zu erzählen, ich hätte etwas falsch verstanden, aber Conrads Haltung verrät mir, dass ich recht habe. »Verschwinde und wehe du kommst mir jemals wieder zu nahe.«

»Prinzessin...«

Ich lege alle Abscheu in meinen Blick. Er verstummt tatsächlich.

»Ich bin fertig mit dir. Für Heute, für morgen. Für immer. Ich will dich nicht mehr sehen.« Damit drehe ich mich um und will schon den Raum verlassen, als mir noch etwas einfällt.

»Mach dir nicht die Mühe, nochmal nach oben zu kommen, die Klamotten kannst du draußen vor dem Fenster einsammeln.«

Ich kann mich nicht mehr daran erinnern, wie ich in mein Zimmer gekommen bin, wie ich seinen Koffer und seine Klamotten aus dem Fenster befördert habe, alles ist ein einziges tränenverwaschenes Bild.

Ich weiß auch nicht, wie Mom zu mir gekommen ist. Ich weiß nur, dass sie jetzt hier ist und mich festhält, über meinen Rücken streichelt, als wäre alles in Ordnung. Aber das ist es nicht. Ich dachte, nach der Hochzeitsnacht könnte es nicht schlimmer kommen, da wäre mein Herz zertrümmert worden. Doch das ist nichts im Vergleich zu dem Gefühl, ein zweites Mal auf einen Typen reingefallen zu sein.

»Wir waren genauso blind«, wispert Mom, als könnte sie meine Gedanken lesen.

Leider macht es das nicht besser. Ich bin nicht nur auf ein manipulatives Arschloch reingefallen, ich habe auch noch den Mann verletzt, der es erkannt hat, der mich erkannt hat. Verdammt. Ole hatte Recht. Ich habe mich klein gemacht – habe mich klein machen lassen – und es nicht bemerkt. Und dann habe ich Ole verletzt, ihm das Gefühl gegeben, ihn nur benutzt zu haben. Scheiße!

»Mom ich muss...«, vage deute ich nach oben.

Sie versteht sofort und entlässt mich aus ihrer Umarmung.

Immer zwei Stufen auf einmal nehmend haste ich die Treppe nach oben, durchquere das Wohnzimmer und halte vor seiner Tür inne. Ich klopfe. Niemand antwortet.

Ich habe zwar nicht den Hauch einer Ahnung, wie ich ihm erklären soll, was ich falsch gemacht habe, wie leid mir all das tut. Aber ich muss es ihm sagen!

Wieder klopfe ich, wieder keine Antwort. Vorsichtig drücke ich die Klinke nach unten und... Scheiße.

Nein, nein, nein, das darf nicht... das kann doch nicht sein. Sein Schreibtisch ist leer, überall, wo sich sonst Skizzen verteilt haben, ist nichts als gähnende Leere. Scheiße verdammt... Neue Tränen sammeln sich in meinen Augen. Ist er wirklich abgereist. Einfach so? Nein, streicht das. Das war nicht einfach so. Ich habe ihm mit aller Kraft in die Eingeweide getreten, sie mit aller Macht herausgerissen, um sie durch einen Fleischwolf zu jagen. Er hatte jeden verdammten Grund abzuhauen.

»Ich dachte, ich wäre deutlich gewesen«, reißt mich Yanas Stimme aus meinen Gedanken. Ihr Blick durchbohrt und verbrennt mich.

»Ist er weg?«, frage ich mit erstickter Stimme.

»Nicht, dass es dich etwas anginge. Aber ja.«

Scheiße, nein. Ich muss mit ihm reden. Meine Worte waren verletzend, gemein und falsch. Ohne mich selbst zu überschätzen, aber das muss ihm so unglaublich wehgetan haben, ihm, diesem herzensguten Mann, der mich am Boden aufgelesen, gemeinsam mit mir die Einzelteile zu etwas zusammengesetzt hat, das mehr ist, als ich je für möglich gehalten, der mir das Gefühl gegeben hat, es muss kein Entweder-oder sein, der mir gezeigt hat, dass es zwischen schwarz und weiß noch verdammt viele Grautöne gibt.

»Wohin ist er... Nach Berlin oder zu seinen Freunden? Ich muss unbedingt zu ihm, muss mit ihm reden. Kannst du mir seine Adresse in Berlin geben? Oder mir sagen, wie ich ihn erreichen kann?«, voller Hoffnung sehe ich Yana an, doch sie muss gar nichts sagen. Ihre Haltung ist Antwort genug. Sie wird mir nicht helfen.

»Glaubst du wirklich, ich lasse zu, dass du ihm nochmal weh tust, sehe mir an, wie du nochmal auf seinen Gefühlen herumtrampelst?«

»Yana... bitte«, flehe ich nochmal. Es ist mir egal, soll sie mich doch für erbärmlich halten oder was auch immer. Aber ich muss einfach wissen, wie ich ihn erreichen kann. »Wenn du jetzt bitte den privaten Bereich verlassen könntest«, unterbricht sie mich, »ich muss arbeiten. Das Essen serviert sich nicht von allein.«

63

31. Dezember
13. Tag

Ole

Habt ihr schonmal versucht, mit einer verstauchten Hand auf einer Warte-bank im Flughafen zu schlafen? Lasst es, das macht keinen Spaß.

64

Leo

Mit dem Kopf auf dem Schreibtisch zu schlafen macht echt keinen Spaß, doch das ist mir alles egal. Der verspannte Nacken ist nichts im Vergleich zu dem nagenden Schuldgefühl in mir, und der verdammten Sehnsucht danach, Ole sagen zu können, was ich hätte schon viel früher sagen sollen.

Seit Stunden versuche ich, das zu Papier zu bringen, versuche meine Gefühle, meine Fehler und meine Bitte, um Verzeihung in Worte zu fassen. Vielleicht leitet Yana ja wenigstens diesen Brief weiter. Soll sie ihn lesen, wenn sie will, alles, was nötig ist, damit er diese Worte erhält.

Wieder ertönt das wilde Klopfen an der Tür, dass mich aus dem Dämmerschlaf mit dem Kopf auf dem Tisch gerissen hat.

Mit schmerzenden Gliedern und erschöpftem Herz schleppe ich mich zur Tür.

»Was willst du verdammt?«, fluche ich, ohne zu realisieren, wer vor mir steht. »Hast du mal auf die Uhr ge... Yana?«

»Ja, habe ich. Und wenn wir uns jetzt auf den Weg machen, dann bekommst du den Flieger noch, auf den Ole gerade wartet.«

»W... was?«, mein Gehirn ist noch nicht ganz wach. Ich muss mich verhört haben.

»Wenn du auf eine ausführliche Erklärung verzichtest, schaffen wir es vielleicht rechtzeitig«, insistiert sie.

Ohne lange nachzudenken, stopfe ich mein Handy und mein Portemonnaie in meinen Hoodie und ziehe die Tür hinter mir zu. Ich folge Yana in die kalte, dunkle Nacht. Ich bekomme kaum mit, wie der Schnee meine Sneakers durchnässt, da sitze ich schon in einem Jeep neben Yana. Wenn sie mich entführen und fernab der Zivilisation aussetzen will, dann habe ich das wohl verdient. Doch offenbar hat sie andere Pläne.

»Hör zu«, sagt sie irgendwann, »ich werde mich nicht entschuldigen, wie ich vorhin reagiert habe, aber vielleicht hätte ich dir zuhören sollen. Ole ist mein bester Freund. Nach meinem Outing haben mich viele meiner sogenannten *Freunde* im Stich gelassen, um es freundlich auszudrücken. Auch meine Eltern haben... wie auch immer. Ole war für mich da. Er kam gerade erst aus Deutschland her, er hätte sich den coolen Kids anschließen können, aber er hat sich ›diese Lesbe‹ ausgesucht. Jedenfalls passen wir seitdem aufeinander auf und möglicherweise war ich deshalb ziemlich hart zu dir. Ich habe mitbekommen, was passiert ist, auch wenn mein Deutsch nicht gut genug ist, um alles zu verstehen aber...«

»Das mit Roshan war so unendlich dumm von mir«, unterbreche ich sie und fasse kurz zusammen, was passiert ist, wie er mich wieder eingelullt hat mit seiner Honig-Stimme und all seinen Lügen.

»Ich will einfach nur, dass Ole glücklich ist, und mit dir sah er ziemlich glücklich aus. Aber wenn du es mit ihm versaust oder ihm nochmal wehtust...«

»...dann bekomme ich es mit dir zu tun. Schon verstanden. Aber dazu müsste er mir erstmal eine Chance geben...« Und dass ich diese bekomme, kann ich mir gerade nicht wirklich vorstellen. Ich habe sie ja nicht mal wirklich verdient. Ich hätte von Beginn an auf mein Herz hören sollen. Dieser dusselige Muskel wusste schon viel früher, wem ich vertrauen sollte. Aber nein, mein noch dusseligerer Kopf meinte es ja besser zu wissen.

Die Uhr im Armaturenbrett geht viel zu schnell dafür, dass wir gefühlt keinen Meter vorankommen. Natürlich muss es ausgerechnet jetzt wieder schneien. Das darf doch echt nicht wahr sein.

»Bestimmt fliegen sie bei dem Wetter nicht pünktlich ab«, sagt Yana, in dem Versuch mich zu beruhigen. Nervös wippe ich mit dem Bein hin und her. Da wir ohne Navi unterwegs sind, fällt es mir schwer, einzuschätzen, wie lange es noch dauert und wie weit es noch ist.

»Hier«, sie reicht mir ihr Handy von der Mittelkonsole. »Ruf ihn an, der

Code ist 1-7-0-9.« Ohne länger drüber nachzudenken, tippe ich die Zahlen ein und danach auf das Kontakte-Symbol. Natürlich steht Ole direkt bei den Favoriten. Mit zitterndem Finger tippe ich seinen Namen an. Sofort springt die Mailbox an. Verdammt. Auch die folgenden Versuche enden so. Das darf doch nicht sein.

»Darf ich mir die Nummer einspeichern?«, frage ich vorsichtig.

»Jetzt, wo du meinen Code kennst, kann ich es wohl kaum verhindern«, sagt Yana mit dem Hauch eines Lächelns in der Stimme.

Schnell sende ich mir den Kontakt zu.

»Danke. Ich habe dir meinen Kontakt eingespeichert, für den Fall, dass du mir nochmal in den Hintern treten musst.«

»Sehr vorausschauend. Ich würde dir nur nahelegen, es nicht so weit kommen zu lassen.«

Schweigend fahren wir weiter, durch die norwegische Nacht.

Es ist bereits kurz vor sieben Uhr, als wir die Brücke überqueren, die uns auf die Insel bringt, auf der der Flughafen liegt. Verdammt. Das schaffen wir niemals, wenn sie pünktlich abheben.

Und natürlich, weil ich es einfach verdiene und es sich hier nicht um die Deutsche Bahn handelt, geht Oles Flieger pünktlich. Verloren stehe ich im Terminal des Flughafens und würde am liebsten wieder in Tränen ausbrechen.

Yana hat mich am Eingang rausgelassen, bevor sie einen Parkplatz gesucht hat.

Er ist schon weg, informiere ich sie. Während ich schon nach anderen Flugverbindungen suche. Als ich sehe, dass es tatsächlich noch eine gibt, die mich heute nach Berlin führt, buche ich ein Ticket ohne auf den Preis oder sonst irgendwas zu achten.

Ich schreibe Yana nochmal, bevor ich einchecke und durch die Sicherheitskontrolle gehe.

Nervös tigere ich im Abflugbereich auf und ab. Dummerweise habe ich meine Kopfhörer nicht dabei, sodass mir nichts anderes übrigbleibt, als meinen eigenen Gedanken zu lauschen, zu hören, wie sie nach Ole rufen, wie sie hoffen, dass er mir meine Dummheit, mein voreiliges Handeln verzeiht, dass er merkt, dass ich es diesmal ernst meine, dass ich komme, um Teil seines Lebens zu bleiben. Dass ich... verdammt. Ich liebe ihn. Wieso merke ich das denn erst jetzt? Dabei gab es doch so viele Male, bei denen es mir hätte klar sein müssen. Allein die Tatsache, was sein dämliches Grübchengrinsen in mir auslöst, hätte als Hinweis genügen sollen.

Ich war so dermaßen blind.

Und warum zum Teufel vergeht die Zeit auf einmal so viel langsamer, als noch im Auto? Dabei besagt die Relativitätstheorie doch das genaue Gegenteil. Himmel, da ist die Physik einmal auf meiner Seite und dann fühlt es sich trotzdem nicht so an.

Wie sich herausstellt, habe ich ausgerechnet die längstmögliche Verbindung gefunden, die es zwischen Tromsø und Berlin gibt. Eine Verbindung, bei der ich ganze elf Stunden unterwegs bin. Die knapp drei Stunden, die ich in Oslo Aufenthalt habe, nutze ich, um mir überteuerte und mies klingende Bluetooth-Kopfhörer zu besorgen, damit ich die Welt um mich herum endlich ausblenden kann. Nicht, dass es in meinem Kopf ruhiger wäre, aber mit einer gesunden Mischung aus Fleetwood Mac und Radiohead ist es da immerhin besser erträglich. Für den Moment zumindest.

Als ich bei Minusgraden in die Berliner S-Bahn steige, wird mir bewusst, dass ich die drei Stunden, die ich in Frankfurt warten musste, besser dazu genutzt hätte, mir eine Winterjacke zu besorgen. Immerhin liegt meine noch im Hotelzimmer. Jetzt fröstelt es mich, wann immer die Türen aufgehen und kalte Luft hineinströmt. Verdammt. Aber je näher wir dem Stadtzentrum kommen, desto mehr überlagert meine Anspannung das Gefühl der Kälte. Wird er mir die Tür gleich wieder vor der Nase zuschlagen, wenn er mich sieht, wird er mich zum Teufel jagen, wo ich es durchaus verdient hätte zu landen?

Ich habe keine Ahnung. Mittlerweile ist es halb neun am Abend. Am Himmel über der Stadt erkennt man schon die ersten Silvesterraketen von ungeduldigen Menschen, die es kaum erwarten können, ins neue Jahr zu kommen. Während der Zug so über die Schienen und quietschend durch die Kurven rattert, kann ich dem Gedanken durchaus etwas abgewinnen. Schließlich kann auch mein nächstes Jahr nur besser werden. Es muss einfach besser werden. So kann es ja nicht weitergehen. Bleibt einfach zu hoffen, dass der Mann, dessen Herz ich zertrümmert habe, bei der Reparatur einen Platz dort für mich behalten hat.

65

Ole

Die Wohnung ist viel zu ruhig, wenn Neo und Tomo nicht da sind. Das war mir zwar schon vor meiner Reise klar, doch nach all den Ereignissen und mit dem tosenden Gedankensturm in meinem Kopf, wirkt es noch deutlich stiller. Da ändern auch die vielen Böller nichts, ohne die man offenbar nicht Silvester feiern kann.

Seit ich gegen Mittag wieder hier bin, liege ich bewegungslos auf dem Sofa herum und versuche, mich mit Weihnachtsfilmen von all dem abzulenken, was mich beschäftigt. Da ich nicht zeichnen kann, fällt es mir schwer, meine Gedanken zu ordnen. Immer noch ist da ständig Leo, wie sie mich anschreit, wie sie mich für diesen Typen stehen lässt, ohne zu merken, wie er ihr die Flügel stutzt. Egal wie oft ich das Gespräch im Kopf abspule, ich weiß einfach nicht, wie ich ihr hätte die Augen öffnen sollen. Egal, wie es jetzt für sie weitergeht, ich hoffe einfach nur, dass sie glücklich wird. Dass der Weg, den sie einschlägt, der richtige ist. Dass ich mich geirrt habe, und alles gut geht.

Ich hasse es wirklich, dass ich das alles nicht auf eine Leinwand bannen kann. Zwar sorgt die Pferdeschmerzsalbe zuverlässig dafür, dass es nicht weh tut, trotzdem sind meine Finger so dick, dass ich sie nicht kontrollieren kann.

***

Viel zu spät merke ich, dass ich hätte einkaufen sollen. Jetzt befindet sich nichts außer Licht und Luft im Kühlschrank.

Aber der Pizzalieferant ist heute überraschend schnell. Bereits eine Viertelstunde nach meiner Bestellung klingelt es an der Tür.

Ich nehme mir einige Münzen aus dem Trinkgeldglas in unserem Flur, öffne die Tür, erstarre und schließe sie wieder.

Das kann nicht sein. Ich muss so durcheinander sein, dass ich mir einbilde, Leo stünde da im Flur.

Ich öffne, doch das Bild bleibt dasselbe. Leo. Die Hände in den Taschen ihres schwarzen Hoodies vergraben, ihre Beanie auf dem Kopf unter der die blauen Strähnen hervorschauen. Zaghaft schaut sie mich an.

»Ole«, flüstert sie, als würde sie ihrer Stimme nicht trauen.

Eigentlich müsste ich die Tür wieder zu machen, müsste... was weiß ich. Aber ich bin erstarrt. Als hätte mich die Eiskönigen höchstpersönlich mit ihrem Zauber getroffen.

»Es tut mir alles so leid. Ich weiß nicht, wo ich anfangen soll...«, als wären Schleusen geöffnet, fließen die Worte aus ihr heraus. Während ich immer noch verarbeiten muss, dass sie wirklich hier vor meiner Tür steht, dass ich wach bin und das nicht irgendein verquerer Traum ist. Langsam wird die Frage wirklich inflationär. »Du hattest von Anfang an recht. Nicht nur damit, dass Roshan ein Arschloch ist, auch damit, dass er mir nicht guttut, dass ich mehr sein kann, damit, dass neben meinem Partner immer auch Platz für meine Träume sein muss, dass es nicht falsch ist, Träume zu haben, Dinge zu tun, die einen nicht unbedingt voranbringen. All das hat seine Berechtigung. Ich weiß wirklich nicht, wie ich das vergessen konnte, sobald *er* aufgetaucht ist. Es tut mir so unendlich leid, was ich dir damit angetan habe. Du warst immer mehr, du bist mehr für mich, als nur ein Lückenfüller, du bist. So. Viel. Mehr. Und naja... wenn ich es nicht komplett versaut habe, würde ich gerne meine Träume, meine Wünsche mit dir teilen, würde gerne mein Leben mit dir teilen und alles, was dazu gehört. Ich möchte dich kennenlernen. So, wie du mich offenbar schon kennengelernt hast. Es ist übrigens echt unfair, dass du mich besser kennst, als ich mich selbst. Aber vielleicht kannst du mich ja an deinem Wissen teilhaben lassen... und naja...«

Sie sieht nach unten und beißt sich auf die Unterlippe. Als sie ihren Blick wieder hebt, ist da so viel Liebe in ihren Augen gemischt mit Aufregung und Anspannung.

»Meinst du, ich darf reinkommen? Ich müsste mir sonst wirklich noch ein

Hotel suchen. Und ehrlich gesagt habe ich keine Jacke mitgenommen als mich Yana um halb fünf aus dem Schlaf gerissen hat. Mir ist also ziemlich kalt und...«

Weiter kommt sie nicht, weil ich sie in meine Arme ziehe. Sie ist so eiskalt, dass es mich wundert, dass sie noch keine blauen Lippen hat. Ihr Melonenduft hüllt mich ein, dann treffen unsere Lippen aufeinander und ich vergesse für einen Moment alles. Vergesse meine verwirrten Gefühle, vergesse den Schmerz, den sie mir zugefügt hat. Ich kann nur daran denken, was diese Berührung in mir auslöst, kann nur an die Liebe denken, die nun aus jeder ihrer Berührungen spricht.

»Es tut mir so unendlich leid«, flüstert sie. Ihre Stimme zittert und Tränen laufen ihr über Wangen.

»Mir auch«, erwidere ich, »ich hätte nicht einfach abhauen sollen. Egal wie schwer es war, als Freund hätte ich für dich da sein sollen.« Ich verstärke meine Umarmung noch etwas. »Danke, dass du hergekommen bist.«

»Danke, dass du mich noch willst.«

»Wie könnte ich auch nicht. Du hast nichts falsch gemacht, auch wenn ich das zwischenzeitlich vergessen hatte.«

»Das stimmt nicht. Ich habe einen Kopf zum Denken, den ich hätte einschalten könnten. Ich kann nicht versprechen, dass ich mich nicht wieder in meinen Gedanken verliere und alles anzweifle, aber ich will meine Zukunft nicht ohne dich erleben.«

»Wenn dich das glücklich macht, dann bin ich sehr gern Teil deiner Zukunft.«

»Nur wenn es dich auch glücklich macht.«

»Mehr als das«, versichere ich und habe selten etwas so sehr gemeint. Unsere Blicke verhaken sich ineinander und ich glaube, so offen, so voller Zuneigung, Liebe und Vertrauen war ihrer noch nie.

Erneut schließen wir den Abstand zwischen uns, sanft und doch voller Verlangen spüre ich sie. Leo knabbert auf meiner Unterlippe, zieht daran, als könnte sie nicht genug von mir bekommen. Verdenken kann ich es ihr nicht, schließlich geht es mir nicht anders.

»Pizza für Landvik?«, holt uns die Stimme des Lieferanten aus dem Gefühlssturm zurück.

Die verschiedensten Farben schmücken um Mitternacht den Silvester-
himmel. Auch wenn die keinesfalls mit den Polarlichtern mithalten können,
macht es die Frau, die eingehüllt in eine Decke in meinen Armen steht, zum
schönsten Jahreswechsel aller Zeiten.

Was das nächste Jahr bringen wird, weiß ich genauso wenig wie Leo. Aber
zu wissen, dass wir es gemeinsam erleben werden, lässt alles in mir strahlen.
Und so, wie ihre Augen leuchten, geht es ihr nicht anders.

»Frohes neues Jahr, van Gogh«, flüstert sie mit einer Wunderkerze in der
Hand.

»Frohes Neues Jahr, Millie«, antworte ich und küsse sie, bevor wir unseren
Blick wieder über die Dächer der Stadt richten, gespannt auf das, was kommen mag.

Epilog

24. Dezember
371. Tag

Leo

Wann immer ich ihn auf dem Sofa sitzen sehe, darauf wartend, dass ich mich zu ihm geselle, schlägt mein Herz einen Hauch schneller. Auch nach einem Jahr noch. Klingt kitschig? Ist es auch. Aber was soll ich euch sagen, so ist es nun einmal.

Wir haben Heiligabend und sitzen im Dachgeschoss der *NordlysLodge* und wie sich zeigt, ist das alles wesentlich entspannter, wenn nicht meine ganze Familie hier ist. Noch immer kann ich kaum glauben, was in den letzten zwölf Monaten alles passiert ist.

»Willst du da noch lange rumstehen?«, fragt er und klopft auf das Sofa neben sich. Sein verdammtes Grübchengrinsen ziert sein Gesicht.

»Seit wann bist du der ungeduldige?«, necke ich ihn, ehe ich mich setze.

»Seit ich dir etwas zeigen muss. Rate, wer mir vorhin geschrieben hat«, verlangt er, als ich mich zu ihm setze und dabei die Keksdose aus seinen Händen stibitze. Cranberry-Orangenplätzchen-ohne-Cranberrys sind einfach die besten. Nachdem wir die Hälfte an Yana verloren haben, müssen wir morgen sicherlich nochmal welche Backen, damit noch welche da sind, wenn meine Eltern übermorgen herkommen.

»Der Kustos vom Louvre, weil er deine erste Skizze neben die Mona Lisa hängen will?«, frage ich kauend.

»Fast«, erwidert er, bevor er mir sein Smartphone reicht. Eine E-Mail ist geöffnet.

Lieber Ole,
normalerweise ist es nicht meine Art meine Klient:innen an Weihnachten oder anderen Feiertagen zu belästigen. Aber die frohe Kunde, die dir widerfahren wird – sorry für die biblische Anspielung – musste ich dir einfach mitteilen.
DER VERLAG HAT HEUTE EINE ZWEITE AUFLAGE DEINES BUCHES BESTÄTIGT!!!!!!!!!!!!!!!!!!!!!!!!!!

Hinter der Armee aus Ausrufezeichen kommt noch mehr, aber das kann ich schon nicht mehr lesen, denn ich falle Ole um den Hals. »Das ist ja der Wahnsinn!«, entfährt es mir voller Stolz. »Und warum zum Henker sagst du mir das erst jetzt?«, will ich wissen.

»Weil ich es dir als erstes und in Ruhe sagen wollte. Ohne deine Liste und dein Drängen – und die Wut auf dich – hätte ich das bestimmt damals nicht abgeschickt.«

Das ist unglaublich, aber nur die Kirsche auf der Sahnetorte des letzten Jahres. Nachdem Ole mich überraschenderweise nicht auf dem Flur hat stehenlassen, ist viel passiert.

Mitte Januar hat eine der Agenturen Ole unter Vertrag genommen. Wenige Wochen später, als Ole mich gerade vom Bahnhof abgeholt hat, kam eine Mail, die sein Leben komplett auf den Kopf gestellt hat. Ein Verlag wollte die Kaugummigeschichte, sodass er neben seinem Studium auch noch ein Buch fertig stellen musste.

Ich war gerade dabei, meine Masterarbeit zu beenden. Die Wochen waren nicht gerade einfach. Wir sind beide ständig zwischen München und Berlin gependelt, doch die Strapazen waren es wert. Ich habe einfach jede Minute genossen, die wir zusammen hatten. Auch wenn es nur kurze Momente waren, so gehörten sie einzig und allein uns. Wir haben vieles ausprobiert – auch einen Tanzkurs. Und ja, Ole hat wirklich absolut kein Rhythmusgefühl, trotzdem hatten wir den Spaß unseres Lebens. Abgesehen von meinen

Füßen, auf denen er des Öfteren gestanden hat.

Im Frühjahr hatte ich seit Jahren wieder einen Termin bei meiner Therapeutin. Ich will euch nichts beschönigen, das macht keinen Spaß, ist verdammt anstrengend, aber es hilft mir, mit meinen Verlustängsten umzugehen, und den ganzen Rest zu sortieren. Auch wenn ich noch einen langen Weg vor mir habe, spüre ich, wie es mir Stück für Stück besser geht.

Im Sommer habe ich angefangen, im Verlag zu arbeiten, und ich kann mir keinen besseren Job vorstellen. Ich kann so unglaublich viel lernen. Momentan bin ich Teil der Redaktion und versuche mit meinen Kollegen neue Trends zu entdecken und herauszufinden, wie wir diese nutzen können. Und noch etwas ist im Sommer passiert. Dank eines Treuhandfonds, auf den ich seit meinem siebenundzwanzigsten Geburtstag zugreifen kann, konnte ich eine Wohnung in Berlin kaufen. Das erspart mir zwar nicht das Pendeln, aber Ole hat jetzt endlich Platz für ein richtiges Atelier, das auch seine ehemaligen Mitbewohner regelmäßig nutzen. Der Blick über die Spree und Berlins Mitte lädt einfach ein, die Gedanken und Ideen schweifen zu lassen. An den Tagen, an denen ich von dort aus arbeite, sitze ich am liebsten vor den großen Fenstern und lasse mich von der Kreativität der Jungs anstecken.

»Das neue Design gefällt mir.«

»Mir auch«, antwortete Ole, als ich im September, nach einer Fahrt im überfüllten ICE endlich in unsere Wohnung kam. »Hoffentlich gefällt es deiner Tante auch.«

Tatsächlich ist das Spiel, das wir zusammen mit meinen Cousinen entwickelt haben, auf reges Interesse im Verlag gestoßen. Nach einigen Änderungen geht es nun mit großen Schritten auf die Produktion zu. Anstelle von Weihnachtswichteln gibt es Alpakas und der Handlungsort wurde in die Anden verlegt, damit das Spiel ganzjährig und nicht nur saisonal vertrieben werden kann, aber das Grundkonzept mit einer Mischung aus Strategie und Würfelspiel ist geblieben.

»Sie wird es lieben, genau wie der Rest der Abteilung«, versicherte ich und küsste ihn auf die Wange.

»Wie hast du das nur ausgehalten?«, wollte Yana von Ole wissen, die wenig später zum Abendessen bei uns vorbeikam. Seit einer Woche wohnte sie in Oles altem WG-Zimmer, da sie sich entschieden hatte, Hotel und Tourismusmanagement in Berlin zu studieren, was mich ziemlich freute. Ole war überglücklich, dass seine beste Freundin nun in der Nähe lebt, und auch für mich war sie, seit sie mich am Flughafen abgesetzt hat, zu einer engen Freundin geworden. Sophie hatte sich entschieden, vorerst in Ecuador zu bleiben, sodass ich eine neue Freundin vor Ort gut gebrauchen konnte.

»Ist es nicht unglaublich, dass wir jetzt hier sitzen?«, holt Ole mich zurück in die Gegenwart. »Ich meine, unsere Geschichte klingt wie einem Weihnachtsfilm entsprungen.« Er zieht mich enger an sich und ich genieße es, wie die Wärme seiner Haut durch den Stoff meines Hoodies dringt.

»Na und? Das wäre ein verdammt guter Weihnachtsfilm.«

»Das wäre er. Fröhliche Weihnachten, Millie.«

»Fröhliche Weihnachten, Van Gogh.«

Ende

Dank

Puhhh, jetzt sitze ich hier und muss mal wieder feststellen, dass ich viel zu wenig Zeit habe, um eine Danksagung zu schreiben, weil ich damit mal wieder viel zu lange gewartet habe. Verdammt... um es mal in Leos Worten zu sagen.

Zuersteinmal sollte ich wohl der Person danken, die für die Inspiration für dieses Buch gesorgt hat, auch wenn sie darauf sicherlich gern verzichtet hätte. Danke, dass du mich in dein Leben gelassen und mir gestattet hast, den 19. Dezember 2020 als Ausgangspunkt für Leos und Oles eigene geschichte zu verwenden.

Der nächste Dank muss einfach dir gelten, Michelle. Ohne dich und deinen Input, deine Kritik und die vielen Verbesserungsvorschläge, wäre dieses Buch nicht dieses Buch. Und fertig wäre es wohl auch nicht. Und nicht zu vergessen: Danke für das Cover und das Backrezept für die Cranberry-Orangenplätzchen-ohne-Cranberries, die einfach viel zu gut schmecken, um sie nicht in diesem Buch zu verewigen. Falls ihr neugierig geworden seid, gibt es das Rezept auf der letzten Seite für Euch.

Anja, ein großes Dankeschön auch an dich. Für deine Kritik, dein Feedback und dafür, dass du bis zu letzten Seite, jedes *Verdammt* angestrichen hast – auch wenn es, wie du siehst, nichts gebracht hat.

Zum Schluss bleibt nur noch der Dank an meine Eltern, dass sie mich nicht nur beim Bücherschreiben unterstützen, sondern auch sonst immer.
Auch meine Arbeitskollegen sind nicht zu vergessen, weil sie mir nicht sel-

ten den Rücken für Buchmessen freihalten.

Zu allerletzt bleibt mir nur noch euch Lesern zu danken. Der Gedanke, dass ihr gerade dieses Buch gelesen - und vielleicht sogar Spaß dabei hattet - treibt mich an, immer weiter zu schreiben.

Bis bald

Euer
Ky

CRANBERRY-ORANGEN-PLÄTZCHEN
(OHNE CRANBERRYS)

UNBEHANDELT

200 G

MEHL 310 G

GRIEß 25 G

ZUCKER 125 G

BUTTER

getrocknete CRANBERRYS

Huiii!

3. EIER TRENNEN UND EIGELB ZUM TEIG GEBEN

AUS MIR KANN MAN ANDERE PLÄTZCHEN MACHEN!

2. BUTTER HINZUGEBEN

1. DIE TROCKENEN ZUTATEN IN EINE RÜHRSCHÜSSEL GEBEN UND MISCHEN

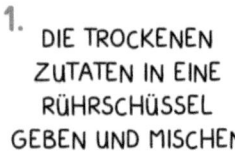

4. ORANGENSCHALE REIBEN, SAFT EINER HALBEN ORANGE AUSPRESSEN, DIE GERIEBENE SCHALE UND 1-2 EL SAFT ZUM TEIG GEBEN

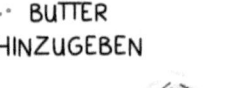

5. DEN TEIG GUT VERKNETEN, BIS ER NICHT MEHR AN DEN FINGERN KLEBT

(WENN NÖTIG NOCH MEHL DAZUGEBEN)

BITTE NICHT!

6. JE NACH GESCHMACK GETROCKNETE CRANBERRYS KLEINSCHNEIDEN UND MIT IN DEN TEIG KNETEN

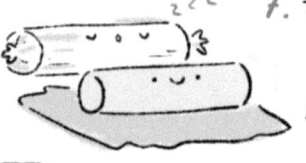

7. TEIG IN 2 TEILE TEILEN UND ROLLEN FORMEN, IN FOLIE EINWICKELN UND MIND. 2 STUNDEN IM KÜHLSCHRANK RUHEN LASSEN

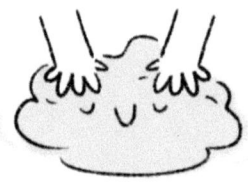

180°C

8. OFEN VORHEIZEN, TEIGROLLEN IN SCHEIBEN SCHNEIDEN UND CA. 10 MIN BACKEN

9. NACH DEM ABKÜHLEN IN EINE DOSE PACKEN UND AN EINEM SICHEREN ORT VERSTECKEN

FOLIE AB!